OHNE EIN WORT

LINWOOD BARCLAY

OHNE EIN WORT

Psychothriller

Aus dem Englischen von
Nina Pallandt

Weltbild

Die amerikanische Originalausgabe erschien 2006 unter dem Titel
No Time for Goodbye bei Random House, New York

Besuchen Sie uns im Internet:
www.weltbild.de

Genehmigte Lizenzausgabe für Verlagsgruppe Weltbild GmbH,
Steinerne Furt, 86167 Augsburg
Copyright der Originalausgabe © 2006 by Linwood Barclay
Copyright der deutschsprachigen Ausgabe © 2007 by
Ullstein Buchverlage GmbH, Berlin
Übersetzung: Nina Pallandt
Umschlaggestaltung: grimm.design GmbH & Co. KG, Düsseldorf
Umschlagmotiv: Mauritius Images, Mittenwald (© Wolfgang Weinhäupl)
Gesamtherstellung: CPI Moravia Books s.r.o., Pohorelice
Printed in the EU

ISBN 978-3-8289-9084-5

2011   2010   2009   2008
Die letzte Jahreszahl gibt die aktuelle Lizenzausgabe an.

MAI 1982

Als Cynthia erwachte, war es so still im Haus wie sonst nur samstags.

Ach, wenn doch nur Samstag gewesen wäre.

Nie zuvor in ihrem Leben hatte sie sich sehnlicher gewünscht, es sei ein schulfreier Samstag. Ihr war immer noch speiübel, ihr Kopf fühlte sich an wie Beton, und es kostete sie einige Mühe, ihn überhaupt vom Kissen zu heben.

Igitt, was war denn bitte das da im Papierkorb? Sie konnte sich nicht mal daran erinnern, sich letzte Nacht übergeben zu haben, aber die verräterischen Spuren ließen keinen anderen Schluss zu.

Die Sauerei musste sie unbedingt wegmachen, ehe ihre Eltern etwas bemerkten. Cynthia stieg aus dem Bett, schwankte einen Augenblick, nahm den kleinen Plastikeimer und öffnete die Zimmertür einen Spalt. Auf dem Flur war niemand zu sehen. Sie schlich am Zimmer ihres Bruders und dem Elternschlafzimmer vorbei – beide Türen standen offen –, schlüpfte ins Bad und schloss die Tür hinter sich.

Sie leerte den Inhalt in die Toilette, wusch den Papierkorb in der Badewanne aus und musterte sich müde im Spiegel. So also sah eine Vierzehnjährige mit Kater aus. Kein schöner Anblick. Sie erinnerte sich kaum, was

Vince ihr alles zu trinken angeboten hatte, lauter Zeug aus der Hausbar seiner Eltern. Zwei Dosen Budweiser, Wodka, Gin und eine bereits angebrochene Flasche Rotwein. Sie hatte versprochen, eine Flasche Rum von zu Hause mitzubringen, hatte sich am Ende aber nicht getraut.

Irgendetwas war merkwürdig. Sie kam nur nicht drauf, was es war.

Cynthia spritzte sich kaltes Wasser ins Gesicht und trocknete sich ab. Sie holte tief Luft und nahm all ihren Mut zusammen, für den Fall, dass ihre Mutter bereits auf der anderen Seite der Badezimmertür auf sie wartete.

Tat sie aber nicht.

Cynthia eilte zurück in ihr Zimmer, dessen Wände zum Unmut ihrer Eltern mit Postern von KISS und anderen Seelenzerstörern gepflastert waren; unter ihren nackten Füßen spürte sie den dicken Teppich. Sie warf einen Blick in Todds Zimmer, lugte ins Schlafzimmer ihrer Eltern. Die Betten waren gemacht. Normalerweise kam ihre Mutter erst später am Morgen dazu, sie aufzuschütteln. Todd machte sein Bett sowieso nie, und Mom ließ es ihm auch noch durchgehen, aber heute sahen die Betten aus, als hätte überhaupt niemand in ihnen geschlafen.

Cynthia spürte leise Panik in sich aufkommen. War es schon so spät? Wie spät war es überhaupt?

Der Wecker auf Todds Nachttisch zeigte gerade mal zehn vor acht an. Gewöhnlich verließ sie das Haus erst zwanzig Minuten später, um zur Schule zu gehen.

Im Haus war es totenstill.

Normalerweise konnte sie ihre Eltern um diese Uhrzeit unten in der Küche hören. Selbst wenn sie nicht miteinander sprachen, was öfter vorkam, hörte sie, wie der Kühlschrank geöffnet und wieder geschlossen wurde, wie der Pfannenheber in der Pfanne kratzte oder Geschirr in die Spüle gestellt wurde, während jemand – üblicherweise ihr Vater – die Seiten der Morgenzeitung umblätterte und den einen oder anderen verwunderten Kommentar vor sich hin murmelte.

Seltsam.

Ihr Blick streifte die Matheaufgaben, die auf dem Schreibtisch lagen. Sie hatte nur die Hälfte der Aufgaben gemacht, bevor sie gestern Abend losgezogen war, und sich gedacht, den Rest könne sie ja auch morgen erledigen, wenn sie früh genug aufstand.

Falsch gedacht.

Sonst war Todd um diese Uhrzeit nicht zu überhören. Rein und raus aus dem Badezimmer, während Led Zeppelin aus seinen Lautsprechern dröhnte; zwischendurch rief er lautstark nach einer frischen Hose und rülpste vor Cynthias Tür herum.

Er hatte kein Wort davon gesagt, dass er früher zur Schule musste, aber das hätte sie auch eher gewundert. Sie gingen nur selten zusammen zur Schule. In seinen Augen war sie eine uncoole Neuntklässlerin, auch wenn sie ihr Bestes tat, um ihr Image aufzupolieren. Er würde ganz schön staunen, wenn sie ihm erzählte, dass sie zum ersten Mal so richtig sturzbesoffen gewesen war. Aber vielleicht hielt sie doch besser die Klappe, sonst verpetzte er sie noch, wenn er das nächste Mal etwas ausgefressen hatte.

Okay. Möglich, dass Todd früher zur Schule gegangen war – aber wo waren ihre Eltern?

Vielleicht war ihr Vater am frühen Morgen zu einer Geschäftsreise aufgebrochen. Er war immer irgendwohin unterwegs, da verlor man völlig den Überblick. Am Abend zuvor war er allerdings leider zu Hause gewesen.

Und ihre Mutter? Hmm, vermutlich hatte sie Todd zur Schule gefahren.

Sie zog sich an. Jeans, Pullover. Legte Make-up auf. Genug, um nicht völlig fertig auszusehen, aber nicht so viel, dass ihre Mutter wieder mal einen ihrer »Flittchen«-Anfälle kriegen würde.

Als sie die Küche betrat, blieb sie wie angewurzelt stehen.

Keine Frühstücksflocken, kein Saft, kein Kaffee in der Maschine. Keine Teller, kein Brot im Toaster, keine Tassen, weder Milch noch Rice Krispies. Die Küche sah genauso aus wie am Abend zuvor, nachdem ihre Mutter aufgeräumt hatte.

Cynthia sah sich nach einem Zettel um. Ihre Mom hinterließ immer eine Notiz, wenn sie das Haus verließ, selbst wenn sie sauer war. »Bin heute nicht da«, stand dann dort, »Mach dir Rührei, muss Todd fahren«, oder einfach »Bin unterwegs, bis später«. Wenn sie böse auf Cynthia war, unterschrieb sie statt mit »Alles Liebe, Mom« nur mit »Mom«.

Aber es war weit und breit kein Zettel zu sehen.

Cynthia nahm ihren Mut zusammen und rief: »Mom?« Ihre eigene Stimme klang fremd in ihren Ohren. Vielleicht weil etwas darin mitklang, was sie sich nicht eingestehen wollte.

Als keine Antwort von ihrer Mutter kam, rief sie:
»Dad?«

Wieder nichts.

Sie kam zu dem Schluss, dass es sich offenbar um eine Strafe handelte, die sie sich für sie ausgedacht hatten. Sie hatte ihre Eltern enttäuscht, und jetzt taten die so, als sei sie Luft, bestraften sie auf die ganz miese Tour mit Schweigen.

Okay, es gab Schlimmeres. Immer noch besser als jetzt gleich Riesenzoff am Morgen.

Außerdem stand ihr ohnehin nicht der Sinn nach Frühstück; sehr unwahrscheinlich, dass sie es bei sich behalten würde. Sie nahm ihre Schulsachen und trat aus der Haustür.

Der *Journal Courier*, mit Gummiband zusammengerollt, lag auf der Fußmatte.

Cynthia stieß die Zeitung mit dem Fuß beiseite, ohne weiter darüber nachzudenken, ging die leere Einfahrt hinunter – sowohl der Dodge ihres Vaters als auch der Ford Escort ihrer Mutter waren nirgends zu sehen – und machte sich auf zur Jonathan Law Highschool. Vielleicht konnte sie ja aus ihrem Bruder herauskriegen, was los war und was sie sonst noch erwartete.

Jede Menge Stress, dachte sie.

Sie hätte um Punkt acht Uhr zu Hause sein sollen. Erstens, weil es ein ganz normaler Schultag war, und zweitens hatte am frühen Abend auch noch Mrs Asphodel angerufen und ihre Mutter informiert, dass sie wiederholt die Englischhausaufgaben vergessen hatte und ihre Versetzung gefährdet war. Ihren Eltern hatte sie vorgeschwindelt, sie würde zu Pam rübergehen und mit ihr zusammen Hausaufgaben machen, obwohl das ohnehin reine Zeitverschwendung gewesen wäre, und ihre Eltern hatten eingewilligt, aber darauf bestanden, dass sie um acht wieder zu Hause war. Cynthia hatte gemault, das sei doch viel zu wenig Zeit, ob sie etwa durchfallen solle?

Acht Uhr, hatte ihr Vater gesagt. Acht Uhr und keine Sekunde später. Mir doch egal, hatte sie gedacht. Ich komme, wann es mir passt.

Als Cynthia um Viertel nach acht noch nicht zu Hause gewesen war, hatte ihre Mutter bei Pam zu Hause angerufen. »Hi, hier ist Patricia Bigge«, hatte sie zu Pams Mutter gesagt. »Kann ich mal kurz mit Cynthia sprechen?« Und als Pams Mutter überhaupt nicht wusste, wovon die Rede war, hatte Cynthias Vater den alten Filzhut aufgesetzt, ohne den er nie aus dem Haus ging, und in den umliegenden Straßen nach ihr Ausschau gehalten. Er argwöhnte nämlich, dass sie sich mit Vince Fleming herumtrieb, einem siebzehnjährigen Jungen aus der elften Klasse, der bereits einen Führerschein hatte und einen verrosteten roten Ford Mustang Baujahr 1970 fuhr. Clayton und Patricia Bigge hielten nicht viel von ihm. Problematischer Bursche, zweifelhafte Familienverhältnisse, schlechter Einfluss. Vor einiger Zeit hatte Cynthia ihre Eltern abends über Vince' Vater sprechen hören, der ihrer Meinung nach irgendwie Dreck am Stecken hatte, was Cynthia aber für totalen Schwachsinn hielt.

Es war reiner Zufall, dass ihr Vater den Wagen im hintersten Winkel des Parkplatzes am Einkaufszentrum in der Post Road erspähte, einen Steinwurf von den Milforder Kinos entfernt. Er zog direkt vor den Mustang und versperrte Vince den Weg. Sie wusste gleich, dass er es war, als sie den Filzhut erblickte.

»Scheiße«, sagte Cynthia. Gut, dass er nicht schon zwei Minuten vorher aufgetaucht war, als sie geknutscht hatten und Vince ihr sein nagelneues Springmesser gezeigt hatte. Gnadenlos – ein leichter Knopfdruck und urplötzlich schoss eine zehn Zentimeter lange Klinge heraus. Vince hatte das Teil im Schoß gehalten und gegrinst, als wäre es gar kein Messer, sondern etwas ganz anderes. Dann hatte Cynthia das Messer ausprobiert, es durch die Luft geschwungen und gekichert.

»Hey, Vorsicht«, hatte Vince gesagt.

Clayton Bigge marschierte schnurstracks zur Beifahrertür und öffnete sie. Die Tür quietschte in den rostigen Angeln.

»Hey, Meister, keine Panik«, sagte Vince, der mittlerweile zwar kein Messer mehr in der Hand hielt, dafür aber eine Bierflasche, was fast genauso schlimm war.

»Quatsch mich bloß nicht blöd an«, sagte Clayton Bigge, fasste seine Tochter am Arm und zerrte sie mit sich zu seinem Dodge. »O Gott, du stinkst ja wie eine ganze Kneipe«, sagte er.

Cynthia wäre am liebsten auf der Stelle gestorben.

Sie sah ihren Vater nicht an und sagte kein Wort, auch dann nicht, als er sie anherrschte, mit ihr hätte man bloß noch Ärger, sie solle endlich zur Besinnung kommen, sonst würde sie ihr ganzes Leben verpfuschen, was er denn falsch gemacht hätte, er habe doch nur gewollt, dass sie glücklich sei, bla, bla, bla, und obwohl er stinksauer war, fuhr er immer noch, als hätte er gerade erst den Füh-

11

rerschein gemacht, hielt sich stur an die Geschwindigkeitsbegrenzung und schaltete beim Abbiegen jedes Mal den Blinker an – es war schlicht nicht zu fassen.

Als sie in die Einfahrt einbogen, war sie schon ausgestiegen, bevor er den Wagen zum Stillstand gebracht hatte. Sie stieß die Haustür auf und stürmte ins Haus, vorbei an ihrer Mutter, die weniger aufgebracht als besorgt wirkte.

»Cynthia!«, sagte sie. »Wo warst du …«

Sie ließ ihre Mutter einfach stehen und stürzte die Treppe hinauf in ihr Zimmer. Von unten rief ihr Vater: »Komm sofort wieder runter! Wir müssen miteinander reden!«

»Ich wünschte, ihr wärt tot!«, schrie sie und knallte die Tür zu.

Daran entsann sie sich nun wieder ganz deutlich. An den Rest des Abends konnte sie sich allerdings nach wie vor nur verschwommen erinnern.

Sie erinnerte sich, wie sie sich auf ihr Bett gesetzt hatte, dass ihr ziemlich schwindlig gewesen war. Sie war zu müde, um sich zu schämen. Dann beschloss sie, sich hinzulegen und ihren Rausch auszuschlafen; bis sie wieder aufstehen musste, waren ja immerhin noch fast zehn Stunden Zeit.

Zehn Stunden, in denen alles Mögliche passieren konnte.

Sie meinte sich zu erinnern, dass sie im Halbschlaf jemanden an der Tür gehört hatte. Ein Geräusch, als ob jemand vor der Tür verharren würde.

Später hatte sie das Geräusch noch einmal gehört. Glaubte sie jedenfalls.

War sie aufgestanden, um nachzusehen? Hatte sie überhaupt aufzustehen versucht? Sie konnte sich beim besten Willen nicht erinnern.

Inzwischen war sie fast vor der Schule angekommen. Und nun meldete sich auch noch ihr schlechtes Gewissen. An einem einzigen Abend hatte sie gegen sämtliche Spielregeln verstoßen. Sie war zu spät nach Hause gekommen. Hatte ihre Eltern angelogen. Mit einem Jungen herumgeknutscht. Einem Siebzehnjährigen! Der letztes Jahr ein paar Schulfenster eingeworfen und eine Spritztour mit dem Wagen des Nachbarn unternommen haben sollte.

Außerdem waren ihre Eltern gar nicht so schlimm. Meistens jedenfalls. Vor allem ihre Mom. Und ihr Dad, na ja, eigentlich war er ja ganz passabel, wenn er nicht gerade hinter ihr herspionierte.

Vielleicht hatte ihre Mutter Todd zur Schule gefahren. Wenn er Training hatte und unter Zeitdruck stand, brachte sie ihn manchmal zur Schule und ging anschließend in den Supermarkt. Ab und an trank sie auch einen Kaffee im Howard Johnson's.

In der ersten Stunde – Geschichte – bekam sie so gut wie nichts mit, und in Mathe konnte sie sich erst recht nicht konzentrieren. Sie hatte immer noch Kopfschmerzen. Als der Mathematiklehrer sie fragte, ob sie alles verstanden hätte, sah sie nicht mal auf.

Während der Mittagspause verließ sie die Cafeteria und rief von einem Münztelefon zu Hause an, um sich bei ihrer Mutter zu entschuldigen und ihr zu sagen, wie leid ihr alles tat. Außerdem wollte sie nach Hause, denn ihr war hundeelend. Ihre Mutter würde sich um sie kümmern und ihr eine Suppe kochen. Sie konnte nie lange böse bleiben.

Nachdem es fünfzehnmal geläutet hatte, gab Cynthia auf, dachte dann aber, sie hätte sich vielleicht verwählt. Doch auch beim nächsten Versuch ging niemand ans Telefon. Die Firmennummer ihres Vaters wusste sie nicht auswendig. Außerdem war er so oft auf Geschäftsreise, dass er meist nur von unterwegs dort anrief.

Sie hing mit ein paar Freundinnen vor der Schule herum, als Vince Fleming in seinem Mustang vorbeifuhr. »Ganz schön blöd gelaufen gestern Abend«, sagte er. »Dein Alter hat ja ziemlich genervt.«

»Ja, hat er«, sagte Cynthia.

»Was ist denn danach noch passiert?«, fragte Vince. Irgendwie klang er, als wüsste er es bereits. Cynthia zuckte mit den Schultern und schüttelte den Kopf. Sie wollte nicht darüber reden.

»Wo ist eigentlich dein Bruder?«, fragte Vince. »Ist er krank?«

»Was?«, stieß Cynthia hervor.

Niemand hatte Todd gesehen. Vince sagte, er hätte ihn unter vier Augen fragen wollen, wie groß der Stunk zu Hause sei, ob sie Hausarrest bekommen hätte, weil er nämlich am Wochenende mit ihr um die Häuser ziehen wollte, sein Kumpel Kyle würde ihm Bier besorgen, und dann könnten sie doch rauf in die Hügel fahren, ein bisschen im Auto sitzen und sich die Sterne angucken, oder?

Cynthia lief nach Hause. Sie vergaß sogar, Vince zu fragen, ob er sie fahren konnte. Sie meldete sich auch nicht im Sekretariat ab. Sie lief, so schnell sie konnte, und die ganze Zeit über dachte sie: Bitte, lieber Gott, mach, dass Moms Wagen in der Einfahrt steht. *Bitte.*

Doch als sie von der Pumpkin Delight Road in die Hickory Lane einbog und ihr einstöckiges Elternhaus in Sicht kam, war von dem gelben Ford Escort ihrer Mutter weit und breit nichts zu sehen. Trotzdem rief sie laut und atemlos nach ihrer Mutter, als sie ins Haus stürzte. Und dann nach ihrem Bruder.

Sie begann zu zittern, riss sich dann aber mit aller Macht zusammen.

Nun verstand sie überhaupt nichts mehr. Egal wie stinksauer ihre Eltern auch auf sie sein mochten – deswegen würden sie nicht einfach abhauen, ohne ihr etwas zu sagen, und obendrein noch Todd mitnehmen.

Cynthia kam sich total bescheuert vor, klingelte aber nebenan bei den Jamisons. Wahrscheinlich gab es eine ganz einfache Erklärung; vielleicht hatte sie ja bloß vergessen, dass ihre Mutter einen Zahnarzttermin hatte. Wenn sie jetzt um die Ecke bog, würde Cynthia wie eine Vollidiotin dastehen.

Egal.

Als Mrs Jamison öffnete, platzte Cynthia mit allem heraus. Dass niemand zu Hause gewesen sei, als sie aufgewacht war, und dass sie dann zur Schule gegangen sei, aber Todd sei auch dort nicht aufgetaucht, und ihre Mutter …

Mrs Jamison war zwar überrascht, meinte aber, sie solle sich keine Sorgen machen, ihre Mom sei bestimmt nur zum Einkaufen gefahren. Sie ging mit Cynthia hinüber und warf einen Blick auf die Zeitung, die immer noch vor der Haustür lag. Zusammen sahen sie in allen Zimmern, der Garage und im Garten nach.

Mrs Jamison gefiel die Sache nicht. Sie rief die Polizei.

Kurz darauf kam ein Streifenbeamter vorbei, dem das Ganze aber kein großes Kopfzerbrechen zu bereiten schien. Bald aber trafen weitere Beamte und Streifenwagen ein und am Abend wimmelte es auf der Straße nur so von Polizisten. Cynthia hörte, wie sie über Funk Beschreibungen der Autos ihrer Eltern durchgaben und im Krankenhaus von Milford anriefen. Die Polizisten klingelten bei den Nachbarn und stellten auch Cynthia jede Menge Fragen.

»Bist du sicher, dass sie nicht jemanden besuchen wollten?«, fragte ein Mann, der sich als Detective vorgestellt hatte und im Gegensatz zu den anderen Polizisten keine Uniform trug. Er hieß Findley oder Finlay, wenn sie ihn richtig verstanden hatte.

Hielt er sie allen Ernstes für derart vergesslich? Glaubte er, sie würde gleich herausplatzen: »Na klar, jetzt erinnere ich mich! Sie wollten ja Tante Tess besuchen! Moms Schwester.«

»Nun ja«, sagte der Detective. »Deine Eltern und dein Bruder haben offensichtlich nichts gepackt. Soweit wir feststellen konnten, sind all ihre Sachen noch da, und die Koffer stehen unten im Keller.«

Die Fragen wollten schier kein Ende nehmen. Wann hatte sie ihre Eltern zuletzt gesehen? Wann war sie ins Bett gegangen? Was war das für ein Junge, mit dem sie aus gewesen war? Sie bemühte sich, nichts auszulassen, gab sogar zu, dass sie Streit mit ihren Eltern gehabt hatte, auch wenn sie verschwieg, dass sie betrunken gewesen war und ihnen den Tod gewünscht hatte.

Der Detective war ein netter Mann, doch stellte er keine einzige der Fragen, die Cynthia unablässig durch den Kopf gingen. Wieso waren ihre Eltern und ihr Bruder einfach verschwunden? Wo waren sie hingefahren? Und warum hatten sie sie nicht mitgenommen?

In einem Anfall von Panik begann sie die Küche auf den Kopf zu stellen. Sie hob Platzdeckchen hoch und warf sie beiseite, sah unter die Stühle, spähte hinter den Herd, während ihr Tränen über die Wangen liefen.

»Was ist denn los, Kleine?«, fragte der Detective. »Was machst du da?«

»Wo ist bloß der Zettel?«, fragte Cynthia mit flehendem Blick. »Hier muss irgendwo ein Zettel sein! Meine Mom geht nie aus dem Haus, ohne eine Nachricht zu hinterlassen!«

EINS

Cynthia stand vor dem einstöckigen Haus an der Hickory Lane. Aber sie sah das Haus, in dem sie ihre Kindheit verbracht hatte, keineswegs zum ersten Mal seit fünfundzwanzig Jahren wieder. Sie lebte immer noch in Milford und hatte mir das Haus gezeigt, bevor wir heirateten. »Das ist es«, hatte sie im Vorüberfahren gesagt, und schon waren wir wieder daran vorbei gewesen. Sie hielt nie an. Und falls doch, stieg sie nicht aus. Jedenfalls hatte sie seit einer Ewigkeit nicht mehr unmittelbar vor dem Haus gestanden.

Und genauso lange war es her, dass sie das Haus zuletzt betreten hatte.

Wie angewurzelt stand sie auf dem Bürgersteig; es sah fast so aus, als könne sie keinen Schritt weitergehen. Am liebsten wäre ich zu ihr geeilt, um sie zur Tür zu begleiten. Die Einfahrt war gerade mal zehn Meter lang, erstreckte sich aber ein Vierteljahrhundert in die Vergangenheit. Für sie war es wohl ein bisschen so, als würde sie durch das falsche Ende eines Fernglases sehen. So, als könnte sie den ganzen Tag gehen und gehen, ohne jemals anzukommen.

Trotzdem blieb ich auf der anderen Straßenseite stehen, behielt sie im Auge, ihren Rücken, die kurzen roten Haare. Ich hatte meine Anweisungen.

Cynthia stand da, als würde sie auf die Erlaubnis warten, endlich die Einfahrt hinaufzuschreiten. Dann ertönte eine Stimme.

»Okay, Mrs Archer? Gehen Sie los. Nicht zu schnell. Zögern Sie ruhig ein bisschen, so als würden Sie das Haus zum ersten Mal seit fünfundzwanzig Jahren betreten.«

Über die Schulter sah Cynthia eine junge Frau in Jeans und Turnschuhen an; die Frau trug eine Baseballkappe, aus der hinten ihr Pferdeschwanz baumelte. Sie war eine der drei Aufnahmeleiterinnen.

»So ist es ja auch«, sagte Cynthia.

»Sehen Sie nicht mich an«, sagte die Frau mit dem Pferdeschwanz. »Richten Sie den Blick aufs Haus, und wenn Sie losgehen, denken Sie einfach daran, was damals passiert ist, okay?«

Cynthia sah mich an und verdrehte die Augen. Ich lächelte resigniert, so nach dem Motto »Tja, da musst du jetzt durch«.

Langsam schritt sie die Einfahrt hinauf. Wie hätte sie sich dem Haus wohl ohne laufende Kamera genähert? Ebenso vorsichtig, ebenso stockend? Wahrscheinlich. Aber jetzt wirkte es gespielt, irgendwie gezwungen.

Doch als sie die Treppenstufen zur Haustür erklomm und die Hand ausstreckte, bemerkte ich, dass sie zitterte. Ich bezweifelte jedoch, dass die Kamera imstande war, echte Gefühle einzufangen.

Ihre Hand legte sich um den Türknauf. Sie drehte ihn und wollte gerade die Tür öffnen, als die Frau mit dem Pferdeschwanz rief: »Stopp! Wunderbar! Bleiben Sie genau so stehen!« Dann richtete sie das Wort an den Kameramann: »Und jetzt das Ganze noch mal von innen, damit wir sehen, wie sie hereinkommt.«

»Das kann ja wohl nicht wahr sein!«, sagte ich, laut genug, dass das umstehende Fernsehteam es mitbekam – etwa ein halbes Dutzend Leute, darunter Paula Malloy, die Chefreporterin des Senders, wie stets ganz Strahlelächeln und Donna-Karan-Kostüm.

Paula trat zu mir.

»Mr Archer.« Sie berührte mich am Arm, noch so eins ihrer Markenzeichen. »Ist alles in Ordnung?«

»Wie können Sie ihr das antun?«, sagte ich. »Meine Frau will zum ersten Mal, seit ihre Familie spurlos verschwunden ist, ihr Elternhaus betreten, und Sie rufen einfach ›Schnitt‹?«

»Terry«, sagte sie und rückte mir noch ein bisschen näher auf den Leib. »Darf ich Sie Terry nennen?«

Ich äußerte mich nicht dazu.

»Terry, es tut mir wirklich leid, aber wir müssen die Kamera neu positionieren. Wir wollen Cynthias Gesicht sehen, wenn sie zum ersten Mal nach all den Jahren das Haus betritt. Wir wollen größtmögliche Authentizität. Ehrlichkeit. Und darum geht es Ihnen beiden doch auch, nicht wahr?«

Ein toller Witz. Die Chefreporterin von *Deadline*, die sonst hinter Prominenten und Popstars herjagte, die sich betrunken ans Steuer gesetzt oder ihr Baby nicht im Kindersitz angeschnallt hatten, spielte hier kalt lächelnd die Aufrichtigkeitskarte aus.

»Ja, natürlich«, sagte ich müde, während ich daran dachte, dass es hier um weit mehr ging, darum, dass ein TV-Beitrag nach all den Jahren vielleicht ein wenig Licht ins Dunkel bringen konnte. »Kein Problem.«

Paula schenkte mir ein professionelles Strahlelächeln und marschierte mit klackenden Absätzen auf die andere Straßenseite.

Seit Cynthia und ich angekommen waren, hatte ich mich bewusst abseits gehalten. Ich hatte mir einen Tag vom Unterricht freigenommen. Der Direktor, mein langjähriger Freund Rolly Carruthers, wusste, wie wichtig die Sache für Cynthia war; ein Kollege vertrat mich in Englisch und kreativem Schreiben. Cynthia hatte sich ebenfalls einen Tag Urlaub genommen; sie arbeitete in einem Modegeschäft. Unsere achtjährige Tochter Grace hatten wir an der Schule abgesetzt. Grace hätte es wahrscheinlich überaus spannend gefunden, einem Fernsehteam beim Drehen zuzusehen, aber bei einer Produktion über die persönliche Tragödie ihrer Mutter hatte sie nichts zu suchen.

Cynthias ehemaliges Elternhaus wurde inzwischen von einem pensionierten Ehepaar bewohnt, begeisterten Seglern, die ein Boot im Hafen von Milford liegen hatten und vor zehn Jahren hier eingezogen waren. Der Sender hatte dem Ehepaar Geld bezahlt, um das Haus für seine Zwecke nutzen zu können; die Crew hatte allen möglichen Nippes sowie private Fotos von den Wänden entfernt, damit das Haus möglichst so aussah wie damals.

Ehe die Hausbesitzer zum Segeln fuhren, sprachen sie vor dem Haus in die laufenden Kameras.

Ehemann: »Nicht auszudenken, was damals hier passiert sein mag. Manchmal denke ich, die ehemaligen

Bewohner müssen zerstückelt und in Säure aufgelöst worden sein.«

Ehefrau: »Ab und zu kommt es mir vor, als würde ich Stimmen hören. So als würden ihre Geister im Haus herumspuken. Manchmal, wenn ich am Küchentisch sitze, läuft es mir eiskalt den Rücken hinunter, als wäre gerade einer von ihnen an mir vorbeigelaufen.«

Ehemann: »Als wir das Haus kauften, wussten wir nicht, was hier passiert war. Jemand hatte es von der Tochter gekauft, es dann an jemand anders weiterverkauft, und von den Leuten haben wir es dann gekauft. Als mir später das eine oder andere zu Ohren gekommen ist, habe ich mich in der Stadtbibliothek schlaugemacht. Und mich gefragt, wieso sie eigentlich überlebt hat. Mal ernstlich, das ist doch wohl schon ein bisschen merkwürdig, oder?«

Cynthia, die das Interview von einem der Transporter aus verfolgte, in denen das Fernsehteam angerückt war, rief: »Entschuldigung, dass ich Sie unterbreche. Was meinen Sie damit?«

Jemand aus dem Team fuhr herum und machte »Schsch«, aber damit war er bei Cynthia an der falschen Adresse. »Sie haben mir überhaupt nichts zu sagen«, zischte sie. In Richtung des Mannes rief sie: »Was wollten Sie damit andeuten?«

Verblüfft sah der Mann zu ihr herüber. Offenbar hatte er nicht gewusst, das Cynthia anwesend war. Die Aufnahmeleiterin mit dem Pferdeschwanz ergriff Cynthia am Ellbogen und lenkte sie mit sanftem Druck hinter den Transporter.

»Was soll das?«, fragte Cynthia. »Was wollte er damit

sagen? Dass ich etwas mit dem Verschwinden meiner Familie zu tun habe?«

»Kümmern Sie sich nicht um ihn«, sagte die Aufnahmeleiterin.

»Sie haben gesagt, Sie wollten mir helfen«, sagte Cynthia. »Endlich Licht ins Dunkel zu bringen. Das ist der einzige Grund, warum ich zugesagt habe. Wollen Sie etwa senden, was er gesagt hat? Was sollen die Leute denken, wenn sie so etwas hören?«

»Machen Sie sich keine Gedanken«, sagte die Aufnahmeleiterin. »Das wird nicht verwendet.«

Anscheinend sorgten sie sich, dass Cynthia von einer Sekunde auf die andere abrauschen würde, ohne dass sie auch nur eine Minute mit ihr gedreht hatten; sie redeten auf sie ein, versuchten sie zu beschwichtigen, gaben nochmals zu bedenken, dass sich sicher jemand melden würde, der etwas wusste, sobald der Beitrag ausgestrahlt wurde. Was ihren Beteuerungen zufolge immer wieder vorkam. Sie hätten, sagten sie, jede Menge Fälle gelöst, die die Polizei längst zu den Akten gelegt hatte.

Nachdem sie Cynthia erneut davon überzeugt hatten, dass sie aus rein ehrenhaften Motiven handelten, und der alte Sack mit seiner Frau zum Segeln abgedüst war, ging die Show weiter.

Ich folgte zwei Kameramännern ins Haus, stellte mich dann aber ein wenig abseits, während sie sich positionierten, um aus verschiedenen Perspektiven aufzunehmen, wie Cynthia zögernd in ihre Erinnerungen eintauchte. Ich ging davon aus, dass sie das Filmmaterial im Studio nicht nur zusammenschneiden, sondern obendrein auf grobkörnig trimmen und mit diversen anderen Tricks verfremden würden, um die Geschichte ein wenig spannender zu gestalten – eine Story, die Fernsehredakteure früherer Jahrzehnte ganz sicher auch so dramatisch genug gefunden hätten.

Dann ging es nach oben in Cynthias altes Zimmer. Sie wirkte wie gelähmt. Sie wollten aufnehmen, wie sie das Zimmer betrat, aber aus zwei verschiedenen Perspektiven. Beim ersten Mal wartete der Kameramann hinter der geschlossenen Zimmertür, beim zweiten Take filmten sie Cynthia vom Flur aus, die Kamera über ihre Schulter gerichtet. Als der Beitrag gesendet wurde, sah ich, dass sie ein Fischaugenobjektiv verwendet hatten, um der Szene einen unheimlichen Touch zu verleihen, etwa so, als würde Jason aus »Freitag der 13.« mit seiner Eishockeymaske hinter der Tür warten.

Paula Malloy, die als Wetterfee angefangen hatte, wurde frisch geschminkt und frisiert. Dann stattete eine Assistentin sie und Cynthia mit Sendern und kleinen Mikros aus, die an ihren Kragen befestigt wurden. Paula stieß Cynthia sacht mit der Schulter an, als seien sie alte Freundinnen, die sich gemeinsam an nicht ganz so gute Zeiten erinnerten.

Als sie bei laufenden Kameras die Küche betraten, fragte Paula: »Was ist Ihnen damals durch den Kopf gegangen?« Cynthia bewegte sich wie in Trance. »Totenstille im ganzen Haus – und dann kommen Sie in die Küche und niemand ist da.«

»Ich wusste ja nicht, was los war«, sagte Cynthia leise. »Ich dachte, alle wären vor mir aus dem Haus gegangen. Ich dachte, mein Vater sei zur Arbeit gefahren. Und dass meine Mutter meinen Bruder zur Schule bringen würde. Ich dachte, sie wären sauer auf mich, weil ich mich am Abend zuvor ziemlich danebenbenommen hatte.«

»Waren Sie ein schwieriger Teenager?«, fragte Paula.

»Nun ja ... manchmal. Am Abend zuvor hatte ich mich mit einem Jungen getroffen, der meinen Eltern ein Dorn im Auge war, und auch einiges getrunken. Aber so schlimm war ich nun auch wieder nicht. Ich habe meine Eltern geliebt, und ich glaube ...« – einen Augenblick lang drohte ihr die Stimme zu versagen – »... sie mich auch.«

»Sie haben damals ausgesagt, Sie hätten Streit mit Ihren Eltern gehabt.«

»Ja«, sagte Cynthia. »Weil ich nicht rechtzeitig nach Hause gekommen bin und sie belogen habe. Und manchmal habe ich ihnen auch ziemlich unschöne Dinge an den Kopf geworfen.«

»Zum Beispiel?«

»Oh.« Cynthia zögerte einen Moment. »Was man halt so sagt. Kinder sagen manchmal eben Dinge, die sie eigentlich gar nicht so meinen.«

»Und was glauben Sie, wo sich Ihre Eltern und Ihr Bruder heute befinden – fünfundzwanzig Jahre später?«

Traurig schüttelte Cynthia den Kopf. »Das frage ich mich ja selbst. Es vergeht kein Tag, an dem ich mir nicht darüber den Kopf zerbreche.«

»Falls Ihre Eltern und Ihr Bruder noch leben sollten, was würden Sie ihnen, hier bei *Deadline*, jetzt sagen wollen?«

Verlegen und irgendwie hoffnungslos sah Cynthia aus dem Küchenfenster.

»Blicken Sie in die Kamera«, sagte Paula Malloy und legte einen Arm um Cynthias Schultern. Ich musste mich mit aller Macht zusammennehmen, sonst wäre ich ins Bild geplatzt, um Paula die aalglatte Maske herunterzureißen. »Fragen Sie einfach, was Sie all die Jahre fragen wollten.«

Cynthias Augen schimmerten feucht, als sie in die Kamera sah. Zuerst brachte sie nur ein Wort heraus: »Warum?«

Paula schwieg, um den Augenblick wirken zu lassen, und hakte dann nach. »Warum was, Cynthia?«

»Warum«, wiederholte Cynthia, während sie sichtlich um Fassung rang, »habt ihr mich allein gelassen? Wenn ihr noch leben solltet, warum habt ihr euch nie gemeldet? Warum habt ihr mir nicht mal eine kleine Nachricht hinterlassen? Warum habt ihr euch nicht wenigstens von mir verabschiedet?«

Ich konnte die Spannung um mich herum genau spüren. Es war, als hätte das gesamte Fernsehteam den Atem angehalten. Ich wusste, was ihnen durch den Kopf ging. Das hier war Einschaltquote pur, Fernsehen vom Allerfeinsten. Ich hasste sie dafür, dass sie Cynthias Unglück für Unterhaltungszwecke ausbeuteten, eben weil es für sie nichts als bloße Unterhaltung war. Aber ich hielt meine Zunge im Zaum, weil Cynthia sich garantiert ebenso bewusst war, dass sie missbraucht wurde, dass sie nur eine weitere Story war, mit der die nächste halbstündige Folge der Sendung gefüllt wurde. Sie war bereit, sich dafür einspannen zu lassen – in der Hoffnung, dass sich vielleicht jemand melden würde, der den Schlüssel zu ihrer Vergangenheit besaß.

Auf Bitte der *Deadline*-Redaktion hatte Cynthia zwei alte Schuhschachteln mitgebracht, in denen sie allerlei Erinnerungsstücke an ihr früheres Leben aufbewahrte. Zeitungsausschnitte, verblichene Polaroidbilder, Klassenfotos, Zeugnisse, alle möglichen Dinge, die sie damals von zu Hause mitgenommen hatte, als sie zu ihrer Tante Tess gezogen war. Tess Berman, der Schwester ihrer Mutter.

Sie setzten Cynthia an den Küchentisch. Vor ihr standen die geöffneten Schuhschachteln, aus denen sie nun ihre Erinnerungsstücke nahm, eins nach dem anderen, und sie langsam vor sich ausbreitete, wie ein Puzzle, als würde sie nach den Teilen mit geraden Kanten suchen, als wolle sie sich vom Rand des Bilds zur Mitte vorarbeiten.

Aber es gab keine Rahmenteile in Cynthias Schuhschachteln. Es gab keine Möglichkeit, sich langsam auf die Mitte zuzuarbeiten. Es war, als hätte sie ein paar Dutzend Teile von tausend verschiedenen Puzzles.

»Das sind wir«, sagte sie und hielt ein Foto hoch. »Beim Campingurlaub in Vermont.« Die Kamera zoomte auf Todds Strubbelkopf und Cynthia; sie standen links und rechts neben ihrer Mutter vor einem Zelt. Cynthia war etwa fünf, ihr Bruder um die sieben Jahre alt. Ihre Gesichter waren mit Erde verschmiert, und ihre Mutter – das Haar mit einem rotweiß gemusterten Tuch zusammengebunden – lächelte stolz in die Kamera.

»Von meinem Vater habe ich keine Bilder«, sagte Cynthia niedergedrückt. »Er hat ja immer die Fotos von uns gemacht. Aber ich kann ihn genau vor mir sehen, groß und breitschultrig, mit dem Filzhut, den er immer trug, und dem schmalen Oberlippenbart. Gut sah er aus, richtig gut. Und Todd war ihm wie aus dem Gesicht geschnitten.«

Sie griff nach einem vergilbten Zeitungsausschnitt. »Hier«, sagte sie, während sie das Stück Papier vorsichtig auseinanderfaltete. »Das habe ich im Schreibtisch meines Vaters gefunden.« Erneut rückte der Kameramann näher, um den Zeitungsausschnitt zu zeigen. Es handelte sich um ein verblichenes, grobkörniges Schwarzweißbild, auf dem eine Schülermannschaft zu sehen war. Ein Dutzend Jungs blickte in die Kamera; einige lächelten, ein paar zogen Grimassen. »Dad hat das Bild wohl aufbewahrt, weil Todd mit drauf ist, auch wenn sie seinen Namen unter dem Foto vergessen haben. Dad war wirklich stolz auf uns. Manchmal sagte er im Scherz, wir wären die beste Familie, die er je hatte.«

Rolly Carruthers, der Direktor meiner Schule, wurde ebenfalls interviewt.

»Die Sache ist mir ein echtes Rätsel«, sagte er. »Ich kannte Clayton Bigge. Wir waren ein paarmal zusammen angeln. Ich fand ihn sehr sympathisch. Ich habe nicht die geringste Ahnung, was passiert sein könnte. Vielleicht sind sie in die Fänge einer Art Manson-Family geraten, die sich auf Mordtour quer durchs Land befand.«

Sie interviewten auch Cynthias Tante Tess.

»Ich habe meine Schwester, meinen Schwager und meinen Neffen verloren, aber für Cynthia war es ein noch größerer Verlust. Sie hat unendlich viel durchgemacht, ihr Schicksal aber wirklich bravourös bewältigt.«

Doch obwohl die Macher der Sendung ihr Versprechen hielten und die skeptischen Äußerungen des alten Mannes, der nun im ehemaligen Haus der Bigges lebte, nicht ausstrahlten, hatten sie noch jemanden in petto, der ebenfalls nicht mit seiner Meinung hinter dem Berg hielt.

Cynthia starrte wie das Kaninchen auf die Schlange, als der Beitrag ein paar Wochen später ausgestrahlt wurde und plötzlich der Ermittlungsbeamte auf dem Bildschirm erschien, der sie damals befragt hatte. Er war inzwischen pensioniert und lebte in Arizona. Unter seinem Konterfei waren die Worte »Bartholomew Finlay, Detective i.R.« eingeblendet. Er hatte die Ermittlungen geleitet, den Fall nach einem Jahr jedoch zu den Akten gelegt. Die Leute vom Sender hatten ihn in Phoenix interviewt, vor einem in der Sonne gleißenden Airstream-Wohnmobil.

»Also, ich habe mich jedenfalls immer wieder gefragt, wieso die Tochter überlebt hat. Vorausgesetzt natürlich, dass ihre Eltern und ihr Bruder tatsächlich tot sind. Die Version, dass eine Familie sich auf und davon macht und die Tochter zurücklässt, hat mir noch nie eingeleuchtet. Okay, die Kleine war schwierig und hatte Stress mit ihren Eltern. Aber ein für alle Mal verschwinden, nur um das schwarze Schaf der Familie loszuwerden? Das ist doch grotesk. Was wiederum bedeutet, dass jemand ein falsches Spiel getrieben hat. Und damit wären wir wieder bei meiner Eingangsfrage. Wieso hat sie überlebt? Und so viele Möglichkeiten bleiben da nicht übrig.«

»Was meinen Sie damit?«, fragte die Stimme von Paula Malloy, die nie selbst ins Bild kam. Ihre Fragen waren später dazugeschnitten worden, da sie das Interview nicht selbst geführt hatte.

»Das können Sie sich selbst zusammenreimen«, sagte Detective Finlay.

»Was denn?«, fragte Paula Malloy.

»Kein weiterer Kommentar.«

Cynthia war außer sich. »Damit sagt er doch, dass ich es war«, fauchte sie in Richtung des Bildschirms. »Er sagt durch die Blume, dass ich etwas damit zu tun hatte! Der Dreckskerl! Sie haben hoch und heilig versprochen, nichts dergleichen zu senden!«

Es gelang mir, sie zu beruhigen; der Beitrag war alles in allem ziemlich positiv gewesen und Cynthia bei ihrem Interview mit Paula ehrlich und glaubwürdig herübergekommen. »Wenn es jemanden gibt, der mehr weiß«, versicherte ich ihr, »wird er sich bestimmt nicht von einem sturen pensionierten Cop beeinflussen lassen. Vielleicht meldet sich sogar jemand, nur um seinen hirnrissigen Verdacht zu widerlegen.«

Leider musste sich die Sendung gegen die letzte Folge einer Reality-Show behaupten, in der eine Schar übergewichtiger Möchtegern-Rockstars darum wetteiferte, so schnell wie möglich die meisten Pfunde zu verlieren, um einen Plattenvertrag zu gewinnen. Direkt nach der Sendung wartete Cynthia neben dem Telefon, da sie hoffte, dass sich sofort jemand beim Sender melden würde. Noch vor Morgengrauen würde das Rätsel gelöst sein. Und sie endlich die Wahrheit erfahren.

Doch es meldete sich niemand, abgesehen von einer Frau, die behauptete, dass Cynthias Familie von Außerirdischen entführt worden war, und einem Mann, der mit der Theorie aufwartete, dass Cynthias verschwundene Verwandte durch einen Riss in der Zeit gefallen und sich nun entweder auf der Flucht vor Dinosauriern befanden oder aber in einer Orwell'schen Zukunft gelandet waren, wo man ihre Erinnerungen gelöscht hatte.

Jedenfalls erhielten wir keinen einzigen brauchbaren Hinweis.

Offenbar hatte niemand, der etwas wusste, die Sendung gesehen. Zumindest niemand, der den Mund aufmachen wollte.

Während der ersten Woche nach der Ausstrahlung rief Cynthia täglich in der *Deadline*-Redaktion an. Die Leute vom Sender waren höflich und zuvorkommend, sagten, sie würden sich sofort melden, sobald sie etwas hörten. In der zweiten Woche rief Cynthia nur noch jeden zweiten Tag an, doch nun wurden die Zuständigen schroffer, antworteten, ihre Anrufe seien sinnlos, niemand habe sich gemeldet, und sollte sich wider Erwarten doch noch etwas tun, würde sie selbstverständlich umgehend informiert.

Sie waren mit neuen Sendungen beschäftigt. Und bald war Cynthia nur noch eine Nachricht von gestern.

ZWEI

Grace sah mich mit flehenden Augen an, doch der Nachdruck in ihrer Stimme war nicht zu überhören.

»Dad«, sagte sie. »Ich. Bin. Acht. Jahre. Alt.« Ich fragte mich, wo sie das gelernt hatte. Diese Technik, Worte um des dramatischen Effekts willen in einzelne Sätze zu verwandeln. Als hätte ich mich groß wundern müssen. In unserem Haushalt ging es schließlich oft genug dramatisch zu.

»Ja«, sagte ich zu meiner Tochter. »Das ist mir klar.« Ihre Cheerios wurden langsam matschig und ihren Orangensaft hatte sie bislang nicht angerührt. »Die anderen Kinder machen sich lustig über mich«, sagte sie.

Ich trank einen Schluck Kaffee. Gerade erst hatte ich mir eine Tasse eingeschenkt, aber er war nur lauwarm. Offenbar gab die Kaffeemaschine den Geist auf. Ich beschloss, mir auf dem Weg zur Schule noch einen Becher im »Dunkin' Donuts« zu holen.

»Wer genau macht sich denn über dich lustig?«, fragte ich.

»Alle«, sagte Grace.

»Alle«, wiederholte ich. »Was ist denn passiert? Ist eine Versammlung einberufen worden? Und dann hat der Rektor die gesamte Schule aufgefordert, sich über dich lustig zu machen?«

»Jetzt machst du dich über mich lustig.«

Okay, da hatte sie recht. »Tut mir leid. Ich habe mir nur vorzustellen versucht, wie dein Problem aussieht. Alle sind es jedenfalls bestimmt nicht, glaube ich. Es fühlt sich bloß so an. Aber selbst wenn es nur ein paar sind, kann das natürlich ziemlich nervig sein.«

»Und *wie*.«

»Hänseln dich deine Freundinnen?«

»Ja. Sie sagen, Mom behandelt mich wie ein Baby.«

»Deine Mom sorgt sich nur um dich«, sagte ich. »Sie hat dich sehr, sehr lieb.«

»Ich weiß. Aber ich bin schon *acht*.«

»Deine Mom will nur, dass du sicher zur Schule kommst, das ist alles.«

Grace seufzte und ließ den Kopf hängen; eine braune Haarlocke fiel ihr in die Augen. Mit dem Löffel rührte sie in der Milch mit den Cheerios. »Trotzdem muss sie mich nicht zur Schule bringen. Seit dem Kindergarten wird keiner mehr von seiner Mom gebracht.«

Wir diskutierten das Thema nicht zum ersten Mal, und ich hatte auch mehrmals versucht, Cynthia so vorsichtig wie möglich zu vermitteln, dass es vielleicht an der Zeit war, Grace ohne Aufsicht zur Schule gehen zu lassen; immerhin war sie inzwischen schon in der dritten Klasse. Außerdem würde sie ja nicht wirklich allein gehen; es gab jede Menge anderer Kinder, die denselben Schulweg hatten.

»Warum kannst *du* mich nicht bringen?«, fragte Grace, und ein leiser Hoffnungsschimmer erschien in ihren Augen.

Wenn ich Grace zur Schule brachte – was allerdings

nur selten vorkam –, blieb ich stets weit hinter ihr. Passanten wären nie auf die Idee gekommen, dass ich ein Auge auf meine Tochter hatte. Cynthia verrieten wir davon kein Sterbenswörtchen. Meine Frau ging felsenfest davon aus, dass ich bis zur Fairmont Public School keinen Millimeter von Grace' Seite wich und am Schultor stehen blieb, bis sie im Gebäude war.

»Das geht nicht«, sagte ich. »Ich muss um acht in meiner Schule sein. Und bei dir fängt der Unterricht eine ganze Stunde später an. Mom muss erst um zehn zur Arbeit. Aber wenn ich mal wieder die erste Stunde freihabe, bringe ich dich hin, okay?«

Cynthia hatte nämlich ihre Arbeitsstunden – sie arbeitete in der Boutique ihrer alten Freundin Pamela Forster – extra so gelegt, dass sie Grace wohlbehütet zur Schule bringen konnte. Außerdem arbeitete sie nur halbtags, was bedeutete, dass sie Grace auch wieder abholte. Immerhin war sie Grace so weit entgegengekommen, dass sie nicht mehr vor dem Eingang auf sie wartete, sondern auf der Straße. Von dort hatte sie die beste Sicht auf den Schulhof und konnte unsere Tochter leicht erspähen, wenn die Kids aus dem Gebäude strömten. Sie hatte Grace wiederholt gebeten, ihr doch zu winken, damit sie sie gleich sah, doch Grace weigerte sich standhaft.

Schwierig wurde es, als eine Lehrerin die Klasse einmal bat, nach dem Läuten der Schulglocke noch zu bleiben. Vielleicht handelte es sich um kollektives Nachsitzen, vielleicht hatten sich die Kinder die Hausaufgaben noch nicht aufgeschrieben. Grace geriet in Panik, und zwar nicht, weil ihre Mutter sich bestimmt Sorgen machte, sondern weil sie womöglich jede Sekunde ins Klassenzimmer stürmen würde.

»Außerdem ist mein Teleskop kaputt«, sagte Grace.

»Was meinst du mit kaputt?«

»Die Dinger, mit denen es am Ständer festgemacht ist, sind lose. Ich habe sie wieder festgemacht, aber ich weiß nicht, wie lange es hält.«

»Ich sehe es mir nachher an.«

»Ich muss doch nach Killerasteroiden Ausschau halten«, erklärte Grace. »Und wenn mein Teleskop kaputt ist, kann ich sie nicht sehen.«

»Okay. Ich kümmere mich drum.«

»Wenn ein Asteroid auf der Erde einschlagen würde, dann wäre es so, als würden eine Million Atombomben gleichzeitig explodieren, wusstest du das?«

»So viele wohl nicht«, sagte ich. »Aber schlimm wäre es auf jeden Fall.«

»Manchmal träume ich, dass ein Asteroid auf die Erde zurast. Ich will nur abends nachgucken, damit ich weiß, dass nichts passiert.«

Ich nickte. Es war nicht gerade das teuerste Teleskop der Welt und daher wahrscheinlich auch so schnell kaputtgegangen. Klar, man will sein Geld nicht zum Fenster hinauswerfen, da man nie weiß, wie lange sich ein Kind für etwas Bestimmtes interessiert, aber das war gar nicht der springende Punkt; wir hatten einfach nicht genug Geld, um verschwenderisch damit umzugehen.

»Und was ist jetzt mit Mom?«, fragte Grace.

»Was soll denn sein?«

»Muss sie unbedingt mit zur Schule gehen?«

»Ich rede mit ihr«, sagte ich.

»Mit wem willst du reden?«, fragte Cynthia, die gerade die Küche betrat.

Sie sah gut aus. Wunderschön, um genau zu sein. Sie war eine auffallend attraktive Frau. Ich konnte mich schlicht nicht sattsehen an ihren grünen Augen, den hohen Wangenknochen, dem flammend roten Haar, auch wenn sie es nicht mehr so lang trug wie damals, als ich sie kennengelernt hatte. Andere Menschen dachten wahrscheinlich, ihre Topfigur würde sie regelmäßigem Training im Fitnessstudio verdanken, aber mir kam es eher so vor, als würde sie ihre Linie allein durch ihre Ängste halten. Es war, als würden ihre Sorgen Kalorien verbrennen. Mal ganz abgesehen davon, dass wir uns die Mitgliedschaft in einem Fitnessclub sowieso nicht leisten konnten.

Wie bereits erwähnt bin ich Englischlehrer an einer Highschool, und Cynthia arbeitet in einer Boutique, obwohl sie eigentlich einen Abschluss in Psychologie hat und eine Zeitlang als Sozialarbeiterin tätig war. Wir schwimmen also nicht gerade im Geld. Unser Haus – groß genug für uns drei, in einer ganz normalen Wohngegend, nur ein paar Blocks von Cynthias früherem Elternhaus entfernt – stottern wir ab, und etwa einmal im Jahr können wir es uns leisten, eine doppelte Rate abzuzahlen. Unsere Autos sind beide zehn Jahre alt. Im Sommer machen wir immer eine Woche Urlaub im Ferienhaus meines Onkels in der Nähe von Montpelier, und vor drei Jahren, an Grace' fünftem Geburtstag, waren wir in Disneyworld; wir wohnten in einem billigen Motel in Orlando, wo sich um zwei Uhr morgens der Typ von nebenan lautstark bei seiner Gespielin beschwerte, verdammt noch mal vorsichtig mit ihren Zähnen zu sein.

Trotzdem, alles in allem führen wir ein recht gutes Leben und sind eigentlich auch ziemlich glücklich.

Nur ab und zu haben wir unsere kleinen Probleme. Wie eben auch an jenem Morgen.

»Mit Grace' Lehrerin«, sagte ich.

»Und warum?«, fragte Cynthia.

»Ach, einfach so, auf dem nächsten Elternabend«, sagte ich. »Letztes Mal warst du ja allein bei Mrs Enders, weil an meiner Schule gleichzeitig Elternabend war.«

»Sie ist sehr nett«, sagte Cynthia und wandte sich an Grace. »Tausendmal netter als deine letzte Klassenlehrerin, wie hieß sie noch gleich? Mrs Phelps. Die war ein ganz schöner Drachen.«

»Die alte Ziege.« Grace nickte. »Sie hat uns stundenlang auf einem Bein stehen lassen, wenn wir unartig waren.«

»Ich muss los«, sagte ich und trank noch einen letzten Schluck kalten Kaffee. »Cyn, ich glaube, wir brauchen eine neue Kaffeemaschine.«

»Ich kümmere mich drum«, sagte Cynthia.

Als ich aufstand, warf Grace mir einen flehentlichen Blick zu. Ich wusste, was sie wollte. *Sprich mit ihr. Bitte, bitte, sprich mit ihr.*

»Terry, hast du irgendwo den Ersatzschlüssel für die Haustür gesehen?«, fragte Cynthia.

»Hmmm?«, machte ich.

Sie zeigte auf den Haken neben der Tür, die in unseren kleinen Garten führt. »Da hing er doch, oder?«

»Ja, ich glaube schon. Grace, hast du den Schlüssel genommen?«

Sie schüttelte den Kopf und starrte mich missmutig an.

Ich zuckte mit den Schultern. »Kann sein, dass ich ihn selbst eingesteckt habe. Ich sehe später in meiner Jeans nach.« Ich drückte mich an Cynthia vorbei, atmete kurz den Duft ihres Haars ein. »Bringst du mich zur Tür?«

Sie folgte mir. »Stimmt irgendwas nicht?«, fragte sie. »Ist alles okay mit Grace? Wieso ist sie so still?«

Ich zog eine Grimasse und schüttelte den Kopf. »Na ja, es ist wegen … Cyn, sie ist acht Jahre alt.«

Sie trat einen Schritt zurück. »Sie beschwert sich bei dir über mich?«

»Sie will doch einfach nur ein bisschen unabhängiger sein.«

»Ach so, jetzt verstehe ich, worum es ging. Du wolltest nicht mit Grace' Lehrerin reden, sondern mit mir.«

Ich lächelte sie besänftigend an. »Sie sagt, die anderen Kids würden sich über sie lustig machen.«

»Es gibt Schlimmeres.«

Ich wollte etwas erwidern, aber wir hatten diese Diskussion so oft geführt, dass es schlicht sinnlos war.

Cynthia brach das Schweigen. »Du weißt ganz genau, was alles passieren kann. Die Welt ist voller Verbrecher.«

»Ich weiß, Cyn, ich weiß.« Ich versuchte, mir meine Enttäuschung nicht anmerken zu lassen. »Aber wie lange willst du sie noch zur Schule bringen? Bis sie zwölf ist? Oder fünfzehn? Willst du damit noch weitermachen, wenn sie zur Highschool geht?«

»Damit kann ich mich dann immer noch beschäftigen.«
Sie hielt inne. »Ich habe den Wagen wieder gesehen.«

Den Wagen. Dauernd redete sie von irgendwelchen Wagen.

Sie sah an meiner Miene, dass ich ihrer Beobachtung keinerlei Bedeutung zumaß. »Du hältst mich für verrückt«, sagte sie.

»Überhaupt nicht.«

»Ich habe ihn zweimal gesehen. Einen braunen Wagen.«

»Was für eine Marke?«

»Keine Ahnung. Ein ganz normaler Wagen. Mit getönten Scheiben.«

»Und wie oft hast du ihn gesehen?«

»Mindestens zweimal. Er ist an mir und Grace vorbeigefahren. Und mir ist deutlich aufgefallen, dass er dabei langsamer geworden ist.«

»Und der Fahrer? Wie sah er aus?«

»Ich habe dir doch gesagt, dass die Scheiben getönt waren. Wie soll ich da etwas erkennen?«

»Hat er angehalten? Oder irgendetwas zu dir gesagt?«

»Nein.«

»Hast du dir das Kennzeichen gemerkt?«

»Nein. Beim ersten Mal habe ich nicht dran gedacht. Und beim zweiten Mal war ich zu nervös.«

»Cyn, wahrscheinlich ist es bloß jemand, der um die Ecke wohnt. Die Leute müssen hier langsamer fahren, unser Viertel ist schließlich eine verkehrsberuhigte Zone. Erinnerst du dich noch an die Radarfalle? Damit wollte die Polizei Raser abschrecken.«

39

Cynthia wandte den Blick ab und verschränkte die Arme. »Was weißt du denn schon? Wann bist du hier in der Gegend schon mal zu Fuß unterwegs? So wie ich jeden Tag.«

»Eins weiß ich auf alle Fälle«, sagte ich. »Dass du Grace mit deinem Verhalten keinen Gefallen tust. Sie muss lernen, Risiken selbst einzuschätzen.«

»Ach ja? Du glaubst also, eine Achtjährige kann sich schon allein zur Wehr setzen, wenn irgendein Kerl versucht, sie in seinen Wagen zu zerren?«

»Was hat ein brauner Wagen mit Kerlen zu tun, die kleine Kinder ins Auto zerren?«

»Du nimmst diese Dinge einfach nicht so ernst wie ich.« Sie hielt eine Sekunde inne. »Wie kann ein Vater nur derart sorglos sein?«

Ich blies die Wangen auf und stieß Luft aus. »Okay, hör zu, so kommen wir nicht weiter«, sagte ich. »Außerdem muss ich mich beeilen.«

»Na gut«, sagte Cynthia, ohne mir dabei in die Augen zu sehen. »Ich glaube, ich rufe noch mal an.«

»Bei wem?«

»Bei *Deadline*.«

»Cyn, die Sendung ist vor *drei Wochen* gelaufen. Hätte jemand etwas gewusst, hätte er oder sie längst Kontakt aufgenommen. Sie informieren dich sowieso, falls sich irgendwas tut. Außerdem würden sie dann eine Folgesendung machen.«

»Ich rufe trotzdem an. Ich kann mir nicht vorstellen, dass sie wieder genervt reagieren – schließlich habe ich mich schon länger nicht mehr gemeldet. Vielleicht hat sich ja doch etwas ergeben und sie haben es für nebensächlich oder so eine Wichtigtuer-Nummer gehalten. Im Grunde hatten wir ein Riesenglück, dass sich überhaupt irgendein Redakteur daran erinnert hat, was damals passiert ist.«

Sanft drehte ich sie zu mir und hob ihr Kinn an, sodass sie mir in die Augen sah. »Okay, dann ruf eben da an«, sagte ich. »Und vergiss nicht, dass ich dich liebe.«

»Ich dich auch«, sagte sie. »Ich … Ich weiß, dass das Zusammenleben mit mir manchmal nicht einfach ist, gerade für Grace. Mir ist bewusst, dass ich meine eigenen Ängste auf sie übertrage. Aber durch die Sendung ist mir alles wieder so deutlich in Erinnerung gerufen worden.«

»Ich weiß«, sagte ich. »Aber versuch dich mehr auf die Gegenwart zu konzentrieren, Schatz. Du solltest dich nicht so sehr auf die Vergangenheit fixieren.«

Ich spürte, wie sich ihre Schultern anspannten. »Fixieren?«, sagte sie. »Was willst du mir jetzt wieder einreden?«

Es war definitiv die falsche Wortwahl gewesen. Als Englischlehrer sollte einem in solchen Situationen weiß Gott etwas Angemesseneres einfallen.

»Hör auf, mich so gönnerhaft zu behandeln«, sagte Cynthia. »Du glaubst, du weißt alles, aber das stimmt nicht. Man kann nie wissen.«

Es gab nicht viel, was ich darauf hätte antworten können. Sie hatte recht. Ich beugte mich zu ihr und gab ihr einen Kuss. Dann fuhr ich zur Arbeit.

DREI

»*Ich verstehe, dass dir die Vorstellung nicht behagt, ganz ehrlich. Ich verstehe, warum dir die Sache ein wenig Bauchschmerzen bereitet, aber ich weiß, wovon ich rede. Ich habe lange über das Ganze nachgedacht und es gibt keinen anderen Weg. So ist das eben mit Familien. Man muss tun, was notwendig ist, auch wenn es einem nicht leichtfällt, selbst wenn es wehtut. Natürlich geht es einem nicht leicht von der Hand, eine Familie auszulöschen, aber man muss die Sache im größeren Rahmen betrachten. Wahrscheinlich bist du nicht alt genug, um dich daran zu erinnern, aber früher sagte man, dass man ein Dorf zerstören muss, um es zu retten. Und so ähnlich liegen die Dinge auch hier. Stell dir unsere Familie als ein Dorf vor. Wir tun alles, um sie zu retten.*«

VIER

Als mein Freund Roger mich damals an der Uni auf sie aufmerksam machte, flüsterte er: »Archer, die Kleine ist erste Sahne. Ein heißes Gerät, sieh dir nur die Haare an. Rot wie ein Feuermelder. Aber pass bloß auf ... die ist total kaputt.«

Cynthia Bigge saß unterhalb von uns in der zweiten Reihe des Vorlesungssaals und machte sich Notizen über die Literatur des Holocaust; Roger und ich saßen oben, unweit der Tür, damit wir uns so schnell wie möglich aus dem Staub machen konnten, sobald der Professor mit seinem Geschwafel fertig war.

»Kaputt?«, flüsterte ich zurück. »Was meinst du damit?«

»Erinnerst du dich an die Geschichte mit diesem Mädchen und ihrer Familie, die auf Nimmerwiedersehen verschwunden ist? Schon ein paar Jahre her, stand damals aber in allen Zeitungen.«

»Nö.« Nachrichten hatten mich zu jener Zeit überhaupt nicht interessiert. Wie so mancher andere Teenager war ich ziemlich mit mir selbst beschäftigt gewesen – ich hatte vor, der nächste Philip Roth, Robertson Davies oder John Irving zu werden, war mir aber noch nicht ganz schlüssig, wer nun genau – und immun gegen Zeitereignisse jeglicher Art, außer wenn die Studenten auf dem Campus mal wieder gegen irgendetwas protestierten; dabei konnte man nämlich am besten Mädchen kennenlernen.

»Na ja, jedenfalls sind ihre Eltern damals verschwunden, von einem Tag auf den anderen, zusammen mit ihrer Schwester oder ihrem Bruder, so genau weiß ich's nicht mehr.«

Ich beugte mich näher zu ihm und flüsterte: »Wie? Wurden sie ermordet?«

»Keine Ahnung.« Er nickte in Cynthias Richtung. »Vielleicht weiß sie es. Vielleicht hat sie die ganze Bande abserviert. Hast du noch nie daran gedacht, deine Familie zu töten?«

Ich zuckte mit den Schultern. Das hatte wohl jeder irgendwann schon mal getan.

»Wenn du mich fragst, ist die verklemmt«, sagte Roger. »Die guckt einen mit dem Arsch nicht an. Sitzt den ganzen Tag allein in der Bibliothek und ackert. Geht nicht aus und gehört auch zu keiner Clique. Trotzdem, ein echter Augenschmaus.«

Das konnte man wohl sagen.

Es war die einzige Vorlesung, die ich mit ihr zusammen hatte. Ich studierte auf Lehramt, falls es mit der Karriere als Bestsellerautor doch nicht klappen sollte. Meine Eltern – mittlerweile pensioniert und im sonnigen Florida ansässig – waren selbst beide Lehrer gewesen. Und immerhin war es ein krisensicherer Job.

Ich hörte mich um und fand heraus, das Cynthia Sozialpädagogik studierte. Ihre Seminare umfassten Geschlechterstudien, Eheprobleme, Altenfürsorge, Familienökonomie und ähnlich interessante Dinge.

Ich saß vor der Universitätsbuchhandlung und überflog meine Vorlesungsnotizen, als plötzlich jemand vor mir stand.

»Wieso fragst du die Leute über mich aus?«, sagte Cynthia. Es war das erste Mal, dass ich ihre Stimme hörte. Sie sprach in leisem, aber nachdrücklichem Tonfall.

»Hmm?«, machte ich.

»Jemand hat mir erzählt, dass du dich nach mir umhörst«, wiederholte sie. »Du heißt Terrence Archer, stimmt's?«

Ich nickte.

»Also, warum fragst du alle Leute nach mir?«

Ich zuckte mit den Schultern. »Ich weiß nicht genau.«

»Worum geht's dir eigentlich? Wenn du irgendwas wissen willst, dann frag mich doch selbst, okay? Ich mag es nämlich nicht, wenn man hinter meinem Rücken über mich redet.«

»Es tut mir leid. Ich …«

»Glaubst du, ich kriege es nicht mit, wenn über mich geredet wird?«

»Du meine Güte, leidest du unter Verfolgungswahn, oder was? Ich habe nicht über dich *geredet*. Ich habe mich nur gefragt, ob …«

»Du hast dich gefragt, ob ich das Mädchen bin, dessen Familie verschwunden ist. Okay, ich bin's. Und jetzt kümmere dich verdammt noch mal um deinen eigenen Kram.«

»Meine Mutter hat auch rote Haare«, unterbrach ich sie. »Nicht so rot wie deine, eher rotblond. Aber du siehst einfach toll aus. Zugegeben, ich habe mich ein bisschen umgehört, weil ich wissen wollte, ob du einen Freund hast. Soweit ich gehört habe, hast du keinen, und jetzt ist mir auch klar, warum.«

Sie sah mich nur an.

»Tja«, sagte ich und verstaute umständlich meine Sachen, ehe ich aufstand und mir den Rucksack über die Schulter warf. »Wie gesagt, es tut mir leid.«

»Nein«, sagte Cynthia.

Ich blieb stehen. »Nein was?«

»Ich habe keinen Freund.« Sie schluckte. »Und das ist allein meine Sache.«

Ich spürte, wie ich rot wurde. »Ich wollte dir nicht zu nahe treten«, sagte ich. »Aber ich konnte ja nicht ahnen, dass du so überreagieren würdest.«

Wir kamen überein, dass sie überreagiert und ich mich wie ein Arschloch verhalten hatte, und irgendwie landeten wir schließlich in einem der Uni-Cafés, wo mir Cynthia erzählte, dass sie bei ihrer Tante – der Schwester ihrer Mutter – wohnte.

»Tess ist sehr nett«, sagte Cynthia. »Sie war nie verheiratet und hat auch keine eigenen Kinder, und ich habe ihr Leben wohl ziemlich auf den Kopf gestellt, als ich nach der ganzen Sache zu ihr gezogen bin. Aber sie hat sich damit abgefunden. Na ja, was blieb ihr auch anderes übrig? Abgesehen davon, dass es für sie genauso schrecklich war wie für mich – schließlich waren ihre Schwester, ihr Schwager und ihr Neffe von einem Tag auf den anderen spurlos verschwunden.«

»Was ist damals mit eurem Haus passiert?«

»Allein konnte ich dort nicht bleiben. Außerdem war das Haus mit einer Hypothek belastet, und als meine

46

Familie nicht wieder auftauchte, hat die Bank es einkassiert. Das Geld, das meine Eltern in das Haus gesteckt hatten, kam auf ein Treuhandkonto, aber es war nicht viel. Tja, und inzwischen sind sie so lange verschwunden, dass sie als tot gelten. Zumindest juristisch, auch wenn sie es vielleicht gar nicht sind.«

Was sollte ich darauf erwidern?

»Jedenfalls hat Tante Tess für mich gesorgt, meine gesamte Schulzeit hindurch. Klar, ich hatte auch Ferienjobs und so, aber damit konnte ich sie kaum entlasten. Ich weiß nicht, wie sie es hinbekommen hat, aber sie ist für alles aufgekommen, meine gesamte Ausbildung. Sie muss bis über beide Ohren verschuldet sein, hat sich aber noch nie beklagt.«

»Oh, Mann«, sagte ich und nahm einen Schluck Kaffee.

Nun lächelte Cynthia zum ersten Mal. »Oh, Mann?«, sagte sie. »Ist das alles, was dir dazu einfällt, Terry? *Oh, Mann?*« Dann verschwand ihr Lächeln so schnell, wie es gekommen war. »Tut mir leid. Ich wüsste selbst nicht, was ich sagen sollte, wenn ich mir gegenübersitzen würde.«

»Wie wirst du eigentlich mit alldem fertig?«, fragte ich.

Cynthia nippte an ihrem Kaffee. »An manchen Tagen würde ich mich am liebsten umbringen. Aber was, wenn sie am nächsten Tag auftauchen würden?« Sie lächelte wieder. »Da würde ich mich schwer in den Hintern beißen, was?«

Erneut verschwand ihr Lächeln, als würde es von einer sanften Brise davongetragen.

Eine rote Haarlocke fiel ihr in die Stirn und sie strich sie hinters Ohr. »Es gibt zwei Möglichkeiten«, sagte sie dann. »Entweder sind sie tot und hatten nie die Chance, sich von mir zu verabschieden. Oder sie leben noch und es war ihnen von Anfang an egal.« Sie sah aus dem Fenster. »Ich weiß nicht, was ich schlimmer finden soll.«

Wir schwiegen eine Weile. Schließlich sagte Cynthia: »Ich finde dich nett. Wenn ich mit jemandem ausgehen würde, dann mit jemandem wie dir.«

»Wenn Not am Mann ist«, sagte ich, »weißt du ja, wo du mich findest.«

Sie blickte abermals aus dem Fenster auf den Campus hinaus, und einen Moment lang befürchtete ich, sie sei völlig in ihren Erinnerungen versunken.

»Manchmal«, sagte sie, »kommt es mir vor, als würde ich sie sehen.«

»Wie meinst du das?«, fragte ich. »So, als wären sie Geister?«

»Nein«, sagte sie, den Blick immer noch aus dem Fenster gerichtet. »Nein, manchmal halte ich wildfremde Menschen auf den ersten Blick für meinen Vater oder meine Mutter. Ich sehe jemanden von hinten, und plötzlich kommt mir die Art, wie er oder sie den Kopf hält, irgendwie bekannt vor. Oder ich sehe irgendeinen Typen, ein, zwei Jahre älter als ich, der mein Bruder sein könnte. Sieben Jahre ist es jetzt her. Na ja, meine Eltern sehen bestimmt nicht viel anders aus als damals, aber auch wenn mein Bruder sich völlig verändert hätte, würde ich ihn doch trotzdem irgendwie wiedererkennen, oder?«

»Wahrscheinlich«, sagte ich.

»Und sobald mir so jemand ins Auge fällt, laufe ich ihm hinterher, um zu sehen, wie er von vorn aussieht. Manchmal fasse ich die Leute sogar am Arm, damit sie sich umdrehen und mich ansehen.« Sie wandte sich vom Fenster ab und starrte in ihre Tasse, als könne sie dort eine Antwort finden. »Aber sie sind es nie.«

»Na ja, irgendwann wird sich das bestimmt geben«, sagte ich.

»Wenn ich sie gefunden habe«, sagte Cynthia.

Wir begannen uns regelmäßig zu treffen. Wir gingen zusammen ins Kino, büffelten gemeinsam in der Bibliothek. Sie versuchte mich für Tennis zu begeistern. Es war noch nie mein Sport gewesen, aber ich gab mir alle Mühe. Cynthia hätte als Erste zugegeben, dass sie alles andere als brillant, einfach nur eine durchschnittliche Spielerin mit einer starken Rückhand war, doch das reichte aus, um Hackfleisch aus mir zu machen. Wenn ich sah, wie der Ball auf sie zuflog und ihr rechter Arm über die linke Schulter schwang, wusste ich im selben Augenblick, dass ich ihren Return nie im Leben kriegen würde. Meist war der Ball so schnell, dass ich ihn überhaupt nicht kommen sah.

Eines Abends hockte ich vor meiner Royal-Schreibmaschine, schon damals beinahe eine Antiquität, ein klobiges, schwarzes Gerät aus Stahl, so schwer wie ein Volkswagen; das »e« sah eher nach »c« aus, selbst mit frischem Farbband. Ich saß an einer Hausarbeit über

Thoreau, die mir komplett am Arsch vorbeiging, und dass Cynthia, wenn auch vollkommen angezogen, über der Lektüre von Robertson Davies' »Der Fünfte im Spiel« auf dem Einzelbett in meiner Wohnheimbude eingeschlafen war, machte die Sache auch nicht besser.

Ich hatte sie eingeladen, doch vorbeizukommen und mir beim Schreiben zuzusehen. »Gar nicht so uninteressant«, sagte ich. »Ich schreibe nämlich mit Zehnfingersystem.«

»Wie? Mit allen Fingern gleichzeitig?«

Ich nickte.

»Klingt verlockend«, sagte sie.

Sie brachte selbst ein bisschen Arbeit mit, hockte sich auf mein Bett und las, obwohl ich genau spürte, dass sie mich ab und an beobachtete. Wir waren ein paarmal miteinander ausgegangen, aber zu Körperkontakt war es bislang kaum gekommen. Ein paarmal hatte ich im Café beim Aufstehen ihre Schulter beiläufig mit der Hand gestreift; ich hatte ihr die Hand gereicht, wenn wir aus dem Bus stiegen, und einmal waren wir mit den Schultern zusammengestoßen, als wir zum Abendhimmel aufgesehen hatten.

Mehr war nicht passiert.

Ich meinte sie aufstehen zu hören, war aber gerade mit einer Fußnote beschäftigt. Dann stand sie hinter mir, und mit einem Mal schien sich der Raum mit elektrischer Spannung aufzuladen. Sie umarmte mich von hinten und küsste mich auf die Wange. Ich wandte mich zu ihr, sodass sich unsere Lippen finden konnten.

Später, als wir auf dem Bett lagen, kurz bevor es passierte, sagte sie: »Du kannst mich nicht verletzen.«

»Ich will dir nicht wehtun«, sagte ich. »Ich bin ganz vorsichtig.«

»Das meine ich nicht«, flüsterte sie. »Wenn du nicht mit mir zusammen sein willst, mach dir keine Sorgen. Nichts kann mir mehr wehtun als das, was schon geschehen ist.«

Womit sie falsch lag, wie sich noch herausstellen sollte.

FÜNF

Als wir uns besser kennenlernten und Cynthia sich mir allmählich öffnete, erzählte sie mir mehr von ihrer Familie, von Clayton, Patricia und ihrem älteren Bruder Todd, den sie mal liebte, mal hasste, je nachdem, in welcher Stimmung sie gerade war.

Wenn sie von ihnen redete, berichtigte sie oft das Tempus, in dem sie sprach. »Meine Mutter hieß ... Meine Mutter heißt Patricia.« Sie befand sich in permanentem Widerstreit mit dem Teil von ihr, der sich damit abgefunden hatte, dass sie tot waren. Noch glomm in ihr ein leiser Hoffnungsfunke, der müde schimmerte wie die Glut eines ersterbenden Feuers.

Sie war ein Mitglied der Familie Bigge. Was ein schlechter Witz war, da zumindest ihr Vater keine Verwandten hatte, weder Brüder noch Schwestern; seine Eltern waren in seiner Kindheit gestorben. Es hatte nie Familientreffen gegeben und dementsprechend keine Meinungsverschiedenheiten zwischen Clayton und Patricia, bei welchen Großeltern das Weihnachtsfest verbracht werden sollte, auch wenn Clayton während der Festtage zuweilen beruflich unterwegs war.

»Die Familie, das bin ich«, hatte er zu sagen gepflegt. »Sonst gibt's niemanden mehr.«

Sonderlich sentimental schien er auch nicht gewesen

zu sein. Es gab keine verstaubten Fotoalben, in denen man vorige Generationen bestaunen konnte, keine Schnappschüsse von früher, keine Liebesbriefe von verflossenen Liebschaften, die Patricia hätte verbrennen können, als sie Clayton geheiratet hatte. Er lebte im Hier und Jetzt und war ganz und gar nicht nostalgisch veranlagt.

Zugegeben, Patricias Familie war ebenfalls nicht sehr groß, aber immerhin hatte sie eine Geschichte. Patricia besaß jede Menge Bilder von ihren Eltern, entfernten Verwandten und Jugendfreunden, die in Fotoalben oder Schuhkartons aufbewahrt wurden. Ihr Vater war in ihrer Kindheit an Polio gestorben, doch ihre Mutter hatte noch gelebt, als sie Clayton kennengelernt hatte. Sie fand ihn charmant, wenn auch ein wenig schweigsam.

Patricias Schwester Tess war nicht ganz so begeistert. Es gefiel ihr nicht, dass Clayton dauernd auf Geschäftsreisen und Patricia bei der Erziehung der Kinder quasi auf sich allein gestellt war. Andererseits war er ein guter Versorger und nicht zuletzt ein anständiger Kerl, der Patricia innig zu lieben schien.

Patricia Bigge hatte in einem Drogeriemarkt an der North Broad Street gearbeitet, von der man hinaus auf den Park sah, einen Katzensprung von der Stadtbibliothek entfernt, wo sie sich oft klassische Platten auslieh. Sie füllte die Regale auf, kassierte und assistierte ihrem Chef, wenn auch nur in kleineren Dingen. Sie hatte keine richtige Ausbildung, war sich auch bewusst, dass sie irgendeinen richtigen Beruf hätte erlernen müssen, aber letztlich ging es darum, sich finanziell über Wasser zu halten. Dasselbe galt für ihre Schwester Tess, die drüben in Bridgeport in einer Fabrik arbeitete, die Teile für Radios herstellte.

Und eines Tages betrat Clayton den Laden, weil er Heißhunger auf einen Marsriegel hatte.

Hätte ihr künftiger Ehemann auf der Fahrt durch Milford im Juli 66 nicht plötzlich unbezwingbare Lust auf einen Schokoriegel verspürt, wäre alles ganz anders gekommen, wie Patricia zu sagen pflegte.

Aber alles lief bestens. Sie verliebten sich Hals über Kopf ineinander, und ein paar Wochen nach der Hochzeit war Patricia bereits mit Todd schwanger. Kurz darauf hatte Clayton ein Haus gefunden, das sie sich leisten konnten, das Anwesen an der Hickory Lane, einer Seitenstraße der Pumpkin Delight Road, nur einen Steinwurf vom Strand und der Meerenge von Long Island entfernt. Clayton wollte, dass seine Frau und sein Kind ein richtiges Zuhause hatten, während er unterwegs auf Geschäftsreisen war. Er war Vertreter für Maschinenöl und andere Schmierstoffe; sein Reisegebiet deckte die Gegend zwischen New York und Chicago ab und erstreckte sich bis hinauf nach Buffalo. Er hatte jede Menge Kunden, die ihn ganz schön auf Trab hielten.

Zwei Jahre später kam Cynthia zur Welt.

Über all das dachte ich auf der Fahrt zur Old Fairfield Highschool nach. Wenn ich unterwegs war und die Gedanken schweifen ließ, sann ich oft über die Vergangenheit meiner Frau nach, über ihre Kindheit, über ihre Verwandten, die ich nie kennengelernt hatte und aller Wahrscheinlichkeit nach auch nie kennenlernen würde.

Hätte sich die Gelegenheit dazu ergeben, hätte ich Cynthia vielleicht besser verstanden. Andererseits war die Frau, die ich kannte und liebte, sicher nachhaltiger von ihrem späteren Leben als von ihrer Kindheit geprägt worden.

Ich ging noch auf einen Sprung zu »Dunkin' Donuts«, um mir einen Kaffee zu holen, und verzichtete schweren Herzens auf ein Donut mit Zitronencreme. Als ich, die Tasche mit den Aufsätzen in der einen, den Kaffeebecher in der anderen Hand, zur Schule marschierte, erblickte ich Roland Carruthers, seines Zeichens Schuldirektor und obendrein mein wohl bester Freund unter den Kollegen.

»Rolly«, sagte ich.

»Wie?«, fragte er mit Blick auf den Pappbecher in meiner Hand. »Du hast mir keinen mitgebracht?«

»Wenn du meine erste Stunde übernimmst, hol ich dir einen.«

»Bei der Klasse bräuchte ich wohl was Stärkeres.«

»So schlimm ist sie nun auch wieder nicht.«

»Vandalen sind das«, sagte er, ohne auch nur ansatzweise das Gesicht zu verziehen.

»Ehrlich gesagt weiß ich gar nicht, welche Klasse ich heute zuerst habe«, sagte ich.

»Auf dieser Schule sind *alle* Vandalen«, sagte Rolly mit nach wie vor unbewegter Miene.

»Was passiert eigentlich mit Jane Scavullo?«, fragte ich. Das Mädchen war in meinem Kurs für kreatives Schreiben. Sie kam aus zerrütteten Familienverhältnissen, über die niemand aus dem Kollegium Genaueres wusste, und verbrachte ihre halbe Schulzeit auf dem

Sekretariat. Zufällig schrieb sie wie ein Engel. Wie ein Engel, der einem wohl nur allzu gern mitten ins Gesicht geschlagen hätte, aber nichtsdestotrotz wie ein Engel.

»Ich habe ihr gesagt, dass sie so nah vor dem Rauswurf steht«, sagte Rolly und hielt Daumen und Zeigefinger einen Zentimeter auseinander. Jane und ein anderes Mädchen waren ein paar Tage zuvor vor dem Schulgebäude aneinandergeraten und hatten sich beinahe die Augen ausgekratzt. Offensichtlich ging es um einen Jungen – worum auch sonst? Jede Menge Schaulustige waren dabei gewesen, um den Fight mitzuverfolgen, bis Rolly dazugekommen war und die beiden getrennt hatte.

»Was hat sie dazu gesagt?«

Rolly tat so, als würde er betont lässig auf einem Kaugummi herumkauen, und schmatzte dabei.

»Nun ja«, sagte ich.

»Du magst sie«, sagte er.

Ich nahm den Deckel von meinem Becher und trank einen Schluck. »Eine gewisse Sympathie ist vorhanden«, sagte ich.

»So leicht schreibst du niemanden ab, was?«, sagte Rolly. »Aber mal ehrlich, du hast auch positive Eigenschaften.«

Meine Freundschaft zu Rolly lässt sich als durchaus vielschichtig bezeichnen. Wir hatten ein kumpelhaftes Verhältnis, doch da er gut zwanzig Jahre älter war als ich, stellte er auch eine Vaterfigur für mich dar; wenn ich einen Ratschlag oder, wie ich gern frotzelte, ein wenig Altersweisheit benötigte, war ich bei ihm an der richtigen Adresse. Ich kannte ihn seit unserer Hochzeit. Er war mit Cynthias Vater befreundet gewesen und, abgesehen von ihrer Tante Tess, die einzige Person mit Verbindung zu ihrer Vergangenheit.

Es war nicht mehr lang hin bis zu seiner Pensionierung, und zuweilen sah man ihm an, dass er die Tage zählte. Er wartete nur darauf, endlich mit seinem brandneuen Wohnmobil nach Florida abzudüsen und in der Nähe von Bradenton Speerfische und Schwertfische zu angeln.

»Hast du später ein paar Minuten Zeit für mich?«

»Na klar. Irgendwas Besonderes?«

»Nur das Übliche.«

Er nickte. Er wusste, was ich meinte. »Komm vorbei, am besten nach elf. Vorher habe ich Besuch vom Schulrat.«

Ich ging ins Lehrerzimmer und warf einen Blick in mein Fach. Keine besonderen Nachrichten. Als ich mich umdrehte, stieß ich mit Lauren Wells zusammen, die ebenfalls nach ihrer Post sah.

»Sorry«, sagte ich.

»Hey«, sagte Lauren und lächelte mich an. Sie trug einen roten Trainingsanzug und weiße Sportschuhe; schließlich war sie ja Sportlehrerin. »Na, alles klar?«

Sie war vor vier Jahren an die Old Fairfield Highschool gekommen. Zuvor hatte sie zusammen mit ihrem Exmann, der ebenfalls Lehrer war, an einer Schule in New Haven unterrichtet, nach der Scheidung aber nicht mehr mit ihm im selben Gebäude arbeiten wollen. Da sie als ausgezeichnete Sportlehrerin und Trainerin galt – Schüler von ihr hatten diverse regionale Wettkämpfe gewonnen –, standen ihr die Türen und Tore verschiedenster Schulen offen.

Rolly hatte das Rennen gemacht. Unter vier Augen hatte er mich über ihre Vorzüge aufgeklärt, darunter auch »ein super Körper, langes kastanienbraunes Haar und sexy braune Augen«.

Offenbar hatte ich leicht die Stirn gerunzelt, da er sofort hinzufügte: »Krieg dich wieder ein, ich habe sie lediglich beschrieben. Außer meiner Angelrute kriege ich doch sowieso nichts mehr hoch.«

All die Jahre hatte mir Lauren Wells so gut wie keine Beachtung geschenkt, aber seit Cynthia in *Deadline* zu sehen gewesen war, fragte sie mich dauernd, ob sich etwas getan hätte.

»Gibt's was Neues?«, fragte sie.

»Neues?«, sagte ich verdutzt.

»Na, von den Fernsehleuten«, sagte sie. »Ist doch jetzt schon zwei Wochen her. Hat sich inzwischen jemand gemeldet wegen Cynthias Familie?«

Cynthia? Sie tat geradezu so, als wären sie und meine Frau gute Freundinnen, obwohl sich die beiden meines Wissens nie kennengelernt hatten. Aber es war ja möglich, dass sie sich auf irgendeinem Schulfest über den Weg gelaufen waren.

»Leider nein«, sagte ich.

»Sie ist bestimmt *furchtbar* enttäuscht«, sagte Lauren und berührte mich mitfühlend am Arm.

»Nun ja, natürlich wäre es schön, wenn sich jemand melden würde. Irgendjemand muss doch etwas wissen, selbst nach all den Jahren.«

»Ich denke dauernd an euch«, sagte Lauren. »Erst

gestern habe ich einer Freundin von der Sache erzählt. Und? So weit alles okay bei dir?«

»Bei mir?« Ich tat überrascht. »Ja, absolut.«

»Na ja«, sagte Lauren leise. »Du siehst manchmal ein bisschen verloren aus. Irgendwie müde. Und traurig.«

Merkwürdig, dass ich müde und traurig wirkte. Und noch merkwürdiger, dass sie mich offenbar im Blick hatte.

»Tatsächlich?«, sagte ich. »Nein, alles läuft bestens.«

Sie lächelte. »Das freut mich. Wirklich.« Sie räusperte sich. »Ich muss rüber in die Turnhalle. Lass uns mal in Ruhe reden.« Sie berührte mich abermals am Arm, ließ ihre Hand aber einen Augenblick länger verweilen als beim ersten Mal, ehe sie sich abwandte und das Lehrerzimmer verließ.

Wer einen Highschool-Stundenplan so organisiert, dass ein Kurs in kreativem Schreiben direkt in der ersten Stunde stattfindet, hat entweder keine Ahnung von Schülern oder einen besonders fiesen Sinn für Humor. Ich hatte mit Rolly darüber gesprochen, doch er hatte lediglich gesagt: »Deshalb heißt es ja ›kreativ‹. Also, lass dir was einfallen, um die Kids so früh am Morgen in Schwung zu bringen. Wenn das einer kann, Terry, dann du.«

Einundzwanzig Gestalten waren anwesend, als ich die Klasse betrat; die Hälfte hing über ihren Tischen, als hätte ihnen jemand über Nacht die Wirbelsäule entfernt. Ich stellte den Kaffeebecher ab und ließ

meine Tasche deutlich hörbar auf das Pult nieder-
klatschen. Damit hatte ich schon mal ihre Aufmerksamkeit, da sie genau wussten, was sich in der Tasche
befand.

Ganz hinten hing die siebzehnjährige Jane Scavullo
derart zusammengesunken in ihrem Stuhl, dass ich ihr
bandagiertes Kinn beinahe nicht gesehen hätte.

»Okay«, sagte ich. »Ich habe mir eure Storys angesehen, und ein paar davon sind richtig gut. Unglaublich,
aber einigen von euch ist es sogar gelungen, ganze Absätze ohne das Wörtchen ›verfickt‹ auszukommen.«

Ein paar von ihnen kicherten.

»Wegen so was können Sie doch gefeuert werden,
oder?«, fragte ein Bursche namens Bruno, von dessen
Ohren zwei weiße Kabel herabhingen, die in seiner
Jacke verschwanden.

»Das will ich verfickt noch mal hoffen«, sagte ich. Ich
zeigte auf meine Ohren. »Bruno, kannst du die Dinger
eben mal rausmachen?«

Bruno entfernte die Kopfhörer.

Ich ging den Stapel Arbeiten durch – die meisten Geschichten waren am Computer geschrieben worden,
einige mit der Hand – und zog eine heraus.

»Also, ich habe euch ja erklärt, dass ihr nicht unbedingt über irgendwelche Ballereien oder Nuklearterro-
risten schreiben müsst, um den Leser zu fesseln – oder
über Aliens, die irgendwem aus dem Körper brechen.
Geschichten findet man auch im scheinbar banalsten
Umfeld.«

Eine Hand reckte sich. Brunos. »Ba-was?«

»Banal. Gewöhnlich. Stinknormal.«

»Wieso sagen Sie dann nicht ›stinknormal‹? Wieso kommen Sie uns mit einem Fremdwort, wenn's auch mit einem stinknormalen Wort geht?«

Ich grinste. »Am besten, du steckst dir die Dinger wieder rein.«

»Nee, nachher verpasse ich ja noch was Banales.«

»Ich lese jetzt mal was vor«, sagte ich und hielt eine der Storys hoch. Ich sah, wie Janes Kopf sich zwei, drei Millimeter hob. Vielleicht hatte sie das linierte Papier wiedererkannt; die handschriftlich verfassten Geschichten unterschieden sich deutlich von denen, die mit Laserprinter ausgedruckt worden waren.

»»Ihr Vater – zumindest möchte er so genannt werden, mittlerweile schläft er lange genug mit ihrer Mutter – nimmt einen Karton Eier aus dem Kühlschrank und schlägt zwei von ihnen mit einer Hand in eine Schale. In der Pfanne brutzelt schon der Frühstücksspeck, und als sie die Küche betritt, nickt er in Richtung des Tischs. Er fragt sie, wie sie die Eier haben will, und sie sagt, egal, weil sie nicht weiß, was sie sagen soll, es hat sie noch nie jemand danach gefragt. Ihre Mutter steckt höchstens mal eine Fertig-Eierwaffel in den Toaster, und egal wie er die Eier macht, besser als eine beschissene Eierwaffel aus dem Toaster sind sie wahrscheinlich allemal.‹«

Ich hörte auf zu lesen. »Will jemand etwas dazu sagen?«

»Ich steh drauf, wenn das Eigelb noch flüssig ist«, blökte ein Junge hinter Bruno.

Ein Mädchen auf der anderen Seite sagte: »Mir gefällt die Geschichte. Ich würde gern mehr über den Typ er-

61

fahren. Vielleicht ist er ja gar kein Arschloch – so wie die Kerle, mit denen meine Mutter rummacht.«

»Vielleicht macht ihr der Typ ja Frühstück, weil er mit ihr *und* ihrer Mutter rummachen will«, sagte Bruno.

Gelächter.

Eine Stunde später, als die anderen den Klassenraum verließen, sagte ich: »Jane.« Zögernd kam sie zu mir ans Pult. »Schlecht drauf?«, fragte ich.

Sie zuckte mit den Schultern und fuhr sich mit der Hand über das verbundene Kinn, als wolle sie es vor mir verbergen und mich gleichzeitig darauf aufmerksam machen.

»Gute Story. Deshalb habe ich sie vorgelesen.«

Ein weiteres Schulterzucken.

»Wie ich gehört habe, stehst du kurz davor, von der Schule zu fliegen.«

»Die Schlampe hat angefangen«, sagte sie.

»Du kannst schreiben«, sagte ich. »Die Story, die du vor zwei Wochen geschrieben hast, habe ich bei der Stadtbibliothek eingereicht. Für den Kurzgeschichtenwettbewerb.«

Ein kurzes Leuchten trat in ihren Blick.

»Deine Geschichten erinnern mich ein bisschen an Joyce Carol Oates«, sagte ich. »Hast du mal was von ihr gelesen?«

Jane schüttelte den Kopf.

»Versuch's mal mit ›Bad Girls‹«, sagte ich. »Hier in der Schulbibliothek kriegst du das Buch wahrscheinlich nicht. Nichts für Kids. Aber in der Stadtbibliothek haben sie es bestimmt.«

»War's das?«, fragte sie.

Ich nickte und sie verließ den Raum.

Rolly saß vor dem Computer in seinem Büro und las irgendetwas. Er deutete auf den Bildschirm. »Sie wollen mehr Tests. Bald haben wir keine Zeit mehr, ihnen zwischendurch noch etwas beizubringen. Es wird nur noch Tests geben, von der ersten bis zur letzten Stunde.«

»Weißt du mehr über die Kleine?«, fragte ich. Ich musste ihn nicht groß daran erinnern, von wem die Rede war.

»Jane Scavullo?«, sagte er. »Soweit ich weiß, haben wir nicht mal ihre aktuelle Adresse. Die letzte Adresse ihrer Mutter ist schon ein paar Jahre alt. Offenbar hat sie einen Neuen und ist mit ihm zusammengezogen. Na ja, und die Kleine wohnt eben wohl auch dort.«

»Jetzt mal von der Schlägerei abgesehen«, sagte ich. »Ich finde, in den letzten Monaten ist es ein wenig besser geworden mit ihr. Sie ist nicht mehr so aufsässig, es gibt nicht mehr so viel Ärger. Vielleicht bringt der neue Mann ja ein bisschen Stabilität in die Familie.«

Rolly zuckte mit den Schultern und öffnete eine Keksdose, die vor ihm auf dem Tisch stand. »Auch einen?«, fragte er und hielt mir die Dose hin.

Ich nahm mir einen Vanillekeks.

»Mich zermürbt das alles nur noch«, sagte Rolly. »Es ist einfach nicht mehr so wie früher. Weißt du, was ich gestern auf unserem Schulgelände gefunden habe?

Nicht bloß ein paar Jointkippen, sondern eine Crack-pfeife, und dann auch noch eine Knarre, ob du's glaubst oder nicht. Unter ein paar Büschen, als wäre sie jemandem aus der Tasche gefallen, aber vielleicht war's ja auch ein Versteck.«

Ich hob die Schultern. Besonders neu war das nicht.

»Und wie geht's dir sonst?«, fragte Rolly. »Du wirkst irgendwie geistesabwesend. Stress?«

»Ein bisschen«, sagte ich. »Cyn fällt es wahnsinnig schwer, Grace auch nur die kleinste Freiheit zu lassen.«

»Hält die Kleine immer noch Ausschau nach Asteroiden?«, fragte Rolly. Er war ein paarmal mit seiner Frau bei uns zu Besuch gewesen und völlig vernarrt in Grace, die ihm ihr Teleskop vorgeführt hatte. »Begabtes Kind. Muss sie von ihrer Mutter haben.«

»Also, mir ist ja schon klar, warum Cyn sich so verhält. Hätte ich das erlebt, was sie erlebt hat, wäre ich wahrscheinlich genauso misstrauisch. Jedenfalls meint Cyn, sie hätte einen Wagen gesehen.«

»Einen Wagen?«

»Ein braunes Auto. Das angeblich ein-, zweimal an ihr vorbeigefahren ist, als sie Grace zur Schule gebracht hat.«

»Ist irgendwas passiert?«

»Nein. Vor ein paar Monaten war es ein grüner Geländewagen. Und letztes Jahr ein Kerl mit Bart, der sie und Grace innerhalb einer Woche dreimal merkwürdig angestarrt hatte.«

Rolly nahm sich noch einen Keks. »Diesmal wird wohl der Fernsehbeitrag schuld sein.«

»Das glaube ich auch. Außerdem ist es dieses Jahr fünfundzwanzig Jahre her, dass ihre Familie verschwunden ist. Es treibt sie zur Verzweiflung.«

»Soll ich mal mit ihr sprechen?« Auch für Cynthia war Rolly immer eine Vaterfigur gewesen. Gelegentlich hatte er Tess entlastet, war mit Cynthia Eis essen oder an der Küste spazieren gegangen.

»Lass mich drüber nachdenken«, sagte ich. »Normalerweise gehen wir zu einer Psychologin. Dr. Kinzler. Dr. Naomi Kinzler.«

»Und wie laufen die Gespräche?«

Ich zuckte mit den Achseln und sagte: »Was, glaubst du, ist damals passiert?«

»Wie oft hast du mich das schon gefragt, Terry?«

»Ich wünschte nur, der ganze Wahnsinn hätte irgendwann mal ein Ende. Leider hat auch der Fernsehbeitrag keine Antworten gebracht.« Ich hielt kurz inne. »Immerhin kanntest du ihn. Clayton Bigge. Du hattest doch einen gewissen Draht zu ihm, sonst wärt ihr ja nicht zusammen fischen gegangen.«

»Stimmt. Auch Patricia mochte ich sehr.«

»Und? Glaubst du, die beiden wären imstande gewesen, ihre Tochter im Stich zu lassen? Einfach so, von heute auf morgen?«

»Im Leben nicht. Im Grunde meines Herzens habe ich immer geglaubt, dass sie ermordet wurden. Von einem Serienkiller oder so, wie ich es ja auch vor den Kameras gesagt habe.«

Ich nickte zustimmend, auch wenn die Polizei von dieser Theorie nie viel gehalten hatte. »Ja, möglich. Aber wenn sie jemand entführt und umgebracht hat,

65

wieso dann nicht auch Cynthia? Warum hat er sie am Leben gelassen?«

Rolly schüttelte ratlos den Kopf. »Kann ich dich mal was fragen, Terry?«

»Klar«, sagte ich.

»Wieso steckt unsere Superbraut von Sportlehrerin einen Zettel in dein Fach, holt ihn aber eine Minute später wieder raus?«

»Was?«

»Nicht dass du's vergisst, Terry.« Er lächelte. »Du bist verheiratet.«

SECHS

Rolly hatte gute Neuigkeiten, ehe ich nach Hause ging. Sylvia, die Leiterin der Theatergruppe, probte am nächsten Morgen für die große jährliche Schulaufführung; dieses Jahr wurde »Verdammte Yankees« gespielt. Da meine halbe Schreibklasse an der Aufführung mitwirkte, fiel die erste Stunde aus. Wenn so viele fehlten, würden sich die anderen auch nicht blicken lassen.

Als Grace am nächsten Morgen an ihrem Toast mit Marmelade kaute, sagte ich also: »Rat mal, wer dich heute zur Schule bringt.«

Ihre Miene hellte sich auf. »*Du?* Wirklich?«

»Und ob. Ich habe schon mit Mom gesprochen. Meine erste Stunde fällt heute flach, also kann ich dich bringen.«

»Echt? Nur wir beide?«

Ich hörte, wie Cynthia die Treppe herunterkam, und legte den Zeigefinger an die Lippen. Grace war sofort mucksmäuschenstill.

»Dein Daddy bringt dich heute zur Schule, Mäuschen«, sagte Cynthia. *Mäuschen.* So hatte ihre eigene Mutter sie auch immer genannt. »Gut?«

»O ja!«

Cynthia zog eine Augenbraue hoch. »Aha. Meine Gesellschaft gefällt dir also nicht.«

»Mom«, sagte Grace.

Cynthia lächelte. Wenn sie tatsächlich eingeschnappt war, ließ sie sich nichts anmerken.

»Hast du mir die Erlaubnis geschrieben?«, fragte Grace.

»Welche Erlaubnis?«, fragte Cynthia zurück.

»Für den Ausflug«, sagte Grace. »Dafür brauchen wir eine schriftliche Erlaubnis.«

»Süße, du hast mir nichts von einem Ausflug erzählt«, sagte Cynthia. »Du kannst uns so etwas nicht immer erst in letzter Minute sagen.«

»Wo geht der Ausflug denn hin?«, fragte ich.

»Wir schauen uns heute die Feuerwache an, aber ohne Erlaubnis dürfen wir nicht mit.«

»Warum hast du uns das nicht schon …«

»Kein Problem«, sagte ich. »Ich kümmere mich drum.«

Ich eilte nach oben in das Zimmer, das wir gleichzeitig als Büro und Nähzimmer benutzen. In der Ecke steht der Schreibtisch; hier korrigiere ich Tests und Schularbeiten und bereite meine Unterrichtsstunden vor. Neben dem Computer steht meine alte Royal-Schreibmaschine aus Studententagen, die ich für kurze Notizen immer noch benutze, da meine Handschrift seit jeher kaum jemand entziffern kann.

Außerdem finde ich es zuweilen einfacher, ein Blatt Papier einzuspannen, statt gleich den Computer einzuschalten, ein neues Dokument aufzurufen, die Notiz zu schreiben, den Drucker anzustellen und das Getippte auszudrucken … Sie verstehen bestimmt, was ich meine.

Ich tippte ein paar Zeilen, die es unserer Tochter ermöglichten, das Schulgelände zu verlassen und an der Besichtigung der Feuerwache teilzunehmen. Blieb nur zu hoffen, dass das »e«, das wie ein »c« aussah, nicht für Verwirrung sorgen würde; auf dem Papier schien »Gracc« statt »Grace« zu stehen.

Ich ging wieder hinunter, reichte Grace das zusammengefaltete Blatt Papier und bat sie, den Zettel in ihren Rucksack zu stecken.

An der Tür sagte Cynthia: »Warte auf jeden Fall ab, bis sie im Gebäude ist.« Grace fuhr abrupt zu uns herum, obwohl sie außer Hörweite war.

»Und was ist, wenn die Kids noch draußen spielen?«, fragte ich. »Soll ich wie ein Sittenstrolch herumlungern und warten, bis sie die Polizei rufen?«

»Das würde bei einem Kerl wie dir ja auch jeder vernünftige Mensch tun.« Cynthia lächelte. »Dann reicht es, wenn du sie auf den Schulhof bringst.« Sie zog mich an sich. »Wann musst du zur Arbeit?«

»Erst zur zweiten Stunde.«

»Dann hast du ja fast eine ganze Stunde übrig«, sagte sie und bedachte mich mit einem Blick, den ich leider nicht ganz so oft sah, wie es mir lieb gewesen wäre.

»Genau«, sagte ich so unbeteiligt wie möglich. »Das ist korrekt, Mrs Archer. Hatten Sie an etwas Bestimmtes gedacht?«

»Das könnte sein, Mr Archer.« Cynthia hauchte mir einen Kuss auf die Lippen.

»Meinst du nicht, Grace wird misstrauisch, wenn ich mit ihr im Eiltempo zur Schule hetze?«

»Also dann«, sagte sie und schob mich aus der Tür.

»Und was hast du jetzt vor?«, fragte Grace, als wir zusammen die Straße hinuntergingen.

»Wie, vor?«, fragte ich. »Was soll ich vorhaben?«

»Na ja, wie weit willst du mitkommen?«

»Ich dachte, ich komme mit rein und setze mich für ein Stündchen neben dich.«

»Dad, hör auf, Witze zu machen.«

»Witze? Ich wäre wirklich gern mal dabei. Um zu sehen, ob du auch ordentlich mitarbeitest.«

»Du würdest gar nicht hinter den Tisch passen«, sagte Grace.

»Ich könnte mich ja draufsetzen«, sagte ich. »Da bin ich nicht wählerisch.«

»Mom war ja heute richtig gut aufgelegt«, sagte Grace.

»Na klar«, sagte ich. »Ist sie doch oft.« Grace warf mir einen zweifelnden Blick zu. »Deine Mom hat es momentan nicht ganz leicht. Vor fünfundzwanzig Jahren ist etwas sehr Trauriges geschehen und ihr ist nicht gerade zum Jubeln zumute. Sie war damals nur ein paar Jahre älter als du.«

»Ich weiß«, sagte sie. »Warum darf ich die Sendung eigentlich nicht sehen? Ihr habt sie doch aufgenommen, oder?«

»Ja, schon«, sagte ich. »Aber deine Mom will nicht, dass du Angst bekommst.«

»Eine meiner Freundinnen hat ein Video davon«, sagte Grace. Sie senkte die Stimme. »Ich hab's schon gesehen.«

»Wann?« fragte ich. Cynthia ließ Grace so gut wie nie aus den Augen. Hatte Grace etwa ein Video nach

Hause geschmuggelt und es heimlich geguckt, während wir oben im Arbeitszimmer gewesen waren?

»Als ich nachmittags bei ihr war«, sagte Grace.

Acht Jahre war sie erst alt und schon hatte man nicht mehr den Daumen drauf. In fünf Jahren würde sie ein Teenager sein. O Gott.

»Das war nicht okay«, sagte ich. »Das hättet ihr euch nicht ansehen dürfen.«

»Der Polizist war echt gemein«, sagte sie.

»Welcher Polizist?«

»Der in dem Interview gesagt hat, es wäre doch komisch, dass alle verschwunden wären, nur Mom nicht. Ich habe sofort kapiert, was er sagen wollte. Dass Mom sie umgebracht hat.«

»Tja. Was für ein Arschloch.«

Abrupt wandte Grace den Kopf ab. »Dad!«

»Halb so wild«, sagte ich. »Manchmal muss man die Dinge eben beim Namen nennen.«

»Hat Mom ihren Bruder geliebt? Todd?«

»Ja, natürlich. Klar, manchmal hat sie sich auch mit ihm gezankt, aber das ist ganz normal unter Geschwistern. Sie hat weder ihn noch ihre Eltern umgebracht. Ich wünschte, du hättest nicht mitbekommen, wie dieses Arschloch von Detective deine Mutter vor laufender Kamera verleumdet hat. Jawohl, Arschloch.« Ich machte eine Pause. »Und? Willst du Mom erzählen, dass du die Sendung gesehen hast?«

Grace, immer noch etwas perplex über meine Wortwahl, schüttelte den Kopf. »Nee, dann flippt sie bestimmt aus.«

Womit sie wohl recht hatte, aber ich wollte Cynthia

nicht in den Rücken fallen. »Erzähl's ihr einfach, wenn sie guter Dinge ist.«

»Heute können wir jedenfalls guter Dinge sein«, sagte Grace. »Ich habe keine Asteroiden entdeckt.«

»Gut zu wissen.«

»Ich glaube, du kannst jetzt umdrehen«, sagte Grace. Nicht weit von uns entfernt erspähte ich ein paar Kids ihres Alters, vielleicht sogar Freundinnen von ihr.

»Aber wir unterhalten uns doch gerade so nett.«

Aus den Seitenstraßen strömten weitere Kinder. Die Schule war bereits in Sichtweite, nur noch drei Blocks entfernt.

»Wir sind doch schon fast da«, sagte Grace. »Von hier siehst du mich ja sowieso.«

»Na gut«, sagte ich. »Also, wir machen es folgendermaßen: Du gehst einfach weiter und ich mache einen auf alter Mann. So wie Tim Conway.«

»Wer?«

Ich begann zu schlurfen und Grace kicherte. »Ciao, Dad«, sagte sie und beschleunigte ihre Schritte. Ich behielt sie im Auge, während ich schwerfällig einen Fuß vor den anderen setzte und von anderen Kids auf Fahrrädern, Skateboards und Inlineskates überholt wurde.

Grace blickte nicht zurück. Sie lief los, um zu ihren Freundinnen aufzuschließen, und rief: »He, wartet!« Ich steckte die Hände in die Taschen und erfreute mich an dem Gedanken, ein paar zweisame Minuten mit Cynthia zu verbringen.

Im selben Moment fuhr der braune Wagen an mir vorbei.

Es war ein schon etwas älterer Wagen amerikanischer

Bauart, eine Allerweltskarosse – ein leicht angerosteter Chevrolet Impala, wenn ich mich nicht irrte. Die Karre hatte tatsächlich getönte Scheiben, aber die waren ziemlich verpfuscht; das Glas war von Luftblasen durchsetzt, als sei das Fahrzeug an Masern erkrankt.

Ich blieb stehen und sah dem Wagen hinterher. Er fuhr die Straße hinunter, schnurgerade auf die letzte Straßenecke vor der Schule zu, wo Grace stehen geblieben war und sich mit zwei Freundinnen unterhielt.

Der Wagen hielt genau an der Ecke, nur ein paar Armlängen von Grace entfernt. Ich glaubte, mein Herz müsse jeden Augenblick stehen bleiben.

Dann ging der Blinker an; der braune Wagen bog nach rechts ab und verschwand um die Ecke.

Ein Schülerlotse in einer orangefarbenen Weste half Grace und ihren Freundinnen mit einer großen Kelle über die Straße. Dann waren sie auch schon auf dem Schulgelände. Zu meinem Erstaunen wandte Grace sich um und winkte mir zu. Ich winkte zurück.

Okay, also gab es tatsächlich einen braunen Wagen. Tatsache war allerdings auch, dass niemand herausgesprungen war und versucht hatte, unsere Tochter zu entführen, weder sie noch irgendein anderes Kind. Falls es sich bei dem Fahrer um einen verrückten Serienkiller handelte – als ob es normale Serienkiller gäbe –, dann war er an diesem Morgen jedenfalls nicht zum Morden aufgelegt.

Es war wohl einfach jemand auf dem Weg zur Arbeit.

Ich blieb noch einen Moment länger stehen und verspürte einen Anflug von Traurigkeit, während Grace in einem Pulk von Mitschülern verschwand. Cynthia lebte in einer Welt, in der jeder eine potenzielle Bedrohung für ihre Familie darstellte.

Und wäre ich nicht ein bisschen deprimiert gewesen, wäre ich vielleicht etwas beschwingteren Schrittes zurückgegangen. Als unser Haus in Sicht kam, versuchte ich die trüben Gedanken zu verscheuchen und mich wieder in bessere Stimmung zu versetzen. Schließlich wartete meine Frau auf mich, aller Wahrscheinlichkeit nach sogar im Schlafzimmer.

Ich joggte den Rest des letzten Blocks entlang, marschierte die Einfahrt hinauf, öffnete die Haustür und rief: »Bin zurück!«

Keine Antwort.

Was ich so deutete, dass Cynthia bereits oben auf mich wartete. Doch als ich die erste Treppenstufe betrat, hörte ich ihre Stimme aus der Küche.

»Ich bin hier«, sagte sie. Ihre Stimme klang seltsam bedrückt.

Ich trat in den Türrahmen. Sie saß am Küchentisch, das Telefon vor sich. Sie war leichenblass.

»Was ist denn los?«, fragte ich.

»Es hat jemand angerufen«, sagte sie leise.

»Wer?«

»Seinen Namen hat er nicht genannt.«

»Und was wollte dieser Jemand?«

»Er hat nur gesagt, er hätte eine Nachricht.«

»Und die wäre?«

»Er hat gesagt, sie würden mir verzeihen.«

»Ich verstehe kein Wort.«

»Meine Familie. Sie würden mir verzeihen, was ich ihnen angetan hätte.«

SIEBEN

Ich setzte mich zu Cynthia an den Küchentisch. Als ich meine Hand auf ihre legte, spürte ich, dass sie zitterte.

»Ganz ruhig«, sagte ich. »Versuch dich genau zu erinnern, was er gesagt hat.«

»Hab ich doch schon gesagt.« Ihre Stimme drohte zu versagen. Sie biss sich in die Oberlippe. »Moment.« Sie riss sich merklich zusammen. »Das Telefon klingelte, und als ich drangegangen bin, sagte eine Männerstimmer: ›Hallo, ist da Cynthia Bigge?‹ Ich war völlig perplex, weil mich schon seit Ewigkeiten niemand mehr mit meinem Mädchennamen angeredet hat, habe aber ja gesagt. Und dann sagte er: ›Deine Familie, sie hat dir verziehen.‹« Sie schluckte. »›Sie haben dir verziehen, was du ihnen angetan hast.‹«

»Und dann?«

»Ich wusste nicht, was ich sagen sollte. Ich glaube, ich habe gefragt, mit wem ich spreche, aber ich weiß es nicht mehr genau.«

»Hat er darauf irgendetwas gesagt?«

»Nein. Er hat einfach aufgelegt.« Eine einzelne Träne lief über ihre Wange, als sie mich ansah. »Warum hat er das getan? Und was hat er damit gemeint, sie würden mir verzeihen?«

»Keine Ahnung«, sagte ich. »Wahrscheinlich war es

ein Irrer. Irgendein Durchgeknallter, der dich im Fernsehen gesehen hat.«

»Aber wie kommt jemand darauf, so etwas zu tun? Das macht doch keinen Sinn.«

Ich zog das Telefon zu mir heran – ein modernes Gerät mit kleinem Display, auf dem man Namen und Nummer von Anrufern ablesen kann.

»Wieso sagt er, meine Familie würde mir verzeihen? Was soll ich denn überhaupt getan haben? Ich verstehe das alles nicht, Terry.«

»Ich auch nicht.« Ich richtete den Blick auf das Telefon. »Hast du gesehen, woher der Anruf kam?«

»Nein, aber ich habe versucht, die Nummer über die Protokollfunktion abzufragen, nachdem er aufgelegt hatte.«

Ich drückte einen Knopf und rief die Liste mit den eingegangenen Anrufen auf. Aber in der letzten Viertelstunde war kein Anruf protokolliert worden.

»Ich finde nichts«, sagte ich.

Cynthia schniefte, wischte sich die Träne von der Wange und beugte sich zu mir. »Ich glaube, ich ... Als ich die Nummer nachsehen wollte, habe ich auf genau den Knopf gedrückt. Den da.«

»So löscht man die gelisteten Anrufe«, sagte ich.

»Was?«

»Du hast das Anrufprotokoll gelöscht.«

»O nein«, sagte Cynthia. »Ich war so durcheinander. Das wollte ich nicht.«

»Mach dir keine Gedanken«, sagte ich. »Wie klang die Stimme?«

Aber Cynthia hörte mir gar nicht zu. Mit leerem

Gesichtsausdruck starrte sie mich an. »Wie konnte ich das bloß tun? Aber auf dem Display war sowieso keine Nummer. Da stand einfach nur ›Nummer unbekannt‹.«

»Lass uns das mal einen Moment vergessen. Dieser Mann … was hatte er für eine Stimme?«

Hilflos rang Cynthia die Hände. »Na ja, eine Männerstimme eben. Er hat ziemlich leise gesprochen – gut möglich, dass er sich verstellen wollte. Aber sonst ist mir nichts Besonderes aufgefallen.« Sie hielt kurz inne und plötzlich blitzten ihre Augen. »Wir könnten doch beim Telefonanbieter anrufen. Die haben den Anruf bestimmt gespeichert.«

»Und was sollen wir ihnen erzählen?«, fragte ich. »Es war ein vereinzelter Anruf, wahrscheinlich von einem Verrückten, der die Sendung gesehen hat. Er hat dich nicht bedroht und ein obszöner Anruf war es auch nicht.«

Ich legte einen Arm um ihre Schultern. »Mach dir keine Sorgen. Es wissen schlicht zu viele Leute von deiner Geschichte. Und dadurch kann man eben auch zur Zielscheibe werden. Wir sollten uns um etwas ganz anderes kümmern.«

»Und um was?«

»Um eine Geheimnummer. Dann ist nämlich ein für alle Mal Schluss mit derartigen Anrufen.«

Cynthia schüttelte den Kopf. »Nein, besser nicht.«

»So viel mehr kostet es bestimmt nicht, und davon abgesehen …«

»Nein.«

»Warum nicht?«

Sie schluckte. »Es geht nicht anders. Wenn sie vielleicht irgendwann doch noch anrufen, muss ich doch zu finden sein.«

Nach dem Mittagessen hatte ich eine Freistunde. Ich setzte mich in den Wagen und fuhr zu Pamela's – der Boutique, in der Cynthia arbeitete. Bewaffnet mit vier Bechern Kaffee betrat ich das Geschäft.

Als einen Top-Designerladen kann man es nicht gerade bezeichnen; Pamela Forster, während der Highschool Cynthias beste Freundin, hatte nur wenig im Angebot, was man jung und trendy hätte nennen können. Regale und Kleiderständer beherbergten eher konservativen Chic, Klamotten für Frauen mit Gesundheitsschuhen, wie ich zuweilen Cynthia gegenüber witzelte.

»Okay, mit Abercrombie & Fitch können wir natürlich nicht konkurrieren«, pflegte Cynthia dann zu antworten. »Aber wenn ich bei A & F arbeiten würde, könnte ich Grace nicht von der Schule abholen.«

Womit sie recht hatte.

Cyn stand am hinteren Ende des Ladens vor einer Umkleidekabine und sprach durch den Vorhang mit einer Kundin. »Möchten Sie das Kleid lieber in Größe 42 anprobieren?«, fragte sie.

Sie hatte mich noch nicht bemerkt. Pam lächelte mich an: »Hi.« Sie war groß, dünn, flachbrüstig und hielt sich erstaunlich gut auf ihren Hochhackigen mit den Sechs-Zentimeter-Absätzen. Ihr knielanges, türkisfarbenes

Kleid war so elegant, dass es garantiert nicht aus ihrem eigenen Laden stammte; aber nur weil ihre Kundschaft nicht mit der *Vogue* vertraut war, musste sie ja nicht selbst im Tantenlook herumlaufen.

»Das ist aber nett«, sagte sie mit Blick auf die Kaffeebecher, die ich mitgebracht hatte. »Aber momentan halten nur Cyn und ich die Stellung. Ann macht gerade Pause.«

»Vielleicht ist ihr Kaffee ja noch warm, wenn sie wiederkommt.«

Pamela nahm den Plastikdeckel von ihrem Becher und streute Süßstoff hinein. »Na, wie geht's?«

»Gut.«

»Hat sich eigentlich etwas getan seit der Sendung?«, fragte sie. »Cynthia erzählt ja nichts.«

Wieso löcherten mich alle deswegen? Erst Lauren Wells, dann meine Tochter und jetzt auch noch Pamela Forster.

»Nicht viel«, sagte ich.

»Ich habe ihr von Anfang an gesagt, dass sie's lieber bleiben lassen soll.«

Das war mir neu. »Tatsächlich?«

»Ja, gleich als die vom Sender bei ihr angerufen haben. Ich habe ihr gesagt, sie soll die Vergangenheit ruhen lassen. Ist doch sinnlos, das Ganze wieder hochzukochen.«

»Tja«, sagte ich.

»Fünfundzwanzig Jahre. Was passiert ist, ist passiert, habe ich ihr gesagt. Meine Güte, das Leben geht weiter, sonst hat das doch nie ein Ende.«

»Hat sie gar nicht erwähnt«, sagte ich.

Inzwischen hatte uns Cynthia bemerkt und winkte, blieb aber weiter vor der Umkleidekabine stehen.

»Die Elster da drin klaut«, flüsterte Pamela. »Die hat schon mehrmals Sachen mitgehen lassen, ohne zu bezahlen. Deshalb haben wir ein Auge auf sie.«

»Wie?«, sagte ich. »Ladendiebstahl?«

»Sei bloß leise, Terry.«

»Aber wieso stellt ihr sie dann nicht zur Rede? Oder zeigt sie an?«

»Wir haben keine Beweise. Aber wir lassen es sie durch die Blume wissen, indem wir sie nicht aus den Augen lassen.«

Ich versuchte mir die Frau hinter dem Vorhang vorzustellen. Auf jeden Fall jung, Typ toughe Biene, selbstsicher bis dreist – die Art Frau eben, die man sich als Ladendiebin vorstellt, vielleicht mit Tattoo auf der Schulter oder …

Der Vorhang öffnete sich; eine kleine, dürre Frau Ende fünfzig trat aus der Kabine und reichte Cynthia die anprobierten Sachen. Sie sah aus wie eine ältliche Bibliothekarin. »Ich finde heute leider nichts«, sagte sie höflich und verließ den Laden.

»Die?«, fragte ich Pamela.

»Die Königin der Diebe«, erwiderte sie.

Cynthia gesellte sich zu uns, küsste mich auf die Wange und sagte: »Oh, Kaffee? Wie kommen wir denn zu der Ehre?«

»Einfach so«, sagte ich. »Ich habe eine Freistunde.«

Pamela entschuldigte sich und nahm ihren Kaffee mit nach hinten ins Büro.

»Oder etwa wegen des anonymen Anrufs?«

»Ich wollte nur sehen, wie es dir geht.«

»Alles in Ordnung«, sagte sie, klang aber nicht sehr überzeugend. Sie nippte an ihrem Kaffee. »Mach dir keine Sorgen.«

»Pam meinte, sie hätte versucht, dir den Auftritt bei *Deadline* auszureden.«

»Wenn ich mich recht erinnere, warst du auch nicht so angetan von der Idee.«

»Du hast bloß nie erwähnt, dass sie dagegen war.«

»Ach was, Pam gibt doch zu allem ihren Senf dazu. Sie findet übrigens auch, du könntest ruhig ein paar Pfund abnehmen.«

Damit hatte sie mir den Wind aus den Segeln genommen. »Und die alte Dame? Glaubt ihr wirklich, dass sie klaut?«

»Man sieht es den Leuten eben nicht an«, sagte Cynthia.

Später hatten wir unseren vierzehntäglichen Termin bei Dr. Kinzler, die unser Hausarzt uns empfohlen hatte. Er hatte erfolglos versucht, Cynthias Angstzustände zu behandeln, und sie – uns beide – lieber zu einer Therapeutin geschickt, statt sie mit Psychopharmaka ruhigzustellen.

Ich war von Anfang an skeptisch gewesen, ob eine Psychologin Cynthia weiterhelfen konnte, und nach vier Monaten und gut zehn Sitzungen ließ meine Überzeugung nach wie vor zu wünschen übrig. Dr. Naomi Kinzlers Praxis befand sich in einem Ärztehaus am östlichen Rand von Bridgeport; von ihrem Sprechzimmer sah man normalerweise hinaus auf den Highway-Zubringer. Heute allerdings nicht, da die Jalousien heruntergelassen waren. Anscheinend hatte sie bemerkt, dass ich bei meinen vorherigen Besuchen die ganze Zeit über aus dem Fenster gestarrt und Trucks mit Anhängern gezählt hatte.

Mal nahmen wir zusammen an der jeweiligen Sitzung teil, mal fanden Einzelgespräche statt, bei denen einer von uns beiden draußen warten musste.

Ich war nie zuvor bei einem Therapeuten gewesen. Mein gesamtes Wissen über Seelenklempner speiste sich aus den *Sopranos*, den Szenen, in denen sich Tony bei seiner Therapeutin Dr. Melfi ausspricht. Ob die Gespräche in der Mafia-Serie ernsthafter oder professioneller waren als unsere, konnte ich nicht beurteilen. In Tonys Umgebung verschwanden dauernd andere Menschen, des öfteren allerdings auf seine Order hin. Im Gegensatz zu uns wusste er nur allzu genau, was mit ihnen geschehen war.

Zwischen der Kinzler und Dr. Melfi lagen Welten. Dr. Kinzler war klein und dicklich und hatte ihr graues Haar zu einem Dutt zusammengeschnürt. Sie ging auf die Siebzig zu und machte ihren Job lange genug, um die Probleme anderer nicht an sich herankommen zu lassen.

»Nun, was gibt's Neues seit unserer letzten Sitzung?«, fragte Dr. Kinzler.

Ich befürchtete, dass Cynthia den anonymen Anrufer von heute Morgen erwähnen würde, was mir irgendwie nicht recht war, da ich kein großes Aufhebens um eine

Bagatelle machen wollte. Ehe Cynthia also das Wort ergreifen konnte, sagte ich: »Keine besonderen Vorkommnisse. Uns geht's bestens.«

»Und Grace?«

»Ausgezeichnet«, sagte ich. »Ich habe sie heute Morgen zur Schule gebracht. Sie war bester Laune.«

»Hat sie immer noch Angst vor Asteroiden?«, fragte Dr. Kinzler.

»Ach was.« Ich winkte ab. »Das ist doch wirklich nicht der Rede wert.«

»Meinen Sie?«

»Absolut«, sagte ich. »Sie interessiert sich für das Sonnensystem, den Weltraum und fremde Planeten, das ist alles.«

»Aber Sie haben ihr das Teleskop gekauft.«

»Ja, sicher.«

»Weil Grace Angst hatte, ein Asteroid könnte die Erde zerstören«, erinnerte mich Dr. Kinzler.

»Ja, so haben wir ihr die Angst genommen. Und nebenbei erfährt sie noch etwas über Sterne und Planeten.« Ich lächelte. »Und natürlich über die Nachbarn.«

»Trotzdem haben sich Grace' Ängste im letzten Jahr verstärkt, nicht wahr?«

»Das stimmt«, sagte Cynthia. »Den Eindruck habe ich manchmal.«

Dr. Kinzler nickte nachdenklich und sah Cynthia an. »Und wie erklären Sie sich diesen Eindruck?«

So leicht ließ sich Cynthia nicht aus der Reserve locken; sie wusste genau, worauf die Therapeutin hinauswollte. »Sie meinen, meine Ängste färben auf Grace ab?«

Dr. Kinzlers Schultern hoben sich einen halben Zentimeter. Ein konservatives Achselzucken. »Was glauben Sie?«

»Ich versuche, sie meine Ängste nicht spüren zu lassen«, sagte Cynthia. »Außerdem tun wir alles, um sie nicht mit meiner Vergangenheit zu belasten.«

Ich räusperte mich.

»Ja?«, sagte Dr. Kinzler.

»Grace weiß Bescheid«, sagte ich. »Sie kriegt viel mehr mit, als wir glauben. Sie hat die *Deadline*-Folge gesehen.«

»Was?«, platzte Cynthia heraus.

»Bei einer Freundin.«

»Welcher Freundin?«, wollte Cynthia wissen. »Sag mir sofort den Namen.«

»Weiß ich nicht. Und es wäre sinnlos, es aus ihr herausprügeln zu wollen.« Ich warf Dr. Kinzler einen Blick zu. »Rein bildlich gesprochen.«

Dr. Kinzler nickte.

Cynthia biss sich auf die Unterlippe. »Sie ist noch zu klein. Sie kann das doch gar nicht verarbeiten. Wir müssen sie davor schützen.«

»Man kann Kinder nicht vor allem schützen«, sagte Dr. Kinzler. »Aber das wollen viele Eltern nicht akzeptieren.«

Cynthia dachte einen Moment darüber nach.

»Ich habe heute Morgen einen anonymen Anruf erhalten«, sagte sie dann. Sie erzählte der Therapeutin fast wortwörtlich, was der Anrufer gesagt hatte. Dr. Kinzler stellte in etwa dieselben Fragen wie ich. Ob ihr die Stimme bekannt vorgekommen sei, ob er schon einmal angerufen habe und so weiter.

»Was, glauben Sie, hat der Anrufer damit gemeint, dass Ihre Familie Ihnen verzeihen würde?«

»Überhaupt nichts«, sagte ich. »Das war bloß ein Spinner.«

Dr. Kinzler bedeutete mir mit einem Blick zu schweigen.

»Darüber zerbreche ich mir schon den ganzen Tag den Kopf«, sagte Cynthia. »Was wollen sie mir denn verzeihen? Dass es mir nicht gelungen ist, sie ausfindig zu machen? Dass ich nicht mehr unternommen habe, um sie aufzuspüren?«

»Das wäre wohl ein bisschen viel erwartet«, sagte Dr. Kinzler. »Schließlich waren Sie noch ein Kind. Ein Teenager. Gerade mal vierzehn Jahre alt.«

»Ich frage mich andauernd, ob ich irgendwie an ihrem Verschwinden schuld war. Aber was soll ich getan haben? Was war so schlimm, dass sie mich bei Nacht und Nebel allein zurückgelassen haben?«

»Glauben Sie, dass es Ihre Schuld war?«, fragte Dr. Kinzler. »Fühlen Sie sich verantwortlich für das spurlose Verschwinden Ihrer Familie?«

»Einen Moment«, unterbrach ich, ehe Cynthia etwas erwidern konnte. »Es war ein *anonymer* Anruf. Alle möglichen Leute haben Cynthia im Fernsehen gesehen, und dass sich irgendwelche Verrückten melden, ist ja wohl alles andere als außergewöhnlich, oder? Ich verstehe jedenfalls nicht, wieso wir das hier groß thematisieren müssen.«

Dr. Kinzler gab einen leisen Seufzer von sich. »Terry, vielleicht wäre es besser, wenn Cynthia und ich allein miteinander sprechen.«

»Nein, nein, schon gut«, sagte Cynthia. »Er kann ruhig hierbleiben.«

»Terry.« Dr. Kinzlers übertrieben geduldigem Tonfall war genau anzuhören, dass sie mich am liebsten auf den Mond geschossen hätte. »Sicher, es könnte ein Verrückter gewesen sein, aber der Anruf hat bestimmte Gefühle in Ihrer Frau ausgelöst, und indem wir Cynthias Reaktion auf ebendiese Gefühle analysieren, haben wir eine größere Chance, Fortschritte zu erzielen.«

»Können Sie diese Fortschritte mal genauer definieren?«, fragte ich. Ich wollte mich nicht mit ihr streiten. Ich wollte lediglich erfahren, wovon sie redete. »Ich will hier wirklich nicht den Quertreiber spielen, aber momentan ist mir nicht ganz klar, worauf Sie überhaupt hinauswollen.«

»Wir versuchen Cynthia zu helfen, ein traumatisches Ereignis aus ihrer Kindheit aufzuarbeiten, das bis heute nachwirkt. Außerdem geht es bei dieser Therapie nicht nur um Ihre Frau, sondern auch um die Beziehung, die Sie mit ihr führen.«

»Unsere Beziehung ist völlig intakt«, sagte ich.

»Manchmal glaubt er mir nicht«, platzte Cynthia heraus.

»Was?«

»Manchmal glaubst du mir nicht«, wiederholte sie. »Das merke ich doch ganz genau. Die Sache mit dem braunen Wagen hast du auch nicht ernst genommen. Du glaubst, da ist nichts dran. Und weil ich aus Versehen das Anruferprotokoll gelöscht habe, hast du doch gedacht, ich hätte den Anruf erfunden.«

»Das habe ich nie gesagt«, erwiderte ich. Ich sah Dr. Kinzler an, als müsse ich vor Gericht meine Unschuld beweisen. »Das stimmt einfach nicht, Cyn. Ich habe nichts dergleichen verlauten lassen.«

»Trotzdem hast du es gedacht«, sagte Cynthia, aber sie klang nicht ärgerlich. Sie berührte mich am Arm. »Ich werfe dir doch gar nichts vor, Terry. Ich weiß selbst, wie schwierig das Zusammenleben mit mir ist, und zwar nicht erst in den letzten Wochen, sondern seit wir uns kennen. Meine Vergangenheit hat doch von Anfang an wie ein Damoklesschwert über uns geschwebt. Ich habe versucht, sie zu verdrängen, aber sie holt mich immer wieder ein. Als wir uns kennenlernten ...«

»Cynthia ...«

»Als wir uns kennenlernten, wusste ich von vornherein, dass ich dich unweigerlich in meine Probleme hineinziehen würde. Aber ich habe nur an mich gedacht. Ich wollte dich unbedingt und habe dabei in Kauf genommen, dass du von meiner Vergangenheit erdrückt wirst.«

»Cyn ...«

»Du warst immer so verständnisvoll. Du hast eine Engelsgeduld und ich bewundere dich dafür. An deiner Stelle wäre ich längst verzweifelt. Ich weiß doch genau, was in dir vorgeht: ›Irgendwann muss sie doch wieder nach vorn schauen. Verdammt noch mal, komm endlich drüber hinweg.‹«

»So würde ich nie denken, Schatz.«

Dr. Kinzler behielt uns genau im Auge.

»Aber ich denke so«, sagte Cynthia. »Tausendmal

habe ich es mir gesagt. Und ich wünschte, ich könnte die Vergangenheit ruhen lassen. Aber manchmal, so verrückt es sich anhören mag …«

Dr. Kinzler und ich hörten ihr konzentriert zu.

»Manchmal kann ich sie hören. Meine Mutter, meinen Bruder, Dad. So als stünden sie neben mir, als würden sie mit mir reden.«

»Und sprechen Sie auch mit ihnen?«, fragte Dr. Kinzler.

»Ich glaube schon«, sagte Cynthia.

»Befinden Sie sich dann in einer Art Traumzustand?«, fragte Dr. Kinzler.

Cynthia überlegte. »Wahrscheinlich. Jetzt zum Beispiel höre ich sie ja nicht. Und auf der Fahrt hierher habe ich sie auch nicht gehört.«

Insgeheim gab ich einen erleichterten Seufzer von mir.

»Also höre ich sie wohl, wenn ich schlafe oder vor mich hin träume. Aber trotzdem ist es so, als wären sie mir ganz nahe, als würden sie versuchen, mit mir zu sprechen.«

»Und was sagen sie?«, fragte Dr. Kinzler.

Cynthia ließ meinen Arm los und verschränkte die Hände im Schoß. »Ich weiß nicht. Es kommt drauf an. Dies und das, nichts Besonderes. Sie reden darüber, was es zum Abendessen gibt oder was gerade im Fernsehen läuft. Aber manchmal …«

Offenbar sah es so aus, als wollte ich Cynthia erneut ins Wort fallen; jedenfalls warf mir Dr. Kinzler einen scharfen Blick zu. Aber ich hatte nur unwillkürlich den Mund geöffnet, da ich mich fragte, was jetzt kommen würde. Mir gegenüber hatte sie nie zugegeben, dass sie die Stimmen ihrer verschwundenen Verwandten hörte.

»Manchmal kommt es mir so vor, als würden sie mich zu sich rufen.«

»Zu sich rufen?«, sagte Dr. Kinzler.

»Als würden sie mich bitten, zu ihnen zu kommen. Damit wir wieder eine Familie sein können.«

»Und was erwidern Sie dann?«, fragte Dr. Kinzler.

»Dass es nicht geht, so gern ich bei ihnen sein würde.«

»Warum nicht?«, fragte ich.

Cynthia sah mir in die Augen und lächelte traurig. »Weil sie wahrscheinlich an einem Ort sind, an den ich Grace und dich nicht mitnehmen könnte.«

ACHT

»Warum tu ich's eigentlich nicht gleich? Das geht ruck, zuck, und dann komme ich wieder nach Hause.«

»Nein, auf keinen Fall. Es freut mich, mit welchem Feuereifer du bei der Sache bist. Ich bin wirklich stolz auf dich. Trotzdem sollten wir nichts überstürzen. Die Sache muss in aller Ruhe vorbereitet werden. Also zügle deine Ungeduld. Früher war ich genauso. Ungestüm, impulsiv, unbedacht. Aber inzwischen weiß ich, dass sich Geduld auszahlt.«

»Ich will es dir doch nur recht machen.«

»Das weiß ich. Du warst schon immer ein Goldstück. Wenigstens einer hier, der sich anständig benimmt. Du bist ein guter Junge und ich liebe dich über alles.«

»Also, ein Junge bin ich ja eigentlich nicht mehr. Du bist schließlich auch kein Mädchen mehr.«

»Das Alter spielt dabei keine Rolle. Für mich wirst du immer mein Junge bleiben.«

»Das wird bestimmt komisch, ihnen den Garaus zu machen.«

»Ich weiß. Aber genau das habe ich dir ja zu erklären versucht. Gedulde dich noch etwas, und am Ende wird es dir vorkommen wie die natürlichste Sache der Welt.«

»Das glaube ich auch.«

»Führ dir nur immer wieder vor Augen, dass der Tod Teil des Lebens ist. Er gehört dazu. Ist sie dir schon über den Weg gelaufen?«

»Ja. Es war seltsam. Am liebsten hätte ich gesagt: ›Hallo, du wirst nicht glauben, wer ich bin.‹«

NEUN

Am folgenden Wochenende fuhren wir zu Tess Berman, Cynthias Tante, die in einem bescheidenen Häuschen auf halbem Weg nach Derby wohnte, ein Stück abseits der von dichtem Wald gesäumten Derby Milford Road. Es waren nicht mal zwanzig Minuten mit dem Auto, aber wir sahen sie leider trotzdem nicht allzu häufig. Wenn sich also eine besondere Gelegenheit ergab, wie etwa zu Thanksgiving oder Weihnachten, ergriffen wir sie sofort beim Schopf. Und an diesem Wochenende hatte Tess Geburtstag.

Ich fuhr gern mit. Tess bedeutete mir fast genauso viel wie Cynthia. Und zwar nicht nur deshalb, weil sie eine wirklich famose alte Dame war – wenn ich sie so nannte, warf sie mir gelegentlich einen lüsternen, wenn auch nicht ernst gemeinten Blick zu –, sondern nicht zuletzt, weil sie sich so aufopferungsvoll um Cynthia gekümmert hatte, nachdem ihre Familie verschwunden war. Sie hatte sich eines jungen Mädchens angenommen, das zuweilen ausgesprochen schwierig gewesen war, wie Cynthia selbst anstandslos einräumte.

»Aber ich hatte ja keine andere Wahl«, hatte Tess mir einst anvertraut. »Sie war schließlich die Tochter meiner Schwester. Und meine Schwester war spurlos vom Erdboden verschwunden. Was hätte ich sonst tun sollen?«

Tess wirkte stets ein wenig brummig, beinahe ungehalten, doch letztlich war das reiner Selbstschutz. Unter der harten Schale war sie butterweich. Und davon abgesehen hatte sie alles Recht der Welt, ein wenig bärbeißig zu sein. Ihr Mann hatte sie zwei Jahre bevor Cynthia zu ihr gezogen war, wegen einer Kellnerin aus Stamford verlassen; Tess' eigenen Worten zufolge hatten sie sich irgendwohin an die Westküste verpisst, und Tess hatte nie wieder von ihnen gehört, Gott sei Dank. Bei der Radiofabrik hatte sie schon ein paar Jahre zuvor aufgehört; sie fand einen Job bei der Stadt, im Straßenbauamt, wo sie gerade genug verdiente, um sich über Wasser halten zu können. Es blieb kaum etwas übrig, um für ein junges Mädchen zu sorgen, aber Tess tat ihr Möglichstes. Sie selbst hatte keine Kinder, weshalb ihr Cynthias Gesellschaft nach dem Abgang ihres Tunichtguts von Ehemann durchaus willkommen war, so mysteriös und tragisch die Umstände auch sein mochten, die sie zusammengeführt hatten.

Tess war inzwischen Ende sechzig und lebte von ihrer Sozialversicherung und einer kleinen Pension. Sie kümmerte sich um den Garten, verschönerte das Haus und unternahm die eine oder andere Busreise, wie letztens erst durch Vermont und New Hampshire, um dort das Farbenspiel der herbstlichen Wälder zu bewundern. Viele Freunde hatte sie allerdings nicht; sie war nicht besonders gesellig und hatte keine Lust auf Seniorentreffen.

Uns aber sah sie gern. Ganz besonders Grace.

»Ich habe in ein paar alten Bücherkisten gekramt«,

sagte Tess, nachdem wir uns umarmt hatten und sie es sich in ihrem Fernsehsessel bequem gemacht hatte. »Seht mal, was ich gefunden habe.«

Sie beugte sich vor, räumte eine Zeitschrift beiseite und reichte Grace ein großformatiges Buch: »Unser Kosmos. Eine Reise durch das Weltall« von Carl Sagan. Grace' Augen wurden groß, als sie die Sterne auf dem Buchumschlag sah.

»Das Buch ist schon ziemlich alt«, sagte Tess, als wolle sie sich dafür entschuldigen. »Fast dreißig Jahre, und der Autor ist auch schon tot. Im Internet findet man garantiert tollere Sachen, aber für den Anfang ist es gar nicht so schlecht.«

»Oh, danke!«, sagte Grace, nahm das Buch und ließ es beinahe fallen, da sie nicht damit gerechnet hatte, dass es so schwer war. »Steht da auch etwas über Asteroiden drin?«

»Bestimmt«, sagte Tess.

Grace eilte nach unten in den Keller, um es sich auf der Couch vor dem Fernseher gemütlich zu machen, sich in eine Decke zu kuscheln und in dem Buch zu blättern.

»Wie nett von dir«, sagte Cynthia, beugte sich zu Tess und küsste sie zum etwa vierten Mal seit unserer Ankunft.

»Besser, als wenn ich's weggeworfen hätte«, sagte Tess. »Wie geht's dir, Schatz? Du siehst müde aus.«

»Ach, alles okay«, sagte Cynthia. »Und wie geht's dir? Du siehst auch leicht angeschlagen aus.«

»Ach was«, sagte Tess und blickte uns über ihre Lesebrille an.

Ich hielt die mitgebrachte Einkaufstasche hoch. »Hier, ein paar Kleinigkeiten für dich.«

»Das wäre doch nicht nötig gewesen«, sagte Tess. »Na, dann mal her mit dem Kram.«

Wir riefen Grace wieder nach oben, damit sie teilhaben konnte, wie Tess unsere Geschenke – Gartenhandschuhe, ein grünroter Seidenschal und eine Packung Kekse – auspackte. Tess gab lauter »Ohs« und »Ahs« von sich, während sie die Sachen in Augenschein nahm und Grace verkündete, dass sie die Kekse selbst gebacken hatte. Anschließend verzog sich Grace wieder in den Keller, während Tess sich in den Sessel zurücksinken ließ.

»O nein«, sagte sie. »Ich habe ganz vergessen, Eiscreme für Grace zu kaufen.«

»Halb so wild«, sagte Cynthia. »Wir wollten dich sowieso zum Dinner ausführen. Hast du Lust, mit uns ins Knickerbocker's zu gehen? Die Potato Skins dort sind einfach umwerfend.«

»Ich weiß nicht«, sagte Tess. »Ich bin irgendwie nicht in der Stimmung. Warum essen wir nicht hier zu Abend? Ich habe alles da. Aber ich muss unbedingt noch Eiscreme besorgen.«

»Lass mich das machen«, sagte ich. Im nahe gelegenen Derby würde ich bestimmt einen geöffneten Laden oder Supermarkt finden.

»Es müsste noch mehr eingekauft werden«, sagte Tess. »Cynthia, vielleicht ist es doch besser, wenn du fährst. Nachher bringt er noch die falschen Sachen mit.«

»Das traue ich ihm zu«, sagte Cynthia.

»Außerdem könnte Terry mir in der Zwischenzeit

helfen, ein paar Dinge von der Garage in den Keller zu bringen.«

»Klar«, sagte ich. Tess schrieb einen kurzen Einkaufszettel und reichte ihn Cynthia, die daraufhin meinte, sie sei in einer halben Stunde zurück. Während Cynthia zur Tür marschierte, ging ich in die Küche und warf einen Blick auf die Pinnwand, an der ein Foto von Grace hing, das ich in Disneyworld geknipst hatte. Ich öffnete das Gefrierfach des Kühlschranks, um mir ein paar Eiswürfel für ein Glas Wasser zu nehmen.

Ganz vorn stand eine große Plastikbox mit Schokoladeneis. Ich nahm sie heraus und öffnete den Deckel. Die Packung war noch fast ganz voll. Offenbar wurde Tess langsam vergesslich.

»He, Tess«, rief ich. »Hier ist doch Eiscreme.«

»Was du nicht sagst«, erwiderte sie aus dem Wohnzimmer.

Ich schloss das Gefrierfach und gesellte mich wieder zu Tess. »Was ist los?«, fragte ich.

»Ich war die Woche beim Arzt«, sagte Tess.

»Ja? Um dich mal wieder durchchecken zu lassen?«

»Ich werde sterben, Terry.«

»Was? Wovon redest du?«

»Keine Sorge, ich gebe ja nicht sofort den Löffel ab. Ich habe noch ein halbes, vielleicht sogar ein ganzes Jahr. Genau lässt es sich nicht sagen. Manche Leute halten ziemlich lange durch, aber ich will nicht, dass es sich ewig hinzieht. Ganz ehrlich, am liebsten hätte ich, dass es irgendwann von einem Tag auf den anderen vorbei ist.«

»Jetzt sag doch erst mal, was du überhaupt hast.«

Sie zuckte mit den Schultern. »Spielt das eine Rolle? Die Untersuchungen sind noch nicht ganz abgeschlossen, aber wahrscheinlich bestätigen die restlichen Tests sowieso nur das, was sie bereits herausgefunden haben. Nun ja, jedenfalls ist das Ende abzusehen. Und ich wollte erst mal mit dir reden, statt Cynthia damit zu belasten. Sie ist schon gestresst genug, glaube ich.«

»Vor allem, weil wir gestern einen anonymen Anruf erhalten haben«, sagte ich. »Das hat sie ziemlich mitgenommen.«

Tess schloss einen Moment lang die Augen und schüttelte den Kopf. »Diese Spinner. Kaum sehen sie jemanden im Fernsehen, greifen sie auch schon zum Telefonbuch.«

»Ja, so erkläre ich's mir auch.«

»Nun ja, natürlich sollte es Cynthia auch erfahren. Aber alles zu seiner Zeit.«

Wir hörten Schritte auf der Treppe. Grace kam aus dem Keller, das schwere Buch in Händen. »Wusstet ihr das?«, fragte sie. »Obwohl der Mond aussieht, als hätten auf ihm viel mehr Asteroiden eingeschlagen als auf der Erde, ist die Erde wahrscheinlich von genauso vielen Asteroiden getroffen worden. Aber die Atmosphäre der Erde formt die Erdoberfläche wieder neu, während es auf dem Mond keinen Wind und keine Pflanzen gibt. Und deshalb sieht es auf dem Mond so unwirtlich aus.«

»Gar nicht so schlecht, das Buch, was?«, sagte Tess.

Grace nickte. »Ich habe Hunger.«

»Deine Mom ist gerade zum Einkaufen gefahren«, sagte ich.

»Wie? Sie ist weg?«

Ich nickte. »Sie kommt ja gleich wieder. Im Kühlschrank ist Schokoladeneis, wenn du magst.«

»Nimm die ganze Box mit nach unten«, sagte Tess. »Und einen Löffel.«

»Wirklich?«, fragte Grace. Tess' Aufforderung verstieß gegen jede ihr bekannte Etikette.

»Ist erlaubt«, sagte ich.

Sie lief in die Küche, zog sich einen Stuhl heran, um das Gefrierfach zu erreichen, nahm sich noch einen Löffel aus der Anrichte und eilte zurück in den Keller.

Ich sah Tess an. Ihre Augen schimmerten feucht.

»Ich finde, du solltest es Cynthia selbst sagen«, sagte ich.

Sie ergriff meine Hand. »Ja, natürlich. Ich wollte nur erst mit dir darüber reden. Damit sie jemanden hat, der ihr darüber hinweghelfen kann.«

»Ich muss das selbst erst mal verarbeiten.«

Tess lächelte. »Du bist ein guter Junge. Mit dir hat Cynthia einen echten Hauptgewinn gezogen.«

Sie senkte den Blick, drückte meine Hand aber ein wenig fester. »Ich muss dir noch etwas sagen.«

Ihrem Tonfall nach musste es sich um etwas noch Ernsteres handeln als ihren bevorstehenden Tod.

»Es gibt da ein paar Dinge, die ich mir von der Seele reden muss, solange ich noch dazu imstande bin. Verstehst du, was ich meine?«

»Ich glaube schon.«

»Und viel Zeit bleibt mir ja nicht mehr. Was, wenn mir etwas zustößt und ich schon morgen nicht mehr bin? Jedenfalls gibt es da etwas, was ihr wissen solltet.

Obwohl ich Cynthia wirklich nicht noch mehr Qualen bereiten will.« Sie seufzte. »Ach, wahrscheinlich werde ich letztlich nur neue Fragen aufwerfen.«

»Tess, worum geht es?«

»Jetzt mal langsam mit den jungen Pferden. Lass mich in Ruhe ausreden. Wie auch immer, mir ist wichtig, dass ihr davon erfahrt – es könnte ein wichtiges Puzzlestück sein. Ich kann mir absolut keinen Reim auf die Sache machen, aber vielleicht findet ihr ja eines Tages doch heraus, was mit Clayton, Patricia und Todd passiert ist. Wer weiß, vielleicht könnt ihr dann ja etwas damit anfangen.«

Ich atmete zwar völlig normal, aber trotzdem kam es mir vor, als würde ich die Luft anhalten.

»Was ist los?« Tess sah mich an, als hätte ich sie nicht alle. »Willst du's nun wissen oder nicht?«

»Herrgott noch mal, Tess, ich warte.«

»Es geht um das Geld«, sagte sie.

»Um welches Geld?««

Tess nickte schwach. »Ich habe Geld bekommen. Einfach so. Aus heiterem Himmel.«

»Woher?«

Sie zog die Augenbrauen hoch. »Tja, das ist die Frage. Ich weiß nicht, woher es kam. Oder von wem.«

Ich fuhr mir mit dem Handrücken über die Stirn, allmählich leicht genervt. »Erzähl einfach mal der Reihe nach.«

Tess holte tief Luft. »Für Cynthia zu sorgen war wirklich nicht einfach für mich. Aber wie schon gesagt, ich hatte keine Wahl. Und ich hätte auch gar keine andere treffen wollen. Schließlich war sie meine Nichte, das

Fleisch und Blut meiner Schwester. Ich habe sie geliebt, als wäre sie mein eigenes Kind. Eigentlich war sie ein ziemlich wildes Mädchen, aber die damaligen Ereignisse haben sie ziemlich verändert. Sie wurde vernünftiger, und auch in der Schule klappte es besser. Natürlich hat sie das eine oder andere Mal über die Stränge geschlagen. Eines Abends wurde sie von der Polizei nach Hause gebracht, weil sie Marihuana bei ihr gefunden hatten.«

»Im Ernst?«

Tess lächelte. »Sie ist mit einer Verwarnung davongekommen.« Sie legte einen Finger an die Lippen. »Aber das behältst du für dich, klar?«

»Klar.«

»Ist ja wohl auch logisch, dass jemand durchknallt, wenn plötzlich die gesamte Familie auf Nimmerwiedersehen verschwindet, oder?«

»Wahrscheinlich.«

»Aber andererseits wollte sie ihr Leben in den Griff bekommen. Sie wollte etwas aus sich machen, beweisen, dass sie nicht völlig nutzlos war – für den Fall, dass ihre Familie eines Tages zurückkehren würde. Deshalb hat sie dann auch mit dem Studium begonnen.«

»An der University of Connecticut«, sagte ich.

»Genau. Eine hervorragende Uni. Aber leider nicht ganz billig. Auf Dauer hätte ich mir das nicht leisten können. Ihre Noten waren zwar nicht schlecht, aber für ein Stipendium hätten sie wohl nicht gereicht. Jedenfalls war ich drauf und dran, einen Kredit aufzunehmen.«

»Verstehe.«

»Der erste Umschlag lag eines Tages im Wagen, auf dem Beifahrersitz«, sagte Tess. »Einfach so. Ich komme gerade von der Arbeit, setze mich ins Auto, und auf einmal bemerke ich diesen weißen Umschlag neben mir. Ich hatte den Wagen zwar abgeschlossen, aber die Fenster einen Spalt aufgelassen, weil es an jenem Tag so unerträglich heiß war. Der Spalt war gerade groß genug, dass der Umschlag durchpasste. Der Umschlag war nämlich ziemlich dick.«

»Und in dem Umschlag war Geld«, sagte ich.

»Knapp fünftausend Dollar in bar«, sagte Tess. »Zwanziger, Fünfziger, Hunderter, alle möglichen Scheine.«

»Nur Geld? Keine Erklärung, keine Nachricht?«

»Doch, da war eine Nachricht.«

Sie erhob sich, ging zu ihrem antiken Sekretär mit Rollverschluss und öffnete die Schublade in der Mitte. »Ich habe den Kram beim Stöbern im Keller gefunden. Ich muss ein bisschen Ordnung schaffen, damit ihr nicht so viel Arbeit habt, wenn ich nicht mehr bin.«

In der Hand hielt sie etwa ein Dutzend Umschläge, die, zusammen etwa einen Zentimeter dick, von einem Gummiband zusammengehalten wurden.

»Sie sind alle leer«, sagte Tess. »Aber ich habe die Umschläge aufbewahrt, obwohl natürlich nichts draufsteht. Vielleicht sind ja Fingerabdrücke darauf, und das könnte eines Tages noch mal nützlich sein, oder?«

Höchstwahrscheinlich waren nur ihre eigenen Fingerabdrücke auf den Umschlägen, aber letztlich war ich kein Spurensicherungsexperte.

Tess zog ein Blatt Papier unter dem Gummiband hervor. »Das ist die einzige Nachricht, die ich erhalten habe. Zusammen mit dem ersten Umschlag. In den anderen war nur noch Bargeld, aber nie mehr etwas Schriftliches.«

Es handelte sich um ein ganz normales, leicht vergilbtes Blatt Schreibmaschinenpapier. Ich nahm es entgegen und faltete es vorsichtig auseinander.

Die Nachricht war in Großbuchstaben getippt. Ich las:

DIESES GELD IST FÜR CYNTHIAS AUSBILDUNG UND ANDERE AUSGABEN. ES KOMMT NOCH MEHR, ABER NUR UNTER FOLGENDEN BEDINGUNGEN: CYNTHIA DARF NIE DAVON ERFAHREN, UND AUCH NIEMAND SONST. KEINE NACHFORSCHUNGEN!

Und das war's auch schon.

Ich las das Ganze dreimal, ehe ich wieder Tess ansah, die mir direkt gegenüberstand.

»Ich habe mich dran gehalten«, sagte sie. »Cynthia hat nichts erfahren, und ich habe auch nicht nachgefragt, ob jemand an meinem Wagen gesehen worden war. Das Geld kam immer völlig unerwartet. Einmal lag es abends vor der Haustür, eingerollt in eine Zeitung. Ein andermal war ich nur kurz zur Post gefahren, und als ich zum Auto zurückkam, lag da ein weiterer Umschlag.«

»Und du hast nie jemanden gesehen?«

»Nein. Wahrscheinlich bin ich beobachtet worden. Und nach dem ersten Mal habe ich das Beifahrerfenster immer einen Spalt offen gelassen, nur für den Fall.«

»Und wie viel Geld hast du insgesamt bekommen?«

»Zweiundvierzigtausend Dollar. Über einen Zeitraum von sechs Jahren.«

»Du meine Güte.«

Tess streckte die Hand aus. Ich gab ihr das Blatt Papier zurück, und sie steckte es zurück zu den Umschlägen, ehe sie das Bündel wieder in der Schreibtischschublade verstaute.

»Wann hast du zuletzt Geld erhalten?«, fragte ich.

Tess überlegte einen Moment. »Fünfzehn Jahre muss das jetzt her sein. Nachdem Cynthia mit ihrem Studium fertig war, kam nichts mehr. Aber das Geld war ein echter Segen. Sonst hätte ich das Haus verkaufen oder eine Hypothek aufnehmen müssen, um sie durchs Studium zu bringen.«

»Tja«, sagte ich, »aber von wem stammt das Geld?«

»Das ist die 42 000-Dollar-Frage«, sagte Tess. »Ich habe sie mir selbst schon unzählige Male gestellt. Von ihrer Mutter? Ihrem Vater? Oder beiden?«

»Was bedeuten würde, dass ihre Eltern damals noch lebten – zumindest einer von ihnen. Aber wenn es ihnen möglich war, dich zu beobachten und finanziell zu unterstützen, wieso haben sie dann nicht direkt Kontakt mit dir aufgenommen?«

»Keine Ahnung«, sagte Tess. »Ich verstehe es auch nicht. Vor allem, weil ich immer der festen Überzeugung war, dass sie tot sind. Seit der Nacht, in der sie verschwunden sind.«

»Falls Sie wirklich tot sind«, sagte ich, »fühlt sich derjenige, der dir das Geld übermittelt hat, anscheinend verantwortlich für ihren Tod. Vielleicht handelt es sich um eine Art Wiedergutmachung.«

»Siehst du?«, sagte Tess. »Das Ganze wirft nur weitere Fragen auf. Nur weil ich das Geld bekommen habe, heißt das nicht, dass sie noch leben. Aber genauso wenig heißt es, dass sie tot sind.«

»Aber irgendetwas bedeutet es«, sagte ich.

Wir hörten, wie draußen ein Auto vorfuhr.

»Du musst selbst entscheiden, wann du Cynthia davon erzählen willst«, sagte Tess. »Über meinen Gesundheitszustand weihe ich sie sobald wie möglich ein.«

Eine Wagentür wurde geöffnet und geschlossen. Ich warf einen Blick aus dem Fenster und beobachtete, wie Cynthia zum Kofferraum ging.

»Ich muss erst mal drüber nachdenken«, sagte ich. »Ich wünschte, du hättest mir früher davon erzählt.«

Die Haustür wurde geöffnet; zwei Einkaufstüten in Händen, betrat Cynthia das Haus. Im selben Augenblick kam Grace aus dem Keller, mit braun verschmiertem Mund, die Familienpackung Schokoeis an die Brust gedrückt, als handele es sich um ein Schmusetier.

Cynthia fiel beinahe die Kinnlade herunter. Sie zog eine Miene, als sei sie auf einen Aprilscherz hereingefallen.

»Du warst schon weg, als wir die Eiscreme entdeckt haben«, sagte Tess. »Aber die anderen Sachen brauchte ich ja trotzdem. Hey, ich habe Geburtstag. Und jetzt lasst uns feiern.«

ZEHN

Als ich zu Grace ging, um ihr noch einen Gutenacht-kuss zu geben, hatte sie das Licht zwar schon aus-gemacht, saß aber am Fenster und spähte durch ihr Te-leskop ans mondbeschienene Firmament. Soweit ich es im Dunkeln ausmachen konnte, hatte sie das Teleskop notdürftig mit Klebeband am Stativ befestigt.

»Kleines«, sagte ich.

Sie bewegte zwei Finger, ohne ihren Blick vom Te-leskop zu lösen. Als sich meine Augen ans Dunkel ge-wöhnt hatten, sah ich, dass das Buch über den Kosmos auf ihrem Bett lag.

»Na, was siehst du?«, fragte ich.

»Nicht viel«, sagte sie.

»Schade, oder?«

»Ach was. Hauptsache, da fliegt nichts rum, was die Erde zerstören könnte.«

»Da hast du wohl recht.«

»Ich will nicht, dass dir und Mom was passiert. Wenn ein Asteroid auf unser Haus zurast, kann ich euch recht-zeitig warnen.«

Ich fuhr ihr übers Haar und ließ die Hand auf ihrer Schulter ruhen.

»Dad, du drückst gegen mein Auge«, sagte Grace.

»Oh, sorry«, sagte ich.

»Ich glaube, Tante Tess ist krank«, sagte sie.

O nein. Sie hatte gelauscht. Statt in den Keller zu gehen, hatte sie von der Treppe aus gehorcht.

»Grace, hast du …«

»Sie hat sich gar nicht richtig gefreut«, sagte Grace. »Ich freue mich viel mehr, wenn ich Geburtstag habe.«

»Wenn man älter wird, verlieren Geburtstage an Bedeutung«, sagte ich. »Was mal ein Novum war, ist am Ende kalter Kaffee.«

»Was ist ein Novum?«

»Nun ja, alles wird irgendwann alltäglich. Wenn etwas ganz neu und aufregend ist, nennt man es ein Novum.«

»Oh.« Sie richtete das Teleskop ein Stück nach links aus. »Der Mond ist ganz hell heute Nacht. Ich kann die ganzen Krater erkennen.«

»Jetzt aber ab ins Bett«, sagte ich.

»Nur noch eine Minute«, protestierte sie. »Gute Nacht, Dad. Vor Asteroiden seid ihr heute sicher.«

Ich beschloss, fünfe gerade sein zu lassen. Ein Kind aufbleiben zu lassen, weil es die Planeten studieren will, kam mir nicht gerade wie die Art von Vernachlässigung vor, die das Jugendamt auf den Plan ruft. Nachdem ich ihr einen zärtlichen Kuss aufs Ohr gegeben hatte, ließ ich sie allein und ging in das Gästezimmer, in dem wir zu schlafen pflegten, wenn wir bei Tess zu Besuch waren.

Cynthia, die Grace bereits gute Nacht gesagt hatte, saß im Bett und blätterte geistesabwesend in einer Zeitschrift.

»Wir müssten morgen ins Einkaufszentrum fahren«, sagte sie. »Grace braucht neue Schuhe.«

»Wieso? Die alten sehen doch noch ganz okay aus.«

»Stimmt, aber sie sind ihr zu klein geworden. Kommst du mit?«

»Klar«, sagte ich. »Morgen früh mähe ich erst mal den Rasen, aber wir könnten mittags hinfahren und dort auch gleich etwas essen.«

»Was für ein nettes Geburtstagsfest«, sagte sie. »Wir besuchen Tess viel zu selten.«

»Dann lass uns doch einmal pro Woche vorbeischauen«, sagte ich.

»Meinst du wirklich?« Sie lächelte.

»Na, sicher. Wir können es uns hier gemütlich machen oder sie ins Knickerbocker's ausführen. Oder in das Fischrestaurant an der Bucht. Das gefällt ihr bestimmt.«

»Das glaube ich auch. Sie war heute ein bisschen geistesabwesend, fandest du nicht? Außerdem wird die Gute langsam vergesslich. Da schickt sie mich extra los, obwohl genug Eiscreme im Haus ist.«

Ich zog mein Hemd aus und hängte meine Hose über die Stuhllehne. »Hmm«, sagte ich. »Darüber würde ich mir keine Gedanken machen.«

Cynthia gegenüber hatte Tess ihre Gesundheitsprobleme nicht erwähnt; es lag auf der Hand, dass sie Cynthia nicht das Geburtstagsfest verderben wollte. Und obwohl es ganz und gar Tess' Angelegenheit war, wann sie Cynthia die schlechte Neuigkeit mitteilen wollte, fühlte ich mich nicht ganz wohl dabei, bereits Bescheid zu wissen, während meine Frau ahnungslos blieb.

Eine noch größere Last aber war das Wissen um das Geld, das Tess jahrelang anonym erhalten hatte. Wie kam ich dazu, das für mich zu behalten? Cynthia hatte ein Recht, davon zu erfahren. Sicher, Tess hatte ihr nichts erzählt, weil sie der Meinung war, dass es mit Cynthias Nervenkostüm momentan nicht zum Besten stand. Ich schätzte das ähnlich ein. Aber trotzdem.

»Alles okay?«, fragte Cynthia.

»Wunderbar. Ich bin nur ein bisschen müde«, sagte ich, nackt bis auf meine Boxershorts. Ich putzte mir die Zähne und schlüpfte zu Cynthia unter die Decke. Sie warf die Zeitschrift auf den Boden und machte das Licht aus, ehe sie den Arm um mich legte. Sie streichelte meine Brust und ließ ihre Hand langsam abwärts wandern.

»Bist du sehr müde?«, flüsterte sie.

»So müde nun auch wieder nicht«, sagte ich und drehte mich zu ihr.

»Bei dir fühle ich mich ganz sicher und geborgen«, sagte sie und hob mir ihren Mund entgegen.

»Keine Asteroiden in Sicht«, sagte ich, und wäre das Licht noch an gewesen, hätte ich bestimmt ein Lächeln auf ihrem Gesicht gesehen.

Cynthia schlief schnell ein. Ich leider nicht.

Ich starrte an die Decke, drehte mich zur Seite und starrte auf den Digitalwecker, rollte mich wieder auf den Rücken und starrte erneut die Zimmerdecke an. Gegen drei Uhr morgens bemerkte Cynthia, dass ich wach war. »Alles in Ordnung?«, fragte sie schlaftrunken.

»Alles okay«, sagte ich. »Schlaf ruhig weiter.«

Es waren all die unbeantworteten Fragen, die mir auf der Seele lagen. Hätte ich nur ein paar Antworten auf die Fragen gehabt, die Cynthia unweigerlich stellen würde, hätte ich ihr sofort von dem Geld erzählt, das Tess für ihre Ausbildung erhalten hatte.

Nein, das war nicht wahr. Ein paar Antworten hätten nur neue Fragen aufgeworfen. Angenommen, ich wüsste, dass das Geld von einem ihrer verschwundenen Familienmitglieder stammte. Angenommen, ich wüsste sogar, von wem.

Die Frage nach dem Warum war damit noch lange nicht beantwortet.

Angenommen, das Geld stammte von jemandem, der nicht zu ihrer Familie gehörte. Aber wem? Wer sonst hatte sich möglicherweise für Cynthia, für das Schicksal ihrer Familie verantwortlich genug gefühlt, um ihr so viel Geld zukommen zu lassen?

Ich fragte mich, ob ich zur Polizei gehen sollte. Vielleicht konnten sie mittels der Umschläge und der Nachricht doch Spuren sichern, die zu weiteren Erkenntnissen führen würden.

Immer vorausgesetzt natürlich, dass sich bei der Polizei noch irgendjemand für diesen uralten Fall interessierte, der vor Ewigkeiten zu den Akten gewandert war.

Als der Fernsehbeitrag gedreht worden war, hatte der Sender Probleme gehabt, überhaupt jemanden zu finden, der seinerzeit mit dem Fall beschäftigt gewesen war. Bis sie schließlich diesen pensionierten Cop unten in Arizona aufgespürt hatten, diesen Mistkerl, der kalt lächelnd angedeutet hatte, Cynthia habe etwas mit dem Verschwinden ihrer Familie zu tun.

109

Und so lag ich wach und grübelte über eine Tat, die Cynthia nicht begangen hatte, eine Tat, die mich immer wieder zur gleichen Erkenntnis kommen ließ: wie wenig wir eigentlich wussten.

Während Cynthia und Grace sich nach Schuhen umsahen, schlug ich die Zeit in der Buchhandlung tot. Ich hielt einen frühen Philip Roth in der Hand, den ich aus irgendeinem unerfindlichen Grund noch nicht gelesen hatte, als Grace in die Buchhandlung stürmte, Cynthia im Schlepptau, die eine Einkaufstüte trug.

»Ich sterbe vor Hunger«, sagte Grace, während sie die Arme um mich schlang.

»Habt ihr Schuhe bekommen?«

Sie trat einen Schritt zurück und ging in Vorführpose, streckte den einen und dann den anderen Fuß aus. Weiße Turnschuhe mit pinkfarbenen Streifen.

»Und was ist in der Tüte?«, fragte ich.

»Ihre alten Schuhe«, sagte Cynthia. »Sie wollte die neuen sofort anziehen. Hast du auch Hunger?«

»Und wie.« Ich stellte das Buch wieder ins Regal, dann fuhren wir mit der Rolltreppe hinauf zur Restaurantebene. Ich gab Grace ein bisschen Geld, damit sie sich etwas bei McDonald's kaufen konnte, während Cynthia und ich uns Suppe und Sandwiches holten. Cynthia sah wiederholt über die Schulter, um Grace nicht aus den Augen zu verlieren. Im Einkaufszentrum wimmelte es an diesem Samstag nur so von Menschen und auch die Restaurants waren gerammelt voll. Es gab noch ein paar freie Tische, aber es wurden rapide weniger.

Cynthia war so damit beschäftigt, Grace im Auge zu behalten, dass ich unsere Tabletts allein weiterschob, Besteck und Servietten dazulegte und unsere Sandwiches und die Suppen entgegennahm.

»Sieh mal, Grace hat uns einen Tisch organisiert«, sagte Cynthia. Ich ließ meinen Blick durch das Restaurant schweifen und erspähte Grace an einem Tisch für vier Personen; sie winkte uns zu. Als wir uns zu ihr setzten, hatte sie ihren Big Mac bereits ausgepackt.

»Iih«, sagte sie, als sie meine Broccolicremesuppe erblickte. Vom Nebentisch blickte eine ältere Frau in einem blauen Mantel zu uns herüber und lächelte.

Ich setzte mich neben sie; Cynthia nahm uns gegenüber Platz. Ich bemerkte, dass sie über meine Schulter sah. Ich wandte mich kurz um und drehte mich wieder zu ihr.

»Ist irgendwas?«, fragte ich.

»Nein, nichts«, sagte sie und nahm einen Bissen von ihrem Chicken-Sandwich.

»Wo hast du denn hingeguckt?«

»Nirgendwohin«, sagte sie.

Grace schob sich eine Pommes zwischen die Zähne und nagte sie in rasantem Tempo weg.

Cynthia sah abermals über meine Schulter.

»Cyn«, sagte ich. »Was ist denn los?«

Diesmal wiegelte sie nicht sofort ab. »Dieser Mann da drüben …«

Ich wollte mich umdrehen, doch sie sagte schnell: »Nein, sieh nicht hin.«

»Stimmt irgendwas nicht mit ihm?«

»Darum geht es nicht«, sagte sie.

Ich seufzte, verdrehte wahrscheinlich sogar die Augen. »Mal im Ernst, Cyn, du kannst nicht einfach wildfremde Leute …«

»Er sieht aus wie Todd«, sagte sie.

Okay, dachte ich. Es war beileibe nicht das erste Mal. »Warum erinnert er dich an deinen Bruder?«

»Ich weiß nicht genau. Einfach so. Er sieht genauso aus, wie Todd heute wahrscheinlich aussehen würde.«

»Worüber redet ihr eigentlich?«, fragte Grace.

»Nicht so wichtig«, sagte ich, und an Cynthia gewandt: »Sag mir, wie er aussieht, und ich drehe mich ganz unauffällig um.«

»Er hat dunkles Haar und trägt eine braune Jacke. Er sitzt drüben beim Chinesen und isst eine Frühlingsrolle. Er wirkt wie eine jüngere Ausgabe meines Vaters. Die Ähnlichkeit ist erschreckend.«

Langsam wandte ich mich um, als wollte ich die umliegenden Restaurants und Imbissbuden in Augenschein nehmen. Dann hatte ich ihn auch schon erspäht, wie er gerade ein paar Sojasprossen mit der Zunge auffing, die aus seiner halb gegessenen Frühlingsrolle fielen. Von den Fotos in Cynthias Schuhschachtel wusste ich, wie Todd ausgesehen hatte, und tatsächlich hätte er als Mann von Ende dreißig, Anfang vierzig wohl so oder ähnlich ausgesehen. Der Mann hatte leichtes Übergewicht, ein teigiges Gesicht, dunkles Haar und war etwa um die 1,80 Meter groß, obwohl sich das nicht genau sagen ließ, da er an einem Tisch saß.

112

Ich wandte mich wieder zu Cynthia. »Der hat doch ein Allerweltsgesicht«, sagte ich.

»Ich muss ihn mir aus der Nähe ansehen«, sagte Cynthia.

Ehe ich etwas einwenden konnte, war sie auch schon aufgestanden. »Schatz«, brachte ich noch heraus und griff halbherzig nach ihrem Arm, doch dann war sie auch schon an mir vorbei.

»Wo geht Mommy hin?«

»Zur Toilette«, sagte ich.

»Ich muss auch«, sagte Grace, während sie die Beine vor- und zurückschwang, um ihre neuen Schuhe begutachten zu können.

»Mom geht mit dir, wenn sie zurückkommt«, sagte ich.

Ich beobachtete, wie Cynthia einen weiten Bogen schlug und sich dem Mann aus der entgegengesetzten Richtung seitlich näherte. Als sie mit ihm auf gleicher Höhe war, stellte sie sich in der Schlange vor dem McDonald's an und musterte ihn unauffällig – den Mann, der ihrer Meinung nach wie ihr Bruder Todd aussah.

Als sie zu uns zurückkam, hatte sie ein Schokoeis in einem durchsichtigen Plastikbecher dabei. Ihre Hand zitterte, als sie das Eis auf Grace' Tablett stellte.

»Wow!«, sagte Grace.

Cynthia ging nicht weiter auf sie ein. Sie sah mich an. »Er ist es.«

»Cyn.«

»Das ist mein Bruder.«

»Cyn, hör auf. Das ist nicht Todd.«

113

»Ich habe ihn mir genau angesehen. Er ist es. So sicher, wie Grace hier sitzt.«

Grace sah von ihrem Eis auf. »Dein Bruder ist hier?«, fragte sie neugierig. »Todd?«

»Sei still und iss dein Eis«, sagte Cynthia.

»Ich weiß, wie er heißt«, sagte Grace. »Und deine Eltern hießen Clayton und Patricia.«

»Grace!«, fuhr Cynthia sie an.

Ich spürte, wie sich mein Pulsschlag beschleunigte. Mir schwante Böses.

»Ich muss mit ihm reden«, sagte sie.

Bingo.

»Das kannst du nicht machen«, sagte ich. »Hör zu, das ist er nie im Leben. Ganz ehrlich, wenn dein Bruder hier im Einkaufszentrum chinesisches Essen futtern würde – glaubst du nicht, er hätte sich längst mit dir in Verbindung gesetzt? Außerdem würdest du ihm ebenso ins Auge stechen. Meine Güte, musst du hier wirklich Inspektor Clouseau spielen und ihm beinahe auf die Füße treten? Es ist einfach irgendein Typ, der deinem Bruder entfernt ähnlich sieht. Wenn du jetzt zu ihm rübergehst und so tust, als wäre er Todd, holst du dir höchstens eine gehörige Abfuhr.«

»Er geht«, sagte Cynthia. Ich hörte einen Anflug von Panik aus ihrer Stimme heraus.

Ich fuhr herum. Der Mann war aufgestanden, wischte sich den Mund mit einer Papierserviette, zerknüllte sie und ließ sie auf den Pappteller fallen. Er ließ das Tablett stehen und marschierte in Richtung der Toiletten davon.

»Wer ist Inspektor Kluso?«, fragte Grace.

»Du kannst ihm nicht aufs Klo folgen«, warnte ich Cynthia.

Völlig erstarrt saß sie da und sah dem Mann hinterher, der in dem zu den Waschräumen führenden Gang verschwand. Nun ja, dort würde er auch wieder herauskommen – weshalb wir in Ruhe abwarten konnten.

Ich ahnte, dass mir nur noch ein paar Sekunden blieben, um Cynthia ihr Vorhaben auszureden, das uns alle in eine ausgesprochen peinliche Situation bringen konnte. »Erinnerst du dich noch daran, was du mir bei unserem allerersten Treffen erzählt hast? Dass du manchmal wildfremde Leute für deine Eltern oder deinen Bruder hältst?«

»Er kommt bestimmt gleich wieder raus. Außer die Toilette hat noch einen anderen Ausgang.«

»Das glaube ich nicht«, sagte ich. »Ich verstehe dich ja. Deine Reaktion ist völlig normal. Dein halbes Leben hältst du nun Ausschau nach deinen Eltern und deinem Bruder.« Ich hielt kurz inne. »Vor ein paar Jahren hatte Larry King in seiner Show den Mann zu Gast, dessen Sohn von O.J. Simpson umgebracht worden war. Er erzählte, er hätte auf der Straße einen Wagen gesehen, das gleiche Modell, das sein Sohn fuhr. Und dann ist er dem Wagen gefolgt, um sich den Fahrer anzusehen – um ganz sicherzugehen, dass nicht sein Sohn am Steuer saß, obwohl er genau wusste, dass er tot war.«

»Wir wissen aber nicht, ob Todd tot ist«, sagte Cynthia.

»Schon klar. Das wollte ich damit auch nicht andeuten. Ich wollte lediglich sagen, dass …«

»Da ist er. Er geht zur Rolltreppe.« Abrupt erhob sie sich und marschierte los.

»Verdammte Scheiße!«, sagte ich.

»Daddy!«, sagte Grace entsetzt.

Ich wandte mich zu ihr. »Du bleibst hier und rührst dich nicht vom Fleck, verstanden?« Sie nickte; der Eislöffel blieb auf halbem Wege zum Mund stehen. Ich wandte mich zu der älteren Dame am Nebentisch. »Entschuldigen Sie, könnten Sie einen Moment auf meine Tochter aufpassen?«

Dann stand ich auf und lief hinter Cynthia her. Von weitem sah ich den Mann, der die Rolltreppe betreten hatte und abwärtsfuhr. Die Restaurantebene war so überfüllt, dass Cynthia im Gewimmel nur langsam vorankam. Als sie die Rolltreppe betrat, befand sich etwa ein halbes Dutzend Leute zwischen ihr und dem Mann, den sie für ihren Bruder hielt, und noch einmal ein gutes halbes Dutzend Menschen zwischen ihr und mir.

Als der Mann die Rolltreppe verließ und zügig Richtung Ausgang marschierte, versuchte Cynthia sich an einem vor ihr stehenden Paar vorbeizudrängeln; es gelang ihr nicht, weil die beiden einen Essstuhl für Kinder dabeihatten, der ihr den Weg versperrte.

Als sie endlich den Fuß der Rolltreppe erreicht hatte, rannte sie hinter dem Mann her, der bereits am Ausgang angelangt war.

»Todd!«, rief sie.

Der Mann reagierte nicht. Er öffnete die erste Glastür, die hinter ihm zuschwang, während er die zweite öffnete, und ging weiter zum Parkplatz. Ich hatte Cynthia fast eingeholt, als sie die erste Tür aufriss.

»Cynthia!«, sagte ich.

Aber sie schenkte mir nicht mehr Beachtung als der Mann ihr. Sie öffnete die zweite Tür und rief erneut »Todd!«, ohne dass er reagierte. Dann hatte sie ihn eingeholt und ergriff ihn am Ellbogen.

Er wandte sich um und musterte sie mit irritiertem Blick. Sie war völlig außer Atem und starrte ihn mit weit aufgerissenen Augen an.

»Pardon?«, fragte er.

»Entschuldigung«, sagte Cynthia und hielt einen Moment inne, um Luft zu holen. »Aber ich glaube, ich kenne Sie.«

Ich schloss zu ihr auf. Der Mann sah mich an, als wollte er fragen, was zum Teufel hier eigentlich vor sich ging.

»Da täuschen Sie sich«, sagte er zögernd.

»Du bist Todd«, sagte Cynthia.

»Todd?« Er schüttelte den Kopf. »Sorry, Lady, aber ich weiß wirklich nicht …«

»Aber ich sehe es doch«, sagte Cynthia. »Du siehst genauso aus wie Vater. Du hast dieselben Augen.«

»Es tut mir leid«, sagte ich. »Meine Frau hält Sie für ihren Bruder. Sie hat ihn seit einer kleinen Ewigkeit nicht mehr gesehen.«

Cynthia funkelte mich an. »Ich bin nicht verrückt«, sagte sie. Sie wandte sich wieder zu dem Mann. »Na gut. Wer sind Sie dann?«

»Lady, ich weiß nicht, was Sie für ein Problem haben, aber behelligen Sie mich nicht damit, okay?«

Ich stellte mich zwischen die beiden und richtete abermals das Wort an den Mann, wobei ich versuchte, so besonnen wie nur eben möglich zu sprechen. »Glauben Sie mir, ich weiß, es ist ein bisschen viel verlangt, aber … Wenn Sie uns sagen könnten, wer Sie sind, würde das meine Frau vielleicht ein wenig beruhigen.«

»Das ist doch gaga«, sagte er. »Warum sollte ich das tun?«

»Du bist es«, sagte Cynthia. »Aber aus irgendeinem Grund willst du es nicht zugeben.«

Ich nahm Cynthia beiseite und sagte: »Lass mich mit ihm reden.« Dann trat ich wieder zu dem Mann. »Die Familie meiner Frau ist vor fünfundzwanzig Jahren spurlos verschwunden. Und Sie sehen ihrem Bruder ähnlich, das haben Sie ja selbst gehört. Sie haben mein volles Verständnis, wenn Sie ablehnen, aber wenn Sie uns Ihren Ausweis oder Ihren Führerschein zeigen könnten, würden Sie meiner Frau wirklich helfen.«

Er musterte mich einen Augenblick. »Ihre Frau braucht professionelle Hilfe, das ist Ihnen hoffentlich klar«, sagte er.

Ich erwiderte nichts.

Schließlich gab er einen Seufzer von sich und zog kopfschüttelnd sein Portemonnaie aus der hinteren Hosentasche, klappte es auf und förderte eine Plastikkarte zutage. »Hier«, sagte er.

Es war sein Führerschein, ausgestellt im Staat New York auf den Namen Jeremy Sloan. Als Adresse war Youngstown, New York, angegeben. Direkt daneben prangte ein Lichtbild von ihm.

»Darf ich?«, fragte ich. Er nickte. Ich ging zu Cynthia und reichte ihr den Führerschein. »Sieh dir das an.«

Zögernd nahm sie den Führerschein zwischen Daumen und Zeigefinger und betrachtete ihn mit tränenverschleiertem Blick. Sie sah das Foto, dann den Mann an. Dann reichte sie ihm den Führerschein zurück.

»Es tut mir leid«, sagte sie. »Es tut mir so leid.«

Der Mann nahm seinen Führerschein, steckte ihn ins Portemonnaie zurück, schüttelte abermals genervt den Kopf, murmelte irgendetwas, von dem ich nur die Worte »völlig irre« verstand, und verschwand Richtung Parkplatz.

»Komm, Cyn«, sagte ich. »Lass uns Grace holen.«

»Grace?«, entgegnete sie. »Du hast sie allein gelassen?«

»Alles okay«, sagte ich. »Die Frau vom Nebentisch passt auf sie auf.«

Cynthia machte abrupt kehrt, hetzte zurück in das Einkaufszentrum und lief die Rolltreppe hinauf. Ich folgte ihr auf dem Fuß, und wir bahnten uns unseren Weg durch das Labyrinth des voll besetzten Restaurantbereichs, bis wir endlich unseren Tisch erreichten. Drei Tabletts standen dort, unsere Styroporschüsseln mit dem Rest der Suppe, die halb gegessenen Sandwiches und die Überbleibsel von Grace' McDonald's-Menü.

Nur Grace war nicht da.

Ebensowenig die ältere Dame.

»Verdammt noch mal, was …«

»O Gott«, sagte Cynthia. »Wie konntest du sie nur *allein lassen*?«

Am liebsten hätte ich ihr an den Kopf geworfen, dass sie die ganze Situation erst heraufbeschworen hatte, indem sie wie ein aufgescheuchtes Huhn losgehetzt war. »Sie muss hier irgendwo sein«, sagte ich stattdessen.

»Haben Sie unsere Kleine gesehen?«, fragte Cynthia die Leute an den anderen Tischen, aber wir ernteten nichts als Kopfschütteln und ratloses Schulterzucken. »Ein achtjähriges Mädchen? Sie hat hier gesessen.«

Ich fühlte mich so hilflos wie noch nie. War es möglich, dass die alte Frau Grace ein weiteres Eis versprochen und sie so weggelockt hatte? Aber dafür war Grace eigentlich zu clever. Sie wusste genau, dass man bei fremden Leuten …

Ich ließ meinen Blick durch den Restaurantbereich schweifen. Cynthia stand mitten zwischen den Tischen und begann laut zu rufen: »Grace! *Grace!*«

Im selben Moment hörte ich eine Stimme hinter mir. »Hey, Dad.«

Ich fuhr herum.

»Wieso schreit Mom denn so?«, fragte Grace.

»Herrgott noch mal, wo warst du denn?«, fragte ich. »Und wo ist die alte Dame abgeblieben?«

»Ihr Handy hat geklingelt und dann ist sie gegangen«, sagte Grace seelenruhig. »Außerdem musste ich aufs Klo, das habe ich doch gesagt. Deswegen müsst ihr nicht gleich so ausflippen.«

Cynthia kam zu uns gelaufen und drückte Grace so fest an sich, dass sie fast erstickte. Ja, ich hatte mich mit Gewissensbissen herumgeschlagen, weil ich Cynthia nicht sofort von den Umschlägen mit dem Geld erzählt hatte – aber jetzt hatte ich definitiv keine mehr.

❖

Schweigend fuhren wir nach Hause.

Als wir daheim angekommen waren, blinkte das Lämpchen am Anrufbeantworter. Wir hatten eine Nachricht von der *Deadline*-Redaktion.

Es hatte sich jemand gemeldet. Jemand, der zu wissen behauptete, was mit Cynthias Familie geschehen war.

Cynthia rief sofort zurück und wartete, bis irgendwer die zuständige Redakteurin aufgestöbert hatte, die gerade Kaffeepause machte. Schließlich aber war sie am Apparat. »Wer hat angerufen?«, fragte Cynthia atemlos. »Es war doch mein Bruder, nicht wahr?«

Nach wie vor war sie überzeugt davon, dass der Fremde ihr Bruder Todd gewesen war.

Nein, antwortete die Redakteurin. Nicht ihr Bruder. Sondern eine Frau mit parapsychologischen Fähigkeiten. Die ausgesprochen glaubwürdig klang, jedenfalls soweit sie es beurteilen konnte.

Cynthia legte auf. »Es war eine Hellseherin.«

»Cool!«, platzte Grace heraus.

Na super, dachte ich. Darauf hatte ich nur gewartet.

ELF

»Wir sollten uns wenigstens mal anhören, was sie zu sagen hat«, meinte Cynthia.

Es war am selben Abend; ich saß am Küchentisch und korrigierte Klassenarbeiten. Seit dem Telefonat mit der *Deadline*-Redakteurin kreisten Cynthias Gedanken ausschließlich um die Hellseherin. Meine Begeisterung hielt sich nach wie vor stark in Grenzen.

Während des Abendessens hatte ich mich eher schweigsam gezeigt. Danach war Grace nach oben auf ihr Zimmer gegangen, um Hausaufgaben zu machen, und Cynthia räumte das benutzte Geschirr in die Spülmaschine.

»Terry, wir müssen darüber reden«, sagte sie schließlich.

»Was gibt's da groß zu reden?«, sagte ich. »Na schön, eine Hellseherin hat beim Sender angerufen. Und das ist ja wohl kaum besser als der Anruf von diesem Verrückten, der behauptet hat, deine Familie sei durch einen Riss in der Zeit gefallen. Am Ende malt dir diese Tante noch aus, wie deine Eltern jetzt auf einem Brontosaurus reiten oder mit der Karre von Fred Feuerstein durch die Gegend brettern.«

Cynthia drehte sich ganz zu mir um. »Wie kannst du nur so gehässig sein?«

Ich sah von dem grauenhaften Aufsatz über Walt Whitman auf, der vor mir lag. »Was?«

»Wie kannst du nur so hämisch daherreden?«

»Tu ich doch gar nicht.«

»Und ob. Du bist immer noch sauer auf mich. Wegen der Sache im Einkaufszentrum heute.«

Ich schwieg. Da war etwas dran. Auf dem Nachhauseweg hatten wir kein Wort miteinander gewechselt. Ich hätte Cynthia nur allzu gern ein paar unschöne Wahrheiten aufgetischt, ließ es aber lieber bleiben. Dass ich die Nase allmählich voll hatte. Dass das Leben weiterging. Dass sie sich der Tatsache stellen musste, dass ihre Eltern und ihr Bruder auf Nimmerwiedersehen verschwunden waren und sich nichts geändert hatte, nur weil sich der Tag ihres Verschwindens zum fünfundzwanzigsten Mal jährte oder die Redaktion einer zweitklassigen News-Show Interesse an ihrer Geschichte gezeigt hatte. Keine Frage, sie hatte einen furchtbaren Verlust erlebt, doch inzwischen hatte sie eine andere, neue Familie, der sie es schuldig war, im Hier und Jetzt zu leben, statt ihren lange verschollenen Verwandten bis in alle Ewigkeit hinterherzutrauern; aller Wahrscheinlichkeit nach würden sie sowieso nie wieder auftauchen.

Aber ich hatte nichts gesagt. Ich brachte es einfach nicht über mich. Trotzdem fühlte ich mich außerstande, sie irgendwie zu trösten. Als wir wieder zu Hause waren, verzog ich mich ins Wohnzimmer, machte den Fernseher an und schaltete von einem Kanal zum anderen, unfähig, mich auf irgendetwas länger als drei Minuten zu konzentrieren. Währenddessen begann Cynthia zu putzen, staubzusaugen, das Bad auf Vordermann zu bringen und die Regale in der Speisekammer zu entrümpeln, nur um nicht mit mir reden zu müssen. Es herrschte dicke Luft, aber immerhin war unser Haus hinterher reif für *Schöner Wohnen*.

Ich war genervt. Der Anruf dieser Hellseherin bei der *Deadline*-Redaktion hatte das Fass zum Überlaufen gebracht.

»Nein, ich bin nicht sauer«, sagte ich, während ich lustlos in dem Stapel Hausarbeiten blätterte, den ich noch korrigieren musste.

»Ich kenne dich genau«, sagte Cynthia. »Klar bist du sauer. Es tut mir leid, was passiert ist. Ich kann mich nur bei dir und Grace entschuldigen, und am liebsten würde ich noch obendrein vor dem armen Mann zu Kreuze kriechen, den ich belästigt habe. Mir ist das alles zutiefst peinlich. Aber was soll ich denn deiner Meinung nach noch tun? Ich bin bereits alle vierzehn Tage bei Dr. Kinzler. Soll ich lieber wöchentlich gehen? Oder mir irgendwelche Psychopharmaka verschreiben lassen, die mich ruhigstellen und vielleicht den ganzen Wahnsinn vergessen lassen? Würde dich das zufrieden stellen?«

Ich knallte den Rotstift auf den Tisch. »Jetzt mach aber mal halblang, Cyn.«

»Am liebsten wäre es dir doch, wenn wir uns trennen, stimmt's?«

»Das ist doch lächerlich.«

»Du erträgst es einfach nicht mehr, und soll ich dir mal was sagen? Ich auch nicht. Mir steht das alles bis oben hin. Glaubst du etwa, mir gefällt es, mich an eine

Hellseherin wenden zu müssen? Meinst du, ich wüsste nicht, wie armselig das aussieht, dieser Griff nach dem letzten Strohhalm? Aber was würdest du an meiner Stelle tun? Was, wenn es nicht um meine Eltern und meinen Bruder ginge, sondern um Grace?«

Ich sah sie an. »So was darfst du nicht mal denken.«

»Was, wenn sie eines Tages spurlos verschwinden würde? Und verschwunden bliebe, für Monate, für Jahre? Ohne dass es auch nur den geringsten Anhaltspunkt gäbe?«

»Hör auf damit«, sagte ich.

»Und eines Tages erhältst du den Anruf einer Frau, die behauptet, sie hätte eine Vision gehabt und wüsste, wo Grace sei. Willst du mir erzählen, du würdest dann einfach auflegen?«

Ich presste die Lippen aufeinander und senkte den Blick.

»Ja, würdest du das tun? Nur um nicht wie ein Idiot dazustehen? Weil es dir so überaus peinlich wäre? Aber was, wenn diese Frau wirklich etwas wüsste, und stünde die Chance nur eins zu einer Million? Was, wenn sie nicht mal hellseherisch begabt wäre, sondern tatsächlich etwas gesehen, es aber versehentlich als Vision interpretiert hätte? Und wenn sie damit eine entscheidende Information liefern würde?«

Ich stützte den Kopf in die Hände, und mein Blick blieb an folgendem Absatz hängen: »Mr Whitmans berühmtestes Werk war *Leaves of Grass*. Manche Leute glauben, in dem Buch ginge es um Marihuana. Das stimmt zwar nicht, aber andererseits mag man kaum glauben, dass jemand, der Sachen wie *I Sing The Body*

Electric geschrieben hat, nicht wenigstens ab und zu mal gekifft hat.«

Als mir Lauren Wells am nächsten Tag über den Weg lief, trug sie nicht den gewohnten Trainingsanzug, sondern ein enges schwarzes T-Shirt und Designerjeans. Cynthia hätte sofort gewusst, welche Marke. Wenn wir Fernsehen guckten, wusste sie auch immer sofort, welche Moderatorin was anhatte. »Oh«, sagte sie dann etwa, »die trägt eine Sevens.«

Ich wusste nicht, ob Lauren eine Sevens trug, aber die Jeans stand ihr ausnehmend gut; die älteren Schüler glotzten ihr allesamt auf den Hintern, als sie mir auf dem Flur entgegenkam.

»Na, geht's besser heute?«, fragte sie.

Wieso das? Hatte ich etwa bei unserer letzten Begegnung durchblicken lassen, irgendwie nicht auf der Höhe zu sein? Ich konnte mich jedenfalls nicht daran erinnern.

»Alles bestens«, erwiderte ich. »Und wie geht's dir?«

»So weit alles okay«, sagte sie. »Obwohl ich mich gestern um ein Haar krankgemeldet hätte. Eine ehemalige Klassenkameradin hatte vor ein paar Tagen in Hartford einen tödlichen Autounfall. Ich hab's von einer anderen Freundin per E-Mail erfahren. Die Nachricht hat mich unendlich deprimiert.«

»War es eine enge Freundin?«, fragte ich.

Ein halbes Schulterzucken. »Wir waren in einer Jahrgangsstufe. Ehrlich gesagt musste ich kurz überlegen, als ich ihren Namen gehört habe. Wir waren nicht in einer

Clique oder so. Sie saß bloß in ein paar Kursen hinter mir. Aber trotzdem ist es ein Schock, wenn jemand stirbt, den man kannte. Man wird grüblerisch, macht sich alle möglichen Gedanken über sein eigenes Leben.«

»Alle möglichen Gedanken«, wiederholte ich, unschlüssig, ob ich tatsächlich Mitleid haben sollte. »Tja, schrecklich.« Natürlich bedauerte ich, dass ein Mensch zu Tode gekommen war, aber Lauren verschwendete meine Zeit mit ihrem Lamento über eine Frau, die sie offenbar selbst nicht richtig gekannt hatte.

Kids strömten links und rechts an uns vorbei, während wir weiter den Gang blockierten.

»Ach ja«, sagte Lauren. »Wie ist sie eigentlich wirklich?«

»Wer?«

»Paula Malloy«, sagte Lauren. »Ist sie genauso nett, wie sie im Fernsehen wirkt? Ihr Lächeln ist einfach umwerfend.«

»Sie hat einen guten Zahnarzt«, sagte ich, ergriff sie am Arm und führte sie zur Wand, damit wir nicht weiter im Weg standen.

»Sag mal«, fuhr sie fort. »Du und Mr Carruthers, ihr steht euch ziemlich nahe, nicht wahr?«

»Rolly und ich? Ja, wir kennen uns schon seit Ewigkeiten.«

»Es ist mir peinlich, aber ich glaube, er hat gestern im Lehrerzimmer gesehen, wie ich etwas in dein Fach gelegt, dann aber wieder herausgenommen habe. Hat er das irgendwie erwähnt?«

»Na ja, er ...«

»Hab ich mir gleich gedacht. Also, wahrscheinlich

wäre es besser gewesen, ich hätte die Notiz nicht wieder herausgeholt, weil du dich dann nicht gefragt hättest, worum es überhaupt ging, und …«

»Lauren, vergiss es einfach. Alles halb so wild.« Ich wollte es gar nicht so genau wissen; ich hatte schon genug Probleme und war ganz und gar nicht scharf auf zusätzliche Komplikationen.

»Es war nur eine Einladung. Ich dachte, es wäre vielleicht eine nette Abwechslung für Cynthia und dich, mal einen Abend auf einer kleinen Party zu verbringen. Aber dann kam es mir doch irgendwie aufdringlich vor, verstehst du?«

»Sehr taktvoll von dir«, sagte ich. »Vielleicht ein andermal.«

»Nun ja«, sagte Lauren. »Hast du heute Abend schon etwas vor? Survivor sind im Einkaufszentrum an der Post Road und signieren ihr neues Album.«

»Das habe ich gar nicht mitbekommen«, sagte ich.

»Ich gehe jedenfalls hin«, sagte sie.

»Sorry, ich muss passen. Cynthia und ich fahren heute Abend nach New Haven. Wir haben einen Termin bei *Deadline*. Nichts Großes, nur so eine Art Nachbereitung der ersten Sendung.«

Im selben Moment bereute ich bereits, überhaupt etwas gesagt zu haben. Lauren lächelte. »Oh, dann musst du mir morgen unbedingt erzählen, wie es war.«

Ich lächelte zurück und erwiderte, ich müsse dringend zur nächsten Unterrichtsstunde. Und schüttelte unmerklich den Kopf, während ich den Flur hinunterging.

❖

Wir aßen früh zu Abend, um rechtzeitig in New Haven zu sein. Wir hatten eigentlich vorgehabt, einen Babysitter für Grace zu organisieren, aber die Mädchen, die sonst auf sie aufpassten, waren alle bereits verplant.

»Ich kann doch auch allein hierbleiben«, sagte Grace.

»Keine Chance«, sagte ich. »Am besten, du nimmst dir dein Buch über das Universum oder ein paar Hausaufgaben mit.«

»Ich will aber auch hören, was die Frau sagt.«

»Kommt nicht in Frage«, sagte Cynthia, ehe ich dasselbe sagen konnte.

Inzwischen hatte sich mein Unmut gelegt. Das bevorstehende Treffen mit der Hellseherin machte Cynthia sichtlich nervös. Unter normalen Umständen war es bestimmt amüsant, sich Tarotkarten legen oder die Zukunft voraussagen zu lassen, selbst wenn man nicht an solchen Hokuspokus glaubte. Aber die Umstände waren eben alles andere als normal.

»Ich soll einen der Schuhkartons mit meinen Erinnerungen mitbringen«, sagte Cynthia.

»Irgendeinen bestimmten?«

»Egal. Die Hellseherin hat gesagt, sie muss ihn nur berühren oder ein paar Sachen in die Hand nehmen, um die Verbindung zur Vergangenheit herzustellen.«

»Aha«, sagte ich. »Und ein Kamerateam ist sicher auch dabei.«

Cynthia nickte. »Das können wir ihnen wohl schlecht verbieten. Wären wir nicht im Fernsehen gewesen, hätte sie sich nie gemeldet.«

»Weißt du überhaupt, wie sie heißt?«, fragte ich.

»Keisha«, sagte Cynthia. »Keisha Ceylon.«

»Toller Name.«

»Ich habe im Internet nachgesehen«, sagte Cynthia. »Sie hat eine eigene Website.«

»Darauf hätte ich gewettet«, sagte ich und lächelte säuerlich.

»Sei bloß nett zu ihr«, sagte Cynthia.

Wir saßen bereits im Wagen, und ich wollte gerade die Einfahrt hinuntersetzen, als Cynthia plötzlich herausplatzte: »O nein! Warte! Ich habe den Karton vergessen!«

Dabei hatte sie ihn extra auf den Küchentisch gestellt, um ihn nicht zu vergessen.

»Ich geh schon«, sagte ich, doch Cynthia hatte bereits die Schlüssel aus ihrer Handtasche genommen und die Beifahrertür geöffnet.

»Bin sofort zurück«, sagte sie. Ich sah ihr hinterher, wie sie aufschloss, den Schlüssel stecken ließ und ins Haus ging. Es dauerte und dauerte, jedenfalls blieb sie entschieden länger im Haus, als ich erwartet hätte, doch dann tauchte sie wieder auf, den Schuhkarton unterm Arm. Sie schloss ab und stieg wieder zu uns in den Wagen.

»Was hat denn so lang gedauert?«, fragte ich.

»Ich habe noch eine Beruhigungstablette genommen«, sagte sie.

Im Sendergebäude wurden wir von einem Redakteur empfangen, der die langen Haare zum Pferdeschwanz zusammengebunden hatte. Er führte uns in ein Studio mit einer Couch, zwei Sesseln, ein paar künstlichen Pflanzen und einer auf heimelig getrimmten Kulisse mit Lattenzaun. Paula Malloy begrüßte Cynthia wie eine alte Freundin und knipste ihr Strahlelächeln an. Cynthia war eher zurückhaltend. Neben Paula stand eine Schwarze in einem schicken marineblauen Hosenanzug, die ich auf Ende vierzig schätzte. Ich fragte mich, ob sie hier die Aufnahmeleiterin war.

»Darf ich Ihnen Keisha Ceylon vorstellen?«, fragte Paula.

Ups. Vermutlich offenbar hatte ich eine Zigeunerin oder eine Frau in knöchellangem Batikkleid erwartet – jedenfalls ganz bestimmt niemanden, der nach Chefetage aussah.

»Sehr erfreut«, sagte Keisha und schüttelte uns die Hand. Anscheinend hatte sie gewittert, was mir durch den Kopf ging. »Überrascht?«

»Ein bisschen«, sagte ich.

»Und du bist bestimmt Grace«, sagte sie und beugte sich zu unserer Tochter, um ihr ebenfalls die Hand zu schütteln.

»Hi«, sagte Grace.

»Wo können wir Grace solange unterbringen?«, fragte ich. »Gibt's hier so was wie einen Backstageraum?«

Eine Assistentin eilte herbei, um Grace an eine weitere Assistentin weiterzureichen. Nachdem Cynthia und Keisha geschminkt worden waren, wurden sie auf der Couch platziert; zwischen ihnen stand der Schuhkarton. Paula nahm ihnen gegenüber in einem der Sessel Platz, während die Kameras geräuschlos in Stellung gebracht wurden. Ich trat zurück ins Studiodunkel, weit genug, um niemandem im Weg zu stehen, aber ich blieb nahe genug, um alles mitzubekommen.

Paula sprach ein paar einleitende Worte, rekapitulierte kurz die Sendung, die ein paar Wochen vorher gelaufen war. Kein Problem, später die eine oder andere Information dazuzuschneiden, falls sie etwas vergessen hatte. Dann sagte sie, es hätten sich verblüffende Entwicklungen im Fall der 1982 spurlos verschwundenen Familie Bigge ergeben. Eine Hellseherin habe sich gemeldet, die offenbar imstande sei, Licht ins Dunkel zu bringen.

»Ich hatte die Sendung gesehen«, sagte Keisha Ceylon mit ruhiger, wohltönender Stimme. »Und auch mit Interesse verfolgt, aber nicht weiter darüber nachgedacht. Aber zwei Wochen später wollte ich einer Klientin dabei helfen, mit einer verstorbenen Verwandten in Kontakt zu treten, und irgendwie lief es nicht so wie sonst, so als gäbe es eine Art Störung, wie früher bei diesen Gemeinschaftsanschlüssen, wenn plötzlich ein dritter Teilnehmer in der Leitung war.«

»Das ist ja außergewöhnlich«, sagte Paula beeindruckt. Cynthia lauschte mit unbewegter Miene.

»Und plötzlich hörte ich eine Frauenstimme. Sie sagte: ›Bitte richten Sie meiner Tochter etwas von mir aus.‹«

»Wirklich? Und hat die Frau ihren Namen genannt?«

»Ja. Sie sagte, sie heiße Patricia.«

Cynthias Lider zuckten.

»Und was hat sie noch gesagt?«

»Sie bat mich, mit ihrer Tochter Cynthia Kontakt aufzunehmen.«

»Warum?«

»Da bin ich mir nicht ganz sicher. Möglicherweise wollte sie, dass ich mehr erfahre. Daher habe ich Sie auch gebeten« – sie lächelte Cynthia an –, »ein paar Erinnerungsstücke mitzubringen, damit ich mich ein wenig einfühlen und Verbindung zur Vergangenheit herstellen kann.«

Paula wandte sich an Cynthia. »Sie haben uns etwas mitgebracht, nicht wahr?«

»Ja«, erwiderte Cynthia. »Diesen Schuhkarton haben Sie ja schon einmal gesehen. Ich bewahre Fotos und alte Zeitungsausschnitte darin auf, alles Mögliche. Ich kann Ihnen die Sachen zeigen, und dann …«

»Nicht notwendig«, sagte Keisha. »Wenn Sie mir einfach den ganzen Karton geben würden.«

Cynthia reichte ihr die Schachtel. Keisha bettete sie in ihren Schoß, legte die Hand darauf und schloss die Augen.

»Ich spüre starke Energieströme«, sagte sie.

Jetzt reicht's aber langsam, dachte ich.

»Ich spüre … Traurigkeit. So viel Traurigkeit.«

»Was spüren Sie noch?«, fragte Paula.

Keisha runzelte die Stirn. »Ich spüre … dass Sie ein Zeichen erhalten werden.«

»Ein Zeichen?«, sagte Cynthia. »Was für ein Zeichen?«

»Ein Zeichen … das helfen wird, Ihre Fragen zu beantworten. Aber mehr kann ich momentan nicht sagen.«

»Warum?«, fragte Cynthia.

»Warum?«, fragte Paula.

Keisha öffnete die Augen. »Könnten Sie kurz die Kameras abschalten?«

»Äh, Leute«, sagte Paula. »Kurze Pause, ja?«

»Okay«, sagte einer der Kameramänner.

Paula wandte sich wieder zu Keisha. »Gibt's ein Problem?«

»Was ist denn los?«, fragte Cynthia besorgt. »Was wollen Sie denn nicht vor der Kamera sagen? Geht es um meine Mutter? Um das, was sie mir mitteilen wollte?«

»Gewissermaßen«, sagte Keisha. »Nun ja, ehe wir fortfahren, würde ich gern noch die Honorarfrage klären.«

So lief der Hase also.

»Äh, Keisha«, sagte Paula. »Soweit ich mich erinnere, hatten wir uns darauf geeinigt, dass wir Ihre Spesen übernehmen und gegebenenfalls für die Hotelkosten aufkommen. Von einem Honorar war nie die Rede.«

»So habe ich das aber ganz und gar nicht verstanden«, gab Keisha schroff zurück. »Ich habe extrem wichtige Informationen, die ich nur gegen eine angemessene finanzielle Gegenleistung preisgeben werde.«

»Warum erzählen Sie Cynthia nicht einfach, was Sie wissen, und wir einigen uns hinterher?«, schlug Paula vor.

Ich trat vor und fasste Cynthia ins Auge. »Schatz«, sagte ich und wies mit dem Daumen zur Tür.

Sie nickte frustriert, entfernte das Mikro von ihrer Bluse und stand auf.

»Wo wollen Sie hin?«, fragte Paula.

»Das war's«, sagte ich. »Wir gehen.«

»Was soll das denn jetzt?«, sagte Keisha aufgebracht. »Lady, wenn die hier nicht zahlen wollen, könnten Sie ja mein Honorar übernehmen.«

»Ich mach mich hier nicht länger zum Affen«, sagte Cynthia.

»Tausend Dollar«, sagte Keisha. »Tausend Dollar,

und ich erzähle Ihnen, was ich von Ihrer Mutter erfahren habe.«

Cynthia kam um die Couch herum. Ich reichte ihr die Hand.

»Okay, siebenhundert«, sagte Keisha, als wir losmarschierten, um Grace zu holen.

»Was ist denn das für eine Nummer?«, sagte Paula zu Keisha. »Sie haben die Chance, ins Fernsehen zu kommen, Werbung ohne Ende für sich zu machen – und das lassen Sie sich wegen ein paar hundert Dollar entgehen?«

Keisha musterte Paula mit bösem Blick und nahm ihre Frisur in Augenschein. »Wer hat dir denn diese beschissene Tönung verpasst, du Schlampe?«

»Du hattest recht«, sagte Cynthia auf dem Nachhauseweg.

Ich schüttelte den Kopf. »Dein Abgang war erste Sahne. Diese Keisha hat geglotzt wie ein Auto, als du dein Mikro abgenommen hast.«

Cynthias Lächeln wurde von den Scheinwerfern eines entgegenkommenden Wagens erfasst. Grace war auf dem Rücksitz eingeschlafen.

»Das war wirklich pure Zeitverschwendung«, sagte Cynthia.

»Nein«, sagte ich. »Du hattest recht. Selbst bei einer Chance von eins zu einer Million muss man einer solchen Sache nachgehen. Genau das haben wir getan. Und jetzt haken wir das Ganze ab, einverstanden?«

Wir bogen in unsere Einfahrt ein. Ich öffnete die hintere Tür, machte den Gurt los und trug Grace ins Haus. Cynthia ging voraus und machte Licht in der Küche. Ich hatte bereits die Treppe betreten, um Grace ins Bett zu bringen, als Cynthias Stimme an mein Ohr drang.

»Terry«, sagte sie.

Normalerweise hätte ich »Bin gleich bei dir« oder so etwas Ähnliches erwidert und Grace erst einmal nach oben gebracht, doch irgendetwas an ihrem Tonfall klang überaus dringlich.

Weshalb ich einen Moment später die Küche betrat.

Mitten auf dem Küchentisch lag ein schwarzer Männerhut. Ein alter, abgetragener und matt glänzender Filzhut.

ZWÖLF

Sie trat auf ihn zu, so nahe wie eben möglich.

*»Herrgott noch mal«, flüsterte sie, »hörst du mir über-
haupt zu? Ich komme extra hier raus, und du machst
dir nicht mal die Mühe, die Augen offen zu halten. Als
hätte ich wegen dir nicht schon genug durchgemacht!
Schlafen kannst du den lieben langen Tag, aber nicht,
wenn ich mal ein paar Minuten hier bin.*

*Aber eins sag ich dir: So läuft das nicht. Wann Schluss
ist, bestimme ich. Und du erfährst es sowieso als Erster,
verlass dich drauf.«*

Er murmelte etwas, was kaum zu verstehen war.

*»Was?«, fragte sie, aber dann hatte sie verstanden.
»Ach so, er«, fuhr sie fort. »Er konnte heute nicht kommen.«*

DREIZEHN

Sachte bettete ich Grace auf das Wohnzimmersofa, schob ein Kissen unter ihren Kopf und ging zurück in die Küche.

So wie Cynthia den Filzhut anstarrte, hätte es sich genauso gut um eine tote Ratte handeln können. Stocksteif stand sie an der Wand und blickte entsetzt auf den Küchentisch.

Der Hut selbst machte mir keine Angst, sehr wohl jedoch der Umstand, wie er dort hingekommen war. »Lass Grace nicht aus den Augen«, sagte ich.

»Sei vorsichtig«, sagte Cynthia.

Ich ging nach oben, machte Licht und sah in allen Zimmern nach. Ich warf einen Blick ins Bad und ging noch einmal durch alle Zimmer, sah in die Schränke und unter die Betten. Alles war wie immer.

Ich ging wieder hinunter und öffnete die Tür zu unserem kleinen Keller, der immer noch nicht fertig war. Ich ging bis zum Fuß der Treppe und knipste auch dort das Licht an.

»Siehst du irgendwas?«, rief Cynthia von oben.

Ja. Eine Waschmaschine und einen Trockner, eine Werkbank, auf der jede Menge Krimskrams herumlag, eine Phalanx von so gut wie leeren Farbeimern, ein altes Klappbett. Und das war's auch schon.

Ich ging wieder nach oben. »Nichts«, sagte ich.

Cynthia starrte immer noch den Hut an. »Er war hier«, sagte sie.

»Wer?«

»Mein Vater. Er war hier.«

»Cynthia … Okay, jemand war hier und hat den Hut da auf den Küchentisch gelegt. Aber das bedeutet noch lange nicht, dass es dein Vater war.«

»Es ist sein Hut«, sagte sie, gefasster, als ich erwartet hätte. Ich ging zum Tisch und streckte die Hand aus, um mir den Hut genauer anzusehen.

»Nicht anfassen!«, platzte sie heraus.

»Der beißt nicht«, sagte ich, hob ihn vorsichtig mit Daumen und Zeigefinger an und drehte ihn dann mit beiden Händen um.

Der Hut war alt, keine Frage. Der Krempenrand war abgewetzt, das ehemals weiße Futter dunkel, die Oberfläche leicht speckig.

»Es ist bloß ein Hut«, sagte ich.

»Sieh mal hinein«, sagte sie. »Damals, bevor er verschwunden ist, musste mein Vater sich ständig neue Hüte kaufen. In Restaurants haben dauernd irgendwelche Leute aus Versehen seinen Hut mitgenommen, und deshalb hat er schließlich mit schwarzem Filzstift ein ›C‹ auf das Innenband geschrieben. C wie Clayton.«

Mit dem Zeigefinger fuhr ich an der Innenseite entlang und klappte das Innenband heraus. Und da war es, hinten rechts – ein »C«, klar und deutlich erkennbar. Ich drehte den Hut so, dass Cynthia es sehen konnte.

Sie holte tief Luft. »O Gott.« Zögernd trat sie zu mir und streckte die Hand aus. Ich reichte ihr den Hut, und sie ergriff ihn, als handele es sich um ein Artefakt aus der Grabkammer des Tutanchamun. Andächtig hielt sie ihn in Händen, ehe sie ihn langsam ans Gesicht hob. Einen Augenblick lang dachte ich, sie wolle ihn aufsetzen, doch führte sie ihn lediglich an die Nase und roch daran.

»Das ist sein Hut«, sagte sie.

Es wäre sinnlos gewesen, darüber zu diskutieren. Ich wusste genau, wie stark der Geruchssinn auf das Erinnerungsvermögen wirken kann. Ich erinnerte mich daran, wie ich als Erwachsener einmal mein Geburtshaus – ich war vier gewesen, als meine Eltern dort ausgezogen waren – besucht und die neuen Eigentümer gefragt hatte, ob ich es mir ansehen dürfte. Sie ließen mich bereitwillig ein, und obwohl mir die Zimmer, die knarrende vierte Stufe auf der Treppe zum ersten Stock und der Blick aus dem Küchenfenster in den Garten ausgesprochen vertraut vorkamen, wurden meine Erinnerungen erst richtig geweckt, als ich mich in den Stauraum unter der Treppe beugte und mir der Geruch von feuchtem Zedernholz in die Nase stieg. Mir wurde beinahe schwindlig, als plötzlich eine Flut von Erinnerungen gleichsam über mich hinwegzubranden schien.

Ich konnte also durchaus nachvollziehen, was in Cynthia vorging. Es war der Geruch ihres Vaters, den sie wahrnahm.

Sie wusste es einfach.

»Er war hier«, sagte sie. »Hier in der Küche, hier in unserem Haus. Aber warum, Terry? Warum war er hier? Warum hat er das getan? Warum hat er seinen Hut liegen lassen, aber nicht auf mich gewartet?«

»Cynthia.« Ich gab mir alle Mühe, so ruhig wie möglich zu bleiben. »Selbst wenn der Hut von deinem Vater stammen sollte, heißt das noch lange nicht, dass er ihn selbst hierhergelegt hat.«

»Ohne seinen Hut ist er nie aus dem Haus gegangen. Er hatte ihn immer auf, auch an dem Abend, bevor er, Mom und Todd verschwunden sind. Er hat ihn nicht hier zurückgelassen. Und du weißt so gut wie ich, was das heißt, oder?«

Ich wartete.

»Es heißt, dass er noch lebt.«

»Das könnte es heißen. Aber nicht unbedingt.«

Cynthia legte den Hut zurück auf den Tisch, griff nach dem Telefon, hielt inne, streckte erneut die Hand aus, zögerte aber von neuem.

»Die Polizei«, sagte sie. »Sie könnten Fingerabdrücke nehmen.«

»Von dem Hut?«, sagte ich. »Wohl kaum, wenn du mich fragst. Außerdem bist du dir ja ohnehin sicher, dass es sein Hut ist – wozu also noch Fingerabdrücke nehmen?«

»Nein«, sagte Cynthia. »Von der Haustür, meinte ich. Oder vom Tisch. Wenn sie seine Fingerabdrücke finden, heißt das, dass er noch lebt.«

Ich war mir da nicht so sicher, aber ebenfalls dafür, die Polizei zu rufen. Irgendjemand war in unserem Haus gewesen – vielleicht Clayton Bigge, vielleicht ein anderer. Konnte man von einem Einbruch sprechen, wenn nichts gestohlen oder beschädigt worden war? Wie auch immer, zumindest hatte jemand unbefugt unsere vier Wände betreten.

Ich wählte 911. »Jemand ist in unser Haus eingedrungen«, sagte ich dem Beamten am anderen Ende. »Meine Frau und ich sind äußerst beunruhigt. Wir haben eine kleine Tochter und machen uns große Sorgen.«

Zehn Minuten später traf ein Streifenwagen ein. Zwei uniformierte Beamte, ein Mann und eine Frau, überprüften Türen und Fenster, konnten aber keine Spuren eines gewaltsamen Eindringens feststellen. Grace war inzwischen natürlich aufgewacht und weigerte sich, ins Bett zu gehen. Selbst nachdem wir sie auf ihr Zimmer geschickt und ihr eingeschärft hatten, sich bettfertig zu machen, hockte sie kurz darauf auf dem obersten Treppenabsatz und spähte durch die Geländerstreben wie ein minderjähriger Häftling.

»Wurde etwas gestohlen?«, fragte die Beamtin. Ihr Partner stand neben ihr, schob die Mütze zurück und kratzte sich am Kopf.

»Nein, jedenfalls nicht auf den ersten Blick«, sagte ich. »Ich habe es noch nicht genau überprüft, aber es scheint nichts weggekommen zu sein.«

»Wurde etwas beschädigt? Haben Sie Spuren von Vandalismus festgestellt?«

»Nein«, sagte ich. »Nichts dergleichen.«

»Sie sollten Fingerabdrücke nehmen«, sagte Cynthia.

»Bitte, Ma'am?«, sagte der männliche Cop.

»Fingerabdrücke nehmen. Machen Sie das nicht bei Einbrüchen?«

»Ma'am, es tut mir leid, aber hier weist nichts auf einen Einbruch hin. So weit scheint doch alles in Ordnung zu sein.«

»Aber jemand hat den Hut hiergelassen. Das beweist doch, dass eingebrochen wurde. Die Haustür war abgeschlossen, so wie sonst auch, wenn wir das Haus verlassen.«

»Sie behaupten also«, sagte der Polizist, »dass in Ihrer Abwesenheit hier eingebrochen, aber nichts entwendet oder beschädigt wurde, richtig? Dass der sogenannte Einbrecher lediglich diesen Hut zurückgelassen hat?«

Cynthia nickte.

»Es wird schwierig, die Spurensicherung einzuschalten«, sagte die Beamtin. »Es gibt keinerlei Indizien für eine Straftat.«

»Wahrscheinlich handelt es sich bloß um einen Streich«, sagte ihr Partner. »Möglich, dass sich ein Bekannter von Ihnen einen kleinen Spaß erlaubt hat.«

Toller Spaß, dachte ich. Ich lach mich tot.

»Das Türschloss ist jedenfalls nicht manipuliert worden«, sagte er. »Vielleicht hat den Hut jemand vorbeigebracht, weil er dachte, dass er Ihnen gehört. Ein Bekannter, dem Sie Ihren Schlüssel gegeben haben.«

»Können Sie unser Haus überwachen?«, fragte Cynthia. »Nur für den Fall, dass derjenige nochmals versuchen sollte, unser Haus zu betreten? Es darf ihm aber nichts passieren. Ich will nur wissen, wer es ist.«

»Cyn«, sagte ich.

»Ich bedaure, Ma'am, aber für einen derartigen Einsatz besteht kein Anlass«, sagte die Beamtin. »Nicht ohne schwerwiegende Gründe. Aber geben Sie uns umgehend Bescheid, falls sich weitere Probleme ergeben sollten.«

Damit entschuldigten sie sich. Und lachten sich in

ihrem Streifenwagen wahrscheinlich scheckig über uns. Den Polizeibericht konnte ich mir lebhaft vorstellen. Grund des Einsatzes: Meldung eines merkwürdigen Huts. Auf dem Revier würden sie sich grölend auf die Schenkel schlagen.

Als die Streifenbeamten weg waren, setzten wir uns an den Küchentisch. Keiner von uns sprach ein Wort.

Plötzlich stand Grace in der Küchentür. Sie zeigte auf den Hut. »Darf ich den aufsetzen?«

Cynthia nahm den Hut an sich. »Nein.«

»Geh ins Bett, Süße«, sagte ich, und sie trollte sich ohne Widerworte. Cynthia hingegen ließ den Hut nicht mehr los, bis wir endlich selbst zu Bett gingen.

Und während ich neben ihr lag und wieder einmal schlaflos an die Zimmerdecke starrte, musste ich daran denken, wie Cynthia in letzter Sekunde vor unserem desaströsen Treffen mit der Hellseherin noch einmal ins Haus geeilt war, weil sie den Schuhkarton mit ihren Erinnerungsstücken vergessen hatte.

Ich musste daran denken, wie sie in Windeseile aus dem Wagen gestiegen war, obwohl ich ihr extra angeboten hatte, den Karton für sie zu holen.

Und sie war ziemlich lange im Haus geblieben, lange genug, um den Hut auf dem Küchentisch zu platzieren. Sie hatte gesagt, sie hätte noch eine Tablette genommen.

Nein, sagte ich mir wieder und wieder, während ich zu meiner schlafenden Frau hinübersah. Das war nicht möglich.

Nein. Das war einfach nicht möglich.

VIERZEHN

Ich steckte den Kopf in Rolly Carruthers' Büro. »Ich habe Freistunde. Hast du 'ne Minute Zeit für mich?«

Rolly besah sich die Stapel auf seinem Schreibtisch. Berichte, Evaluationen, Budgetkalkulationen. Er ertrank in Papierkram. »Mit einer Minute kann ich dir leider nicht dienen. Aber ein Stündchen könnte ich durchaus erübrigen.«

»Klingt genau richtig.«

»Hast du schon Mittag gemacht?«

»Nein.«

»Dann lass uns im ›Stonebridge‹ essen. Du fährst. Sonst rase ich womöglich noch vor den nächsten Baum. Vorsätzlich.« Er streifte sich seine Jacke über und gab seiner Sekretärin Bescheid, er sei jetzt beim Lunch, aber über sein Handy erreichbar, falls die Schule plötzlich in Flammen stünde. »Dann weiß ich wenigstens, dass ich mir den Rückweg sparen kann«, sagte er.

Die Sekretärin entgegnete, sie habe den Schulrat in der Leitung, worauf Rolly mir bedeutete, ich solle kurz auf ihn warten, es würde nicht lange dauern. Als ich vor die Tür trat, stieß ich mit Jane Scavullo zusammen, die wie ein geölter Blitz über den Flur fegte – womöglich um einem anderen Mädchen mal wieder ordentlich die Fresse zu polieren.

Die Bücher, die sie dabeihatte, polterten zu Boden. »Verdammte Scheiße!«, platzte sie heraus.

»Sorry«, sagte ich und kniete mich hin, um ihr beim Aufsammeln zu helfen.

»Nicht nötig«, gab sie zurück und beeilte sich, die Bücher aufzuklauben, ehe ich ihr zuvorkam. Aber sie war nicht schnell genug. Ich hielt bereits *Bad Girls* in der Hand, das Buch von Joyce Carol Oates, das ich ihr kürzlich empfohlen hatte.

Sie wand es mir aus der Hand und steckte es zu den anderen. »Und?«, fragte ich. »Gefällt's dir?«

»Ich find's gut«, sagte Jane. »Die Mädchen in dem Buch sind echt total abgefuckt. Wieso meinten Sie, ich sollte das Buch lesen? Glauben Sie, ich bin genauso kaputt?«

»So kaputt sind die Mädchen in dem Buch nun auch wieder nicht«, sagte ich. »Und nein, ich glaube nicht, dass du so bist wie sie. Ich habe mir bloß gedacht, das Buch könnte dir gefallen.«

Sie ließ eine Kaugummiblase platzen. »Kann ich Sie mal was fragen?«

»Klar.«

»Warum interessiert Sie das eigentlich?«

»Was?«

»Na ja, was für Bücher ich lese. Und meine Aufsätze und so.«

»Glaubst du, ich bin bloß wegen der vielen Kohle Lehrer geworden?«

Um ein Haar hätte sie gelächelt, bremste sich aber. »Ich muss los«, sagte sie und ließ mich einfach stehen.

Als Rolly und ich ins »Stonebridge« kamen, war der

große Mittagsansturm bereits vorbei. Er bestellte einen Shrimpscocktail und ein Bier, ich eine Muschelsuppe mit Brot und einen Kaffee.

Rolly erzählte, er und seine Frau hätten sich entschlossen, ihr Haus baldmöglichst zu verkaufen; der Caravan war zwar auch nicht ganz preiswert, aber es würde genug übrig bleiben, um ein sorgenfreies Leben führen zu können. Das Geld konnten sie sparen oder investieren, und ein Boot konnten sie sich ebenfalls problemlos leisten – er träumte mit offenen Augen vom Fischen auf dem Manatee River. Es war fast so, als hätte er seinen Beruf als Schuldirektor bereits an den Nagel gehängt.

»Ich muss mit dir reden«, sagte ich.

Rolly nahm einen Schluck von seinem Bier. »Wegen Lauren Wells?«

»Quatsch«, sagte ich verblüfft. »Wie kommst du denn darauf?«

Er zuckte mit den Schultern. »Ich habe gesehen, wie du auf dem Flur mit ihr geredet hast.«

»Die Frau ist eine echte Nervensäge«, sagte ich.

Rolly lächelte. »Eine ziemlich gut gebaute Nervensäge.«

»Ich habe keine Ahnung, was sie will. Anscheinend hält sie Cyn und mich für so was wie Promis. Bevor wir im Fernsehen waren, hat Lauren so gut wie nie mit mir gesprochen.«

»Gibst du mir ein Autogramm?«, sagte Rolly.

»Haben wir gelacht«, sagte ich. Ich hielt kurz inne, um ihm zu signalisieren, dass ich die Gangart wechselte. »Für Cyn warst du immer so etwas wie ein Onkel. Du hast dich rührend um sie gekümmert. Und nicht zuletzt hast du ja auch immer ein offenes Ohr für meine Wenigkeit.«

»Komm schon, Terry. Was ist los?«

»Ich frage mich, ob Cynthia allmählich verrückt wird«, sagte ich.

Rolly stellte das Glas zurück auf den Tisch und leckte sich über die Lippen. »Geht ihr nicht sowieso schon zu einer Therapeutin?«

»Ja, zu Dr. Kinzler. Alle zwei Wochen.«

»Hast du mal mit ihr darüber geredet?«

»Nein. Das Ganze ist ziemlich verzwickt. Nun gut, manchmal spricht sie getrennt mit uns, und da könnte ich schon damit herausrücken. Ich kann es bloß nicht an einer bestimmten Sache festmachen. Es sind lauter Kleinigkeiten, die sich summieren.«

»Zum Beispiel?«

Ich weihte ihn ein, erzählte ihm von dem braunen Wagen, der Cynthia in Angst und Schrecken versetzt hatte. Von dem anonymen Anruf, den sie aber versehentlich aus dem Anrufprotokoll gelöscht hatte. Dem Mann im Einkaufszentrum, den sie für ihren Bruder gehalten hatte. Dem Hut, der abends plötzlich auf dem Küchentisch gelegen hatte.

»Was?«, sagte Rolly. »Claytons *Hut*?«

»Ja«, sagte ich. »Sieht so aus. Gut, es wäre möglich, dass sie ihn all die Jahre irgendwo aufbewahrt hat. Aber der Hut ist echt, wenn du mich fragst. Unter dem Innenband steht seine Initiale. Ein C.«

Rolly überlegte. »Das könnte sie auch selbst hineingeschrieben haben.«

So weit hatte ich noch gar nicht gedacht. Aber er hatte recht.

»Außerdem könnte sie den Hut ebenso gut in irgendeinem Secondhandladen gekauft haben.«

»Cyn hat an dem Hut gerochen«, sagte ich. »Sie war ganz sicher, dass er ihrem Vater gehört.«

Rolly musterte mich, als sei ich ein bisschen schwer von Begriff. »Da hättest du auch selbst dran riechen können. Das beweist doch gar nichts.«

»Stimmt, sie könnte sich all das tatsächlich ausgedacht haben«, sagte ich. »Trotzdem, wie komme ich überhaupt dazu, sie derart zu verdächtigen?«

»Als psychisch instabil habe ich Cynthia noch nie wahrgenommen«, sagte Rolly. »Klar, unter Stress ist jeder mal durch den Wind. Aber dass sie plötzlich Wahnvorstellungen hat, scheint mir doch ein bisschen weit hergeholt.«

»Ja«, sagte ich. »Das passt absolut nicht zu ihr.«

»Und warum sollte sie sich diese Dinge ausdenken? Warum sollte sie vortäuschen, sie hätte einen anonymen Anruf erhalten? Dafür müsste es ja einen Grund geben.«

»Ich weiß es nicht.« Ich überlegte. »Vielleicht um Aufmerksamkeit zu erregen? Damit die Polizei sich erneut mit dem Fall beschäftigt?«

»Aber warum ausgerechnet jetzt?«, sagte Rolly. »Warum hätte sie all die Jahre warten sollen?«

Darauf hatte ich überhaupt keine Antwort. »Ich habe nicht die geringste Ahnung. Ich wünschte nur, es wäre endlich Schluss damit … auch wenn sich herausstellen sollte, dass sie alle tot sind.«

»Du willst endlich deine Ruhe«, sagte Rolly.

»So würde ich es nicht ausdrücken«, sagte ich. »Aber im Prinzip schon.«

»Und vergiss eins nicht«, sagte Rolly. »Sollte dein Verdacht nicht zutreffen, dann war tatsächlich jemand in eurem Haus. Womit im Übrigen noch lange nicht gesagt ist, dass es Cynthias Vater war.«

»Ja.« Vor meinem inneren Auge sah ich einen Fremden verstohlen durch unser Haus streifen. »Aber wir achten immer genau darauf, ob wir auch abgeschlossen haben, wenn wir das Haus verlassen. Und das haben wir definitiv getan, bevor wir uns mit dieser Null von Hellseherin getroffen haben.«

Rolly neigte den Kopf zur Seite.

»Was für ein Schwachsinn«, sagte ich. »Tja, wahrscheinlich ist es am besten, ich lasse überall Sicherheitsschlösser anbringen.«

»Und lass die Kellerfenster vergittern«, sagte Rolly. »Da steigen die meisten ein, vor allem Kids.«

Ich schwieg eine Weile. Das Wichtigste hatte ich noch nicht aufs Tapet gebracht. Schließlich sagte ich: »Da ist noch was.«

»Was?«

»Cyns Nervenkostüm ist momentan so dünn, dass ich ihr Dinge verschweige.«

Rolly zog eine Augenbraue hoch.

»Es geht um Tess«, sagte ich.

Rolly nippte an seinem Bier. »Was ist mit ihr?«

»Erstens geht es ihr nicht gut. Offenbar ist sie todkrank.«

»Verdammt«, sagte Rolly. »Was hat sie denn?«

»Das hat sie nicht genau gesagt. Wahrscheinlich Krebs. Dabei sieht sie gar nicht schlecht aus, nur ein bisschen abgespannt. Aber es besteht keine Aussicht auf Besserung, so wie ich sie verstanden habe.«

»Das wird Cynthia schwer treffen. Tess ist ihre nächste Verwandte.«

»Ich weiß. Und ich finde, Tess sollte es ihr selbst sagen. Ich kann es nicht und ich will es auch nicht. Außerdem wird sie ihren Zustand ohnehin nicht lange verheimlichen können.«

»Und worum geht's noch?«

»Wieso?«

»Du hast ›erstens‹ gesagt. Und zweitens?«

Ich zögerte. Einerseits war ich nicht sicher, ob ich Rolly wirklich von den Umschlägen mit dem Geld erzählen sollte, andererseits benötigte ich aber einen Ratschlag, wie ich es Cynthia beibringen sollte.

»Tess hat jahrelang Geld erhalten.«

Rolly stellte das Bierglas auf den Tisch. »Was meinst du damit?«

»Jemand hat ihr Briefumschläge mit Bargeld zugespielt. Einmal war eine Nachricht dabei, das Geld sei für Cynthias Ausbildung. Die Beträge waren mal höher, mal niedriger, aber insgesamt beläuft sich die Summe auf über 40 000 Dollar.«

»Unfassbar!«, sagte Rolly. »Und das hat sie nie zuvor erwähnt?«

»Nein.«

»Von wem war das Geld?«

Ich hob die Schultern. »Genau das ist ja der Punkt. Tess weiß es nicht. Sie meint, dass man die Umschläge

vielleicht auf Fingerabdrücke oder DNA-Spuren untersuchen könnte, aber ich bezweifle, dass dabei etwas
herauskommt. Na ja, jedenfalls glaubt Tess, dass die
Sache mit dem Geld etwas mit dem Verschwinden von
Cynthias Familie zu tun hat. Von wem sollte das Geld
auch sonst stammen, wenn nicht von ihrer Familie oder
jemandem, der sich für das Schicksal ihrer Familie verantwortlich fühlt?«

»Du liebe Güte«, sagte Rolly. »Das ist ja ein dicker
Hund. Und Cynthia hat keine Ahnung davon?«

»Nicht die geringste. Aber sie sollte davon wissen,
findest du nicht auch?«

»Ja, sicher.« Er hob das Glas zum Mund, trank sein
Bier aus und bedeutete der Kellnerin, ihm ein neues zu
bringen. »Im Prinzip schon.«

»Was meinst du damit?«

»Na ja, ich sehe die Sache so ähnlich wie du. Okay, du
erzählst ihr von der Sache. Aber was dann?«

Ich rührte mit dem Löffel in meiner Muschelsuppe.
Irgendwie war mir der Appetit vergangen. »Genau. Es
gibt keine Antworten, nur neue Fragen.«

»Und selbst wenn damals noch jemand aus ihrer Familie lebte, heißt das noch lange nicht, dass er oder sie
immer noch am Leben ist. Bis wann hat Tess denn Geld
erhalten?«

»Bis Cyn ihr Studium abgeschlossen hatte«, sagte
ich.

»Wie lange ist das her? Zwanzig Jahre?«

»Nicht ganz.«

Nachdenklich schüttelte Rolly den Kopf. »Beim besten Willen, mein Lieber, ich weiß wirklich nicht, was

ich dir raten soll. Nun ja, ich wüsste schon, wie ich an deiner Stelle handeln würde, aber du musst das wohl selbst entscheiden, fürchte ich.«

»Komm schon«, erwiderte ich. »Was würdest du tun?«

Er presste die Lippen zusammen und beugte sich zu mir. »Ich würde mit der Sache hinter dem Berg halten.«

Damit hatte ich nicht gerechnet. »Wirklich?«

»Vorläufig zumindest. Du würdest Cynthia nur belasten. Sie wird unweigerlich denken, dass sie damals etwas hätte unternehmen können, hätte sie von dem Geld gewusst. Sie wird denken, dass sie womöglich ihre Eltern hätte wiederfinden können. Und ob das jetzt noch möglich wäre, steht ja in den Sternen.«

Ich dachte darüber nach. Er hatte recht, fand ich.

»Außerdem wird Cynthia stocksauer auf Tess sein«, fuhr Rolly nach einer kurzen Pause fort. »Gerade jetzt, da Tess mit Gesundheitsproblemen kämpft und auf ihre Unterstützung angewiesen ist.«

»Daran hatte ich noch gar nicht gedacht.«

»Sie wird sich betrogen fühlen. Sie wird Tess vorwerfen, sie hinters Licht geführt, ihr etwas derart Wichtiges vorenthalten zu haben. Sie hatte ein Recht darauf, davon zu erfahren – hat es immer noch, keine Frage. Tja, aber jetzt lässt sich das Ganze nicht mehr rückgängig machen.«

Ich nickte, hielt dann aber inne. »Aber wenn ich ihr jetzt nichts davon erzähle, hintergehe ich sie doch genauso.«

Rolly musterte mich eingehend und lächelte. »Genau

deshalb möchte ich nicht in deiner Haut stecken, mein Lieber.«

Als ich zu Hause ankam, stand Cynthias Wagen in der Einfahrt, am Bürgersteig parkte aber noch ein anderes Auto – ein silberner Toyota, jene Art von anonymem Fahrzeug, das man im Vorübergehen wahrnimmt und einen Moment später wieder vergessen hat.

Als ich ins Haus trat, sah ich Cynthia durch die offene Wohnzimmertür. Sie saß auf der Couch, gegenüber von einem kleinen, gedrungenen, fast kahlköpfigen Mann mit olivfarbenem Teint. Beide erhoben sich, als sie mich bemerkten.

»Hallo, Schatz«, sagte Cynthia mit gezwungenem Lächeln.

»Liebling.« Ich wandte mich dem Unbekannten zu und streckte meine Rechte aus, die er mit festem Griff schüttelte.

»Mr Archer«, sagte er mit sonorer, fast honigsüßer Stimme.

»Das ist Mr Abagnall«, sagte Cynthia. »Er ist Privatdetektiv. Er wird für uns herausfinden, was mit meiner Familie passiert ist.«

FÜNFZEHN

»Denton Abagnall«, sagte der Detektiv. »Ihre Frau hat mir schon eine Menge erklärt, aber ich würde mich freuen, wenn Sie mir ebenfalls ein paar Fragen beantworten könnten.«

»Kein Problem«, sagte ich, bedeutete ihm mit erhobenem Finger, eine Sekunde zu warten, und wandte mich zu Cynthia. »Kann ich mal kurz mit dir reden?«

Sie warf dem Privatdetektiv einen verlegenen Blick zu. »Würden Sie uns eine Minute entschuldigen?«

Er nickte. Ich ergriff Cynthia am Arm und führte sie nach draußen vor die Haustür. Unser Haus ist so klein, dass Abagnall unsere Unterredung garantiert mitbekommen hätte, wenn wir in die Küche gegangen wären.

»Was ist denn hier los?«, fragte ich.

»Ich habe das Warten satt«, sagte Cynthia. »Ich mache das nicht länger mit, das ewige Herumsitzen und Däumchendrehen. Es wird Zeit, dass endlich mal was passiert.«

»Was erwartest du denn?«, fragte ich. »Cynthia, die Spur ist eiskalt. Das Ganze ist fünfundzwanzig Jahre her.«

»Na, danke«, sagte sie. »Fast hätte ich's vergessen.«

Ich verdrehte die Augen.

»Das mit dem Hut ist jedenfalls nicht vor fünfundzwanzig Jahren passiert«, sagte sie. »Sondern diese Woche. Und der anonyme Anruf ist ebenfalls keine fünfundzwanzig Jahre her.«

»Schatz«, sagte ich. »Selbst wenn ich es für eine gute Idee halten würde, einen privaten Ermittler einzuschalten, bleibt immer noch die Frage, ob wir uns das leisten können. Was kostet er überhaupt?«

Sie nannte mir seinen Tagessatz. »Und dazu kommen dann noch die Spesen«, sagte sie.

»Okay, und wie lange soll er ermitteln?«, fragte ich. »Eine Woche? Einen Monat? Ein halbes Jahr? Womöglich beschäftigt er sich ein ganzes Jahr damit, ohne auch nur das Geringste herauszufinden.«

»Wir könnten mit der Hypothekenzahlung aussetzen«, sagte Cynthia. »Weißt du noch, der Brief vom letzten Jahr, in dem drinstand, dass man mit der Zahlung zwischendurch aussetzen kann, wenn man sich zu Weihnachten etwas Besonderes leisten will? Und das könnte doch dieses Jahr mein Weihnachtsgeschenk sein.«

Ich sah zu Boden und schüttelte den Kopf. Ich wusste nicht, was ich darauf sagen sollte.

»Was ist nur los mit dir, Terry?«, fragte Cynthia. »Ich habe dich nicht zuletzt deshalb geheiratet, weil ich wusste, dass du immer zu mir stehen würdest. Und lange Zeit hast du das auch getan. Aber allmählich kommt es mir vor, als wärst du nicht mehr derselbe Mensch. Vielleicht hast du es ja einfach satt, ewig Verständnis zu heucheln. Vielleicht glaubst du mir ja auch einfach nichts mehr.«

»Cynthia, ich …«

»Vielleicht habe ich mich auch deshalb entschlossen, es mit einem Privatdetektiv zu versuchen. Weil er nicht über mich urteilt. Weil er mich nicht für eine Verrückte hält.«

»Ich habe nie gesagt, dass du …«

»Das brauchst du auch gar nicht«, sagte Cynthia. »Ich habe es an deinem Blick gesehen. Als ich im Einkaufszentrum plötzlich meinte, ich hätte meinen Bruder gesehen. Du hast gedacht, ich hätte den Verstand verloren. Na, ist es das, was du Rolly bei euren Treffs erzählst? Dass deine Frau nicht mehr alle Tassen im Schrank hat?«

»O Gott«, sagte ich. »Dann zieh eben deine Nummer mit dem verdammten Detektiv durch.«

Ihre Ohrfeige traf mich aus heiterem Himmel. Und Cynthia hatte wohl auch gar nicht vorgehabt, mich zu ohrfeigen. Es passierte einfach, ein Wutausbruch, der mich wie ein Donnerschlag traf. Ein paar Sekunden lang waren wir beide sprachlos. Cynthia sah mich bestürzt an, hielt die Hände erschrocken vor den offenen Mund.

»Gut, dass es nicht deine Rückhand war«, sagte ich schließlich. »Sonst wäre ich wahrscheinlich zu Boden gegangen.«

»Terry«, sagte sie. »Das wollte ich nicht. Ich habe die Nerven verloren.«

Ich zog sie eng an mich. »Es tut mir leid«, flüsterte ich ihr ins Ohr. »Ich bin für dich da, wann immer du mich brauchst.«

Sie umarmte mich und presste den Kopf an meine

Brust. Ich hatte das dumpfe Gefühl, dass wir unser Geld zum Fenster hinauswerfen würden. Doch selbst wenn Denton Abagnall nichts herausfand, musste Cynthia vielleicht einfach so handeln. Vielleicht hatte sie recht. Es war eine Möglichkeit, das ganze Kuddelmuddel in den Griff zu bekommen.

Zumindest vorübergehend. Solange wir es uns leisten konnten. Ich überlegte kurz. Wenn wir einmal mit der Hypothekenrate aussetzten und unser Videotheken-Budget für die nächsten Monate drastisch kürzten, konnten wir uns seine Dienste für etwa eine Woche leisten.

»Okay, einverstanden«, sagte ich. Sie drückte mich noch ein wenig fester an sich.

»Wenn er nicht bald etwas herausfindet«, sagte sie, »blasen wir das Ganze ab.«

»Was weißt du über den Typ?«, fragte ich. »Ist er zuverlässig? Diskret?«

Cynthia machte sich von mir los und schniefte. Ich griff in die Hosentasche und reichte ihr mein Taschentuch; sie tupfte sich die Augen ab und schnäuzte sich. »Ich habe bei *Deadline* angerufen. Die zuständige Redakteurin war so klein mit Hut, weil sie erst dachte, ich wollte ihr wegen der Hellseherin die Hölle heißmachen. Ich habe sie gefragt, ob sie manchmal Privatdetektive beschäftigen, und schließlich hat sie mir seinen Namen genannt. Sie haben zwar noch nie mit ihm zusammengearbeitet, aber schon mal eine Sendung über ihn gemacht. Die Redakteurin meinte, er gelte als erstklassiger Ermittler.«

»Dann lass uns mit ihm reden«, sagte ich.

Abagnall saß auf der Couch und besah sich die Erinnerungsstücke in Cynthias Schuhkartons, erhob sich aber, als wir wieder hereinkamen. Ich merkte, wie sein Blick auf meiner geröteten Wange verweilte, aber er ließ sich nichts anmerken.

»Ich hoffe, es macht Ihnen nichts aus, dass ich mir die Sachen hier angesehen habe«, sagte er. »Ich würde mich gern eingehender damit beschäftigen – vorausgesetzt, dass Sie meine Dienste in Anspruch nehmen wollen.«

»Das wollen wir«, sagte ich. »Wir möchten, dass Sie herausfinden, was mit Cynthias Familie passiert ist.«

»Ich will Ihnen keine falschen Hoffnungen machen«, sagte Denton Abagnall. Er sprach langsam und überlegt, machte sich zwischendurch Notizen. »Die Spur ist eiskalt. Ich werde mir auf jeden Fall den Polizeibericht ansehen und versuchen, jemanden aufzutreiben, der damals mit dem Fall befasst war, aber Sie sollten nicht zu viel erwarten.«

Cynthia nickte ernst.

Er wies auf die Schuhkartons. »Tja, auf Anhieb ist mir leider nichts ins Auge gefallen, was uns irgendwie weiterbringen könnte. Ich würde die Sachen trotzdem gern mitnehmen – vielleicht stoße ich ja doch noch auf etwas.«

»Kein Problem«, sagte Cynthia. »Solange ich alles wiederbekomme.«

»Selbstverständlich.«

»Was ist mit dem Hut?«, fragte sie.

Der Hut befand sich neben ihm auf dem Sofa. Er hatte ihn bereits inspiziert.

»Zuallererst sollten Sie sich um Ihre eigene Sicherheit kümmern und neue Schlösser installieren lassen.«

»Daran hatte ich auch schon gedacht«, sagte ich.

»Fest steht jedenfalls, dass hier jemand eingedrungen ist, ob es nun Ihr Vater war oder nicht. Sie haben eine kleine Tochter. Allein deshalb liegt es in Ihrem Interesse, Ihr Anwesen so gut wie möglich zu sichern. Ich kann Ihnen jemanden empfehlen, wenn Sie wollen. Im Übrigen lässt sich natürlich feststellen, ob der Hut Ihrem Vater gehört.« Er hielt kurz inne und fuhr in leisem, betont ruhigem Tonfall fort: »Ich könnte in einem Labor einen DNA-Test machen lassen. Härchen, Schweißspuren, irgendetwas finden sie sicher. Aber billig wird das nicht, und ich bräuchte dann noch eine DNA-Probe von Ihnen. Sollten Ihre DNA und die in dem Hut weitgehend übereinstimmen, wüssten wir trotzdem nicht viel mehr als jetzt. Gibt es aber keine Übereinstimmung, haben wir keinen Anhaltspunkt, wer den Hut getragen haben könnte.«

Ein echter Profi. Ich sah an Cynthias Gesichtsausdruck, dass sie hin und weg war.

»Dann sollten wir uns das fürs Erste sparen«, sagte ich.

Abagnall nickte. »Das sehe ich genauso.« Sein Handy klingelte. Er zog es aus der Jackentasche. »Entschuldigen Sie mich bitte einen Moment.«

Er klappte das Handy auf, warf einen Blick auf das Display und ging dran. »Ja, Schatz?« Er lauschte und nickte. »Oh, herrlich.« Er lächelte. »Aber mach's nicht zu scharf. Okay. Dann bis später.« Er klappte das Handy zu und steckte es wieder ein. »Meine Frau«, sagte er. »Sie wollte mir nur eben sagen, was es zum Abendessen gibt.«

Cynthia und ich wechselten einen kurzen Blick.

»Linguine mit Shrimps in Pfeffersauce«, sagte er. »Da läuft einem doch das Wasser im Munde zusammen. Wie auch immer, Mrs Archer, ich bräuchte dann noch ein Foto von Ihrem Vater. Die Bilder von Ihrer Mutter und Ihrem Bruder haben Sie mir ja bereits gegeben, aber ich benötige natürlich auch sein Foto.«

»Ich habe keins«, sagte sie.

»Ich hake mal bei der Kfz-Zulassungsstelle nach«, sagte er. »Ich bin mir zwar nicht sicher, wie lange die Dokumente dort archiviert werden, aber vielleicht haben sie ja ein Lichtbild. Sagen Sie, welche Route hatte Ihr Vater denn überhaupt auf seinen Geschäftsreisen?«

»Sein Reisegebiet ging bis hinauf nach Chicago«, sagte Cynthia. »Er war Vertreter. Für Schmierstoffe und Zubehör für Autowerkstätten.«

»Seine genaue Route kannten Sie nicht?«

Sie schüttelte den Kopf. »Ich war noch ein Kind. Ich habe gar nicht richtig verstanden, was er überhaupt machte, außer dass er viel unterwegs war. Einmal hat er mir ein paar Schnappschüsse vom Wrigley Building in Chicago gezeigt. Eins der Bilder ist unter meinen Erinnerungsstücken, glaube ich.«

Abagnall nickte, schloss sein Notizbuch und steckte es ein, ehe er uns beiden je eine Visitenkarte überreichte. Er nahm die Schuhkartons und erhob sich. »Ich setze mich sobald wie möglich wieder mit Ihnen in Verbindung und gebe Bescheid, wie ich vorankomme. Wie wäre es, wenn Sie mich für drei Tage im Voraus bezahlen? Ich glaube zwar nicht, dass ich in der Zeit alle Antworten auf Ihre Fragen finden kann, aber sicher kann ich Ihnen sagen, ob es sich überhaupt lohnt, diesen Fragen nachzugehen.«

Cynthia holte ihre Handtasche, nahm ihr Scheckbuch heraus und schrieb dem Privatdetektiv einen Scheck aus.

»Mom?«, rief Grace von oben. »Kannst du mal kommen?«

»Ich bringe Mr Abagnall zur Tür«, sagte ich.

Abagnall hatte bereits die Fahrertür seines Wagens geöffnet und wollte sich gerade hinters Steuer setzen, als ich sagte: »Cynthia meinte, Sie wollten auch mit ihrer Tante reden. Tess Berman.«

»Ja, richtig.«

Sollten seine Bemühungen nicht von vornherein völlig umsonst sein, musste ich ihn jetzt einweihen.

»Tess hat mir kürzlich etwas erzählt, wovon Cynthia bislang nichts weiß.«

Abagnall wartete gelassen ab. Ich vertraute ihm an, was ich über das Geld wusste, das Tess anonym erhalten hatte.

»Hmm«, sagte er.

»Ich werde Tess Ihren Besuch ankündigen«, sagte ich. »Und sie bitten, so kooperativ wie nur eben möglich zu sein.«

»Besten Dank«, sagte er. Er stieg in den Wagen, schloss die Tür und fuhr das Fenster herunter. »Glauben Sie ihr?«

»Tess? Ja, sicher. Sie hat mir die Nachricht und die Umschläge gezeigt.«

»Das meinte ich nicht. Glauben Sie Ihrer Frau?«

Ich räusperte mich. »Natürlich.«

Abagnall griff über seine Schulter und gurtete sich an. »Vor ein paar Jahren kontaktierte mich eine Frau, weil ich jemanden für sie aufspüren sollte. Raten Sie doch mal, wen.«

Ich wartete.

»Elvis. Sie wollte, dass ich Elvis Presley finde. So um 1990 muss das gewesen sein, Elvis war da schon seit dreizehn Jahren unter der Erde. Sie hatte eine Riesenvilla und jede Menge Geld, aber offenbar auch ein paar Schrauben locker. Sie hatte Elvis nie getroffen und auch sonst keine Verbindung zu ihm, war aber felsenfest davon überzeugt, dass der King noch lebte und auf ihre Hilfe angewiesen war. Ich hätte ein Jahr lang für sie arbeiten und mich bei dem Job nach allen Regeln der Kunst gesundstoßen können. Aber ich habe trotzdem abgelehnt. Sie war außer sich, beschwor mich, sie müsse ihn unbedingt ausfindig machen. Weshalb ich ihr schließlich erklärte, dass ich schon einmal beauftragt worden war, Elvis zu finden – und dass ich ihn auch gefunden hatte, Elvis aber seine Ruhe und nichts mehr mit der Öffentlichkeit zu tun haben wollte. Zum Abschluss habe ich noch einen draufgesetzt. Ich habe ihr erzählt, ich hätte mit Elvis telefoniert. Und dass ich ihr ausrichten sollte, dass er zutiefst gerührt und ihr unendlich dankbar sei.«

»Und? Hat sie das geschluckt?«

»Zumindest sah es so aus. Es ist natürlich möglich,

dass sie nach mir einen anderen Detektiv beauftragt hat.« Er lachte leise. »Tja, und der sucht wohl noch heute. Das wäre was, oder?«

»Worauf wollen Sie hinaus?«, fragte ich.

»Ihre Frau meint es ernst, Mr Archer. Sie will wissen, was mit ihrer Familie geschehen ist. Ich wollte damit nur sagen, dass ich kein Geld von jemandem nehmen würde, der einem Hirngespinst hinterherläuft. Und das ist bei Ihrer Frau nicht der Fall.«

»Nein, sicher nicht«, sagte ich. »Aber lief diese andere Frau tatsächlich einem Hirngespinst hinterher? Oder glaubte sie wirklich, aus tiefstem Herzen, dass Elvis noch am Leben war?«

Abagnall schenkte mir ein bitteres Lächeln. »Ich melde mich in drei Tagen bei Ihnen. Falls sich etwas Besonderes tun sollte, rufe ich vorher an.«

SECHZEHN

»Männer sind Schwächlinge, die einen hintergehen, aber genauso oft wird man von Frauen betrogen.«

»Ich weiß. Das hast du schon öfter gesagt.«

»Oh, tut mir leid. Langweile ich dich, Liebling?«

»Nein, schon okay. Red ruhig weiter. Also, genauso oft wird man von Frauen betrogen.«

»Genau. So wie von Tess.«

»Ja, sagtest du bereits.«

»Sie hat mich bestohlen.«

»Hmm …«

»Betrachte es mal so. Es war mein Geld. Es stand ihr nicht zu.«

»Aber sie hat es doch gar nicht für sich selbst ausgegeben, sondern für …«

»Schluss jetzt. Ich will das nicht hören. Ich werde wahnsinnig, wenn ich noch länger darüber nachdenke. Willst du sie etwa in Schutz nehmen, oder was?«

»Tu ich doch gar nicht.«

»Sie hätte mich informieren und die Sache in Ordnung bringen müssen.«

»Aber …«

»Aber was?«

»Vergiss es. Ich will dich nicht noch wütender machen.«

»Na los, jetzt rück schon raus mit der Sprache.«

»Das wäre ja wohl nicht so einfach gewesen, oder?«

»Manchmal kann man wirklich kein vernünftiges Wort mit dir reden. Ruf morgen wieder an. Wenn ich intelligente Gespräche führen will, rede ich solange mit dem Spiegel.«

SIEBZEHN

Nachdem Abagnall gefahren war, rief ich Tess von meinem Handy an, nicht zuletzt, um ihr ein bisschen Mut zuzusprechen.

»Natürlich rede ich mit ihm«, sagte Tess. »Ich finde es ganz richtig von Cynthia, einen Privatdetektiv einzuschalten.«

»Dein Wort in Gottes Ohr.«

»Ich wollte dich ohnehin anrufen«, sagte Tess. »Aber nicht auf eurem Festnetzanschluss. Cynthia fände es bestimmt merkwürdig, wenn ich mit dir allein sprechen will. Ich konnte nur deine Handynummer nirgends finden.«

»Gibt's was Neues, Tess?«

Sie atmete hörbar ein. »Oh, Terry. Ich war noch mal beim Arzt. Wegen der ausstehenden Testergebnisse.«

Ich bekam weiche Knie. »Und?«

»Es ist alles okay«, sagte sie. »Die erste Diagnose war falsch. Aber jetzt sind sie sich hundertprozentig sicher.« Sie hielt kurz inne. »Terry, ich werde nicht sterben. Ich bleibe euch erst mal erhalten. »

»O Tess, das ist ja wunderbar. Mir fällt ein Felsbrocken vom Herzen.«

»Und mir erst. Es ist, als wären meine Gebete erhört worden, aber ich bete ja nicht. Aber jetzt sag bloß nicht, du hast Cynthia davon erzählt.«

»Kein Wort«, sagte ich.

Als ich ins Haus ging, konnte ich die Tränen nicht zurückhalten. Cynthia trat zu mir und strich mir über die Wange.

»Terry«, sagte sie. »Was ist? Was ist denn passiert?«

Ich schlang die Arme um sie. »Nichts«, sagte ich. »Ich bin einfach nur glücklich.«

Bestimmt dachte sie, ich hätte den Verstand verloren. Schon seit Ewigkeiten war keiner von uns mehr richtig glücklich gewesen.

Während der nächsten zwei Tage war Cynthia deutlich entspannter als sonst. Es beruhigte sie ungemein, dass Denton Abagnall sich mit dem Fall befasste. Erst befürchtete ich, sie würde ihn alle zwei Stunden auf seinem Handy anrufen, um zu erfahren, wie er vorankam. Aber sie tat nichts dergleichen. Zwar fragte sie mich vor dem Zubettgehen, ob ich glaubte, dass er etwas herausfinden würde, doch hatte sie offenbar beschlossen, ihn in aller Ruhe seiner Arbeit nachgehen zu lassen.

Als Grace am nächsten Tag aus der Schule kam, schlug Cynthia ihr vor, ein paar Runden Tennis auf dem öffentlichen Court hinter der Stadtbibliothek zu spielen. Ich selbst spiele immer noch nicht besser Tennis als während meines Studiums, weshalb ich nur selten einen Schläger in die Hand nehme, aber ich sehe den Mädels gern zu, und Cynthias Killer-Rückhand ist immer noch eine Show für mich. Ich kam also mit, korrigierte nebenbei ein paar Arbeiten und sah meiner

Frau und meiner Tochter dabei zu, wie sie herumalberten und sich übereinander lustig machten. Natürlich setzte Cynthia ihre Rückhand gegen Grace nicht ein, gab ihr aber laufend mütterliche Tipps, wie sie ihre eigene Rückhand perfektionieren konnte. Grace spielte gar nicht schlecht, aber nach einer halben Stunde wurde sie allmählich müde. Ich konnte ihr ansehen, dass sie lieber zu Hause in ihrem Buch über das Universum gelesen hätte.

Als die beiden fertig waren, schlug ich vor, auf dem Nachhauseweg noch etwas essen zu gehen.

»Wirklich?«, fragte Cynthia. »Sprengt das momentan nicht unseren finanziellen Rahmen?«

»Egal«, sagte ich.

Cynthia musterte mich lächelnd. »Was ist los mit dir? Seit gestern bist du die gute Laune in Person.«

Tja, was sollte ich darauf antworten? Schließlich konnte ich ihr schlecht sagen, dass ich mich von Herzen über Tess' gute Nachricht freute. Denn dann hätte ich ihr auch von der schlechten Nachricht erzählen müssen, die der guten vorausgegangen war.

»Ich bin einfach … zuversichtlich«, sagte ich.

»Dass Mr Abagnall etwas herausfindet?«

»Eigentlich mehr allgemein. Irgendwie kommt es mir vor, als wären wir gewissermaßen über den Berg … dass der Stress der letzten Zeit langsam ein Ende hat.«

»Ich glaube, darauf trinke ich ein Glas Wein«, sagte Cynthia.

Ich erwiderte ihr Lächeln. »Das hast du dir verdient.«

»Ich mag einen Milchshake«, sagte Grace. »Mit Kirschgeschmack.«

Als wir wieder zu Hause waren, hockte sich Grace vor den Fernseher, um sich auf dem Discovery Channel eine Sendung über die Ringe des Saturns anzusehen, während Cynthia und ich uns in die Küche setzten. Ich nahm mir einen Notizblock und begann zu rechnen, wie wir es immer machten, wenn größere Ausgaben anstanden.

»Na ja«, sagte ich schließlich, »wenn wir uns Mr Abagnall zwei Wochen leisten, landen wir wahrscheinlich auch nicht gerade im Armenhaus.«

Cynthia legte ihre Hand auf meine. »Ich liebe dich.«

Aus dem Wohnzimmer hörten wir den laufenden Fernseher.

»Habe ich dir mal erzählt, wie ich eine der Musikkassetten meiner Mutter kaputtgemacht habe?«

»Nein.«

»Ich war elf oder zwölf, und Mom hatte endlos viele Kassetten. Simon & Garfunkel, Neil Young und jede Menge andere Sachen, aber am liebsten mochte sie James Taylor. Sie meinte, er hätte die Gabe, sie froh zu machen – oder traurig, je nachdem. Na ja, eines Tages jedenfalls war ich stinkwütend auf Mom, weil sie mein Lieblings-T-Shirt nicht gewaschen hatte, und ich habe sie angefahren, sie würde sich nicht richtig um uns kümmern.«

»Das kam bestimmt gut bei ihr an.«

»Aber hallo. Sie hat nur gesagt, ich wüsste ja, wo die Waschmaschine steht, wenn es so eilig sei. Während wir uns anfauchten, lief eine ihrer Kassetten, und ich war so sauer, dass ich sie einfach aus dem Recorder riss und auf den Boden warf. Und dabei ist die Kassette zerbrochen.«

Ich hörte aufmerksam zu.

»Ich stand wie angewurzelt da, völlig fassungslos über das, was ich getan hatte, und dachte, sie würde mich auf der Stelle umbringen. Aber stattdessen klaubte sie seelenruhig den Bandsalat auf, warf einen Blick auf die kaputte Kassette und sagte: ›James Taylor. Da ist *Your Smiling Face* drauf. Mein Lieblingssong. Und weißt du, warum ich den Song so mag? Weil ich dabei immer an dein Lächeln denken muss, daran, wie sehr ich dich liebe. Tja, leider hätte ich das Lied gerade jetzt mal wieder bitter nötig.‹«

Cynthia sah mich mit feuchten Augen an.

»Nach der Schule bin ich losgezogen und habe im Plattenladen nach dem Album gesucht. *JT* heißt es. Sie hatten es auf Kassette. Ich hab's gekauft und ihr mitgebracht. Und dann hat sie das Zellophan abgemacht, die Kassette in den Recorder gesteckt und mich gefragt, ob ich ihr Lieblingsstück hören will.«

Eine einzelne Träne rann ihre Wange herab und fiel auf den Küchentisch. »Ich liebe dieses Lied«, sagte sie. »Und ich vermisse sie so sehr.«

Später rief Cynthia bei Tess an. Ohne bestimmten Grund, einfach nur so. Als sie anschließend in unser kleines Zimmer mit der Nähmaschine und dem Computer kam, wo ich gerade ein paar Notizen in meine alte Royal hämmerte, sah ich, dass sie geweint hatte.

Tess habe gedacht, sie sei sterbenskrank, erzählte sie mir, doch Gott sei Dank habe sich herausgestellt, dass die erste Diagnose ein Irrtum gewesen sei. »Sie meinte, sie hätte mich nicht damit belasten wollen, weil ich ohnehin schon so viel um die Ohren hätte. Ist doch wohl nicht zu fassen, oder?«

»Verrückt«, sagte ich.

»Aber nachdem sich jetzt herausgestellt hat, dass alles in Ordnung ist, wollte sie es mir doch erzählen. Ich wünschte nur, sie hätte schon vorher etwas gesagt, verstehst du? Sie war immer für mich da, und die paar Problemchen in meinem eigenen Leben spielen doch überhaupt keine Rolle …« Erneut traten ihr Tränen in die Augen. »Der Gedanke, sie zu verlieren, ist mir schlicht unerträglich.«

»Ja«, sagte ich. »Das geht mir genauso.«

»Und deine Jubelstimmung? Die hatte doch wohl nichts mit …«

»Quatsch«, sagte ich. »Natürlich nicht.«

Im Grunde hätte ich ruhig mit der Wahrheit herausrücken können, entschied mich aber dagegen.

»Mist, fast hätte ich's vergessen«, sagte Cynthia. »Du sollst Tess zurückrufen. Wahrscheinlich will sie es dir selbst sagen. Also verrate ihr bloß nicht, dass ich dir schon alles erzählt habe, okay? Ich konnte es einfach nicht für mich behalten.«

»Ehrensache«, sagte ich.

Ich ging nach unten und wählte Tess' Nummer.

»Ich hab's ihr erzählt«, sagte Tess.

»Schon gehört«, sagte ich. »Danke.«

»Er war inzwischen hier.«

»Wer?«

»Der Detektiv. Dieser Mr Abagnall. Ein sehr netter Mann.«

»Ja.«

»Seine Frau rief an, während er hier war. Um ihm zu sagen, was es zum Abendessen gibt.«

»Und was gab's?«

»Hmm, irgendeinen Braten, glaube ich. Rostbraten mit Yorkshire-Pudding.«

»Klingt lecker.«

»Jedenfalls habe ich ihm alles erzählt. Und ihm die Umschläge und die anonyme Nachricht gegeben. Er war ziemlich interessiert.«

Ich nickte. »Davon gehe ich aus.«

»Glaubst du, nach all den Jahren lassen sich noch Fingerabdrücke feststellen?«

»Ich weiß es nicht, Tess. Es ist ziemlich lange her, und du hast sie wahrscheinlich selbst mehr als einmal angefasst. Ich bin kein Spurensicherungsexperte. Abagnall wird sicher das Richtige tun. Und falls dir sonst noch etwas einfallen sollte, ruf ihn an.«

»Das hat er auch gesagt. Er hat mir seine Visitenkarte gegeben. Sie steckt jetzt an der Pinnwand über dem Telefon, direkt neben dem Foto von Grace und Goofy. Ich stehe gerade davor. Kaum zu unterscheiden, die beiden.«

»Okay«, sagte ich. »Dann weiß ich ja so weit Bescheid.«

»Umarme Cynthia ganz fest von mir«, sagte sie.

»Mache ich. Alles Gute, Tess.« Ich legte auf.

»Hat sie's dir erzählt?« fragte Cynthia, als ich ins Schlafzimmer kam.

»Hat sie.«

Cynthia war bereits im Nachthemd und lag auf dem

Bett. »Den ganzen Abend wollte ich mit dir schlafen, aber jetzt bin ich einfach nur noch todmüde.«

»Kein Problem«, sagte ich.

»Verschieben wir's auf ein andermal?«

»Klar. Wir könnten Grace doch übers Wochenende bei Tess unterbringen und hoch nach Mystic fahren. Uns ein Zimmer in einer kleinen Pension nehmen.«

Cynthia überlegte. »Vielleicht wäre es doch besser, wenn ich bei Grace bleibe. Ich habe kein gutes Gefühl.«

Ich setzte mich auf die Bettkante. »Wieso?«

»Das habe ich doch schon bei Dr. Kinzler gesagt. Ich kann sie hören. Es kommt mir vor, als würden sie mit mir sprechen, als wären sie mit mir im selben Raum und doch wieder nicht, als müsste ich nur die Hand ausstrecken, um sie berühren zu können – aber wenn ich es dann tue, ist es, als würden sie sich in Rauch auflösen. Von einer Sekunde auf die andere sind sie nicht mehr da.«

Ich beugte mich zu ihr hinunter, küsste sie auf die Stirn. »Hast du Grace schon gute Nacht gesagt?«

»Als du mit Tess gesprochen hast.«

»Schlaf ruhig. Ich gehe noch kurz zu ihr.«

Wie üblich hatte Grace das Licht ausgemacht, um die Sterne besser betrachten zu können. »Na, alles roger?«, fragte ich und schloss die Zimmertür hinter mir, damit das Licht aus dem Flur nicht hereinschien.

»Sieht so aus«, sagte Grace.

»Gut.«

»Willst du mal gucken?«

Da ich mich nicht bücken wollte, zog ich mir den

Ikea-Stuhl von ihrem Schreibtisch heran und setzte mich vor das Teleskop. Mit zusammengekniffenem Auge blickte ich hinein, sah aber nichts als Dunkel und ein paar winzige, kaum erkennbare Lichtpünktchen.

»Okay, und was soll ich hier sehen?«

»Die Sterne«, sagte Grace.

Ich wandte mich zu ihr und grinste. »Super Aussicht«, sagte ich. Ich hielt mein Auge wieder an das Okular und versuchte, das Objektiv ein wenig schärfer zu stellen, aber mit einem Mal verrutschte das Teleskop.

»Oh!«, stieß ich überrascht hervor. Das Klebeband, mit dem Grace das Teleskop notdürftig befestigt hatte, hatte sich gelockert.

»Habe ich doch gesagt«, maulte sie. »Das Stativ taugt nichts.«

»Okay, okay«, sagte ich und spähte erneut durch das Okular, doch plötzlich blickte ich nicht mehr ans nächtliche Firmament, sondern auf den überdimensional vergrößerten Bürgersteig vor unserem Haus.

Und auf einen Mann, der offenbar unser Haus beobachtete.

Sein Gesicht war völlig verzerrt und kaum zu erkennen. »Was, zum Teufel, macht der Kerl da?«, sagte ich, mehr zu mir selbst als zu Grace, und stürmte zum Fenster.

»Wer?«, fragte Grace.

Sie trat neben mich, gerade noch rechtzeitig, um ebenfalls mitverfolgen zu können, wie sich der Unbekannte im Eiltempo aus dem Staub machte.

»Du rührst dich nicht vom Fleck«, sagte ich, lief aus dem Zimmer, stürzte die Treppe hinunter und aus der Haustür. Ich rannte die Einfahrt hinunter und spähte in die Richtung, in die der Kerl verschwunden war. Etwa vierzig Meter entfernt leuchteten die Bremslichter eines am Bordstein geparkten Wagens auf, während der Fahrer den Motor startete.

Ich war zu weit entfernt, um im Dunkeln das Nummernschild erkennen zu können, ehe der Wagen um die Ecke bog. Dem Motorengeräusch nach zu urteilen handelte es sich um ein älteres Modell. Es schien ein dunkel lackiertes Auto zu sein, aber ob es nun blau, braun oder grau war, ließ sich beim besten Willen nicht sagen.

Am liebsten wäre ich sofort hinter ihm hergefahren, aber meine Autoschlüssel befanden sich im Haus, und bis ich sie geholt hätte, wäre er garantiert über alle Berge.

Grace stand in der Haustür, als ich zurückkam. »Ich habe dir doch gesagt, du sollst in deinem Zimmer bleiben«, schnauzte ich sie an.

»Ich wollte doch nur sehen, was …«

»Du gehst jetzt sofort ins Bett.«

Mein Tonfall ließ keinen Zweifel daran, dass ich nicht zu Diskussionen aufgelegt war. Im Eiltempo lief sie die Treppe hinauf.

Das Herz schlug mir bis zum Hals, und ich musste mich einen Augenblick sammeln, bevor ich nach oben ging. Cynthia schlief bereits.

Während ich sie betrachtete, fragte ich mich, welchen Stimmen sie im Traum lauschte, was die Toten oder Verschwundenen ihr wohl zu sagen hatten.

Frag sie etwas von mir, hätte ich am liebsten gesagt. Frag sie, wer unser Haus beobachtet. Frag sie, was er von uns will.

ACHTZEHN

Am nächsten Morgen rief Cynthia bei Pam an und gab Bescheid, dass sie später zur Arbeit kommen würde, nur zur Sicherheit, falls das Installieren der Sicherheitsschlösser länger dauern sollte. Der Schlosser hatte sich für neun Uhr angesagt.

Beim Frühstück – Grace war noch auf ihrem Zimmer gewesen – hatte ich ihr von dem Kerl erzählt, der nachts vor unserem Haus herumgelungert hatte. Kurz hatte ich mit dem Gedanken gespielt, es ihr zu verschweigen, doch erstens hätte Grace den Vorfall wohl kaum für sich behalten, und zweitens war äußerste Wachsamkeit geboten, wenn jemand nachts um unser Haus herumstrich, aus welchen Gründen auch immer. Davon abgesehen gab es nicht den geringsten Anhaltspunkt, dass der ungebetene Gast irgendetwas mit Cynthias Geschichte zu tun hatte; möglicherweise handelte es sich um einen Sittenstrolch, über den auch die Nachbarn dringend informiert werden mussten.

»Hast du sein Gesicht gesehen?«, fragte Cynthia.

»Nein. Ich bin ihm hinterhergelaufen, aber er ist mit seinem Wagen geflüchtet.«

»Hast du das Nummernschild gesehen?«

»Nein.«

»War es ein brauner Wagen?«

»Cyn, ich weiß es nicht. Eher dunkel lackiert, würde ich sagen, aber es war stockfinster.«

»Also könnte er braun gewesen sein.«

»Ja, natürlich. Aber genauso gut dunkelblau oder schwarz. Ich konnte es nicht erkennen.«

»Ich wette, es war derselbe Mann. Der auf dem Schulweg an Grace und mir vorbeigefahren ist.«

»Ich rede mit den Nachbarn«, sagte ich.

Unsere unmittelbaren Nachbarn waren gerade im Begriff, das Haus zu verlassen, um zur Arbeit zu fahren. Ich fragte, ob ihnen am Vorabend oder sonst in letzter Zeit jemand aufgefallen sei. Aber niemand hatte etwas gesehen.

Dennoch rief ich bei der Polizei an, nur für den Fall, dass ein anderer Anwohner in den letzten Tagen irgendetwas Verdächtiges gemeldet hatte. Ich wurde zu einem Beamten durchgestellt, der mir Folgendes mitteilte: »Nein, keine besonderen Vorfälle, obwohl … warten Sie mal. Gestern haben wir eine ziemlich merkwürdige Meldung reinbekommen.«

»Was?«, fragte ich. »Worum ging es?«

»Jemand hat angerufen, weil er irgendeinen merkwürdigen Hut in seinem Haus gefunden hatte.« Er lachte. »Zuerst dachte ich, es wäre ein Schreibfehler, aber es ging tatsächlich um einen Hut.«

»Besten Dank erst mal«, sagte ich.

Ehe ich zur Schule fuhr, sagte Cynthia: »Wie wär's, wenn wir Tess einen Besuch abstatten? Ich weiß, wir waren erst am Wochenende bei ihr, aber sie hat so viel durchgemacht in letzter Zeit, und da dachte ich …«

»Na klar«, sagte ich. »Gute Idee. Lass uns doch

morgen Abend hinfahren und sie zum Essen einladen.«

»Ich rufe sie an«, sagte Cynthia.

Im Lehrerzimmer traf ich auf Rolly, der mit dem Rücken zu mir stand und gerade eine Tasse ausspülte, um sich frischen Kaffee zu holen – das untrinkbare Gebräu, das es fürs Kollegium gab. »Na, wie geht's?«, fragte ich.

Er fuhr abrupt herum. »Herrgott noch mal, Terry«, sagte er.

»Sorry«, sagte ich. »Ich arbeite hier.« Ich schenkte mir ebenfalls eine Tasse Kaffee ein und gab extra viel Zucker dazu, um den Geschmack zu überdecken.

»Und?«, fragte ich.

Rolly zuckte mit den Schultern. Er wirkte leicht geistesabwesend. »Alles wie immer. Und wie steht's bei dir? Alles okay? Irgendwelche Neuigkeiten?«

»Letzte Nacht hat irgendein Fremder vor unserem Haus herumgelungert. Er ist abgehauen, als ich ihn zur Rede stellen wollte, aber sonst ist so weit alles klar.« Ich nippte an meinem Kaffee. Gewohnt grässlich, heute aber auch noch kalt. »Wer macht eigentlich den Kaffee? Wird der von der Kläranlage geliefert?«

»Jemand lungert vor eurem Haus herum?«, fragte Rolly. »Und was wollte der Kerl?«

»Keine Ahnung«, sagte ich. »Aber ich habe sicherheitshalber den Schlosser kommen lassen.«

»Da kriegt man ja eine Gänsehaut«, meinte Rolly. »Vielleicht ein Dieb, der nach offenen Garagentoren Ausschau hält.«

»Möglich«, sagte ich. »Na ja, neue Schlösser schaden bestimmt nicht.«

»Wohl wahr«, sagte Rolly. Er hielt inne. »Ich habe den Schuldienst satt, Terry. Ich werde auf jeden Fall nachhaken, ob sie mich nicht früher gehen lassen.«

Verblüfft sah ich ihn an. »Ich dachte, du musst in jedem Fall noch bis Ende des Schuljahrs ausharren.«

»Und wenn ich morgen tot umfalle? Dann müssen sie ja schließlich auch jemanden herbeizaubern, oder? Und die paar Kröten weniger Pension spielen jetzt auch keine Rolle mehr. Schule, das ist einfach nicht mehr dasselbe wie früher. Klar, früher gab es auch schwierige Kids, aber es wird immer schlimmer. Die kommen mit Waffen zur Schule. Und den Eltern ist es scheißegal! Ich mache den Job jetzt seit vierzig Jahren und ich habe die Nase voll. Millicent und ich wollen nur noch das Haus verkaufen und dann geht's ab nach Florida. Vielleicht kriege ich dort meinen Blutdruck endlich wieder in den Griff.«

Ich nahm ihn genauer in Augenschein. »Du siehst wirklich ein bisschen mitgenommen aus heute, Rolly. Vielleicht besser, wenn du nach Hause gehst.«

»Ach was, alles okay.« Er machte eine Pause. Rolly rauchte nicht, sah aber aus wie ein Raucher, der dringend eine Zigarette braucht. »Millicent ist bereits pensioniert. Was hält uns noch auf? Jünger werden wir schließlich nicht mehr. Und man weiß nie, wie viel Zeit einem noch bleibt. Heute hier, morgen tot.«

»Oh«, sagte ich. »Da fällt mir ein …«

»Was?«

»Mit Tess ist alles wieder in Ordnung.«

»Wie?«

»Es hat sich herausgestellt, dass die Erstdiagnose falsch war. Sie ist nicht todkrank.«

Er sah mich völlig verdattert an. »Ich verstehe kein Wort.«

»Da gibt's nichts zu verstehen. Sie ist kerngesund.«

»Aber«, sagte er schleppend, »die Ärzte haben ihr doch gesagt, sie würde sterben. Und jetzt kommt plötzlich heraus, sie haben sich geirrt?«

»Hmm«, sagte ich. »Aber es gibt ja wohl schlechtere Nachrichten.«

Rolly blinzelte. »Stimmt. Besser als andersrum.«

»Das kannst du laut sagen.«

Rolly warf einen Blick auf seine Uhr. »Ich muss los.«

Was für mich ebenso galt. Mein Kurs in kreativem Schreiben begann in einer Minute. Den Teilnehmern hatte ich aufgegeben, einen Brief an jemanden zu schreiben, den sie nicht kannten, und dieser – realen oder erfundenen – Person etwas mitzuteilen, das sie niemand anderem erzählen würden. »Manchmal ist es einfacher, sich einem Fremden anzuvertrauen, wenn es um etwas Persönliches geht«, sagte ich. »Weil man damit zuweilen ein geringeres Risiko eingeht.«

Als ich fragte, wer als Erster vorlesen wolle, hob Bruno, der Klassenclown, zu meiner Überraschung die Hand.

»Bruno?«

»Ja, Sir. Kann ich?«

Dass Bruno sich freiwillig meldete, kam mir spanisch vor; sein sonstiges Engagement tendierte stark gegen null. Ich war auf der Hut, gleichzeitig aber auch gespannt, was er geschrieben hatte. »Gut, Bruno, bitte sehr.«

Er schlug sein Heft auf und begann zu lesen. »Liebes Penthouse …«

»Moment mal«, sagte ich. Die anderen Kids begannen schon jetzt zu lachen. »Es sollte ein Brief an eine Person sein, die ihr nicht kennt.«

»Ich kenne keinen beim Penthouse«, sagte Bruno. »Ich habe mich genau an die Vorgaben gehalten und über etwas geschrieben, was ich niemand anderem erzählen würde. Na ja, wenigstens nicht meiner Mutter.«

»Deine Mutter – das ist doch die Alte mit dem Nabelpiercing, stimmt's?«, sagte jemand.

»Du hättest wohl gern selber so eine«, sagte Bruno. »Statt einer Schnalle mit Arschgesicht.«

»Will noch jemand vorlesen?«, fragte ich.

»Nee, warten Sie«, sagte Bruno. »Liebes Penthouse, ich möchte dir von einer Erfahrung mit einem sehr engen Freund von mir berichten, den ich hier Mr Johnson nennen will.«

Ein Junge namens Ryan fiel vor Lachen fast von seinem Stuhl.

Wie üblich saß Jane Scavullo in der letzten Reihe und blickte gelangweilt aus dem Fenster, als stünde sie weit über dem, was in diesem Klassenraum vor sich ging. Zumindest heute lag sie damit vielleicht gar nicht so falsch. Sie sah aus, als wäre sie am liebsten ganz woanders, egal wo, und hätte ich einen Spiegel zur Hand gehabt, hätte mir wahrscheinlich eine ähnliche Miene entgegengeblickt.

Das Mädchen vor ihr – Valerie Swindon, wie immer die Wohlerzogenheit selbst – reckte die Hand.

»Lieber Präsident Lincoln, ich halte Sie für einen unserer bedeutendsten Präsidenten, weil Sie für die Freiheit der Sklaven und die Gleichheit aller Bürger gekämpft haben …«

Und in dem Stil ging es nahtlos weiter. Die anderen Kids gähnten und verdrehten die Augen, während ich dachte, dass es um die Welt wohl nicht sonderlich gut stand, wenn man nicht mal ein ernsthaftes Wort über Abraham Lincoln aussprechen konnte, ohne vor dem Rest der Menschheit als armes Würstchen dazustehen. Doch während sie weiterlas, musste ich unwillkürlich an einen alten Gag des Komikers Bob Newhart denken, in dem ein smarter Werbefuzzi den ehrwürdigen Präsidenten am Telefon auffordert, doch endlich mal ein bisschen locker zu werden.

Ich ließ noch zwei andere Kids vorlesen und versuchte es dann mit Jane.

»Heute nicht«, sagte sie.

Als die Stunde vorbei war, legte sie im Vorübergehen ein Blatt Papier auf mein Pult. Als sie den Klassenraum verlassen hatte, begann ich zu lesen:

»Lieber Jemand, dies ist ein Brief von einem Jemand an einen anderen, ein Brief, der ohne Namen auskommt, da sowieso niemand den anderen richtig kennt. Namen sind ohnehin nur Schall und Rauch. Die ganze Welt besteht aus Millionen und Abermillionen von Unbekannten, die einander immer fremd bleiben werden. Manchmal glauben wir, jemanden zu kennen, gerade Menschen, die uns nahestehen, aber wenn wir sie wirklich kennen, warum wundern wir uns dann so oft über sie? Eltern wundern sich dauernd über ihre Kinder. Sie ziehen sie groß, verbringen jeden einzelnen Tag mit ihnen und glauben, sie hätten wahre Engel gezeugt, und eines Tages stehen die Bullen vor der Tür – Überraschung, Ihr Kleiner hat gerade einem anderen Kid die Birne mit einem Baseballschläger eingeschlagen. Oder andersrum, du bist noch ein Kind und glaubst, alles sei völlig okay, und eines Tages sagt der Typ, der doch eigentlich dein Vater sein sollte: Macht's gut, schönes Leben noch, und du denkst, was soll denn die Scheiße? Und Jahre später zieht deine Mom mit einem anderen Kerl zusammen, der eigentlich ganz in Ordnung zu sein scheint, aber letztlich fragst du dich bloß die ganze Zeit, wann es wieder passiert. Genau so ist das Leben nämlich: Es stellt dich die ganze Zeit vor die Frage, wann es wieder passiert. Weil es schon lange, lange nicht mehr passiert ist, und langsam wird's wieder Zeit. Alles Gute, Dein Irgendwer.«

Ich las ihren Brief noch zweimal, und dann schrieb ich mit meinem Rotschrift eine »1« in die obere rechte Ecke.

Über Mittag wollte ich kurz bei Cynthia im Laden vorbeisehen. Als ich zu meinem Wagen ging, fuhr Lauren Wells gerade auf den freien Parkplatz daneben; mit der einen Hand steuerte sie, in der anderen hielt sie ein Handy und telefonierte.

Ich war ihr in jüngster Zeit aus dem Weg gegangen und auch heute nicht besonders scharf darauf, mit ihr zu reden, aber sie ließ bereits die Scheibe herunter und bedeutete mir mit gerecktem Kinn, kurz zu warten. Sie hielt an, sagte »Augenblick mal« ins Handy und wandte sich zu mir.

»Hey«, sagte sie. »Seit eurem letzten Treffen mit Paula haben wir uns ja gar nicht mehr gesehen. Na, seid ihr bald wieder im Fernsehen?«

»Nein«, sagte ich.

Ein enttäuschtes Flackern huschte über ihr Gesicht. »Wie schade«, sagte sie. »Ist irgendwas passiert? Wollte Paula euch nicht noch mal in der Sendung haben?«

»Nichts dergleichen«, sagte ich.

»Hör mal«, fuhr Lauren fort, »würdest du mir einen Gefallen tun? Könntest du vielleicht mal eben ›Hi‹ zu meiner Freundin sagen?«

»Was?«

Sie hielt mir das Handy hin. »Sag einfach nur ›Hi, Rachel‹. So heißt sie nämlich. Sie wird tot umfallen, wenn ich ihr erzähle, dass du der Typ bist, der bei *Deadline* war.«

Ich öffnete meine Wagentür. »Du hast 'ne Meise, Lauren.«

Mit offenem Mund starrte sie mich an. Ich saß bereits hinter dem Steuer, als sie mir durch das geschlossene Fenster zurief: »Du hältst dich für eine ganz große Nummer, Terry, aber in Wirklichkeit bist du so klein mit Hut!«

Als ich Pamelas Boutique betrat, war Cynthia nicht da.

»Sie hat heute Morgen angerufen, wegen des Schlossers«, sagte Pamela. Es war fast eins. Wenn der Schlosser pünktlich gekommen war, hätte er allerspätestens um elf mit seiner Arbeit fertig sein müssen.

Ich wollte mein Handy herauskramen, doch Pam reichte mir bereits das Ladentelefon.

»Hi, Pam«, sagte Cynthia, als sie abgehoben hatte. Anruferkennung. »Tut mir leid. Ich bin schon unterwegs.«

»Ich bin's«, sagte ich.

»Oh!«

»Ich dachte, du wärst hier.«

»Der Schlosser hat sich verspätet. Ich wollte gerade los.«

Pam hob die Hand. »Heute ist sowieso nichts los. Sag ihr, sie kann sich freinehmen.«

»Hast du's gehört?«, fragte ich.

»Ja. Gut. Ich kann mich sowieso auf nichts konzentrieren. Mr Abagnall hat angerufen. Er will mit uns sprechen. Er kommt um halb fünf vorbei. Schaffst du's bis dahin nach Hause?«

»Klar. Hat er etwas herausgefunden?«

Pamela zog die Augenbrauen hoch.

»Das hat er nicht gesagt. Er meinte, das könnten wir dann später besprechen.«

»Alles okay mit dir?«

»Ich bin total nervös.«

»Ich auch. Aber gut möglich, dass er überhaupt nichts herausbekommen hat.«

»Ich weiß.«

»Und? Fahren wir morgen zu Tess?«

»Ich habe ihr eine Nachricht auf dem Anrufbeantworter hinterlassen. Komm nicht zu spät, okay?«

Als ich aufgelegt hatte, fragte Pam: »Was ist denn los?«

»Cynthia hat … wir haben einen Privatdetektiv beauftragt. Wegen Cynthias Familie, du weißt schon.«

»Oh«, sagte sie. »Eigentlich geht es mich ja nichts an, aber wenn du mich fragst, schmeißt ihr euer Geld zum Fenster raus. Es ist einfach zu lange her.«

»Wir sehen uns, Pam«, sagte ich. »Danke, dass ich dein Telefon benutzen durfte.«

»Kann ich Ihnen einen Kaffee anbieten?«, fragte Cynthia den Privatdetektiv.

»Sehr gern«, sagte Denton Abagnall. »Vielen Dank.«

Er nahm auf dem Sofa Platz; Cynthia brachte Kaffee, Zucker, Milch und Schokoplätzchen, und während sie den Kaffee einschenkte und ihm die Dose mit den Plätzchen hinhielt, wären wir am liebsten laut herausgeplatzt: *Um Gottes willen, nun reden Sie doch endlich!*

Cynthia warf einen Blick auf das Tablett. »Terry, da sind nur zwei Löffel. Könntest du noch einen dritten holen?«

Ich ging in die Küche, und als ich die Besteckschublade aufzog, stach mir etwas ins Auge, was neben den Besteckkasten gefallen war, genau in jene unzugängliche

Ecke, in der man alle naselang verlorene Bleistifte und anderen Kleinkram wiederfindet.

Es war ein Schlüssel.

Ich angelte nach ihm. Es war der Ersatzschlüssel für die Haustür, der normalerweise an dem Haken neben der Küchentür hing.

Dann ging ich zurück ins Wohnzimmer und setzte mich, während Abagnall sein Notizbuch zutage förderte. Er schlug es auf und blätterte darin herum. »Einen Moment«, sagte er.

Cynthia und ich lächelten angespannt.

»Ah, ja.« Er sah Cynthia an. »Mrs. Archer, was können Sie mir über einen gewissen Vince Fleming sagen?«

»Vince Fleming?«

»Ich meine den jungen Mann, mit dem Sie sich an jenem Abend getroffen haben, bevor Ihre Eltern und Ihr Bruder verschwunden sind. Vince Fleming und Sie hatten ja offensichtlich ein Tête-à-Tête in seinem Auto, als …« Er hielt inne, ließ den Blick zu mir und wieder zurück zu Cynthia schweifen. »Geht es in Ordnung, wenn wir das vor Ihrem Mann besprechen?«

»Kein Problem«, sagte sie.

»Sie befanden sich mit Vince Fleming auf dem Parkplatz des Einkaufszentrums an der Post Road, als plötzlich Ihr Vater auftauchte, richtig?«

»Ja.«

»Ich habe mir sowohl den Polizeibericht von damals als auch eine Aufzeichnung der *Deadline*-Folge angesehen. Alle waren sehr kooperativ, sowohl die Polizei als auch die Leute beim Sender. Nun ja, besagter Vince

Fleming hat einen ziemlich bewegten Lebenslauf, wenn Sie verstehen, was ich meine.«

»Wir hatten eigentlich kaum noch Kontakt nach jenem Abend«, sagte Cynthia. »Irgendwie habe ich ihn aus den Augen verloren.«

»Er hatte nichts als Ärger mit dem Gesetz«, sagte Abagnall. »Sein ganzes Leben lang. Tja, und sein Vater war auch nicht besser. Anthony Fleming, damals einer der Köpfe des organisierten Verbrechens hier in der Gegend.«

»So eine Art Mafiaboss?«, fragte ich.

»Das wäre zu viel gesagt. Aber er hat einen erheblichen Teil des Drogenmarkts zwischen New Haven und Bridgeport kontrolliert. Dazu Prostitution, Highway-Piraterie, die ganze Palette.«

»Du meine Güte«, sagte Cynthia. »Das wusste ich nicht. Okay, Vince hat ein bisschen den harten Macker markiert, aber davon hatte ich keine Ahnung. Lebt sein Vater noch?«

»Nein. Er ist 1992 erschossen worden. Ein misslungener Deal, bei dem er von ein paar Konkurrenten getötet wurde.«

Cynthia schüttelte ungläubig den Kopf. »Wurden die Täter gefasst?«

»Das war nicht mehr nötig«, sagte Abagnall. »Anthony Flemings Männer haben die Sache selbst geregelt und im Gegenzug die Hälfte der anderen Gang massakriert – die Verantwortlichen und ein paar andere Typen, die bedauerlicherweise zur falschen Zeit am falschen Ort waren. Vermutlich hat Vince Fleming den Rachefeldzug selbst geleitet, aber er konnte nicht belangt werden.« Abagnall nahm sich noch ein Plätzchen. »Hmm, eigentlich sollte ich mir meinen Hunger fürs Abendessen aufheben.«

»Aber was hat das mit Cynthia und ihrer Familie zu tun?«, fragte ich.

»Im Grunde gar nichts«, sagte der Detektiv. »Ich habe mich nur ein bisschen über Vince schlaugemacht – und jetzt frage ich mich, was er wohl damals für ein Mensch war. In der Nacht, als die Familie Ihrer Frau verschwunden ist.«

»Glauben Sie, er hatte etwas damit zu tun?«, fragte Cynthia.

»Das weiß ich nicht. Ich weiß nur, dass er gute Gründe hatte, wütend zu sein. Ihr Vater hatte ihm das Date mit Ihnen vermasselt, und das war sicher nicht nur für Sie verletzend. Eine peinliche, demütigende Situation. Und sollte er tatsächlich etwas mit dem Verschwinden Ihrer Eltern und Ihres Bruders zu tun gehabt haben, dann …« Er senkte die Stimme. »Nun ja, sein Vater hätte sowohl die Mittel als auch das Knowhow gehabt, die Spuren zu verwischen.«

»Aber das ist doch seinerzeit sicher von der Polizei überprüft worden«, sagte ich. »Sie sind doch bestimmt nicht der Erste, dem diese Verbindung aufgefallen ist.«

»Da haben Sie recht. Die Polizei hat Nachforschungen angestellt. Aber sie haben nichts Konkretes herausgefunden. Und Vince hatte eben ein Alibi von seiner Familie. Er hat damals ausgesagt, er sei direkt zu seinen Eltern gefahren, nachdem Clayton Bigge seine Tochter mit nach Hause genommen hatte.«

»Das würde immerhin eines erklären«, sagte Cynthia.

»Was?«, fragte ich.

Abagnall lächelte. Offenbar ahnte er bereits, was Cynthia sagen wollte.

»Die Tatsache, dass ich noch lebe«, fuhr Cynthia fort. »Schließlich war Vince ziemlich verknallt in mich.«

»Mag ja sein, dass er einen Hass auf deinen Vater hatte«, sagte ich. »Aber er hatte nichts gegen deinen Bruder.« Ich wandte mich zu Abagnall. »Haben Sie dafür auch eine Erklärung?«

»Vielleicht hatte Todd einfach das Pech, ein unliebsamer Zeuge gewesen zu sein.«

Wir schwiegen einen Augenblick. Dann sagte Cynthia: »Er hatte ein Messer.«

»Wer?«, fragte Abagnall. »Vince?«

»Ja. Als wir in seinem Wagen saßen, hat er mir sein Messer gezeigt. Eins von der Sorte, deren Klinge herausschnappt.«

»Ein Springmesser«, sagte Abagnall.

»Genau«, sagte Cynthia. »Ich weiß noch, wie ich es in der Hand gehalten habe.« Ihre Stimme wurde leiser und leiser. »Mir ist so schwindelig.«

Ich legte den Arm um sie. »Soll ich dir ein Glas Wasser holen?«

»Ich … ich gehe nur mal eben ins Bad«, sagte sie und erhob sich schwankend. Besorgt sah ich ihr hinterher und hörte, wie sie die Treppe hinaufging.

Abagnall blickte ihr ebenfalls hinterher. Als die Badezimmertür ins Schloss fiel, beugte er sich zu mir und fragte: »Was hat sie denn?«

»Ich weiß es nicht genau«, sagte ich. »Das Gespräch strengt sie offenbar sehr an.«

Abagnall nickte und schwieg einen Moment. »Mit seinen illegalen Geschäften hat Vince Flemings Vater eine Menge Geld verdient. Wenn er sich für die Tat seines Sohns irgendwie verantwortlich fühlte, wäre es ihm problemlos möglich gewesen, der Tante Ihrer Frau Geld zukommen zu lassen.«

»Tess hat Ihnen die anonyme Nachricht gezeigt, nicht wahr?«

»Ja. Sie hat mir sowohl die Nachricht als auch die Umschläge gegeben. Ihre Frau weiß noch nichts davon, oder?«

»Nein. Aber ich denke, Tess wird sie in Kürze einweihen. Zumal Cynthia endlich die Wahrheit erfahren will – Ihr Auftrag ist doch der beste Beweis dafür.«

Abagnall nickte nachdenklich. »Jedenfalls sollten Sie mit offenen Karten spielen. So kommen wir am ehesten weiter.«

»Wir wollten Tess sowieso morgen Abend besuchen. Dann können wir die Sache ja klären.«

»Gute Idee.« Sein Mobiltelefon klingelte. »Bestimmt meine Frau«, sagte er, während er das Handy aus der Jackentasche nahm, runzelte dann aber die Stirn und steckte das Gerät wieder ein. »Die können auch eine Nachricht hinterlassen.«

Cynthia kam die Treppe herunter.

»Geht es Ihnen gut, Mrs Archer?«, fragte Abagnall.

Sie nickte und setzte sich.

Er räusperte sich. »Wirklich? Da ist nämlich noch etwas, über das ich Sie gern informieren würde.«

»Kein Problem«, sagte Cynthia.

»Hmm, vielleicht gibt es ja eine ganz einfache Erklärung für meine Entdeckung. Möglich, dass es sich um einen Fehler der Behörde handelt. Auf Ämtern läuft ja so manches schief.«

»Was meinen Sie?«

»Da Sie ja kein Foto Ihres Vaters besitzen, habe ich bei der Kfz-Zulassungsstelle nachgehakt. Tja, aber auch dort konnte man mir leider nicht weiterhelfen.«

»Wie? Sie hatten kein Bild von ihm?«, fragte Cynthia. »Waren denn damals, als er den Führerschein gemacht hat, überhaupt schon Lichtbilder erforderlich?«

»Die Frage stellt sich gar nicht«, sagte Abagnall. »Es gibt dort nämlich überhaupt keine Unterlagen über Ihren Vater.«

»Was meinen Sie damit?«

»Dass Ihr Vater dort nicht erfasst ist, Mrs Archer. Soweit es die Kfz-Zulassungsstelle betrifft, hat er nie existiert.«

NEUNZEHN

»Aber Sie sagten ja bereits, dass es sich auch um einen Fehler handeln könnte«, sagte Cynthia. »Es verschwindet doch alles Mögliche aus Datenbanken.«

Denton Abagnall nickte. »Da haben Sie recht. Der Umstand, dass Clayton Bigge bei der Kfz-Zulassungsstelle nicht vorkommt, beweist für sich allein überhaupt nichts. Aber schließlich hat jeder eine Sozialversicherungsnummer. Und genau das habe ich anschließend gecheckt.«

»Und?«, sagte Cynthia.

»Ebenso Fehlanzeige. Und zwar auf ganzer Linie, Mrs Archer. Wir haben nicht mal ein Bild Ihres Vaters. Ich habe mir den Inhalt Ihrer Schuhkartons genau angesehen, aber nicht das Geringste gefunden, was uns weiterbringen würde, nicht mal eine Gehaltsabrechnung. Erinnern Sie sich, wie die Firma hieß, für die er als Vertreter unterwegs war?«

Cynthia überlegte. »Nein«, sagte sie dann.

»Beim Finanzamt bin ich ebenso wenig fündig geworden. Ich muss davon ausgehen, dass er nie in seinem Leben Steuern gezahlt hat. Jedenfalls nicht unter dem Namen Clayton Bigge.«

»Was wollen Sie damit andeuten?«, fragte Cynthia. »Dass er ein Spion war? Ein Geheimagent oder so was?«

Abagnall lächelte. »Wohl eher nicht. Das scheint mir ein wenig hoch gegriffen.«

»Immerhin war er viel unterwegs.« Cynthia sah mich an. »Was meinst du? Könnte er für einen Geheimdienst gearbeitet haben?«

»Ich weiß nicht«, sagte ich zögernd. »Wenn wir so weitermachen, fragen wir uns als Nächstes, ob er nicht von einem anderen Planeten kam. Vielleicht war er ja nur hier, um sich ein Bild von uns Menschen zu machen – und am Ende hat er deine Mutter und deinen Bruder mit ins All genommen.«

Cynthia musterte mich irritiert. Sie wirkte, als sei ihr immer noch schwindelig.

»War bloß ein Witz«, sagte ich entschuldigend.

Abagnall brachte uns auf den Boden der Tatsachen zurück. »Also, meine Theorien sehen ein wenig anders aus.«

»Und wie?«, fragte ich.

Er nippte an seinem Kaffee. »Ich hätte mindestens ein halbes Dutzend in der Hinterhand«, sagte er dann. »Jedenfalls stellen sich folgende Fragen: Lebte Ihr Vater unter falschem Namen? Versuchte er vielleicht, einer kriminellen Vergangenheit zu entfliehen? Wollte Vince Fleming an jenem Abend Rache nehmen? Stand Ihr Vater womöglich in irgendeiner Verbindung zu Anthony Flemings Verbrechernetzwerk?«

»Wir haben überhaupt keinen Anhaltspunkt«, sagte Cynthia.

Abagnall lehnte sich in die Sofakissen zurück. »Ich weiß nur, dass sich die Fragen in diesem Fall geradezu exponentiell häufen. Insofern muss ich Sie fragen, ob ich überhaupt mit meinen Nachforschungen fortfahren soll. Meine Dienste haben Sie bereits mehrere hundert Dollar gekostet, und es könnten Tausende werden. Wenn Sie wünschen, können wir jetzt auch aufhören. Ich würde Ihnen dann einen detaillierten Bericht über meine bisherigen Erkenntnisse liefern. Oder ich mache weiter. Die Entscheidung liegt ganz bei Ihnen.«

Cynthia öffnete den Mund, aber bevor sie etwas sagen konnte, fuhr ich ihr in die Parade: »Machen Sie weiter.«

»Okay«, sagte er. »Wie Sie wollen. Die finanzielle Seite können wir später regeln. In achtundvierzig Stunden kann ich Ihnen mehr sagen.«

»Geben Sie einfach zwischendurch Bescheid, wie es läuft«, sagte ich.

»Ich werde diesen Vince Fleming mal ein bisschen genauer unter die Lupe nehmen. Glauben Sie, er wäre fähig gewesen, Ihrer Familie etwas anzutun, Mrs Archer? So jung er damals auch gewesen sein mag?«

Cynthia überlegte einen Augenblick. »Inzwischen halte ich alles für möglich.«

»Tja, das wär's dann. Danke für den Kaffee.«

Ehe Abagnall ging, gab er Cynthia die Schuhkartons mit ihren Erinnerungsstücken zurück. Als Cynthia die Tür hinter ihm geschlossen hatte, wandte sie sich zu mir um. »Wer war mein Vater?«, fragte sie. »Wer, um Himmels willen, war er wirklich?«

Unwillkürlich musste ich an Jane Scavullos Hausaufgabe denken. Daran, dass man eigentlich niemanden wirklich kennt, und wie oft es vorkommt, dass man im

Grunde nicht das Mindeste über die Menschen weiß, die einem am nächsten stehen.

Fünfundzwanzig Jahre lang hatte Cynthia in Angst und Ungewissheit gelebt, ohne den geringsten Anhaltspunkt über den Verbleib ihrer Familie. Doch auch wenn wir immer noch nicht wussten, was passiert war, stiegen nach und nach Informationen an die Oberfläche wie Planken eines gesunkenen Schiffs – etwa, dass Cynthias Vater womöglich irgendwo unter anderem Namen lebte oder dass Vince Fleming offenbar eine weit dunklere Vergangenheit hatte als zunächst angenommen. Dazu kamen der anonyme Anruf, der ominöse Hut auf unserem Küchentisch, der nächtliche Fremde vor unserem Haus und die Enthüllung, dass Tess jahrelang aus unbekannter Quelle Geld erhalten hatte.

Es war wichtig, dass Cynthia endlich davon erfuhr. Aber ich fand, dass sie es von Tess erfahren sollte.

Während des Abendessens gaben wir uns alle Mühe, uns nicht weiter mit den Fragen zu befassen, die Abagnall aufgeworfen hatte; Grace hatte ohnehin schon zu viel mitbekommen. Dauernd spitzte sie die Ohren, schnappte mal hier, mal dort etwas auf und machte sich mit ziemlicher Sicherheit ihren eigenen Reim auf das Gehörte. Cynthias Familiengeschichte, die geldgierige Hellseherin, Abagnalls Nachforschungen – wir machten uns Sorgen, dass Grace' Ängste sich noch verstärken würden.

Aber unsere Taktik war sinnlos, da Grace das Thema wie so oft selbst aufs Tapet brachte.

»Wo ist eigentlich der Hut?«, fragte sie nach ein paar Gabeln Kartoffelbrei.

»Was?«, sagte Cynthia.

»Der Hut. Von deinem Vater. Wo hast du ihn hingetan?«

»In meinen Schrank«, erwiderte Cynthia.

»Kann ich ihn mal sehen?«

»Nein«, sagte Cynthia. »Das ist kein Spielzeug.«

»Ich will nicht damit spielen. Ich will ihn bloß mal sehen.«

»Und ich will, dass der Unsinn mit dem Hut ein für alle Mal aufhört!«, fauchte Cynthia sie an.

Grace fügte sich und aß ihren Kartoffelbrei.

Cynthia war sichtlich angespannt, und wer hätte ihr das verdenken können – schließlich hatte sie gerade erst erfahren, dass der Mann, den sie als Clayton Bigge gekannt hatte, womöglich jemand ganz anderer gewesen war.

»Wie wär's, wenn wir noch zu Tess rüberfahren?«, fragte ich.

»O ja!«, sagte Grace.

Cynthia reagierte, als würde sie gerade aus einem Traum erwachen. »Wollten wir sie nicht morgen besuchen?«

»Ja, aber wir haben eine Menge zu bereden. Jedenfalls sollte sie erfahren, was Mr Abagnall gesagt hat.«

»Was hat er denn gesagt?«, fragte Grace.

Ich warf ihr einen warnenden Blick zu.

»Ich habe vorhin schon bei Tess angerufen«, sagte Cynthia. »Aber sie war nicht da. Ich habe ihr eine Nachricht auf dem Anrufbeantworter hinterlassen.«

»Ich rufe noch mal an«, sagte ich und holte mir das Telefon. Der Wählton erklang ein halbes Dutzend Mal, dann schaltete sich der Anrufbeantworter ein. Aber da Cynthia ja bereits eine Nachricht hinterlassen hatte, legte ich wieder auf.

»Ich hab's dir doch gesagt«, sagte Cynthia.

Ich warf einen Blick auf die Küchenuhr. Es war fast sieben. Tess würde sicher bald zu Hause sein. »Ach komm, lass uns einfach so hinfahren. Bis wir dort sind, ist Tess bestimmt längst zurück, und wenn nicht, können wir ja kurz auf sie warten. Du hast doch sowieso einen Schlüssel, oder?«

Cynthia nickte.

»Meinst du nicht, das kann bis morgen warten?«, fragte sie.

»Na ja, Tess würde sicher gern hören, was Mr Abagnall herausgefunden hat. Und vielleicht will sie dir ja selbst noch das eine oder andere anvertrauen.«

»Anvertrauen?«, sagte Cynthia. »Was meinst du damit?« Auch Grace musterte mich neugierig, spürte aber offenbar, dass sie jetzt besser nichts Neunmalkluges von sich gab.

»Ach, ich weiß nicht. Die neuen Informationen könnten sie an Sachen erinnern, an die sie seit Ewigkeiten nicht mehr gedacht hat. Wenn sie erfährt, dass dein Vater möglicherweise unter falschem Namen gelebt hat, könnten sich daraus bestimmte Dinge erklären.«

»Du redest, als wüsstest du bereits, was sie in petto hat.«

Meine Kehle war trocken. Ich ging zur Spüle, drehte den Wasserhahn auf und schenkte mir ein Glas Wasser ein. Dann wandte ich mich um und lehnte mich gegen die Anrichte.

»Okay«, sagte ich. »Grace, kannst du uns bitte mal kurz allein lassen?«

»Aber ich habe doch noch gar nicht aufgegessen.«

»Dann nimm den Teller mit vor den Fernseher.«

Sie nahm ihren Teller, zog einen Flunsch und trottete aus der Küche. Offensichtlich glaubte sie, mal wieder das Beste zu verpassen.

»Also«, sagte ich zu Cynthia. »Bevor sie die endgültigen Untersuchungsergebnisse erhalten hat, dachte Tess, sie sei tödlich erkrankt.«

Cynthia musterte mich reglos. »Und du wusstest das.«

»Ja. Tess glaubte, sie würde nicht mehr lange leben.«

»Und ihr habt es mir verschwiegen.«

»Bitte, Cyn. Lass mich die Sache in Ruhe erklären. Sauer werden kannst du später immer noch.« Ich hielt kurz inne, während sie mich mit eisigem Blick fixierte. »Du warst wahnsinnig angespannt, und deshalb hat Tess zunächst nur mich eingeweiht. Sie befürchtete, du würdest damit nicht fertigwerden. Und im Grunde hat sie genau das Richtige getan. Weil es eben eine Fehldiagnose war.«

Cynthia schwieg.

»Aber da ist noch eine andere Sache. Etwas, was Tess unbedingt loswerden wollte – eben weil sie dachte, dass sie bald sterben würde.«

Und so erzählte ich Cynthia alles. Ich erzählte ihr von der anonymen Nachricht und von dem Geld, das

Tess erhalten hatte. Dass damit ihr Studium finanziert worden war. Dass der anonyme Spender geschrieben hatte, Cynthia dürfe nie davon erfahren, und Tess deshalb geschwiegen hatte – aus Angst, dass der Geldstrom sonst versiegen würde.

Cynthia hörte mir genau zu, unterbrach mich nur wenige Male, um die eine oder andere Frage zu stellen, bis ich ihr alles bis ins kleinste Detail auseinandergesetzt hatte.

Wie gelähmt saß sie da, als ich fertig war. »Ich glaube, jetzt brauche ich erst mal einen Drink«, sagte sie.

Ich holte eine Flasche Whiskey aus der Speisekammer und schenkte ihr zwei Fingerbreit ein. Sie trank das Glas langsam, aber auf einen Zug aus, und ich schenkte ihr nach.

Sie leerte das Glas abermals auf einen Zug. »Okay«, sagte sie dann. »Fahren wir zu Tess.«

Ich hätte Grace lieber nicht mitgenommen, aber auf die Schnelle hätten wir sowieso keinen Babysitter bekommen; ganz abgesehen davon, dass uns nach dem nächtlichen Vorfall mit dem Fremden nicht sehr wohl dabei gewesen wäre, Grace allein zu lassen, ob mit oder ohne Babysitter.

Grace nahm ihr Buch über das Universum und eine DVD – *Contact* mit Jodie Foster – mit, um sich damit zu beschäftigen, während die Erwachsenen miteinander redeten.

Auf der Fahrt war Grace nicht so gesprächig wie sonst;

offenbar spürte sie die Spannung zwischen uns und blieb lieber in Deckung.

»Auf dem Rückweg können wir uns ja noch ein Eis holen«, sagte ich, nur um das Schweigen zu brechen. »Obwohl Tess bestimmt noch Eis von ihrem Geburtstag übrig hat.«

Als wir von der Landstraße in Tess' Straße abbogen, zeigte Cynthia auf das Haus. »Ihr Wagen steht da.«

Tess fuhr einen Subaru-Geländewagen. Sie sagte immer, dass sie nicht zu Hause verhungern wolle, falls draußen mal ein Schneesturm wütete.

Grace sprang als Erste aus dem Auto und lief zur Haustür. »Hey«, rief ich. »Warte mal. Du kannst nicht einfach so hineinplatzen.«

Wir folgten ihr zur Tür. Ich klopfte, und als niemand antwortete, noch einmal, diesmal ein bisschen lauter.

»Vielleicht ist sie im Garten«, sagte Cynthia.

Wir gingen ums Haus herum. Grace lief wie üblich vor uns her, und noch bevor wir das Haus umrundet hatten, kam sie uns schon wieder entgegen. »Da ist sie auch nicht.« Wir sahen zwar noch selbst nach, aber Grace hatte recht. Der Garten lag verwaist im Zwielicht der Dämmerung.

Cynthia klopfte an die Hintertür, die in Tess' Küche führte.

Keine Antwort.

»Merkwürdig«, sagte sie. Ebenso merkwürdig war, dass im Haus kein Licht brannte.

Ich trat an Cynthia vorbei und spähte durch das kleine Fenster in der Hintertür.

Ich war mir nicht ganz sicher, aber es kam mir so vor,

als läge dort etwas auf dem schwarzweiß gemusterten Küchenboden.

Ein menschlicher Körper.

»Cynthia«, sagte ich. »Bring Grace sofort zum Auto.«

»Was ist denn los?«

»Lass sie unter keinen Umständen ins Haus.«

»O Gott, Terry«, flüsterte sie.

Vorsichtig drehte ich am Türknauf. Die Tür war offen.

Ich trat ein. Cynthia lugte mir über die Schulter, während ich an der Wand nach dem Lichtschalter tastete.

Tess lag mit dem Gesicht nach unten auf dem Boden. Ihr Kopf war seltsam verdreht; ein Arm lag ausgestreckt neben ihrem Kopf, der andere schlaff an ihrer Seite.

»O nein«, stieß Cynthia hervor. »Sie hatte bestimmt einen Schlaganfall!«

Ich bin zwar kein Arzt, aber in einem Punkt war ich mir ziemlich sicher – dass man bei einem Schlaganfall wohl kaum blutete.

ZWANZIG

Wäre Grace nicht gewesen, hätte Cynthia womöglich die Nerven verloren. Aber da ihre Tochter versuchte, ebenfalls in die Küche zu spähen, war Cynthia vollauf damit beschäftigt, ihr die Sicht zu versperren und sie ums Haus herum zum Wagen zu lotsen.

»Was ist denn passiert?«, rief Grace. »Tante Tess?«

Ich kniete neben Tess nieder und legte eine Hand auf ihren Rücken. Kalt fühlte er sich an, eisig kalt. »Tess«, flüsterte ich. Ich wollte sie nicht umdrehen, da sie in einer Riesenlache Blut lag; außerdem warnte mich eine innere Stimme, unter keinen Umständen etwas anzufassen. Ich beugte mich noch tiefer. Beim Anblick ihrer offenen, starren Augen lief es mir eiskalt den Rücken herunter.

Soweit ich es beurteilen konnte, war das Blut bereits geronnen; Tess lag hier offenbar schon seit Stunden. Außerdem stieg mir ein Geruch in die Nase, der mir den Magen umdrehte; Tess' Anblick war so furchtbar, dass ich den Gestank zuerst gar nicht wahrgenommen hatte.

Ich erhob mich wieder und wollte bereits zum Telefon neben der Pinnwand gehen, als mich meine innere Stimme abermals warnte, bloß nichts anzufassen. Ich kramte mein Handy hervor und wählte den Notruf.

»Ja, ich warte«, sagte ich dem Mann am anderen Ende. »Ich bleibe hier an Ort und Stelle.«

Trotzdem verließ ich die Küche durch die Hintertür und ging zum Wagen. Cynthia saß auf dem Beifahrersitz und hielt Grace in den Armen, die anscheinend geweint hatte. Cynthia selbst schien zu geschockt, um Tränen zu vergießen.

Sie sah mich fragend an, und ich antwortete ihr, indem ich betont langsam den Kopf schüttelte.

»Was ist passiert?«, fragte sie. »Glaubst du, sie hatte einen Herzinfarkt?«

»Nein«, sagte ich. »Das war ganz bestimmt kein Herzinfarkt.«

Die Polizei sah es genauso.

Innerhalb einer Stunde wimmelte es nur so von Autos vor dem Haus, darunter ein halbes Dutzend Streifenwagen, ein Krankenwagen sowie die Transporter der angerückten Fernsehteams, die an der Abzweigung zur Landstraße standen.

Zwei Detectives sprachen getrennt mit Cynthia und mir, während ein weiterer Officer auf Grace aufpasste, der wahrscheinlich tausend Fragen im Kopf herumspukten. Wir hatten ihr lediglich gesagt, dass Tante Tess etwas Schlimmes – etwas sehr Schlimmes – zugestoßen sei.

Sie war erstochen worden. Jemand hatte ihr eins ihrer Küchenmesser in den Leib gerammt. Während ich in der Küche befragt wurde, hörte ich, wie die Leichenbeschauerin einem der Ermittlungsbeamten mitteilte, dass es so aussah, als sei der Stich mitten ins Herz gegangen.

O Gott.

Sie stellten mir jede Menge Fragen. Weshalb wir hergekommen seien? Um Tess zu besuchen, sagte ich. Um ein bisschen mit ihr zu feiern. Wegen der guten Nachrichten, die sie von ihrem Arzt erhalten hatte – dass sie kerngesund war und noch lange leben würde.

Der Detective hüstelte in seine Faust, hatte sich aber gut genug unter Kontrolle, um nicht laut loszulachen.

Er fragte, ob ich einen Verdacht hätte, wer das getan haben könnte. Nein, antwortete ich. Und das war die nackte Wahrheit.

»Möglicherweise ein Einbruch«, sagte er. »Vielleicht drogenabhängige Kids auf der Suche nach Bargeld. So was kommt immer wieder vor.«

»Glauben Sie das wirklich?«, fragte ich.

Der Detective schwieg einen Augenblick. »Eigentlich nicht.« Er fuhr sich mit der Zunge über die Schneidezähne. »Es sieht nicht so aus, als sei etwas gestohlen worden. Und den Wagen haben sie auch stehenlassen, obwohl die Autoschlüssel offen herumlagen.«

»Sie?«

Er lächelte. »Das ist einfacher, als dauernd mit ›er oder sie‹ zu arbeiten. Möglich, dass es nur eine Person war, aber es könnten auch mehrere gewesen sein. Zum jetzigen Zeitpunkt lässt sich das nicht sagen.«

»Also«, sagte ich zögernd. »Die Sache könnte vielleicht etwas mit meiner Frau zu tun haben. Mit ihrer Familiengeschichte.«

»Hmm?«

Ich erzählte ihm so kurz und knapp wie möglich, was vor fünfundzwanzig Jahren geschehen war – und von den seltsamen Vorfällen, sie sich seit Cynthias Fernsehauftritt ereignet hatten.

»Ach ja«, sagte der Detective. »Ich glaube, das habe ich gesehen. Das ist doch die Sendung mit … wie heißt sie noch gleich? Paula Soundso?«

»Genau.« Ich erzählte ihm, dass wir einen Privatdetektiv engagiert hatten, um endlich Licht ins Dunkel zu bringen. »Denton Abagnall heißt er«, sagte ich.

»Oh, den kenne ich. Guter Mann. Ich habe seine Nummer.«

Dann ließ er mich gehen, mit der Einschränkung, nicht sofort zurückzufahren, da sich eventuell noch weitere Fragen ergeben würden. Ich machte mich auf die Suche nach Cynthia. Sie saß im Auto, Grace auf dem Schoß. Grace sah klein und verängstigt aus.

»Dad?«, fragte sie. »Ist Tante Tess tot?«

Ich sah Cynthia an, wartete auf irgendein Zeichen von ihr, doch als sie nicht reagierte, erwiderte ich: »Ja, Schatz. Sie ist tot.«

Grace' Unterlippe begann zu zittern, während Cynthia leise das Wort an mich richtete: »Du hättest es mir sagen können.«

»Was?«

»Was Tess dir anvertraut hatte. Aber du wolltest es ja unbedingt für dich behalten.«

»Ich weiß«, sagte ich. »Ich hätte dich einweihen müssen.«

Sie hielt einen Moment inne, schien sich ihre Wortwahl genau zu überlegen. »Dann wäre das hier vielleicht nicht passiert.«

»Cyn, niemand konnte voraussehen, dass …«

»Sicher, das stimmt. Aber wenn du mir davon erzählt hättest, hätte ich mit Tess reden können, und dabei wären wir der Lösung des Rätsels vielleicht einen Schritt näher gekommen, ehe jemand …«

»Cyn, ich …«

»Was hast du mir noch verschwiegen, Terry? Was verheimlichst du mir noch unter dem Vorwand, mich schonen zu wollen? Was hat Tess dir sonst noch gesagt?«

»Ich wollte doch nur dein Bestes, Liebling«, sagte ich. »Das schwöre ich.«

Sie schlang die Arme fest um Grace. »Was verbirgst du noch vor mir? Was?«

»Nichts«, sagte ich.

Und doch war da noch etwas, wovon sie nichts wusste. Etwas, was mir erst vor ein paar Minuten aufgefallen war, eine Beobachtung, die ich bislang niemandem gegenüber erwähnt hatte, weil ich nicht einschätzen konnte, ob sie eine Rolle spielte.

Die Polizeibeamten hatten mich in die Küche gebeten und wissen wollen, wo ich gestanden, was ich getan und welche Gegenstände ich berührt hatte.

Beim Verlassen der Küche hatte ich zufällig einen Blick auf die Pinnwand über dem Telefon geworfen, wo der Schnappschuss von Grace in Disneyworld hing.

Plötzlich erinnerte ich mich an etwas, wenn auch nur sehr dunkel. Was hatte Tess bei unserem letzten Telefonat gesagt? Wir hatten uns über Denton Abagnall unterhalten, der kurz zuvor bei ihr gewesen war.

Und plötzlich wusste ich es wieder.

»Abagnall wird sicher das Richtige tun«, hatte ich

gesagt. »Und falls dir sonst noch etwas einfallen sollte, ruf ihn an.«

»Das hat er auch gesagt«, hatte Tess erwidert. »Er hat mir seine Visitenkarte gegeben. Sie steckt jetzt an der Pinnwand über dem Telefon, direkt neben dem Foto von Grace und Goofy.«

Doch nun hing dort keine Visitenkarte mehr.

EINUNDZWANZIG

»*Du machst Witze*«, sagte sie. Es war wirklich kaum zu glauben.

»*Nein*«, sagte er. »*Es stimmt.*«

»*Tja*«, sagte sie. »*Und gestern haben wir noch über sie geredet.*«

»*Ich weiß.*«

»*Zufälle gibt's*«, sagte sie hämisch. »*Gerade jetzt, wo du dich in der Gegend rumtreibst.*«

»*Ja.*«

»*Wie auch immer*«, sagte sie. »*Sie hatte es sowieso verdient.*«

»*Ich wusste, dass du keine Tränen vergießen würdest. Aber jetzt sollten wir den Ball erst mal ein paar Tage flach halten, wenn du mich fragst.*«

»*Meinst du?*« Dauernd predigte sie ihm, Ruhe zu bewahren, und nun wurde sie selbst ungeduldig.

»*Morgen ist die Beerdigung*«, sagte er. »*Da gibt es bestimmt eine Menge Formalitäten zu erledigen. Und sie hatte ja nicht mal eine richtige Familie, die sich darum kümmern könnte, oder?*«

»*Soweit ich weiß*«, sagte sie.

»*Tja, dann muss das wohl meine Schwester in die Hand nehmen, wie's aussieht. Lass uns lieber warten, bis Tess unter der Erde ist.*«

»Okay. Wenn du mir nur einen Gefallen tun könntest.«

»Was denn?«, fragte er.

»Bloß eine Kleinigkeit.«

»Ja, was denn nun?«

Ihre Stimme klang hart. »Nenn sie nie wieder deine Schwester.«

»Entschuldige.«

»Du weißt genau, wie das an mir nagt.«

»Na ja, ich weiß, aber sie ist ja nun mal …«

»Schluss jetzt!«, zischte sie.

»Okay, Mom«, sagte er. »Ich tu's nicht wieder.«

ZWEIUNDZWANZIG

Es musste kaum jemand benachrichtigt werden.

Patricia Bigge, Cynthias Mutter, war Tess' einzige leibliche Verwandte gewesen. Tess' Eltern waren schon lange tot, zudem war sie kinderlos geblieben, und es hatte absolut keinen Sinn, sich auf die Suche nach ihrem Exmann zu machen. Er wäre sowieso nicht zur Beerdigung gekommen – und falls doch, wäre Tess davon sicher alles andere als begeistert gewesen.

Den Kontakt zu ihren früheren Kollegen und Kolleginnen vom Straßenbauamt hatte sie nicht aufrechterhalten. Sie hatte dort sowieso kaum Freunde gehabt, wie sie zu sagen pflegte; mit ihrer liberalen Einstellung war sie dort so manches Mal angeeckt. Sie gehörte zwar einem Bridgeclub an, aber Cynthia hatte keine Ahnung, wer die anderen Mitglieder waren.

Andererseits bestand kaum Gefahr, dass Tess' Tod unbemerkt bleiben würde. Zeitungen und Fernsehen berichteten ausführlich über den Mord.

Es gab eine ganze Reihe von Interviews mit anderen Anwohnern der von dichtem Wald gesäumten Straße, doch niemandem war auch nur das Geringste aufgefallen.

»Aber man macht sich schon so seine Gedanken«, sagte einer ihrer Nachbarn.

»Unvorstellbar, dass hier so etwas passiert«, sagte ein anderer.

»Wir achten jetzt besonders darauf, dass Türen und Fenster nachts fest verschlossen sind«, sagte ein weiterer.

Wäre Tess von ihrem Exmann oder einem verschmähten Liebhaber erstochen worden, hätten die Nachbarn vielleicht ruhiger schlafen können. Doch die Polizei hatte bislang nicht den geringsten Anhaltspunkt. Es gab kein Motiv. Und keine Verdächtigen.

Nichts wies auf einen Einbruch hin. Und offenbar hatte auch kein Kampf stattgefunden; nur der Küchentisch war ein wenig verrückt worden und ein Stuhl umgefallen. Tess' Mörder hatte anscheinend blitzschnell zugeschlagen. Tess hatte sich offenbar einen Augenblick lang gewehrt, sodass der Angreifer gegen den Tisch getaumelt war und den Stuhl umgeworfen hatte. Dann aber hatte die Messerklinge ihr Ziel gefunden und Tess war gestorben.

Dem Bericht des Leichenbeschauers zufolge hatte ihre Leiche bereits seit vierundzwanzig Stunden auf dem Küchenfußboden gelegen.

Mir schoss durch den Kopf, was wir alles getan hatten, während Tess tot in ihrem eigenen Blut lag. Wir waren ins Bett gegangen, hatten geschlafen, waren wieder aufgestanden, hatten uns die Zähne geputzt, den Morgennachrichten im Radio gelauscht, waren zur Arbeit gegangen und hatten zu Abend gegessen. Ein voller, wunderbarer Tag war vergangen, den Tess nicht mehr erlebt hatte.

Die Vorstellung war mir unerträglich.

Doch sobald ich die trüben Gedanken verdrängte, beschäftigten mich nicht minder ernste Dinge. Wer hatte das getan? Und warum? War Tess zufälliges Opfer eines Verbrechens geworden, oder hatte der Mord etwas mit Cynthias Vergangenheit zu tun?

Und wo war Denton Abagnalls Visitenkarte? Hatte Tess sie etwa gar nicht an die Pinnwand geheftet? Hatte sie die Karte vielleicht einfach in den Müll geworfen?

Fragen über Fragen. Am nächsten Morgen rief ich Abagnall unter seiner Handynummer an.

Die Mailbox schaltete sich ein. Eine Automatenstimme bat mich, eine Nachricht zu hinterlassen. Anscheinend hatte der Detektiv sein Handy ausgeschaltet.

Ich versuchte es auf seinem Privatanschluss. Eine Frau meldete sich.

»Könnte ich mit Mr Abagnall sprechen?«

»Wer ist denn da?«

»Spreche ich mit Mrs Abagnall?«

»Wer sind Sie?«

»Mein Name ist Terry Archer.«

»Oh, Mr Archer!« Sie klang irgendwie beunruhigt. »Ich wollte Sie auch gerade anrufen.«

»Mrs Abagnall, ich muss dringend mit Ihrem Mann sprechen. Ich habe die Polizei gestern Abend darüber informiert, dass er für uns Nachforschungen anstellt. Gut möglich, dass sie sich bereits mit ihm in Verbindung gesetzt haben.«

»Hat er sich bei Ihnen gemeldet?«

»Bitte?«

»Hat er Sie angerufen? Wissen Sie, wo er ist?«

»Nein.«

»Ich verstehe das einfach nicht. Manchmal arbeitet er zwar über Nacht, wenn es um eine Beschattung oder so etwas geht, aber normalerweise meldet er sich zwischendurch.«

Ein ungutes Gefühl machte sich in meiner Magengegend breit. »Er war gestern Nachmittag bei uns«, sagte ich. »Am späten Nachmittag. Um uns über die ersten Ergebnisse seiner Nachforschungen zu unterrichten.«

»Ich weiß«, sagte sie. »Ich habe anschließend mit ihm telefoniert. Er hat gesagt, jemand hätte ihm eine Nachricht auf seiner Mailbox hinterlassen. Und dass derjenige wohl noch mal anrufen würde.«

Ich erinnerte mich, wie Abagnalls Handy während seines Besuchs bei uns geklingelt hatte. Im ersten Moment hatte er angenommen, seine Frau riefe an; dann hatte er das Handy aber wieder eingesteckt, ohne dranzugehen.

»Und? Hat sich der Anrufer wieder gemeldet?«

»Ich weiß es nicht. Seitdem habe ich nicht mehr mit Denton gesprochen.«

»War die Polizei schon bei Ihnen?«

»Ja. Ich hätte beinahe einen Herzinfarkt bekommen, als sie heute Morgen vor der Tür standen. Sie sagten, es ginge um den Mord an einer Frau aus Derby.«

»Die Tante meiner Frau«, sagte ich. »Wir haben sie gefunden.«

»O Gott«, sagte Mrs Abagnall. »Das ist ja furchtbar.«

Ich zögerte mit meinen Worten, da es mir inzwischen beinahe zur Gewohnheit geworden war, bestimmte Dinge für mich zu behalten, um andere nicht grundlos zu ängstigen. Tatsache war allerdings, dass sich diese Taktik bislang nicht ausgezahlt hatte. Daher sagte ich: »Es besteht sicher kein Grund zur Panik, Mrs Abagnall, aber ich denke, Sie sollten die Polizei verständigen.«

»Oh«, sagte sie leise.

»Sagen Sie ihnen, Ihr Mann sei spurlos verschwunden. Auch wenn es noch keine vierundzwanzig Stunden her ist.«

»Verstehe«, sagte Mrs Abagnall. »Das werde ich sofort tun.«

»Rufen Sie mich an, wenn Sie etwas hören. Warten Sie, ich gebe Ihnen meine Telefon- und meine Handynummer.«

Andere Leute müssen in solchen Situationen erst einen Kugelschreiber holen, aber wenn man mit einem Detektiv verheiratet ist, liegen Notizblock und Stift offenbar immer griffbereit neben dem Telefon.

Cynthia betrat die Küche. Sie musste noch einmal zum Bestattungsunternehmen. Tess hatte Vorkehrungen für ihre Beerdigung getroffen und die Kosten für ihre Beisetzung schon vor Jahren in monatlichen Raten abbezahlt, um es ihren Lieben so einfach wie möglich zu machen. Ihre Asche sollte in der Bucht von Long Island verstreut werden.

»Cyn«, sagte ich.

Sie reagierte nicht. Sie strafte mich mit Schweigen, da sie glaubte, dass ich zumindest eine Teilschuld an Tess' Tod trug – und auch ich fragte mich mittlerweile, ob vielleicht alles ganz anders gekommen wäre, wenn ich Cynthia von Anfang an eingeweiht hätte. Wäre Tess überhaupt zu Hause gewesen, wenn Cynthia gewusst hätte, mit welchem Geld ihr Studium finanziert worden war? Oder hätten sich die beiden womöglich an einem ganz anderen Ort aufgehalten, um gemeinsam die Rätsel der Vergangenheit zu lösen?

Ich würde es nie erfahren. Und damit musste ich leben.

Wir waren beide nicht zur Arbeit gegangen. Cynthia hatte für unbestimmte Zeit Urlaub genommen und ich im Schulsekretariat Bescheid gesagt, dass ich die nächsten Tage fehlen würde. Ich hoffte, dass meine Vertretung ein Händchen für die Kids in meinem Schreibkurs haben würde.

»Ich werde dir nie wieder etwas verschweigen«, sagte ich. »Außerdem ist etwas passiert.«

Sie blieb in der Küchentür stehen, ohne sich zu mir umzudrehen.

»Ich habe gerade mit Abagnalls Frau gesprochen«, sagte ich. »Sie hat seit gestern Abend nichts mehr von ihm gehört.«

Ihre Schultern sackten herab. »Was hat sie gesagt?«, fragte sie tonlos.

Ich erzählte es ihr.

Sie stützte sich mit der Hand am Türrahmen ab. »Ich muss zum Bestatter, noch ein paar Dinge regeln.«

»Ja, natürlich«, sagte ich. »Soll ich mitkommen?«

»Nein«, sagte sie und ging.

Eine Weile wusste ich nicht genau, was ich mit mir anfangen sollte. Ich räumte die Küche auf, machte hier und da ein bisschen Ordnung und versuchte erfolglos, Grace' Teleskop auf dem Stativ zu befestigen.

Als ich wieder nach unten ging, fiel mein Blick auf die beiden Schuhkartons, die Abagnall uns am Vortag zurückgegeben hatte. Ich nahm sie an mich und ging in die Küche.

So saß ich da und begann mir die Erinnerungsstücke anzusehen, eins nach dem anderen. Genauso hatte es Abagnall wahrscheinlich auch gemacht.

Als Cynthia damals zu Tess gezogen war, hatte sie die Schubladen im Haus ausgeräumt und den Inhalt in den Schuhkartons verstaut. Mit der Zeit sammelt sich in Schubladen eine Mischung aus wichtigen und bedeutungslosen Dingen an: Kleingeld, alte Schlüssel, Quittungen, Bons, Zeitungsausschnitte, Knöpfe, Kugelschreiber. Die Schubladen im Hause Bigge waren da keine Ausnahme gewesen.

Clayton Bigge war nicht besonders sentimental veranlagt gewesen; eigentlich passte es überhaupt nicht zu ihm, dass er Zeitungsausschnitte aufbewahrt hatte. Aber da war zum Beispiel das Zeitungsfoto von Todds Basketballmannschaft sowie der eine oder andere alte Artikel übers Angeln, Claytons großer Leidenschaft. Von Cynthia wusste ich, dass ihr Vater immer nach Ankündigungen von Angelwettbewerben und Berichten über besonders ergiebige Fischgründe Ausschau gehalten hatte – abgelegene Seen, in denen so viele Fische schwammen, dass sie einem förmlich ins Boot sprangen.

Ich fand etwa ein Dutzend solcher Zeitungsausschnitte, die Cynthia aus Schreibtisch- und Nachttischschubladen zusammengekramt hatte, ehe das Haus der

Familie Bigge verkauft worden war. Ich fragte mich, wie lange sie den wertlosen Krempel noch aufbewahren wollte, während ich die vergilbten Zeitungsausschnitte vorsichtig auseinanderfaltete, um das brüchige Papier nicht zu zerreißen.

Und dann fiel mir etwas ins Auge.

Der Ausschnitt stammte aus dem *Hartford Courant*. Es handelte sich um einen Artikel über Fliegenfischen am Housatonic River. Wer auch immer ihn ausgeschnitten hatte – höchstwahrscheinlich Clayton selbst –, war mit äußerster Sorgfalt vorgegangen, hatte die Schere fein säuberlich an den Ecken entlanggeführt. Alles andere, was sich auf der Seite befunden hatte, war akkurat weggeschnitten worden.

Fast alles. Denn unter der letzten Spalte des Artikels befand sich noch eine Kurznachricht, die mit Fliegenfischen überhaupt nichts zu tun hatte.

Die Nachricht war nur wenige Zeilen lang:

Die Polizei hat immer noch keine Spur im Fall der aus Sharon stammenden Connie Gormley, 27, die am Samstagmorgen in einem Graben am Highway 7 tot aufgefunden wurde. Die Ermittler vermuten, dass Gormley, eine alleinstehende Frau, die bei Dunkin' Donuts in Torrington beschäftigt war, von einem vorbeifahrenden Wagen erfasst wurde, als sie nahe der Cornwall Bridge zu Fuß auf dem Highway unterwegs war. Der Fahrer des Wagens schleifte Gormleys Leiche anscheinend in den Graben, um eine sofortige Entdeckung zu verhindern, ehe er anschließend Unfallflucht beging.

Warum, fragte ich mich, waren alle anderen Artikel und Anzeigen sorgfältig mit der Schere entfernt worden – nur dieser eine nicht?

Ganz oben stand das Datum: 15. Oktober 1981.

Und während ich noch überlegte, klopfte es plötzlich an der Haustür. Ich legte den Zeitungsausschnitt beiseite, stand auf und ging zur Tür.

Es war Keisha Ceylon. Die Hellseherin. Die Frau, der wir unlängst im Fernsehstudio gegenübergesessen hatten, die Frau, deren parapsychologische Fähigkeiten urplötzlich versiegt waren, als sich herausgestellt hatte, dass dabei keine fette Kohle für sie herausspringen würde.

»Mr Archer?«, sagte sie. Auch diesmal sah sie ganz und gar nach Geschäftsfrau aus – keine bunten Tücher, keine großen Kreolen-Ohrringe.

Ich musterte sie misstrauisch und nickte.

»Mein Name ist Keisha Ceylon. Erinnern Sie sich an mich?«

»Und ob«, sagte ich.

»Nun ja, zuallererst möchte ich mich für den bedauerlichen Vorfall beim Sender entschuldigen. Ich hatte eine feste Zusage, was mein Honorar betraf, sonst wäre es nicht zu diesen Unstimmigkeiten gekommen. Aber natürlich hätte ich Ihre Frau nicht damit behelligen dürfen.«

Ich schwieg.

»Wie auch immer«, versuchte sie die Gesprächslücke zu füllen, »Tatsache ist, dass ich Ihrer Frau auch weiterhin gern helfen würde. Und sie will doch sicher nach wie vor erfahren, was mit ihrer Familie geschehen ist.«

Ich gab immer noch keinen Ton von mir.

»Darf ich hereinkommen?«, fragte sie.

Eigentlich wollte ich ihr die Tür vor der Nase zuknallen, aber plötzlich erinnerte ich mich daran, was Cynthia vor unserem ersten Treff mit der Hellseherin gesagt hatte – vielleicht wusste sie ja wirklich etwas, was uns weiterhelfen würde, selbst wenn die Chance nur eins zu einer Million stand.

Ja, Keisha Ceylon hatte uns schon einmal bitter enttäuscht, aber immerhin wagte sie es, uns ein zweites Mal unter die Augen zu treten. Vielleicht hatte sie eine zweite Chance verdient.

Nach kurzem Zögern öffnete ich die Tür, um sie einzulassen. Ich führte sie ins Wohnzimmer und wies auf das Sofa, wo am Tag zuvor Abagnall gesessen hatte. Dann setzte ich mich ihr gegenüber und schlug die Beine übereinander.

»Wahrscheinlich sind Sie skeptisch«, sagte sie. »Dennoch gibt es mysteriöse Kräfte, die Einfluss auf unser Leben nehmen, und nur wenige besitzen die Gabe, sich diese Kräfte zunutze machen zu können.«

»Hmm«, sagte ich.

»Wenn ich eine Botschaft erhalte, die einem Menschen in Not helfen könnte, fühle ich mich verpflichtet, mich mit diesem Menschen in Verbindung zu setzen. Wenn man eine solche Gabe besitzt, trägt man auch Verantwortung.«

»Verstehe.«

»Die finanzielle Seite ist dabei absolut zweitrangig.«

»Das kann ich mir lebhaft vorstellen.« Obwohl ich Keisha Ceylon bereitwillig hereingelassen hatte, begann ich es langsam zu bereuen.

»Ich spüre genau, dass Sie mir kein Wort glauben, aber ich kann Dinge sehen.«

Der Text kam mir bekannt vor. Aber hieß es nicht *Ich kann* Tote *sehen?*

»Und wenn Sie wollen, kann ich Ihnen meine Gabe zur Verfügung stellen«, sagte sie. »Dennoch wäre ich Ihnen für einen kleinen Unkostenbeitrag dankbar, nachdem diese Fernsehfritzen ja nun keinen Cent herausrücken wollten.«

»Ah, ja«, sagte ich. »Und was für einen Unkostenbeitrag hatten Sie sich vorgestellt?«

Die Ceylon legte die Stirn in Falten, als hätte sie daran bislang nicht den geringsten Gedanken verschwendet. »Tja, da setzen Sie mir die Pistole auf die Brust«, sagte sie. »Ich hatte an etwas in der Größenordnung von tausend Dollar gedacht. So war es jedenfalls mit den Fernsehleuten vereinbart, ehe sie dann plötzlich nichts mehr davon wissen wollten.«

»Verstehe«, sagte ich. »Könnten Sie mir vielleicht eine kleine Kostprobe Ihrer Fähigkeiten geben? Tausend Dollar sind schließlich kein Pappenstiel.«

Die Ceylon nickte. »Natürlich«, sagte sie. »Einen Moment bitte.« Sie lehnte sich zurück, reckte den Kopf und schloss die Augen. Eine halbe Minute lang saß sie ebenso stumm wie regungslos da. Es sah aus, als fiele sie in eine Art Trance, als mache sie sich bereit, mit der Geisterwelt in Kontakt zu treten.

Dann: »Ich sehe ein Haus.«

»Ein Haus«, sagte ich. Langsam nahm die Sache Formen an.

»Ein Haus an einer Straße, auf der Kinder spielen. Ich

sehe Bäume, eine alte Frau und einen alten Mann, die an dem Haus vorbeigehen. Und da ist noch ein Mann, aber nicht so alt, vielleicht ihr Sohn … es könnte Todd sein, glaube ich. Ich werde jetzt versuchen, mich ganz auf das Haus zu konzentrieren …«

Ich beugte mich näher zu ihr. »Ist es ein gelbes Haus? Mit leicht verwitterter Fassade?«

Die Lider der Ceylon schienen leicht zu flattern. »Ja. Genau.«

»O Gott«, sagte ich. »Und die Fensterläden? Sind sie grün – dunkelgrün?«

Sie neigte den Kopf leicht zur Seite, als würde sie genauer hinsehen. »Ja, dunkelgrün.«

»Sind Blumenkästen unter den Fenstern?«, fragte ich. »In denen Petunien wachsen? Können Sie mir das sagen? Es ist sehr wichtig.«

Sie nickte wie in Zeitlupe. »Ja, Sie haben recht. Die Blumenkästen sind voller Petunien. Kennen Sie das Haus?«

»Nein«, sagte ich achselzuckend. »Das habe ich mir bloß gerade ausgedacht.«

Wütend schlug sie die Augen auf. »Sie dreckiger Mistkerl!«

»Tja, das war's dann wohl«, sagte ich.

»Sie schulden mir tausend Dollar.«

Mach Witze.

»Von wegen«, sagte ich.

»Tausend Dollar, weil ich Ihnen …« Ich sah, wie sie krampfhaft überlegte. »Ich hatte noch eine andere Vision. Ihre Tochter. Sie ist in großer Gefahr.«

»Tatsächlich?«, sagte ich.

223

»Ja. Ich habe sie gesehen. In einem Wagen. Auf einem Hügel. Geben Sie mir das Geld, und ich sage Ihnen, wie Sie Ihre Tochter retten können.«

Ich hörte, wie draußen eine Autotür zugeworfen wurde. »Ich habe auch eine Vision«, sagte ich und rieb mir die Schläfen. »Ich sehe meine Frau, wie sie durch diese Tür kommt. Es muss jede Sekunde so weit sein.«

Und genauso war es. Wortlos ließ Cynthia den Blick durch das Wohnzimmer schweifen.

»Hallo, Schatz«, sagte ich beiläufig. »Du erinnerst dich bestimmt an Keisha Ceylon, die Hellseherin, oder? Tja, und weil ich ihr den Hokuspokus nicht abkaufen wollte, hat sie mir jetzt noch kurzerhand eine Schreckensvision über Grace aufgetischt, um auf der Klaviatur unserer schlimmsten Ängste zu spielen und uns doch noch einen Tausender aus dem Kreuz zu leiern.« Ich sah Keisha an. »So weit richtig?«

Der Ceylon hatte es die Sprache verschlagen.

»Na, wie war's beim Bestatter?«, fragte ich Cynthia und ließ den Blick abermals zu der Hellseherin schweifen. »Ihre Tante ist gestorben. Einen besseren Zeitpunkt hätten Sie sich wirklich nicht aussuchen können.«

Und dann ging alles ganz schnell.

Cynthia packte die Hellseherin bei den Haaren, riss sie vom Sofa und zerrte sie zur Haustür.

Sie war puterrot vor Wut. Keisha war eine große Frau, doch Cynthia schleifte sie über den Boden wie eine Strohpuppe. Sie ignorierte die gellenden Schreie der Hellseherin, die Flut von Obszönitäten, die aus ihrem Mund sprudelte.

Cynthia zerrte sie zur Tür und warf die Betrügerin

hinaus. Keisha Ceylon verlor das Gleichgewicht, stürzte die Stufen hinunter und landete bäuchlings auf dem Rasen.

Ehe Cynthia die Tür hinter ihr zuknallte, brüllte sie: »Lass uns ein für alle Mal in Frieden, du mieses, geldgieriges Stück!« Mit wildem Blick sah sie mich an, während sie versuchte, wieder zu Atem zu kommen.

Ich fühlte mich, als müsste ich ebenfalls erst mal Luft holen.

DREIUNDZWANZIG

Nach der Totenfeier nahm der Bestattungsunternehmer Cynthia, Grace und mich in seinem Cadillac mit zum Hafen von Milford, wo sein kleines Kajütschiff ankerte. Rolly Carruthers und seine Frau Millicent, die Pamela mitgenommen hatten, folgten uns in ihrem Wagen und gesellten sich zu uns auf das Schiff.

Dann verließen wir den geschützten Hafen und fuhren hinaus in die Bucht; vom Schiff aus konnten wir die Strandhäuser am East Broadway sehen. Früher hatte ich mir immer gewünscht, ein solches Anwesen zu besitzen, doch seit der Hurrikan Gloria 1985 hier sein Unwesen getrieben hatte, dachte ich anders darüber. In Florida war ein Hurrikan nichts Besonderes, aber wenn man in Connecticut lebte, behielt man sie in bleibender Erinnerung.

An diesem Tag herrschte glücklicherweise günstiges Wetter für unser Vorhaben; es wehte nur eine leichte Brise. Der Bestattungsunternehmer, dessen Freundlichkeit echt zu sein schien, hatte die Urne mit der Asche mitgebracht, die ins Meer gestreut werden sollte, so wie Tess es sich gewünscht hatte.

Wir sprachen nicht viel, auch wenn Millicent zwischendurch versuchte, das Schweigen zu brechen. Sie legte den Arm um Cynthia und sagte: »Für die Erfül-

226

lung ihres letzten Wunsches hätte Tess keinen schöneren Tag erwischen können.«

Vielleicht hätten ihre Worte Cynthia ein wenig aufrichten können, wenn Tess an einer Krankheit gestorben wäre, aber wenn jemand eines gewaltsamen Todes stirbt, gibt es für die Hinterbliebenen wenig Trost.

Millicent hatte es jedenfalls nur nett gemeint. Sie und Rolly kannten Cynthia schon seit einer kleinen Ewigkeit. Sie waren so etwas wie Onkel und Tante für sie und hatten sich über die Jahre rührend um sie gekümmert. Millicent war in derselben Straße wie Cynthias Mutter Patricia aufgewachsen und, obwohl Patricia ein paar Jahre älter gewesen war, ihre Freundin geworden. Millicent hatte schließlich Rolly geheiratet, Patricia ihren späteren Mann Clayton kennengelernt. Rolly und Millicent hatten Cynthia von Geburt an gekannt und ihr stets mit Rat und Tat zur Seite gestanden, auch wenn es Rolly war, mit dem sie das engere Verhältnis verband.

»Ja, ein wunderschöner Tag«, schloss sich Rolly seiner Frau an. Er trat zu Cynthia, den Blick aufs Deck geheftet, um bei dem leichten Seegang nicht das Gleichgewicht zu verlieren. »Aber das macht es einem auch nicht leichter, ich weiß.«

Pam schwankte ein bisschen und wünschte wahrscheinlich, sie hätte weniger hohe Absätze angezogen. Sie nahm Cynthia in den Arm. »Warum nur?«, sagte Cynthia. »Tess hat nie jemandem etwas Böses getan.« Sie wischte sich die Augen. »Sie war meine letzte Verwandte. Jetzt sind alle fort.«

Pam drückte sie an sich. »Wir wissen, was sie für dich getan hat. Es muss irgendein Verrückter gewesen sein.«

Rolly schüttelte angewidert den Kopf, als wolle er damit ausdrücken, wie tief die Menschheit gesunken sei, ging zum Heck und starrte ins Kielwasser hinab. Ich trat zu ihm.

»Danke, dass ihr gekommen seid«, sagte ich. »Es bedeutet Cyn sehr viel.«

Er musterte mich verblüfft. »Soll das ein Witz sein? Du weißt genau, dass wir immer für euch da sind.« Abermals schüttelte er den Kopf. »Glaubt ihr das wirklich? Dass es irgendein Verrückter war?«

»Nein«, sagte ich. »Ich jedenfalls nicht. Wer auch immer Tess umgebracht hat, hatte einen Grund.«

»Was glaubt denn die Polizei?«, fragte er.

»Soweit ich weiß, haben sie nicht die geringste Spur«, sagte ich. »Sobald ich von Cynthias verschwundener Familie anfange, sehen sie mich bloß müde an, als wärc das alles zu viel für sie. Sie wollen einfach nicht mit der Vergangenheit behelligt werden.«

»Na ja, was erwartest du?«, fragte Rolly. »Die haben genug mit dem Hier und Jetzt zu tun.«

Das Schiff verlangsamte sein Tempo und der Bestattungsunternehmer trat zu uns. »Mr Archer? Wir wären dann so weit.«

Wir versammelten uns an der Reling, während der Bestattungsunternehmer Cynthia feierlich die Urne überreichte. Ich half ihr, das Gefäß zu öffnen. Aus Furcht, es fallen zu lassen, waren wir so nervös, als hätten wir es mit einer Stange Dynamit zu tun. Dann war es geschafft. Grace, Rolly, Millicent, Pam und ich sahen zu, wie Cynthia die Urne umdrehte und der Wind die Asche ins Wasser fegte. Nur ein paar Sekunden und

Tess' Überreste waren verweht. Cynthia reichte mir die Urne. Einen Augenblick lang sah es so aus, als sei ihr schwindelig geworden; Rolly trat zu ihr, um sie zu stützen, aber sie signalisierte ihm mit erhobener Hand, dass alles in Ordnung war.

Grace hatte eine Rose mitgebracht – es war ihre eigene Idee gewesen –, die sie nun ins Wasser warf.

»Auf Wiedersehen, Tante Tess«, sagte sie. »Danke für das schöne Buch.«

Am Morgen hatte Cynthia noch davon gesprochen, ein paar Worte sagen zu wollen, doch nun, da es so weit war, fehlte ihr die Kraft dazu. Und mir fiel nichts ein, was gewichtiger oder ergreifender gewesen wäre als Grace' simples Lebewohl.

Als wir zum Pier zurückfuhren, sah ich dort eine gedrungene schwarze Frau in Jeans und dunkler Lederjacke stehen, die uns offenbar erwartete. Sie war ziemlich korpulent, bewies aber ein beträchtliches Maß an Geschick, als sie uns half, das Kajütschiff festzumachen. »Terrence Archer?«, fragte sie. Dem leichten Akzent nach zu urteilen kam sie aus Boston.

Ich bejahte.

Sie hielt mir einen Ausweis hin, der sie als Detective Rona Wedmore identifizierte. Außerdem war sie nicht aus Boston, sondern aus Milford. Sie streckte die Hand aus und half Cynthia auf den Pier, während ich Grace auf die verwitterten Planken hob.

»Ich würde gern kurz mit Ihnen sprechen«, sagte sie.

Cynthia legte den Arm um Grace, während die anderen sich zu ihr gesellten. Die Polizistin und ich gingen ein paar Meter weiter.

»Geht es um Tess?«, fragte ich. »Ist jemand verhaftet worden?«

»Nein, Sir«, sagte sie. »Die Ermittlungen laufen sicher auf Hochtouren, aber ich bin in einer anderen Angelegenheit hier.« Ihre Worte kamen kurz und knapp, wie aus der Pistole geschossen. »Es geht um Denton Abagnall.«

Der Name traf mich wie aus heiterem Himmel. »Ja?«

»Er ist spurlos verschwunden«, sagte sie. »Nun schon seit zwei Tagen.«

»Ich habe erst kürzlich mit seiner Frau telefoniert. Und ihr geraten, umgehend die Polizei einzuschalten.«

»Und seitdem haben Sie nichts mehr von ihm gehört?«

»Nein«, sagte ich. »Ich wette, sein Verschwinden hängt irgendwie mit dem Mord an der Tante meiner Frau zusammen. Kurz vor ihrem Tod war er noch bei ihr. Tess hatte mir gesagt, sie hätte seine Visitenkarte an die Pinnwand in ihrer Küche gesteckt. Aber als ich sie tot aufgefunden habe, war die Karte nicht mehr da.«

Detective Wedmore schrieb etwas in ihr Notizbuch. »Er hat Nachforschungen für sie angestellt, richtig?«

»Ja.«

»Und im Zuge dieser Nachforschungen ist er verschwunden.« Das war keine Frage, daher nickte ich nur. »Was glauben Sie?«

»Was?«

»Was passiert ist.« Ein ungeduldiger Unterton.

Ich zögerte und sah hinauf zum wolkenlosen Himmel. »Ich will nichts heraufbeschwören«, sagte ich dann. »Aber ich glaube, er ist tot. Als er bei uns war, hat jemand auf seinem Handy angerufen – möglicherweise sogar sein Mörder, wenn Sie mich fragen.«

»Wann war das?«, fragte sie. »Um welche Uhrzeit?«

»So gegen fünf Uhr nachmittags.«

»Vor fünf, nach fünf oder Punkt fünf?«

»Ziemlich genau um fünf.«

»Wir haben uns nämlich mit seinem Handy-Provider in Verbindung gesetzt und alle Anrufe abgefragt. Und um fünf hat jemand angerufen – von einem Münztelefon in Derby.«

»Die Tante meiner Frau wohnte dort oben«, sagte ich.

»Dann gab es noch einen weiteren Anruf von einem Münztelefon hier in Milford, eine Stunde später. Danach hat seine Frau noch mehrmals angerufen, aber er ist nicht ans Handy gegangen.«

Cynthia und Grace stiegen in den Cadillac des Bestatters ein.

Detective Wedmore baute sich herausfordernd vor mir auf, und obwohl sie mehr als zehn Zentimeter kleiner war als ich, wirkte sie ziemlich einschüchternd.

»Wer könnte es auf die Tante Ihrer Frau abgesehen gehabt haben?«, fragte sie. »Und vielleicht auch auf Abagnall?«

»Jemand, der will, dass die Vergangenheit im Dunkeln bleibt«, sagte ich.

Millicent lud uns zum Essen ein, aber Cynthia wollte lieber gleich nach Hause. Grace war tief ergriffen; es war ihre erste Beisetzung gewesen. Den Appetit hatte es ihr entgegen meinen Befürchtungen allerdings nicht verschlagen. Als wir zu Hause ankamen, klagte Grace, sie sei am Verhungern – wenn sie nicht sofort etwas zu essen bekäme, würde sie auf der Stelle tot umfallen. »Oh, sorry«, sagte sie dann.

Cynthia lächelte. »Hast du Lust auf ein Thunfisch-sandwich?«

»Ja«, sagte Grace. »Mit Sellerie.«

»Ich weiß nicht, ob wir Sellerie haben«, sagte Cynthia.

Grace ging zum Kühlschrank und öffnete das Gemüsefach. »Da ist welche, aber ich glaube, die ist nicht mehr ganz frisch.«

»Zeig mal her«, sagte Cynthia.

Ich hängte meine Anzugjacke über die Stuhllehne und lockerte meine Krawatte. In der Schule muss ich so gut wie nie Anzüge tragen; jedenfalls fühlte ich mich ziemlich unwohl in dem förmlichen Aufzug. Ich setzte mich, verdrängte alles, was heute passiert war, und sah meinen beiden Mädchen zu. Cynthia nahm eine Dose Thunfisch und einen Dosenöffner zur Hand, während Grace die Selleriestangen auf die Anrichte legte.

Cynthia ließ das Öl aus der Konservendose abtropfen, gab den Thunfisch in eine Schüssel und bat Grace, das Mirakel Whip aus dem Kühlschrank zu holen. Grace nahm das Glas heraus, drehte den Deckel ab und stellte es auf die Anrichte. Sie griff nach einer Selleriestange und wedelte damit herum wie mit einem Stück Gummi. Spielerisch schlug sie ihre Mutter damit auf den Arm.

Cynthia wandte sich um, schnappte sich ihrerseits eine Selleriestange und schlug zurück. Sie standen sich gegenüber und begannen zu fechten. »Nimm dies!«, rief Cynthia. Dann begannen sie beide zu lachen.

Ich hatte mich immer gefragt, wie Cyns Mutter wohl gewesen war. Nun wusste ich endlich die Antwort.

Nachdem Grace gegessen hatte und nach oben gegangen war, um sich umzuziehen, sagte Cynthia: »Du siehst toll aus heute.«

»Du auch«, sagte ich.

»Es tut mir leid«, sagte sie.

»Hmm?«

»Es tut mir leid. Natürlich trägst du keine Schuld an Tess' Tod. Ich hätte das nicht sagen dürfen.«

»Schon okay. Trotzdem wäre es besser gewesen, wenn ich von Anfang an mit offenen Karten gespielt hätte.«

Sie sah zu Boden.

»Kann ich dich etwas fragen?«, sagte ich.

Sie nickte.

»Hast du eine Ahnung, warum dein Vater einen Zeitungsausschnitt über einen Unfall mit Fahrerflucht aufbewahrt hat?«

»Wovon redest du?«, fragte sie.

»Von einem Zeitungsbericht«, sagte ich. »Den dein Vater aufbewahrt hat.«

Die Schuhkartons standen nach wie vor auf dem Küchentisch. Der Zeitungsausschnitt mit dem Artikel

233

über Fliegenfischen und der Meldung über die Frau aus Sharon lag obenauf.

»Zeig mal«, sagte Cynthia und trocknete sich die Hände ab. Vorsichtig nahm sie den Zeitungsausschnitt aus meiner Hand entgegen, als sei er aus Pergament. Dann las sie, wie die Frau auf dem Highway von einem Wagen erfasst und von dessen Fahrer vermutlich in den Straßengraben geschleift worden war.

»Ich fasse es nicht«, sagte sie. »Das ist mir nie aufgefallen.«

»Wie auch?«, sagte ich. »Du hast gedacht, es ginge nur um den Artikel über Fliegenfischen.«

»Vielleicht hat er ihn ja genau deswegen aufbewahrt.«

»Zum Teil bestimmt«, sagte ich. »Aber ich frage mich, was ihm zuerst ins Auge gestochen ist. Wollte er den Bericht über den Unfall ausschneiden, aber dann ist ihm plötzlich der Artikel übers Fliegenfischen aufgefallen? Oder hat er erst die Story übers Fliegenfischen bemerkt und dann die kleine Meldung mit ausgeschnitten, aus welchen Gründen auch immer?« Ich hielt kurz inne. »Oder ging es ihm um den Bericht über den Unfall, und er hat die Geschichte übers Fliegenfischen mit ausgeschnitten, um unliebsame Fragen zu vermeiden – etwa von deiner Mutter?«

Cynthia gab mir den Zeitungsausschnitt zurück. »Was in aller Welt willst du damit sagen?«

»Ach, ich weiß es auch nicht«, sagte ich.

»Immer wenn ich in meinen Erinnerungsstücken krame«, sagte Cynthia, »hoffe ich, irgendetwas zu finden, was ich nie zuvor bemerkt habe. Es ist absolut frustrierend, weil ich am Ende doch immer nur mit leeren Händen dastehe. Und trotzdem klammere ich mich an die Hoffnung, eines Tages irgendeinen winzigen Hinweis zu finden, der alle Teile des Puzzles zusammenfügt.«

»Ich weiß«, sagte ich. »Ich weiß.«

»Wie hieß die Frau noch mal, die bei dem Unfall getötet wurde?«

»Connie Gormley«, sagte ich. »Sie war siebenundzwanzig.«

»Den Namen habe ich noch nie gehört. Dieser Zeitungsausschnitt bringt uns kein bisschen weiter. Aber was, wenn er das fehlende Puzzleteil ist?«

»Glaubst du?«, fragte ich.

Zögernd schüttelte sie den Kopf. »Nein.«

Ich glaubte es ebenso wenig.

Was mich dennoch nicht davon abhielt, nach oben zu gehen und den Computer anzuschalten, in der Hoffnung, via Internet mehr über den Unfall zu erfahren, der Connie Gormley das Leben gekostet hatte.

Ich fand gar nichts.

Weshalb ich erst einmal das Online-Telefonbuch konsultierte und nach Einträgen unter dem Namen Gormley in unserem Teil Connecticuts Ausschau hielt. Als ich mir ein halbes Dutzend Namen und Nummern herausgeschrieben hatte und die Betreffenden gerade anrufen wollte, steckte Cynthia den Kopf zur Tür herein. »Was machst du?«, fragte sie.

Ich sagte es ihr.

Halb erwartete ich, dass sie protestieren, halb, dass sie mich darin unterstützen würde, auch nach dem dünnsten Strohhalm zu greifen. Stattdessen sagte sie: »Ich lege mich ein Stündchen hin.«

Ich probierte die erste Nummer und tatsächlich hob jemand ab. Ich nannte meinen Namen und sagte, wahrscheinlich hätte ich die falsche Nummer, würde aber nach jemandem suchen, der mir mit Informationen über eine gewisse Connie Gormley weiterhelfen könnte, die bei einem Unfall ums Leben gekommen war.

»Tut mir leid«, sagte der Mann am anderen Ende. »Nie gehört, den Namen.«

»Wer?«, fragte die ältere Frau, die ich als Zweite anrief. »Eine Connie Gormley kenne ich nicht. Aber eine meiner Nichten heißt Constance Gormley – sie wohnt in Stratford und ist Immobilienmaklerin. Wenn Sie nach einem Haus suchen, kann sie Ihnen bestimmt weiterhelfen. Warten Sie einen Moment, ich suche Ihnen kurz die Nummer raus.«

Ich wollte nicht unhöflich sein, legte aber nach kurzem Warten auf.

Unter der dritten Nummer meldete sich eine Männerstimme. »Meine Güte, Connie?«, sagte er. »Das ist ja Ewigkeiten her.«

Wie sich herausstellte, sprach ich mit Howard Gormley – dem mittlerweile 65 Jahre alten Bruder der Toten.

»Wieso fragen Sie überhaupt nach Connie?« Seine Stimme klang rau und müde.

»Ich weiß nicht recht, wie ich Ihnen die Sache erklären soll, Mr Gormley«, sagte ich. »Ein paar Monate nach dem Unfall Ihrer Schwester gab es gewisse Probleme in der Familie meiner Frau, die bis heute nicht geklärt sind. Und jetzt haben wir zufällig einen Artikel über den Unfall Ihrer Schwester bei ein paar alten Unterlagen gefunden.«

»Das klingt ja ziemlich merkwürdig«, sagte Howard Gormley.

»In der Tat. Aber vielleicht stellt sich ja heraus, dass die eine Sache gar nichts mit der anderen zu tun hat. Dazu müssten Sie mir allerdings ein paar Fragen beantworten.«

»Schießen Sie los.«

»Ist eigentlich je geklärt worden, wer Ihre Schwester überfahren hat? Konnte der Fahrer des Wagens ermittelt werden?«

»Nein. Die Polizei hat überhaupt nichts herausgefunden. Und nach einer Weile ist der Fall dann wohl einfach zu den Akten gewandert, wenn Sie mich fragen.«

»Das tut mir leid.«

»Tja. Mom und Dad sind nie drüber hinweggekommen. Es hat ihnen das Herz gebrochen. Mom ist zwei Jahre darauf gestorben, und noch ein Jahr später ist Dad von uns gegangen. Krebs, alle beide. Aber in Wirklichkeit war es wohl der Kummer, der sie von innen aufgefressen hat.«

»Gab es denn überhaupt keine Spuren? Irgendetwas muss die Polizei doch herausgefunden haben.«

»Steht davon nichts in dem Zeitungsbericht, den Sie gefunden haben?«

Der kurze Artikel lag direkt neben mir. Ich las ihm die wenigen Zeilen vor.

»Ach, das war noch ganz am Anfang«, sagte er. »Bevor sie herausgefunden haben, dass die ganze Sache getürkt war.«

»Getürkt?«

»Na ja, zuerst gingen sie davon aus, dass es bloß ein Unfall mit Fahrerflucht war. Aber bei der Obduktion hat sich dann herausgestellt, dass die Sache nicht astrein war.«

»Was meinen Sie damit?«

»Hören Sie, ich bin kein Experte. Ich habe mein Leben lang als Dachdecker gearbeitet. Mit diesem gerichtsmedizinischen Zeug kenne ich mich nicht aus. Jedenfalls haben sie uns gesagt, dass sie offenbar schon tot war, als sie angefahren wurde.«

»Moment mal«, sagte ich. »Ihre Schwester war bereits tot, als der Unfall geschah?«

»Hab ich doch gerade gesagt. Und ...« Er hielt einen Moment inne.

»Mr Gormley?«

»Sorry, das geht mir alles nicht so leicht über die Lippen. Sie verstehen sicher, dass ich meine Schwester nicht in ein schlechtes Licht rücken will.«

»Ja, natürlich.«

»Na ja, offenbar hatte Connie mit jemandem Geschlechtsverkehr gehabt, bevor sie in den Graben geworfen wurde.«

»Sie meinen ...«

»Also, eine Vergewaltigung war es wohl nicht ... obwohl man ja nie weiß. Aber meine Schwester war kein Kind von Traurigkeit, wenn Sie verstehen, was ich meine. Jedenfalls war da irgendwas mit einem Mann an jenem Abend. Ich frage mich bis heute, ob er es war, der sie umgebracht und den Mord anschließend wie einen Unfall hingedreht hat.«

Ich wusste nicht, was ich sagen sollte.

»Connie und ich, wir standen uns ziemlich nahe. Ihr Lebensstil war nicht mein Fall, aber ich bin selbst kein Engel und sollte besser nicht mit dem Finger auf andere zeigen. Die Sache verfolgt mich bis heute, und ich wünschte, sie würden den Dreckskerl kriegen, der Connie auf dem Gewissen hat. Aber inzwischen ist es so lange her, dass der Bursche vielleicht längst selbst ins Gras gebissen hat.«

»Ja«, sagte ich. »Gut möglich.«

Nach dem Gespräch mit Gormley saß ich eine ganze Weile einfach nur am Schreibtisch, starrte ins Leere und überlegte.

Dann öffnete ich das E-Mail-Programm, um nachzusehen, ob ich neue Nachrichten hatte. Es war der übliche Mist – Viagra im Sonderangebot, Börsentipps, billige Rolex-Uhren, Kreditfinanzierungen und Offerten von Witwen nigerianischer Goldminenbesitzer, denen man helfen konnte, ihre Millionen auf ein amerikanisches Konto zu transferieren. Unser Spam-Filter hielt nur einen kleinen Teil dieser elektronischen Belästigungen ab.

Und dann war da noch eine E-Mail von einer Hotmail-Adresse, die sich ausschließlich aus Ziffern zusammensetzte – 12051982 – und den Worten »Nicht mehr lange« in der Betreff-Zeile.

Ich klickte sie an.

Die Nachricht war kurz. Dort stand: »Liebe Cynthia – Wie schon gesagt: Deine Familie vergibt dir. Aber eine Frage wird immer bleiben: Warum?«

Ich las das Ganze bestimmt fünfmal, ehe ich den Blick wieder auf die Betreff-Zeile richtete.

Nicht mehr lange.

Was sollte nicht mehr lange dauern?

VIERUNDZWANZIG

»Wie kommt dieser Jemand an unsere E-Mail-Adresse?«, fragte ich Cynthia. Sie saß vor dem Computer und starrte auf den Bildschirm. Kurz zuvor hatte sie unwillkürlich die Hand ausgestreckt, als würde sie mehr begreifen, wenn sie den Monitor berührte.

»Mein Vater«, stieß sie hervor.

»Was ist mit deinem Vater?«, fragte ich.

»Als er den Hut in die Küche gelegt hat«, sagte Cynthia. »Vielleicht war er ja auch hier oben und hat den Computer angeschaltet. Dann könnte er auch unsere E-Mail-Adresse wissen.«

»Cyn«, sagte ich vorsichtig, »es gibt nach wie vor keinen Beweis, dass es überhaupt dein Vater war, der uns den Hut ins Haus geschmuggelt hat.«

Kurz fiel mir mein Verdacht ein, dass Cynthia den Hut selbst auf dem Küchentisch platziert haben könnte. Und für einen Sekundenbruchteil kam mir der Gedanke, dass es kinderleicht war, sich eine Hotmail-Adresse zuzulegen und eine E-Mail an sich selbst zu schicken. Aber ich verwarf den Gedanken sofort wieder.

Ich spürte, dass Cynthia mein Kommentar nicht gefiel, daher fügte ich hinzu: »Aber natürlich hast du recht. Derjenige, der uns den Hut untergejubelt hat, könnte hier herumgeschnüffelt haben und so an unsere E-Mail-Adresse gekommen sein.«

»Also muss es sich um ein und dieselbe Person handeln«, sagte Cynthia. »Der anonyme Anrufer hat auch diese Mail geschrieben. Und ist außerdem in unser Haus eingedrungen und hat den Hut zurückgelassen. Den Hut meines Vaters.«

Das klang logisch. Sorge bereitete mir allerdings die Frage, wer diese Person war. Etwa dieselbe, die Tess umgebracht hatte? War es der Mann, den ich spätabends durch Grace' Teleskop vor unserem Haus erspäht hatte?

»Und er spricht immer noch von Vergebung«, sagte Cynthia. »Ich verstehe einfach nicht, was das soll. Und was heißt ›Nicht mehr lange‹?«

Ratlos schüttelte ich den Kopf. »Die E-Mail-Adresse bringt uns jedenfalls auch nicht weiter«, sagte ich und wies auf den Bildschirm. »Bloß aufs Geratewohl zusammengetippte Nummern.«

»Das stimmt nicht«, sagte Cynthia. »Das ist ein Datum. 12. Mai 1982. In dieser Nacht ist meine Familie verschwunden.«

»Wir sind in Gefahr«, sagte Cynthia, als wir schlafen gehen wollten.

Sie saß im Bett, die Decke über die Beine gebreitet. Ich stand vor dem Schlafzimmerfenster und spähte ein letztes Mal hinaus auf die Straße, ehe ich zu ihr unter die Decke kroch. Seit dem Vorfall mit dem nächtlichen Besucher suchte ich jeden Abend die Straße ab.

»Hier sind wir jedenfalls nicht sicher«, sagte sie. »Und ich weiß, dass du genauso denkst, auch wenn du es nicht zugeben willst. Du machst dir Sorgen, ich könnte sonst durchdrehen, stimmt's?«

»Quatsch«, sagte ich.

»Trotzdem«, sagte sie. »Wir sind hier nicht sicher. Du nicht, ich nicht und Grace nicht.«

Sie hätte mich nicht daran erinnern müssen. Mir war es selbst nur allzu bewusst. Die permanente Ungewissheit machte mich ebenfalls langsam kirre.

»Meine Tante ist ermordet worden«, sagte Cynthia. »Der Mann, den wir beauftragt haben, Nachforschungen über meine Familie anzustellen, ist spurlos verschwunden. Vor ein paar Tagen hast du einen Unbekannten aufgestöbert, der nachts unser Haus beobachtet hat. Obendrein ist jemand in unserem Haus gewesen. Wenn nicht mein Vater, dann jemand anders. Und dieser Jemand hat den Hut in die Küche gelegt und an unserem Computer gesessen.«

»Es war nicht dein Vater«, sagte ich.

»Weißt du das so genau? Oder glaubst du einfach, dass mein Vater tot ist?«

Ich schwieg.

»Wieso hat die Kfz-Zulassungsstelle keine Unterlagen über meinen Vater?«, fragte sie. »Und warum existiert keine Sozialversicherungsnummer von ihm?«

»Ich weiß es nicht«, sagte ich müde.

»Glaubst du, Mr Abagnall hat irgendetwas über Vince herausgefunden? Vince Fleming. Er wollte ihn doch genauer unter die Lupe nehmen, oder? Vielleicht ist er ja auf etwas gestoßen. Es könnte doch sein, dass er

Vince beschattet und sich deshalb nicht bei seiner Frau gemeldet hat.«

»Komm, lass uns schlafen«, sagte ich. »Es war ein langer Tag.«

»Gibt es noch irgendetwas, was du mir verschweigst?«, sagte Cynthia. »So wie Tess' Krankheit und die Sache mit dem Geld?«

»Ich verschweige dir überhaupt nichts«, sagte ich. »Habe ich dir nicht vorhin erst diese E-Mail gezeigt? Ich hätte sie auch löschen können. Aber du hast recht. Wir sollten vorsichtig sein. Immerhin haben wir vorgesorgt. Die Schlösser sind ja bereits erneuert. Und ich werde dir in Zukunft auch nicht mehr reinreden, wenn du Grace zur Schule bringst, okay?«

»Was, in aller Welt, geht hier nur vor?«, fragte Cynthia. Ihr Tonfall klang seltsam vorwurfsvoll, als würde ich ihr nach wie vor etwas vorenthalten.

»Herrgott noch mal!«, fuhr ich sie entnervt an. »Woher soll ich das wissen? Es war schließlich nicht meine verdammte Familie, die spurlos vom Erdboden verschwunden ist!«

Sie sah mich entgeistert an.

Ich war selbst erschrocken über meinen Ausbruch. »Es tut mir leid«, sagte ich. »Das wollte ich nicht. Aber du siehst doch selbst, wie sehr uns das Ganze belastet.«

»Wie es *dich* belastet«, sagte Cynthia. »Meine Probleme reiben dich völlig auf – so ist es doch, oder?«

»Nein«, sagte ich. »Hör zu, vielleicht sollten wir einfach ein paar Tage wegfahren. Es lässt sich bestimmt arrangieren, dass Grace vorübergehend freibekommt, und ich rede mit Rolly. Er steht hundert Prozent hinter mir und findet bestimmt jemanden, der meine Kurse interimsweise übernehmen kann.«

Sie stieß die Bettdecke von sich und stand auf. »Ich schlafe heute bei Grace«, sagte sie. »Nicht dass ihr noch etwas passiert. Ich werde hier jedenfalls nicht weiter untätig herumliegen.«

Ich schwieg, während sie sich Kissen und Bettdecke unter die Arme klemmte und das Schlafzimmer verließ.

Plötzlich hatte ich bohrende Kopfschmerzen. Ich tappte ins Bad, um mir eine Schmerztablette aus dem Medizinschränkchen zu holen, als eilige Schritte an meine Ohren drangen.

Und im selben Moment hörte ich Cynthia auch schon mit panischer Stimme rufen: »Terry! Terry!«

»Was ist denn los?«, fragte ich.

»Grace ist nicht in ihrem Zimmer. Sie ist weg.«

Ich machte Licht und folgte ihr über den Flur in Grace' Zimmer.

»Sie ist nicht da!« Cynthias Stimme bebte. »Das habe ich doch schon gesagt!«

»Grace!«, sagte ich laut, sah in ihren Schrank und warf einen Blick unter das Bett. Die Sachen, die sie tagsüber getragen hatte, lagen auf ihrem Schreibtischstuhl. Ich lief zurück ins Bad und zog den Duschvorhang beiseite, doch auch die Wanne war leer. Cynthia sah unterdessen im Arbeitszimmer nach. Dann standen wir uns wieder auf dem Flur gegenüber.

»Grace!«, rief Cynthia.

Wir liefen die Treppe hinunter und machten überall

245

das Licht an. Das ist nicht wahr, sagte ich mir wieder und wieder. Das musste einfach ein schlechter Traum sein.

Cynthia riss die Kellertür auf und rief abermals nach Grace. Keine Antwort.

Als ich die Küche betrat, sah ich, dass die Tür zum Garten einen winzigen Spalt offen stand.

Einen Moment lang setzte mein Herz aus.

»Ruf die Polizei«, sagte ich zu Cynthia.

»O Gott«, sagte sie.

Ich knipste die Außenbeleuchtung an und lief barfuß in den Garten.

»Grace!«, rief ich.

Und dann hörte ich plötzlich ihre Stimme. Sie klang ziemlich genervt.

»Dad, mach das Licht aus!«

Ich sah nach rechts, und da stand Grace im Pyjama vor dem Stativ mit dem Teleskop, das auf den Nachthimmel gerichtet war.

»Ist was?«, fragte sie.

Eigentlich hätten wir uns am nächsten Morgen freinehmen müssen, beschlossen aber, ganz normal zur Arbeit zu gehen.

»Es tut mir echt leid«, sagte Grace ungefähr zum hundertsten Mal, während sie ihre Cheerios aß.

»Mach so etwas *nie wieder*«, sagte Cynthia.

»Ich hab doch gesagt, dass es mir leid tut.«

Cynthia war die ganze Nacht nicht von ihrer Seite

gewichen. Fest stand, dass sie Grace in nächster Zeit nicht aus den Augen lassen würde.

»Weißt du eigentlich, dass du schnarchst?«, sagte Grace zu ihr.

Am liebsten hätte ich gelacht, konnte es mir aber gerade noch verkneifen.

Wie immer verließ ich als Erster das Haus. Cynthia sagte nicht einmal tschüs, brachte mich auch nicht zur Tür. Offenbar hatte sie unseren Streit von letzter Nacht nicht vergessen. Statt unsere Kräfte zu bündeln, schienen wir uns immer weiter voneinander zu entfernen, als wäre ein unsichtbarer Keil zwischen uns getrieben worden. Cynthia glaubte nach wie vor, dass ich nicht mit offenen Karten spielte, dass ich ihr weiterhin Dinge verschwieg. Während ich Probleme mit Cynthia hatte, die ich sogar mir selbst gegenüber nur schwer benennen konnte.

Cynthia glaubte, dass ich sie für die Schwierigkeiten verantwortlich machte, die in jüngster Zeit über uns hereingebrochen waren. Und es war nicht zu leugnen, dass ihre Vergangenheit, das sprichwörtliche Päckchen, das sie mit sich herumschleppte, uns das Leben schwer machte. Vielleicht gab ich ihr teilweise tatsächlich die Schuld daran, auch wenn sie nichts dafür konnte, dass ihre Familie damals verschwunden war.

Natürlich verband uns die gemeinsame Sorge um Grace, die bange Frage, wie sich die Ereignisse der letzten Zeit auf sie auswirken würden. Unsere Tochter hatte ihren eigenen Weg gefunden, mit den Problemen fertigzuwerden, die unser Leben bestimmten. Offenbar bot ihr selbst die Beschäftigung mit mörderischen Asteroiden eine Art Ausweg. Und nun war ihre Flucht vor der Wirklichkeit auch noch zum Auslöser einer neuen Krise geworden.

Meine Schüler verhielten sich erstaunlich taktvoll. Anscheinend hatte sich herumgesprochen, warum ich zwei Tage lang nicht in der Schule gewesen war. Ein Todesfall in der Familie. In der Zwischenzeit hatten sie sich an meiner Vertretung schadlos gehalten. Wie alle echten Raubtiere nutzen Schüler die Schwächen ihrer Opfer rücksichtslos aus. Meine Vertretung stotterte kaum merklich; eigentlich hörte man es nur, wenn sie am Anfang eines Satzes leicht ins Stocken kam, doch das reichte den Kids bereits, um sie erbarmungslos nachzuäffen. Wie mir andere Kollegen beim Mittagessen erzählten, war sie am ersten Tag in Tränen aufgelöst nach Hause gefahren. Mitleid hatte keiner. Die Schulkorridore waren ein gnadenloser Dschungel, in dem nur die Starken überlebten.

Mir gegenüber zeigten sie ein wenig mehr Zurückhaltung. Nicht nur die Kids in meinem Schreibkurs, sondern auch die Schüler meiner beiden Englischklassen. Allerdings wohl kaum aus Pietät, wie mir klar war. Tatsächlich lauerten sie nur darauf, ob ich mich irgendwie verändert hatte, ob ich eine Träne vergießen, plötzlich die Beherrschung verlieren oder die Tür hinter mir zuknallen würde.

Den Gefallen tat ich ihnen nicht. Was wiederum bedeutete, dass ich für den kommenden Tag keine Sonderbehandlung erwarten durfte.

Jane Scavullo blieb an meinem Pult stehen, während die anderen Kids des Schreibkurses den Raum verließen.

»Tut mir leid, das mit Ihrer Tante«, sagte sie.

»Danke«, sagte ich. »Eigentlich war es die Tante meiner Frau, aber sie stand mir ebenfalls sehr nahe.«

»Tja«, sagte sie und trabte hinter den anderen her.

Kurz nach Mittag kam ich am Sekretariat vorbei. Im selben Moment trat eine der Sekretärinnen aus der Tür und blieb abrupt stehen, als sie mich erblickte.

»Oh, da sind Sie ja!«, rief sie. »Ich habe es schon im Lehrerzimmer versucht.«

»Was gibt's denn?«, fragte ich.

»Ein Anruf für Sie«, sagte sie. »Ich glaube, es ist Ihre Frau.«

Ich folgte ihr ins Sekretariat. Sie wies auf ihr Telefon. Eine Taste blinkte. »Einfach draufdrücken«, sagte sie.

Ich griff nach dem Hörer und drückte auf die Taste. »Cynthia?«

»Terry, ich …«

»Ich wollte dich auch anrufen. Es tut mir leid wegen gestern Nacht. Ich hätte das nicht sagen dürfen.«

Die Sekretärin setzte sich und tat so, als würde sie nicht zuhören.

»Terry …«

»Vielleicht sollten wir einen anderen Privatdetektiv einschalten. Ich meine, nachdem sich Abagnall nicht mehr meldet, aus welchen Gründen auch immer …«

»Terry, sei doch endlich mal still.«

Abrupt verstummte ich.

»Es ist etwas passiert«, sagte Cynthia mit leiser, fast atemloser Stimme. »Ich weiß jetzt, wo sie sind.«

FÜNFUNDZWANZIG

»Manchmal macht es mich echt wahnsinnig, wenn du nicht wie verabredet anrufst«, sagte sie.

»Tut mir leid«, sagte er. »Aber ich habe gute Neuigkeiten. Es geht los.«

»Hervorragend. Wie pflegte Sherlock Holmes zu sagen? Das Spiel hat begonnen. Oder war es Shakespeare?«

»Keine Ahnung«, sagte er.

»Du hast ihr die Nachricht also zukommen lassen?«

»Ja.«

»Aber jetzt musst du noch ein bisschen länger bleiben. Abwarten, was passiert.«

»Sowieso«, sagte er. »Kommt garantiert in den Nachrichten.«

»Am liebsten würde ich es mir aufnehmen.«

»Ich bringe dir die Zeitungen mit.«

»Das wäre nett«, sagte sie.

»Über Tess habe ich nichts mehr gelesen. Anscheinend hat die Polizei nichts weiter herausbekommen.«

»Wirklich ein glücklicher Zufall. Alles spielt uns in die Hände.«

»In den Nachrichten war noch was anderes. Ein Bericht über den verschwundenen Privatdetektiv. Den Schnüffler, den sie angeheuert hat.«

»Glaubst du, sie finden ihn?«, fragte sie.

»Schwer zu sagen.«

»Tja, nicht unsere Baustelle«, sagte sie. »Du klingst ein bisschen nervös.«

»Bin ich auch.«

»Klar, jetzt wird es riskant, aber es ist die Mühe wert. Und anschließend kommst du her und holst mich ab.«

»Und er? Meinst du, er wird sich nicht fragen, warum du nicht mehr vorbeikommst?«

»Er kriegt sowieso nicht mehr viel mit«, sagte sie. »Es geht zu Ende. Vielleicht noch ein Monat, mehr Zeit bleibt ihm nicht mehr.«

»Glaubst du, er hat uns je geliebt?«, fragte er.

»Er hat nur sie geliebt.« Sie gab sich keine Mühe, den bitteren Unterton in ihrer Stimme zu kaschieren. »Aber war sie je für ihn da? Hat sie sich jemals um ihn gekümmert? Wer hat denn seine Probleme für ihn gelöst? Und nichts als Undank habe ich dafür geerntet! Wir sind diejenigen, denen unrecht getan worden ist. Wir hätten eine richtige Familie sein können. Was jetzt passiert, ist nur gerecht.«

»Ich weiß«, sagte er.

»Womit kann ich dich erfreuen, wenn du wieder nach Hause kommst?«

»Wie wär's mit einem Karottenkuchen?«

»Aber gern. Das ist ja wohl das Mindeste, was eine Mutter für ihren Sohn tun kann.«

SECHSUNDZWANZIG

Ich rief bei der Polizei an und hinterließ eine Nachricht für Detective Rona Wedmore, die Beamtin, die mich nach Tess' Bestattung befragt hatte. Ich bat sie, so schnell wie möglich bei uns vorbeizukommen, und hinterließ unsere Adresse, obwohl ich mir sicher war, dass sie genau wusste, wo wir wohnten. Außerdem sagte ich, der Grund meines Anrufs habe nicht direkt mit dem Verschwinden Abagnalls zu tun, könnte aber möglicherweise damit in Verbindung stehen.

Ich sagte, es sei eilig.

Dann rief ich Cynthia an und fragte, ob ich sie von der Arbeit abholen sollte, aber sie meinte, das sei nicht nötig. Ich verließ die Schule, ohne jemanden über die Gründe zu informieren, ging aber davon aus, dass sich die Kollegen allmählich an mein seltsames Verhalten gewöhnten. Während meines Telefonats im Sekretariat war Rolly kurz aus seinem Büro gekommen und hatte mir verwundert hinterhergesehen, als ich aus dem Gebäude gehetzt war.

Cynthia war ein, zwei Minuten vor mir zu Hause. Sie stand in der Tür, einen Briefumschlag in der Hand.

Den reichte sie mir. Auf dem Umschlag stand nur ein Wort: Cynthia. Keine Briefmarke. Mit der Post war der Brief also nicht gekommen.

»Jetzt haben wir ihn beide angefasst«, sagte ich, während mir urplötzlich aufging, dass uns die Polizei dafür womöglich die Hölle heißmachen würde.

»Ist doch egal«, sagte Cynthia. »Lies schon.«

Ich förderte ein zusammengefaltetes Blatt Schreibmaschinenpapier zutage. Auf der Rückseite befand sich eine grobe, mit Bleistift gezeichnete Skizze. Ein paar sich kreuzende Linien stellten Straßen dar; ein paar Häuser kennzeichneten offenbar ein Städtchen namens »Otis«, ein ovaler Umriss einen »Baggersee«, an dessen innerem Rand sich ein »X« befand. Ein paar andere Symbole auf der Zeichnung konnte ich nicht auf Anhieb deuten.

Schweigend sah Cynthia mich an.

Ich wendete das Blatt, und im selben Moment, als ich die getippte Nachricht sah, sprang mir etwas ins Auge, was mir einen leisen Schauder über den Rücken jagte. Und das, obwohl ich noch kein einziges Wort gelesen hatte.

Aber ich hielt vorerst den Mund und las:

Cynthia –
langsam solltest Du erfahren, wo sie die ganze Zeit über waren. Wo sie vermutlich immer noch sind. Zwei Stunden nördlich von Milford befindet sich ein Baggersee, gleich hinter der Grenze zu Massachusetts. Es ist kein Badesee, sondern eine stillgelegte Kiesgrube. Der See ist ziemlich tief, und was dort auf dem Grund liegt, wird so schnell nicht entdeckt. Man erreicht ihn über den Highway 8. Sobald Du in Massachusetts bist, fährst Du hinter

Otis Richtung Westen; siehe umseitige Karte. Ein schmaler, hinter Bäumen verborgener Weg führt zum oberen Rand der Grube. Vorsicht, es geht steil bergab. Und genau dort, auf dem Grund des Sees, wirst Du die Antwort auf Deine Fragen finden.

Abermals besah ich mir die Rückseite der Nachricht. Die Wegbeschreibung war genau skizziert.

»Sie liegen auf dem Grund des Sees«, flüsterte Cynthia. Sie rang hörbar nach Atem. »Sie sind also … tot.«

Vor meinen Augen begann alles zu verschwimmen. Ich blinzelte ein paarmal und nahm die anonyme Nachricht noch einmal in Augenschein.

Sie war auf einer Schreibmaschine getippt worden. Nicht auf einem Computer.

»Wo hast du den Umschlag gefunden?«, fragte ich und versuchte, so ruhig wie nur eben möglich zu klingen.

»Er war bei der Geschäftspost in Pamelas Briefkasten«, sagte Cynthia. »Aber du siehst ja selbst, dass er nicht mit der normalen Post gekommen ist.«

»Stimmt«, sagte ich. »Jemand hat ihn persönlich eingeworfen.«

»Aber wer?«, fragte sie.

»Woher soll ich das wissen?«

»Wir müssen zu diesem See fahren«, sagte sie. »Am besten sofort. Um endlich Klarheit zu bekommen.«

»Ich habe Rona Wedmore Bescheid gegeben. Der Beamtin, die mich nach Tess' Bestattung befragt hat. Lass uns mit ihr reden. Das müssen professionelle Taucher übernehmen.« Ich hielt kurz inne. »Aber ich wollte dich noch etwas anderes fragen. Zu dem Brief. Hier, sieh dir mal die Schrift an …«

»Sie dürfen keine Zeit verlieren«, sagte Cynthia. Sie klang, als würden ihre Verwandten noch leben, als bräuchten sie nur ein wenig die Luft anzuhalten, bis Rettung kam.

Ich hörte, wie draußen ein Wagen vorfuhr, sah aus dem Fenster und erblickte Rona Wedmore, die auf unser Haus zumarschierte, als wolle sie ohne Vorankündigung durch die Tür brechen.

Leise Panik ergriff Besitz von mir.

»Schatz«, sagte ich. »Gibt es sonst noch etwas, was ich über diese Nachricht wissen sollte, bevor die Polizei hier ist? Sei bitte ehrlich zu mir.«

»Wovon redest du?«, fragte sie.

»Hier«, sagte ich, hielt ihr den Brief unter die Nase und richtete den Zeigefinger auf das Wörtchen »Zeit«. »Fällt dir nichts auf?«

»Was denn?«

Die Mittellinie des »e« war kaum sichtbar; der Buchstabe sah beinahe wie ein »c« aus.

»Ich verstehe dich nicht«, sagte Cynthia. »Wieso ehrlich? Ich bin immer ehrlich zu dir.«

Die Wedmore erklomm die Stufen zu unserer Haustür; gleich würde sie klopfen.

»Ich gehe kurz mal nach oben«, sagte ich. »Machst du Detective Wedmore auf? Ich bin gleich wieder da.«

Ehe Cynthia etwas erwidern konnte, lief ich nach oben. Mit halbem Ohr hörte ich, wie es zweimal laut und deutlich an der Tür klopfte und Cynthia öffnete. Dann war ich auch schon in meinem Arbeitszimmer.

Und da stand meine alte Schreibmaschine, direkt neben dem Computer.

Ich musste etwas unternehmen.

Es bestand nicht der geringste Zweifel, dass die anonyme Nachricht, die Cynthia wahrscheinlich gerade Detective Wedmore zeigte, auf dieser Schreibmaschine getippt worden war. Das kaum lesbare »e« war Beweis genug.

Ich wusste, dass ich den Brief nicht geschrieben hatte.

Ich wusste, dass Grace dazu nicht in der Lage gewesen wäre.

Was nur zwei andere Möglichkeiten offenließ. Entweder hatte der Fremde, der schon einmal in unser Haus eingebrochen war, meine Schreibmaschine benutzt, oder Cynthia hatte den Brief selbst geschrieben.

Tatsache war, dass wir die Schlösser hatten auswechseln lassen. Und ich war mir hundertprozentig sicher, dass während der letzten Tage niemand unbefugt unser Haus betreten hatte.

Es schien undenkbar, dass Cynthia die Nachricht selbst getippt hatte. Was aber, wenn … wenn sie unter so extremer Anspannung stand, dass sie das Ganze inszeniert, sich in den Wahn hineingesteigert hatte, ihre Familie würde auf dem Grund eines abgelegenen Sees in einem anderen Bundesstaat liegen?

Was, wenn sie den Brief nicht nur geschrieben hatte, sondern sich obendrein herausstellte, dass der Inhalt der Nachricht der Wahrheit entsprach?

»Terry!«, rief Cynthia. »Detective Wedmore ist hier!«

»Komme sofort!«, rief ich zurück.

Das aber würde bedeuten, dass Cynthia all die Jahre gewusst hatte, was mit ihrer Familie geschehen war.

Mir brach der kalte Schweiß aus.

Vielleicht hatte sie ihre Erinnerungen verdrängt, dachte ich. Möglich, dass sie mehr wusste, als ihr selbst klar war. Ja. Vielleicht hatte sie miterlebt, was geschehen war, aber alles vergessen. So etwas kam vor. Vielleicht war das Erlebte so grauenhaft gewesen, dass sie es schlicht hatte verdrängen müssen, um weiterleben zu können. Vage entsann ich mich, dass es tatsächlich ein solches Krankheitssyndrom gab. Ich kam nur nicht darauf, wie es hieß.

Was aber, wenn sie ihre Erinnerungen gar nicht verdrängt hatte? Was, wenn sie immer schon …

Vergiss es.

Nein, es musste eine andere Erklärung geben. Ein anderer hatte unsere Schreibmaschine benutzt. Vor Tagen schon. Jemand, der bewusst vorausgeplant hatte. Der Unbekannte, der in unser Haus eingedrungen war und den Hut zurückgelassen hatte.

Immer vorausgesetzt, dass es tatsächlich ein Unbekannter gewesen war.

»Terry!«

»Bin gleich da!«

»Mr Archer!«, rief Detective Wedmore. »Bewegen Sie endlich Ihren Arsch hierherunter!«

Ich handelte aus dem Bauch heraus. Ich nahm die Schreibmaschine – du meine Güte, diese alten Geräte waren wirklich verdammt schwer –, verfrachtete sie in den Schrank und verdeckte sie mit einer fleckigen alten

Jeans, die ich sonst beim Anstreichen anzog, und ein paar alten Zeitungen.

Als ich die Treppe herunterkam, sah ich, dass Cynthia mit der Beamtin im Wohnzimmer saß. Der anonyme Brief lag auf dem Couchtisch; Rona Wedmore las ihn gerade.

»Sie haben ihn angefasst«, tadelte sie mich.

»Ja.«

»Beide haben Sie das Schreiben angefasst. Aber Ihre Frau konnte ja nicht wissen, worum es sich handelte. Und was ist Ihre Entschuldigung?«

»Es tut mir leid«, sagte ich. Ich fuhr mir über Mund und Kinn, um die verräterischen Schweißperlen abzuwischen.

»Sie haben doch die Möglichkeit, auf Taucher zurückzugreifen, oder?«, fragte Cynthia.

»Genauso gut könnte Ihnen jemand einen bösen Streich gespielt haben.« Detective Wedmore strich sich eine widerspenstige Haarsträhne hinters Ohr. »Vielleicht steckt überhaupt nichts dahinter.«

»Das wäre natürlich möglich«, bestätigte ich.

»Aber Genaueres wissen wir eben auch nicht«, sagte Detective Wedmore.

»Wenn Sie keine Taucher anfordern, suche ich den See selbst ab«, sagte Cynthia.

»Cyn«, sagte ich. »Vergiss es. Du bist keine professionelle Schwimmerin.«

»Mir doch egal.«

»Mrs Archer«, sagte Detective Wedmore, »beruhigen Sie sich.« Es klang wie ein Befehl. Sie führte sich auf wie eine Footballtrainerin.

»Mich beruhigen?«, fragte Cynthia unbeeindruckt. »Sie sehen doch selbst, was hier steht. Sie liegen auf dem Grund des Sees. Da unten sind ihre Leichen!«

Detective Wedmore schüttelte skeptisch den Kopf. »Was meinen Sie, was sich da alles im Lauf der Jahre angesammelt hat? Wahrscheinlich können wir dort ewig suchen.«

»Vielleicht sind ihre Leichen noch im Wagen«, sagte Cynthia. »Das Auto meiner Eltern wurde ebenfalls nie gefunden.«

Die Wedmore ergriff den Brief mit spitzen, rot lackierten Fingernägeln, drehte ihn um und nahm die Karte in Augenschein.

»Zuerst müssen wir uns mit der Polizei in Massachusetts in Verbindung setzen«, sagte sie. Sie griff in ihre Jacke, förderte ihr Handy zutage und klappte es auf.

»Fordern Sie jetzt die Taucher an?«, fragte Cynthia.

»Ich kümmere mich drum. Außerdem muss dieser Brief ins Labor, vielleicht lässt sich ja doch etwas feststellen – trotz Ihres eigenmächtigen Handelns.«

»Es tut mir leid«, sagte Cynthia.

»Merkwürdig, dass der Brief mit einer Schreibmaschine geschrieben wurde«, sagte Detective Wedmore. »Schreibmaschinen werden heutzutage ja kaum noch benutzt.«

Plötzlich hatte ich einen Kloß im Hals. Und dann sagte Cynthia etwas, was mein Herz einen Sekundenbruchteil aussetzen ließ.

»Wir haben eine Schreibmaschine«, sagte sie.

»Tatsächlich?«, sagte Detective Wedmore und hielt beim Eintippen der Nummer inne.

»Terry besitzt eine. Für Notizen, Memos und so. Eine alte Royal, stimmt's, Terry?« Cynthia wandte sich wieder an die Wedmore. »Die hat er schon seit Uni-Zeiten.«

»Kann ich mal einen Blick draufwerfen?« Detective Wedmore steckte ihr Handy zurück in die Jacke.

Ich stand auf und ging zur Tür. »Ich hole sie.«

»Wo steht sie denn?«, fragte Detective Wedmore und erhob sich ebenfalls.

»Sie ist oben in unserem Arbeitszimmer«, sagte Cynthia. »Kommen Sie.«

»Cyn.« Ich baute mich vor der Treppe auf. »Den Saustall da oben kann man doch keinem zumuten.«

»Kein Problem«, sagte Detective Wedmore, marschierte an mir vorbei und die Treppe hinauf.

»Die erste Tür links«, sagte Cynthia. Mir flüsterte sie zu: »Wieso will sie unsere Schreibmaschine sehen?«

Die Wedmore verschwand in unserem Arbeitszimmer. »Ich sehe keine Schreibmaschine«, sagte sie.

Cynthia war schneller oben als ich und betrat das Zimmer. »Sonst steht sie da auf dem Tisch. Terry, wo ist sie denn?«

Ich trat in den Türrahmen. Cynthia und Detective Wedmore blickten mich fragend an.

»Die Schreibmaschine war mir im Weg«, sagte ich. »Ich habe sie in den Schrank geräumt.«

Ich öffnete die Schranktür und kniete mich hin. Die Wedmore sah mir über die Schulter. »Ich sehe keine Schreibmaschine«, sagte sie.

Ich räumte die alte Hose beiseite, hob meine alte Royal aus dem Schrank und stellte sie zurück auf den Tisch.

»Wann hast du sie denn da reingestellt?«, fragte Cynthia.

»Vorhin«, sagte ich.

»Sieht aus, als hätten Sie das Gerät verstecken wollen«, sagte Detective Wedmore. »Wären Sie so freundlich, mir zu verraten, warum?«

Ich zuckte mit den Schultern. Mir fiel schlicht nichts zu meiner Verteidigung ein.

Cynthia musterte mich mit verwirrter Miene. »Terry, was soll das? Was ist hier eigentlich los?«

Dasselbe hätte ich sie auch fragen können.

SIEBENUNDZWANZIG

Detective Wedmore führte eine Reihe von Telefonaten auf ihrem Handy – allerdings vor unserer Haustür, sodass wir nichts mitbekamen.

Inzwischen war Cynthia kurz zur Schule gefahren, um Grace abzuholen, und nun saßen wir zusammen in der Küche. Während Grace sich einen Toast mit Erdnussbutter machte, fragte sie, wer die dicke Frau sei, die draußen telefonierte.

»Sie ist von der Polizei«, sagte ich. »Und sie steht bestimmt nicht drauf, wenn jemand sie dick nennt.«

»Ich würde es ihr ja auch nicht ins Gesicht sagen«, gab Grace zurück. »Und was macht sie bei uns?«

»Später«, sagte Cynthia. »Nimm jetzt den Toast und geh auf dein Zimmer.«

Nachdem Grace murrend die Küche verlassen hatte, fragte Cynthia: »Warum hast du die Schreibmaschine versteckt? Der Brief ist auf ihr geschrieben worden, oder etwa nicht?«

»Ja«, sagte ich.

Einen Augenblick lang sah sie mich prüfend an. »Hast du den Brief geschrieben? Hast du die Schreibmaschine deshalb versteckt?«

»Herrgott noch mal, Cyn«, sagte ich. »Ich habe sie

versteckt, weil ich dachte, *du* hättest den Brief geschrieben.«

Ihre Augen weiteten sich erschrocken. »Ich?«

»Schockiert dich das mehr als die Vorstellung, ich hätte ihn geschrieben?«

»Ich habe jedenfalls nicht versucht, die Schreibmaschine zu verstecken. Sondern du.«

»Weil ich dich schützen wollte.«

»Was?«

»Weil ich dachte, du hättest ihn womöglich geschrieben. Und ich wollte nicht, dass die Polizei es herauskriegt.«

Cynthia schwieg einen Moment. »Was willst du damit sagen, Terry? Dass du allen Ernstes glaubst, ich würde anonyme Nachrichten verfassen? Dass ich schon immer wusste, was mit meiner Familie geschehen ist? Dass ihre Leichen auf dem Grund eines Sees liegen?«

»Nicht … wirklich«, sagte ich.

»Nicht wirklich? Und was denkst du sonst noch über mich?«

»Ehrlich, Cyn, ich weiß es nicht. Ich weiß nicht mehr, was ich glauben soll. Aber in dem Moment, als ich den Brief in Händen hielt, wusste ich, dass er auf meiner Schreibmaschine geschrieben worden war. Und ich hatte ihn definitiv nicht geschrieben. Womit nur eine Person übrig blieb. Nämlich du, es sei denn, jemand hätte sich Zutritt zu unserem Haus verschafft und den Brief auf meiner Schreibmaschine getippt, um den Verdacht auf einen von uns beiden zu lenken.«

»Du weißt genauso gut wie ich, dass jemand hier war«, sagte Cynthia. »Die Person, die den Hut zurückgelassen und uns die E-Mail geschickt hat. Und trotzdem denkst du, ich hätte den anonymen Brief geschrieben?«

»Das denke ich doch gar nicht«, sagte ich.

Todernst sah sie mir in die Augen. »Glaubst du, dass ich meine Familie getötet habe?«

»Herrgott noch mal, Cyn.«

»Das ist keine Antwort.«

»Nein, das glaube ich nicht.«

»Aber der Gedanke ist dir schon mal gekommen, richtig? Das eine oder andere Mal hast du dich gefragt, ob es nicht vielleicht möglich wäre.«

»Nein«, sagte ich. »Ich habe mich nur gefragt, ob die Belastungen der letzten Zeit dazu geführt haben könnten …« – ich konnte das dünne Eis unter meinen Füßen regelrecht knacken hören – »… dass du Dinge wahrnimmst, vielleicht sogar tust, die man, nun ja, nicht als rational bezeichnen kann.«

»Oh«, sagte Cynthia.

»Als ich gesehen habe, dass dieser anonyme Brief auf meiner Schreibmaschine getippt worden war, habe ich mich gefragt, ob du das vielleicht getan hast, um die Polizei dazu zu bringen, sich noch einmal mit dem Fall zu beschäftigen.«

»Ach, und zu dem Zweck veranstalte ich eine Schnitzeljagd mit ihnen? Wie sollte ich ausgerechnet auf diesen See kommen?«

»Keine Ahnung.«

Es klopfte und einen Moment später stand Detective Rona Wedmore in der Tür. Ich fragte mich, wie lange sie wohl schon im Flur gestanden und uns zugehört hatte.

»Grünes Licht«, sagte sie. »Die Taucher sind genehmigt.«

❖

Die Suche fand am folgenden Tag statt. Um zehn Uhr morgens würde ein Taucherteam der Polizei den See durchkämmen. Cynthia brachte Grace zur Schule; eine Nachbarin sollte sie nach Schulschluss abholen und mit zu sich nach Hause nehmen, falls wir bis dahin nicht zurück waren.

Ich rief in der Highschool an und gab Rolly Bescheid, dass ich nicht kommen konnte.

»Du lieber Gott«, sagte er. »Was gibt's denn nun schon wieder?«

Ich informierte ihn, was wir vorhatten.

»Ich bin in Gedanken bei euch«, sagte er. »O Gott, das hört wohl nie auf. Okay, ich kümmere mich erst mal um eine Vertretung für die nächsten Tage. Irgendein pensionierter Kollege kann bestimmt auf die Schnelle einspringen.«

»Aber nimm nicht die Frau mit dem Sprachfehler. Die machen die Kids zu Hackfleisch.« Ich hielt inne. »Kann ich dich mal was anderes fragen?«

»Schieß los.«

»Sagt dir der Name Connie Gormley etwas?«

»Wer soll das sein?«

»Eine Frau, die bei einem Unfall umkam, ein paar Monate bevor Cynthias Familie verschwunden ist. Weiter oben im Norden. Es sollte wie ein Unfall mit Fahrerflucht aussehen, war es aber anscheinend nicht.«

»Da komme ich nicht mit«, sagte Rolly. »Ein Unfall mit Fahrerflucht, dann aber doch wieder nicht? Und was soll das mit Cynthias Familie zu tun haben?«

Er klang leicht genervt. Allmählich begannen ihn meine Probleme und Verschwörungstheorien genauso herunterzuziehen wie mich selbst.

»Weiß ich selbst nicht. Ich frage doch bloß. Schließlich kanntest du Clayton. Hat er dir gegenüber je etwas von einem Unfall erwähnt?«

»Nein. Jedenfalls nicht, soweit ich mich entsinne. Und an so etwas würde ich mich hundertprozentig erinnern.«

»Okay. Noch mal tausend Dank, dass du dich um die Vertretung kümmerst. Ich bin dir was schuldig.«

Kurz danach machten wir uns auf den Weg; wir hatten mehr als zwei Stunden Fahrtweg vor uns. Mit uns führten wir eine Kopie der Skizze, die wir abgezeichnet hatten, ehe die Polizei den anonymen Brief in einem durchsichtigen Plastikbeutel mitgenommen hatte. Wir fuhren direkt durch, machten nirgendwo Kaffeepause. Wir hatte nur noch unser Ziel im Blick.

Nun könnte man meinen, wir hätten den ganzen Weg über geredet und Mutmaßungen darüber angestellt, was die Taucher wohl finden würden. Tatsächlich aber sprachen wir kaum ein Wort, waren ganz in unsere Gedanken versunken. Worüber Cynthia nachdachte, konnte ich nur vermuten. Mir selbst schwirrte der Kopf. Was würden die Taucher finden? Und falls sie fündig wurden, würde es sich tatsächlich um Cynthias lange verschollene Verwandte handeln? Würden sie Hinweise finden, die Aufschluss über den oder die Mörder geben konnten?

266

Schließlich passierten wir Otis, einen Weiler, der aus kaum mehr als ein paar Häusern bestand, die sich unweit der gewundenen zweispurigen Straße erstreckten, die weiter nach Lee und zum Massachusetts Turnpike führte. Wir hielten Ausschau nach der Fell's Quarry Road, die in nördlicher Richtung abzweigen sollte, aber wir hätten sie ohnehin nicht verfehlen können, da dort bereits zwei Streifenwagen auf uns warteten.

Ich ließ das Fenster herunter und erklärte einem der Beamten, wer wir waren. Er ging zu seinem Wagen und sprach über Funk mit jemandem; dann kam er zurück und sagte, Detective Wedmore sei bereits vor Ort und würde uns erwarten. Er wies die Straße hinauf und erklärte, etwa eine Meile voraus würde ein schmaler, bergauf führender Weg nach links abzweigen. Weiter oben würden wir auf Detective Wedmore stoßen.

Wir fuhren langsam über die enge Schotterstraße, die noch schmaler wurde, als wir den Weg erreichten, von dem der Polizist gesprochen hatte. Gestrüpp kratzte am Unterboden des Wagens, als wir den schmalen, dicht von Bäumen gesäumten Weg bergauf fuhren. Etwa eine Viertelmeile später erreichten wir ein kleines Plateau, von dem sich uns ein schwindelerregender Anblick bot.

Eine gähnende Schlucht tat sich vor uns auf. Etwa vier Wagenlängen vor uns ging es steil hinab in die Tiefe. Den See selbst konnten wir von unserer Position aus noch gar nicht sehen.

Nahe am Abgrund standen zwei Wagen. Ein weiterer Streifenwagen der Polizei von Massachusetts und ein Zivilfahrzeug – Detective Wedmores Auto. Sie lehnte am Kotflügel und wechselte ein paar Worte mit dem Beamten, dem der andere Wagen gehörte.

Dann trat sie zu uns.

»Fahren Sie nicht zu nah ran«, sagte sie mir durch das offene Autofenster. »Da geht's fast senkrecht nach unten.«

Vorsichtig stiegen wir aus, als könnte sonst der Boden unter uns nachgeben. Aber der Untergrund schien fest und sicher zu sein – Gott sei Dank, nachdem bereits drei Wagen hier oben standen.

»Hier lang«, sagte Detective Wedmore. »Haben Sie Höhenschwindel?«

»Ein bisschen«, sagte ich. Ich sprach mehr für Cynthia als für mich selbst, aber sie sagte nur: »Kein Problem.«

Wir traten näher an den Rand des Abgrunds, und nun sahen wir auch das Wasser. Unten befand sich ein kleiner See von etwa drei Hektar Größe. Früher war hier Kies gewonnen worden; nach Beendigung des Abbaus hatte sich die Grube mit Grundwasser und Regen gefüllt. Da ziemlich trübes Wetter herrschte, ließ sich nur mutmaßen, welche Farbe das Wasser normalerweise hatte. Am heutigen Tag war es grau und bleiern.

»Laut Brief und Skizze müssten wir hier fündig werden«, sagte Detective Wedmore und deutete nach unten. Kurz wurde mir schwindelig, als ich in die Tiefe sah und nicht weit von uns ein gelbes, etwa vier Meter langes Schlauchboot mit Außenbordmotor erspähte, in dem drei Männer saßen; zwei trugen schwarze Taucheranzüge und Sauerstoffflaschen auf dem Rücken.

»Sie sind von der anderen Seite gekommen«, erklärte Detective Wedmore. »Da drüben führt eine Straße bis hinunter ans Seeufer. Sie kommen jetzt hierherüber.« Sie winkte den Männern in dem Boot – kein Gruß, sondern ein Signal – und sie winkten zurück. »Die Suche findet direkt unterhalb unserer Position statt.«

Cynthia nickte. »Und wonach werden sie suchen?«

Die Wedmore musterte Cynthia, als sei sie von allen guten Geistern verlassen, war aber feinfühlig genug, keine flapsige Bemerkung loszulassen. »Nach einem Wagen. Wenn da unten einer ist, werden sie ihn auch finden.«

Der See war windgeschützt und das Wasser ruhig, aber die Männer warfen trotzdem einen kleinen Anker aus, damit das Schlauchboot nicht abgetrieben wurde. Die beiden Taucher ließen sich rückwärts ins Wasser fallen, und im selben Moment waren sie auch schon unserem Blick entschwunden; nur ein paar Blasen auf der Wasseroberfläche zeugten noch von ihrer Anwesenheit.

Ein merklich kühler Wind pfiff über die Anhöhe. Ich trat zu Cynthia und legte den Arm um sie. Ich war ebenso überrascht wie erleichtert, dass sie mich nicht wegstieß.

»Wie lange können sie unten bleiben?«, fragte ich.

Detective Wedmore zuckte mit den Schultern. »Keine Ahnung. Sie haben sicher genug Sauerstoff dabei.«

»Und wenn sie etwas finden? Wie geht die Bergung vonstatten?«

»Kommt drauf an. Möglich, dass wir zusätzliches Bergungsgerät benötigen.« Über ein Funkgerät wandte sie sich an den Mann, der im Boot geblieben war. »Und? Habt ihr schon was?«

Der Mann im Boot sprach in ein kleines schwarzes Kästchen. »Bis jetzt nicht viel«, erklang seine verzerrte

Stimme. »Hier geht's zehn, fünfzehn Meter runter, an manchen Stellen sogar noch tiefer.«

»Okay.«

Wir standen auf der Anhöhe und verfolgten das Geschehen etwa eine Viertelstunde lang. Es schien Stunden zu dauern.

Und dann tauchten die Köpfe der beiden Taucher auf. Sie schwammen zum Schlauchboot, hielten sich am Rand fest, schoben ihre Masken in die Stirn und nahmen die Mundstücke heraus. Dann redeten sie mit dem Mann im Boot.

»Was sagen sie?«, fragte Cynthia.

»Warten Sie«, sagte Detective Wedmore, aber dann sahen wir, wie der Mann im Boot nach seinem Funkgerät griff.

»Wir haben etwas gefunden«, erklang seine verzerrte Stimme.

»Was?«, fragte Detective Wedmore.

»Einen Wagen. Muss schon ziemlich lange dort unten liegen. Steckt halb in Schlick und Schlamm.«

»Könnt ihr erkennen, was in dem Wagen ist?«

»Die Jungs sind sich nicht sicher. Wir müssen ihn rausholen.«

»Was ist es für ein Wagen?«, fragte Cynthia. »Wie sieht er aus?«

Detective Wedmore gab die Frage weiter, und wir sahen, wie der Mann im Boot mit den Tauchern sprach.

»Ein gelber Kleinwagen, wie's aussieht«, kam dann die Antwort. »Das Nummernschild ist aber nicht zu erkennen. Der Wagen steckt zu tief im Schlamm.«

»Das Auto meiner Mutter war gelb«, sagte Cynthia.

»Ein kleiner Ford Escort.« Sie klammerte sich an meinen Arm. »Sie sind es«, sagte sie. »Sie sind es.«

»Noch ist nichts sicher«, sagte Detective Wedmore. »Wir wissen nicht mal, ob sich jemand in dem Wagen befindet.« Sie hielt das Funkgerät an die Lippen. »Okay, legen wir los.«

Das bedeutete, dass Bergungsgerät herbeigeschafft werden musste. Sie überlegten, es zunächst mit einem Abschleppwagen zu versuchen. Die Taucher sollten ein Abschleppseil an dem versunkenen Auto befestigen; dann konnte das Vehikel aus dem Schlamm an die Oberfläche gehievt werden.

Und wenn das nicht funktionierte, würden sie mit einem Bergungskahn anrücken und den Wagen mittels eines Krans aus dem Wasser heben.

»Jetzt müssen wir erst mal warten, bis die Spezialisten hier sind«, sagte Detective Wedmore. »Am besten, Sie gehen irgendwo Mittag essen. Drüben in Lee finden Sie bestimmt was. Ich rufe Sie an, sobald sich hier etwas tut.«

»Nein«, sagte Cynthia. »Wir bleiben hier.«

»Schatz«, sagte ich. »Wir können sowieso nichts tun. Lass uns erst mal etwas essen. Ich glaube, wir könnten eine kleine Stärkung vertragen.«

»Was, glauben Sie, ist passiert?«, richtete Cynthia das Wort an Detective Wedmore.

»Ich schätze, jemand hat den Wagen hier hochgefahren«, sagte die Polizistin. »Und dann ist er in den See gestürzt.«

»Komm«, sagte ich zu Cynthia.

Wir fuhren zurück zur Hauptstraße, in Richtung Otis und dann nach Lee. In einem Schnellrestaurant tranken wir erst mal zwei Tassen Kaffee. Ich hatte morgens so gut wie nichts heruntergekommen und bestellte Rührei mit Schinken. Cynthia aß nur ein wenig Toast.

»Eins steht fest«, sagte Cynthia. »Wer auch immer diesen Brief geschrieben hat – er wusste genau Bescheid.«

»Ja«, sagte ich und pustete über meinen Kaffee, um ihn ein bisschen abzukühlen.

»Aber bis jetzt wissen wir ja nicht mal, ob sich überhaupt jemand in dem Wagen befindet. Vielleicht wurde das Auto dort einfach nur versenkt. Das heißt ja noch nicht, dass dabei jemand umgekommen ist.«

»Warten wir's ab«, sagte ich.

Es dauerte und dauerte. Ich war bereits beim vierten Kaffee, als mein Handy klingelte.

Detective Wedmore war dran. Sie erklärte mir den Weg zur Nordseite des Sees.

»Und?«, fragte ich. »Hat sich etwas getan?«

»Es ging schneller, als wir dachten«, sagte sie, bei weitem freundlicher als sonst. »Wir haben's geschafft. Der Wagen ist geborgen.«

Der gelbe Ford Escort befand sich bereits auf der Ladefläche eines Abschleppwagens, als wir eintrafen. Cynthia stürzte aus dem Auto, ehe ich den Wagen ganz zum Stillstand gebracht hatte.

»Das ist es!«, rief sie, während sie auf den Abschleppwagen zulief. »Das Auto meiner Mutter!«

Detective Wedmore hielt Cynthia fest, bevor sie an ihr
vorbeistürmen konnte. »Lassen Sie mich los!«, rief Cynthia und versuchte sich aus ihrem Griff zu befreien.

»Da können Sie nicht hin!«, zischte die Wedmore.

Der Wagen war bedeckt mit Schlamm und Dreck. Insgesamt war genug Wasser abgeflossen, dass man in den
Innenraum des Escort blicken konnte, doch dort war
außer zwei tropfnassen Kopfstützen nichts zu sehen.

»Der Wagen geht jetzt erst mal zur Spurensicherung«,
sagte Detective Wedmore.

»Haben Sie etwas gefunden?«, fragte Cynthia. »War
jemand in dem Wagen?«

»Was glauben Sie denn?«, fragte Detective Wedmore.
Ihr Tonfall verhieß nichts Gutes. Die Frage klang, als sei
die Antwort ohnehin längst klar gewesen.

»Ich weiß nicht«, sagte Cynthia.

»In dem Wagen befinden sich die sterblichen Überreste zweier Personen«, sagte Detective Wedmore. »Nun
ja, wie Sie sich sicher vorstellen können, ist nach fünfundzwanzig Jahren ...«

Viel war bestimmt nicht von ihnen übrig geblieben.

»Zwei Personen?«, sagte Cynthia. »Nicht drei?«

»Zu diesem Zeitpunkt lässt sich noch nicht viel sagen«, erwiderte Detective Wedmore. »Wir haben eine
Menge Arbeit vor uns.« Sie hielt kurz inne. »Übrigens
müssten wir noch einen Mundschleimhaut-Abstrich
bei Ihnen vornehmen.«

Cynthia sah sie irritiert an. »Was?«

»Sorry. Eine Speichelprobe. Für ein DNA-Profil.

Einen genetischen Fingerabdruck. Keine Angst, es tut nicht weh.«

»Und warum?«

»So können wir die DNA der Verstorbenen mit Ihrem Profil vergleichen. Falls es sich bei einer der Leichen um Ihre Mutter handeln sollte, kann eine Art umgekehrter Mutterschaftstest gemacht werden. Dasselbe gilt für die anderen Mitglieder Ihrer Familie.«

Tränen standen in Cynthias Augen, als sie mich ansah. »Fünfundzwanzig Jahre lang wollte ich nichts als Klarheit, und jetzt habe ich plötzlich furchtbare Angst.«

Ich hielt sie fest. »Wie lange dauert das?«, fragte ich Detective Wedmore.

»Normalerweise wochenlang. Aber in Ihrem Fall wird es schneller gehen, zumal Sie ja im Fernsehen waren. Zwei, drei Tage vielleicht. Am besten, Sie fahren erst mal nach Hause. Ich schicke später jemanden wegen der Speichelprobe vorbei.«

Sie hatte recht; hier war so weit alles gelaufen. Als wir zu unserem Wagen gingen, rief uns Detective Wedmore hinterher: »Halten Sie sich bitte zur Verfügung. Ich habe noch ein paar Fragen an Sie.«

Es klang fast wie eine Drohung.

ACHTUNDZWANZIG

Detective Wedmore hielt Wort. Kurz darauf kam sie vorbei, um uns eine Menge Fragen zu stellen. Einiges an dem Fall gefiel ihr ganz und gar nicht.

Sicher, wir verfolgten dasselbe Ziel, aber Cynthia und ich hatten nicht das Gefühl, dass die Wedmore unsere Verbündete war.

Allerdings bestätigte sie etwas, was ich ohnehin bereits gewusst hatte: dass der anonyme Brief auf meiner Schreibmaschine getippt worden war. Cynthia und ich waren gebeten worden, aufs Revier zu kommen, damit unsere Fingerabdrücke abgenommen werden konnten. Cynthias Fingerabdrücke waren bereits vor fünfundzwanzig Jahren registriert worden, als die Polizei das Haus der Bigges durchkämmt und nach Spuren gesucht hatte, die Aufschluss über das Verschwinden der Familie geben mochten. Trotzdem wollten sie Cynthias Fingerabdrücke noch einmal; von mir waren noch nie Fingerabdrücke genommen worden.

Dann verglichen sie unsere Abdrücke mit denen auf der Schreibmaschine. Am Korpus der Maschine fanden sich ein paar von Cynthia, aber die Tasten waren mit meinen übersät.

Nicht dass diese Erkenntnisse viel gebracht hätten. Aber zumindest stützten sie unseren Verdacht, dass jemand in unser Haus eingebrochen war und den Brief auf meiner alten Royal geschrieben hatte – offenbar mit Handschuhen, da sich keine weiteren Fingerabdrücke finden ließen.

»Aber warum?«, fragte Detective Wedmore, die zu Fäusten geballten Hände in die Hüften gestützt. »Was bewegt diesen Jemand dazu, seinen anonymen Brief auf Ihrer Schreibmaschine zu tippen?«

Gute Frage.

»Vielleicht« – Cynthia klang, als würde sie laut nachdenken – »war diesem Jemand klar, dass die Spur über kurz oder lang zu unserer Schreibmaschine führen würde. Er wollte den Verdacht auf Terry lenken.«

Den Gedanken fand ich durchaus richtig, mit einer kleinen Erweiterung. »Oder auf dich.«

Sie sah mich einen Moment lang nachdenklich an. »Ja«, sagte sie dann.

»Tja, aber warum sollte das jemand tun?«, fragte Detective Wedmore, immer noch nicht überzeugt.

»Keine Ahnung«, sagte Cynthia. »Das ergibt alles keinen Sinn. Aber es ist ja aktenkundig, dass jemand hier war. Wir haben den Einbruch jedenfalls bei der Polizei gemeldet, also wird das ja wohl protokolliert worden sein.«

»Die Sache mit dem Hut«, bestätigte Detective Wedmore mehr als nur ein bisschen skeptisch.

»Genau«, sagte Cynthia. »Sie können ihn gern sehen, wenn Sie wollen.«

»Vielen Dank«, sagte Detective Wedmore. »Ich weiß, wie Hüte aussehen.«

»Die Beamten, die vorbeikamen«, sagte Cynthia. »Die haben uns für verrückt gehalten.«

Die Wedmore ließ die Bemerkung durchgehen. »Mrs Archer«, sagte sie. »Sind Sie je an dem See gewesen, aus dem wir den Wagen mit den beiden Toten geborgen haben?«

»Nein.«

»Vielleicht als Sie noch ein junges Mädchen waren?«

»Nein.«

»Wäre es nicht möglich, dass Sie schon einmal dort oben waren, den Ort aber nicht wiedererkannt haben? Ist doch eine nette Stelle für ein Rendezvous.«

»Nein. Da war ich noch nie im Leben. Du meine Güte, das sind zwei Stunden Fahrt mit dem Auto. Selbst wenn ich eine Verabredung mit einem Jungen gehabt hätte, wären wir ja wohl kaum so weit gefahren, nur um ein ruhiges Plätzchen zu finden.«

»Und Sie, Mr Archer? Waren Sie schon mal dort?«

»Ich? Nein. Außerdem kannte ich die Familie Bigge damals gar nicht. Ich bin nicht aus Milford. Ich habe Cynthia erst an der Uni kennengelernt. Und bis dahin hatte ich nicht die geringste Ahnung, was mit ihrer Familie passiert war.«

»Na gut«, sagte Detective Wedmore kopfschüttelnd. »Trotzdem kann ich diese Sache nicht so leicht schlucken. Ein anonymer Brief, der hier in diesem Haus, auf Ihrer Schreibmaschine, geschrieben worden ist« – sie sah mich scharf an –, »führt uns an einen Ort, an dem wir einen Wagen finden, der vor fünfundzwanzig Jahren zusammen mit Ihrer Mutter verschwunden ist.«

»Jemand war hier«, sagte Cynthia. »Das haben wir Ihnen jetzt doch schon x-mal erklärt.«

»Na schön. Aber in einem Punkt ist dieser Jemand absolut unschuldig. Es war nämlich Ihr Mann, der versucht hat, die Schreibmaschine zu verstecken.«

»Vielleicht nehmen wir uns doch besser einen Anwalt«, sagte ich.

Detective Wedmore musterte mich mit kühlem Blick. »Nur zu. Wenn Sie einen nötig haben.«

»Hier sind wir die Opfer«, sagte Cynthia. »Erst wird meine Tante ermordet, dann der Wagen meiner Mutter auf dem Grund eines Sees entdeckt. Und Sie reden mit uns, als hätten Sie es mit gemeingefährlichen Kriminellen zu tun.« Sie schüttelte den Kopf. »So wie es aussieht, ist all das doch von jemandem inszeniert worden, der mich als verrückt hinstellen will. Erst der anonyme Anruf, dann die Sache mit dem Hut, jetzt der anonyme Brief, der auf unserer Schreibmaschine geschrieben wurde. Sehen Sie das nicht selbst? Jemand will den Rest der Welt glauben machen, dass ich nicht mehr alle Tassen im Schrank habe, weil ich nicht mit meiner Vergangenheit fertig werde.«

Detective Wedmore ließ ihre Zunge nachdenklich von einer Wange zur anderen wandern. »Mrs Archer, haben Sie schon einmal in Betracht gezogen, über Ihre Verschwörungstheorien mit einem neutralen Dritten zu sprechen?«

»Ich gehe ja schon zu einer Psycho…« Cynthia hielt abrupt inne.

Detective Wedmore lächelte. »Darauf hätte ich gewettet.«

»Ich glaube, das reicht für heute«, sagte ich.

»Wir sprechen uns wieder«, erwiderte Detective Wedmore. »Garantiert.«

Sehr bald sogar, wie sich herausstellen sollte. Und zwar, nachdem Denton Abagnall tot aufgefunden worden war.

Ich hätte gedacht, dass uns die Polizei informieren würde, falls es neue Entwicklungen im Fall des verschwundenen Privatermittlers gab. Tatsächlich aber erfuhr ich davon aus dem Radio, als ich oben in unserem Arbeitszimmer saß. Ich hörte nur mit halbem Ohr hin, doch als ich das Wort »Privatdetektiv« vernahm, streckte ich die Hand aus und machte lauter.

»Die Polizei fand den Wagen des Vermissten in einer Parkgarage in der Innenstadt von Stamford«, sagte der Nachrichtensprecher. »Einem Parkwächter war aufgefallen, dass der Wagen dort bereits mehrere Tage gestanden hatte, worauf die Polizei verständigt wurde. Im Kofferraum des Wagens wurde die Leiche des einundfünfzigjährigen Denton Abagnall gefunden; er starb an einer stumpfen Kopfverletzung. Die Polizei wertet momentan die Überwachungsvideos des Parkhauses aus. Über das Motiv herrscht Unklarheit; ob der Mord in Zusammenhang mit dem organisierten Verbrechen steht, wollte die Polizei nicht kommentieren.«

In Zusammenhang mit dem organisierten Verbrechen. Ich wusste es besser.

Cynthia war im Garten. Sie stand einfach nur da, die

Hände in den Taschen ihrer Windjacke vergraben, den Blick aufs Haus gerichtet.

»Ich wollte nur ein bisschen frische Luft schnappen«, sagte sie. »Alles okay?«

Ich erzählte ihr, was ich eben im Radio gehört hatte.

Da ich mir keinerlei Gedanken gemacht hatte, wie sie die Neuigkeit wohl aufnehmen würde, war ich nicht einmal überrascht, dass sie so gut wie keine Reaktion zeigte. Nach einem Augenblick des Schweigens sagte sie: »Terry, ich kann langsam nicht mehr. Ich fühle mich wie gelähmt. Wer tut uns das alles an? Wann hört dieser Wahnsinn endlich auf? Warum können wir nicht einfach wieder ein ganz normales Leben führen?«

»Ich weiß«, sagte ich und nahm sie in die Arme. »Ich weiß.«

Aber ein normales Leben führte sie schon seit fünfundzwanzig Jahren nicht mehr.

Als Detective Rona Wedmore abermals bei uns vorbeikam, redete sie nicht lange um den heißen Brei herum. »Wo waren Sie an dem Abend, an dem Denton Abagnall verschwunden ist? Sagen wir, so gegen acht Uhr?«

»Da haben wir zu Abend gegessen«, sagte ich. »Und dann sind wir zu Cynthias Tante gefahren, um ihr einen Besuch abzustatten. Wir haben sie tot aufgefunden und sofort die Polizei gerufen. Ihre Kollegen werden das bezeugen können, Detective Wedmore.«

Zum ersten Mal schien sie leicht verlegen. »Ja, natürlich«, sagte sie. »Das hätte ich bedenken müssen. Seinem Parkschein zufolge ist Mr Abagnall um 20:03 Uhr in das Parkhaus gefahren.«

»Gut«, sagte Cynthia kühl. »Dann sind wir ja wenigstens in dieser Hinsicht aus dem Schneider.«

Als ich sie zur Tür brachte, fragte ich Detective Wedmore: »Hat man bei Mr Abagnall einen Brief gefunden? Und ein paar leere Umschläge?«

»Mir ist nichts dergleichen bekannt«, sagte Detective Wedmore. »Warum fragen Sie?«

»Bloße Neugier«, sagte ich. »Übrigens, Mr Abagnall wollte sich über einen gewissen Vince Fleming schlaumachen. Er war mit Cynthia zusammen, an dem Abend, bevor ihre Familie spurlos verschwunden ist. Haben Sie schon mal von ihm gehört?«

»Den Namen höre ich nicht zum ersten Mal«, sagte Detective Wedmore.

Am nächsten Tag sah sie erneut bei uns vorbei.

Als ich sie die Einfahrt heraufkommen sah, sagte ich zu Cynthia: »Diesmal will sie uns wahrscheinlich die Lindbergh-Entführung anhängen.«

Ich öffnete, noch bevor sie anklopfen konnte.

»Was gibt's denn heute?«, sagte ich.

»Neuigkeiten«, sagte sie. »Darf ich hereinkommen?« Ihr Tonfall klang weniger ätzend als sonst. Ich fragte mich, ob es sich um gute oder schlechte Neuigkeiten handelte.

Ich führte sie ins Wohnzimmer und bat sie, Platz zu nehmen. Cynthia und ich setzten uns zu ihr.

»Okay«, sagte sie. »Vorab sollten Sie wissen, dass ich keine Wissenschaftlerin bin. Ich verstehe ein paar Grundlagen und werde mein Bestes tun, Ihnen alles so gut wie möglich zu erklären.«

Ich sah Cynthia an. Mit einem Kopfnicken bedeutete sie Detective Wedmore, fortzufahren.

»Die Chancen, aus den menschlichen Überresten im Wagen Ihrer Mutter DNA-Material zu gewinnen, standen von Anfang an nicht besonders gut. Im Lauf der Jahre sind beide Körper – wir haben tatsächlich nur zwei Leichen gefunden – vollständig verwest.« Sie hielt inne. »Mrs Archer, mir ist klar, dass es kein besonders angenehmes Thema ist. Darf ich trotzdem offen mit Ihnen sprechen?«

»Bitte«, sagte Cynthia.

Die Wedmore nickte. »Im vorliegenden Fall waren nicht nur Enzyme und menschliche Bakterien am Zersetzungsprozess beteiligt, sondern auch eine Vielzahl von im Wasser lebenden Mikroorganismen. Es waren nur noch die Gebeine übrig. Hätten die Leichen in Salzwasser gelegen, wäre der Zustand der Knochen noch schlechter gewesen, aber hier hatten wir einen ersten Ansatzpunkt.« Sie räusperte sich. »Nun ja, da auch die Zähne erhalten waren, haben wir uns zunächst bemüht, an zahnärztliche Unterlagen über Ihre Familienmitglieder heranzukommen, allerdings ohne Erfolg. Soweit wir feststellen konnten, ist Ihr Vater offenbar nie zum Zahnarzt gegangen. Allerdings spielt das keine große Rolle, da der Leichenbeschauer anhand der Knochenstruktur festgestellt hat, dass es sich bei keiner der beiden Leichen um einen erwachsenen Mann handelt.«

Cynthia blinzelte. Clayton Bigges Leiche war also nicht gefunden worden.

»Tja, und der Zahnarzt Ihrer Mutter und Ihres Bruders ist schon lange verstorben. Die Praxis gibt es nicht mehr, und dementsprechend existieren auch keine Unterlagen.«

Cynthia wirkte, als würde sie sich bereits auf eine Enttäuschung einstellen. Vielleicht würden wir überhaupt nichts erfahren, was uns der Lösung des Rätsels näher brachte.

»Aber immerhin hatten wir die Zähne«, sagte Detective Wedmore. »Von beiden Leichen. Aus Zahnschmelz kann man kein DNA-Material gewinnen, aber durch den Zahn ist die Wurzel perfekt geschützt, und dort lassen sich Zellen extrahieren.«

Cynthia und ich sahen offenbar leicht verwirrt drein, da Detective Wedmore fortfuhr: »Um es kurz zu machen: Anhand dieses DNA-Materials war es unseren Forensikern möglich, von beiden Leichen einen sogenannten genetischen Fingerabdruck zu erhalten.«

»Und?«, fragte Cynthia nervös.

»Es handelt sich um eine männliche und eine weibliche Leiche«, sagte Detective Wedmore. »Der Leichenbeschauer hat schon vor der DNA-Analyse getippt, wir hätten es höchstwahrscheinlich mit einem männlichen Teenager und einer Frau Ende dreißig, Anfang vierzig zu tun. Unsere nächste Fragestellung war, ob eine verwandtschaftliche Verbindung zwischen den beiden Toten bestand.«

Cynthia wartete.

»Die beiden DNA-Profile lassen darauf schließen, dass es sich wahrscheinlich um eine Mutter und ihren Sohn handelt.«

»Meine Mutter«, flüsterte Cynthia. »Und Todd.«

»Tja, die Sache liegt so«, sagte Detective Wedmore. »Auch wenn wir von einer Verwandtschaft der beiden Verstorbenen ausgehen können, ist nach wie vor nicht zweifelsfrei erwiesen, dass es sich um die sterblichen Überreste von Todd und Patricia Bigge handelt. Besitzen Sie vielleicht etwas, von dem wir eine DNA-Probe nehmen könnten, etwa eine alte Haarbürste Ihrer Mutter, immer vorausgesetzt, dass sich darin noch Haare von ihr finden?«

»Nein«, sagte Cynthia. »Nichts dergleichen.«

»Na schön. Jedenfalls haben wir ja Ihre Speichelprobe, die allerdings noch untersucht werden muss. Sobald das geschehen ist, werden wir wissen, ob die Verstorbene Ihre Mutter sein könnte und ob Ihrerseits eine verwandtschaftliche Beziehung zu der anderen Leiche besteht.« Detective Wedmore hielt kurz inne. »Aber anhand unserer bisherigen Ergebnisse und der Tatsache, dass der aus dem See geborgene Wagen Ihrer Mutter gehörte, dürfen wir wohl davon ausgehen, dass es sich bei den beiden Toten um Ihre Mutter und Ihren Bruder handelt.«

Cynthia sah aus, als sei ihr schwindelig.

»Fest steht aber auch, dass wir Ihren Vater nicht gefunden haben«, sagte Detective Wedmore. »Daher würde ich gern mehr über ihn erfahren. Was für ein Mensch war er?«

284

»Warum fragen Sie das?«, sagte Cynthia. »Was wollen Sie damit andeuten?«

Detective Wedmore musterte sie mit ernstem Blick. »Dass er möglicherweise zwei Menschen ermordet hat.«

NEUNUNDZWANZIG

»Hallo?«

»Ich bin's«, sagte er.

»Ich habe gerade an dich gedacht«, sagte sie. »Du meldest dich ja überhaupt nicht mehr. Alles okay?«

»Ich wollte erst mal abwarten, was passiert«, sagte er. »Wie viel sie herausfinden. Inzwischen war das Ganze auch in den Fernsehnachrichten.«

»Das ist ja …«

»Es wurde sogar ein Foto vom Abtransport des Wagens eingeblendet. Und die Zeitungen haben heute lang und breit über die DNA-Tests berichtet.«

»Hochinteressante Entwicklungen«, sagte sie. »Ich wünschte, ich wäre bei dir. Was schreiben die Zeitungen denn so?«

»Na ja, dies und das, aber natürlich nicht alles. Also, hier steht zum Beispiel: ›Anhand der Tests konnte nachgewiesen werden, dass die beiden Toten blutsverwandt waren. Es handelt sich um eine Mutter und ihren Sohn.‹«

»Aha.«

»›Ob eine genetische Verbindung zwischen den beiden Toten und Cynthia Archer existiert, muss anhand noch ausstehender forensischer Tests überprüft werden. Die Polizei geht dennoch davon aus, dass es sich bei den Toten um Patricia Bigge und ihren Sohn Todd handelt, die vor fünfundzwanzig Jahren spurlos verschwanden.‹«

»Heißt im Klartext, dass sie letztlich nicht wissen, wessen Leichen sie gefunden haben.«

»Tja«, sagte er. »Nichts Genaues weiß man nicht.«

»Wenn sie von irgendetwas ›ausgehen‹, heißt das bloß, dass sie in Wirklichkeit keinen Schimmer haben.«

»Schon klar, aber …«

»Andererseits ist es doch absolut faszinierend, was heute alles möglich ist, oder?« Sie klang beinahe aufgekratzt.

»Ja.«

»Damals, als dein Vater und ich den Wagen entsorgt haben, waren DNA-Tests völlig unbekannt. Unfassbar, was sich in der Zwischenzeit getan hat. Und? Bist du noch nervös?«

»Ein bisschen.« In ihren Ohren klang er fast ein wenig mutlos.

»Schon als Junge warst du dauernd bange. Ich habe mich nie ins Bockshorn jagen lassen.«

»Na ja, du bist eben mutiger als ich.«

»Bis jetzt hast du alles erstklassig erledigt. Ich bin stolz auf dich. Und bald holst du mich ja ab. Das würde ich mir um keinen Preis der Welt entgehen lassen. Wie blöd sie aus der Wäsche gucken wird. Ich kann's kaum erwarten.«

DREISSIG

»Und wie fühlen Sie sich jetzt?«, fragte Dr. Kinzler. »Nachdem Sie endlich Klarheit über das Schicksal Ihrer Mutter und Ihres Bruders haben?«

»Ich weiß nicht so recht«, sagte Cynthia. »Ich wünschte, ich wäre erleichtert, aber ich bin es einfach nicht.«

»Das kann ich gut nachvollziehen«, sagte Dr. Kinzler.

»Außerdem ist mein Vater ja nicht gefunden worden. Detective Wedmore glaubt, dass er sie möglicherweise ermordet hat.«

»Und wenn sich diese Hypothese als wahr herausstellen sollte? Könnten Sie damit leben?«

Cynthia biss sich auf die Unterlippe und starrte auf die Jalousien, als habe sie plötzlich einen Röntgenblick entwickelt und könne hinaus auf den Highway sehen. Es war unsere reguläre Sitzung; Cynthia hatte mit dem Gedanken gespielt, den Termin ausfallen zu lassen, aber ich hatte sie überredet, ihn doch wahrzunehmen. Nun fragte ich mich, ob das wirklich ein guter Ratschlag gewesen war, nachdem Dr. Kinzler eine quälende Frage nach der anderen stellte und ungeniert in Cynthias Wunden bohrte.

»Ich habe mich ja bereits damit abgefunden, dass

mein Vater wahrscheinlich nicht der Mann war, für den ich ihn hielt«, sagte Cynthia. »Der Umstand, dass er weder eine Sozialversicherungsnummer hatte noch bei der Kfz-Zulassungsstelle erfasst war, lässt kaum einen anderen Schluss zu.« Sie hielt kurz inne. »Aber ich kann einfach nicht glauben, dass er meine Mutter und Todd umgebracht haben soll.«

»Sie glauben, dass er es war, der den Hut in Ihrem Haus zurückgelassen hat«, sagte Dr. Kinzler.

»Möglich wäre es doch«, sagte Cynthia.

»Aber weshalb sollte Ihr Vater in Ihr Haus einbrechen und Ihnen auf Ihrer eigenen Schreibmaschine einen Brief schreiben, der Sie zu den Überresten Ihrer Mutter und Ihres Bruders führt?«

»Nun ja … Versucht er vielleicht, die Vergangenheit aufzuarbeiten?«

Dr. Kinzler zuckte mit den Schultern. »Ich hatte gefragt, was *Sie* denken.«

Typisch Psycho-Tante, dachte ich.

»Ich weiß nicht, was ich denken soll«, sagte Cynthia. »Würde ich glauben, dass er sie umgebracht hat, müsste ich davon ausgehen, dass er mit sich ins Reine kommen will. Derjenige, der den Brief geschrieben hat, muss etwas mit dem Tod meiner Mutter und meines Bruders zu tun haben. Sonst wüsste er nicht so viel.«

»In der Tat«, sagte Dr. Kinzler.

»Aber Detective Wedmore glaubt offenbar nach wie vor, ich hätte den Brief geschrieben«, sagte Cynthia. »Auch wenn sie davon ausgeht, mein Vater hätte Mom und Todd umgebracht.«

»Vielleicht glaubt Detective Wedmore, Sie und Ihr

Vater würden unter einer Decke stecken«, spekulierte Dr. Kinzler. »Weil seine Leiche nicht gefunden wurde. Und weil Sie mit dem Leben davongekommen sind.«

Cynthia nickte. »Solche Gedanken hat sich die Polizei wahrscheinlich schon vor fünfundzwanzig Jahren gemacht. Damals haben sie sich garantiert gefragt, ob ich gemeinsame Sache mit Vince gemacht hätte. Wegen des Streits, den ich an jenem Abend mit meinen Eltern hatte.«

»Mir haben Sie erzählt, Sie könnten sich an besagten Abend kaum erinnern«, unterbrach Dr. Kinzler sie. »Wäre es vielleicht möglich, dass Sie bestimmte Erinnerungen schlicht verdrängt haben? Dann würde ich Ihnen zu einer Hypnosetherapie raten.«

»Ich verdränge gar nichts. Ich hatte einen Blackout. Ich war betrunken an dem Abend. Ich war noch ein Kind, dumm und unvernünftig. Ich bin nur noch ins Bett gefallen und habe danach nichts mehr mitbekommen. Bis zum nächsten Morgen.« Cynthia hob die Hände und ließ sie kraftlos in den Schoß fallen. »Selbst wenn ich es gewollt hätte, wäre ich zu einem Verbrechen nicht imstande gewesen. Ich war völlig platt.« Sie gab einen Seufzer von sich. »Glauben Sie mir nicht?«

»Natürlich glaube ich Ihnen«, sagte Dr. Kinzler. »Was für ein Verhältnis hatten Sie zu Ihrem Vater?«

»Ein ganz normales, würde ich sagen. Klar, manchmal sind wir uns in die Haare geraten, aber im Grunde kamen wir gut miteinander aus.« Sie überlegte. »Ich glaube, er hat mich geliebt. Ja, er hat mich über alles geliebt.«

»Mehr als die anderen Mitglieder Ihrer Familie?«

»Wie meinen Sie das?«

»Nun ja, wenn er Ihre Mutter und Ihren Bruder tatsächlich getötet haben sollte – warum nicht auch Sie?«

»Ich weiß es nicht. Und ich glaube auch nicht, dass er es getan hat. Ich kann es nicht wirklich erklären, aber mein Vater wäre dazu niemals fähig gewesen. Und soll ich Ihnen sagen, warum? Nicht nur, weil er uns liebte, sondern weil er für eine solche Tat viel zu schwach gewesen wäre.«

Ich merkte auf.

»Vielleicht sollte man so etwas nicht über seinen Vater sagen, aber … mein Vater hätte weder den Mut noch die Entschlusskraft für eine solche Tat besessen.«

Ich sah Dr. Kinzler an. »Können Sie mir verraten, was dieses Gespräch eigentlich bringen soll?«

»Sie wissen ebenso gut wie ich, dass die Entdeckung der beiden Leichen Ihre Frau zutiefst verstört hat«, sagte die Psychologin. Erhob sie eigentlich nie die Stimme? Wurde sie nie stocksauer? »Und ich versuche, ihr zu helfen.«

»Und wenn ich nun verhaftet werde?«, fragte Cynthia plötzlich.

»Pardon?«, sagte Dr. Kinzler.

»Was, wenn Detective Wedmore mich verhaftet?«, fragte Cynthia. »Was, wenn sie glaubt, dass nur ich den Fundort der Toten kennen konnte? Wie soll ich es Grace erklären, wenn ich verhaftet werde? Und wer soll sich dann um sie kümmern? Sie braucht ihre Mutter.«

»Schatz«, sagte ich, hielt dann aber inne. Um ein Haar wäre ich damit herausgeplatzt, dass ich mich um Grace kümmern würde – womit ich ihr aber zu verstehen gegeben hätte, dass ich ihre Schreckensvision keineswegs für abwegig hielt und die Polizei quasi schon vor unserer Haustür stand.

»Wenn sie mich verhaftet, wird sie ihre Ermittlungen einstellen.«

»Sie wird dich nicht verhaften«, sagte ich. »Hätte sie das vor, müsste sie ja auch denken, dass du etwas mit dem Mord an Tess zu tun hast, vielleicht sogar mit dem Mord an Abagnall. Schlicht deswegen, weil diese Dinge irgendwie miteinander in Verbindung stehen. Wir wissen nur nicht, worin dieser Zusammenhang besteht.«

»Vielleicht weiß Vince ja etwas«, sagte Cynthia. »Ob inzwischen jemand mit ihm gesprochen hat?«

»Abagnall wollte ihn genauer unter die Lupe nehmen«, antwortete ich. »Jedenfalls hat er das gesagt, als er bei uns war.«

Dr. Kinzler versuchte das Gespräch wieder in die gewohnte Bahn zu lenken. »Ich denke, bis zum nächsten Termin sollten wir nicht erst wieder zwei Wochen verstreichen lassen.« Dabei sah sie nicht Cynthia, sondern mich an.

»In Ordnung«, sagte Cynthia mit leiser, geistesabwesender Stimme. Sie entschuldigte sich und verließ das Sprechzimmer, um zur Toilette zu gehen.

»Cynthias Tante war doch auch ein paarmal bei Ihnen«, sagte ich zu Dr. Kinzler. »Tess Berman.«

Sie zog die Augenbrauen hoch. »Ja, das stimmt.«

»Was hat sie Ihnen anvertraut?«, fragte ich.

»Normalerweise würde ich das selbstverständlich für mich behalten, aber in Tess Bermans Fall gibt es ohnehin nichts zu sagen. Ja, sie war ein paarmal hier, aber sie hat sich mir nie geöffnet. Ich glaube, für Psychologen hatte sie nur Verachtung übrig.«

Ich hätte Tess am liebsten umarmen mögen.

Als wir nach Hause kamen, befanden sich zehn Nachrichten auf unserem Anrufbeantworter, allesamt von Presse, Funk und Fernsehen. Paula von *Deadline* hatte eine ewig lange Message hinterlassen. Sie sagte, nach den jüngsten Ereignissen sei Cynthia den Zuschauern einen weiteren Auftritt schuldig. Wenn Cynthia doch kurz zurückrufen könne, welcher Termin ihr recht sei; sie würde dann mit einem Kamerateam vorbeikommen.

Kurz entschlossen löschte Cynthia die Nachricht. Kein Zögern, kein Überlegen. Nichts weiter als eine knappe, gezielte Bewegung mit dem Zeigefinger.

»Na also«, sagte ich, bevor mir überhaupt so recht bewusst war, was mir da herausrutschte. »Ist doch anscheinend gar kein Problem.«

»Was?«, fragte sie irritiert.

»Ach, nichts«, sagte ich.

»Wovon redest du? Was ist anscheinend kein Problem?«

»Vergiss es«, sagte ich. »War nicht so wichtig.«

»Du meinst das Anrufprotokoll, das ich gelöscht habe? Als dieser anonyme Anruf kam?«

»Wie gesagt, vergiss es.«

»Das hast du doch gemeint, stimmt's? Aber ich habe dir doch erklärt, warum mir das passiert ist. Weil ich mit den Nerven am Ende war.«

»Ja, Cyn.«

»Du glaubst mir die Geschichte mit dem Anruf nicht, richtig?«

»Natürlich glaube ich dir.«

»Und da der Anruf ja offensichtlich erfunden war, habe ich mir die E-Mail doch bestimmt ebenfalls selbst geschrieben – so wie auch den anonymen Brief, oder?«

»Das habe ich nicht gesagt.«

Cynthia trat einen Schritt auf mich zu. »Wie soll ich weiter mit dir unter einem Dach leben, wenn ich nicht hundertprozentig sicher sein kann, dass du mir vertraust? Ich brauche keinen Mann, der mich argwöhnisch beäugt und dauernd an mir zweifelt.«

»Das tue ich doch überhaupt nicht.«

»Dann sag es mir. Hier und jetzt. Sieh mir in die Augen und sag, dass du mir glaubst. Ich will aus deinem Mund hören, dass ich mit all diesen Dingen nichts, aber auch gar nichts zu tun hatte.«

Ich schwöre, ich wollte es sagen. Aber ich zögerte eine Zehntelsekunde, und dann hatte sie mir auch schon den Rücken zugedreht.

Als ich Grace' Zimmer betrat und bereits das Licht gelöscht war, erwartete ich, sie hinter ihrem Teleskop vorzufinden. Aber sie lag schon im Bett, auch wenn sie noch wach war.

»Das ist ja eine Überraschung«, sagte ich, setzte mich auf die Bettkante und strich ihr über die Wange.

Grace schwieg.

»Ich dachte, du würdest Ausschau nach Asteroiden halten. Oder hast du schon?«

»Ist doch egal«, sagte sie so leise, dass ich sie kaum verstehen konnte.

»Hast du keine Angst mehr?«, fragte ich.

»Nein«, sagte sie.

»Also besteht in nächster Zeit keine Gefahr?« Ich lächelte. »Na, das ist doch mal eine richtig gute Nachricht.«

»Vielleicht kommen ja doch welche.« Grace vergrub den Kopf in ihrem Kissen. »Aber das ist jetzt auch egal.«

»Was meinst du, Süße?«

»Hier ist immer alles so traurig.«

»Ich weiß, Liebes. Die letzten Wochen waren schlimm für uns alle.«

»Und ob ein Asteroid kommt oder nicht, ist sowieso egal. Tante Tess ist trotzdem gestorben. Dauernd sterben Menschen, wegen allem Möglichen. Sie werden überfahren. Sie können ertrinken. Und manchmal werden Menschen von anderen Menschen getötet.«

»Ich weiß.«

»Mom hat dauernd Angst, aber nicht vor Asteroiden. Für mein Teleskop hat sie sich noch nie interessiert. Das, wovor sie sich fürchtet, kommt nicht aus dem Weltall.«

»Wir würden nie zulassen, dass dir etwas passiert«, sagte ich. »Mom und ich lieben dich über alles.«

Grace schwieg.

»Trotzdem kann's nicht schaden, mal einen Blick auf den Nachthimmel zu werfen«, sagte ich, glitt von der

Bettkante und kniete mich vor das Teleskop. »Darf ich mal?«, fragte ich.

»Wenn's dir Spaß macht«, sagte Grace. Wäre es im Zimmer nicht dunkel gewesen, hätte sie mein verblüfftes Gesicht gesehen.

»Okay«, sagte ich und begab mich in Position. Zuerst warf ich einen Blick auf die Straße, nur für den Fall, dass jemand unser Haus beobachtete; dann führte ich die Linse ans Auge.

Ich richtete das Teleskop gen Himmel und sah lauter Sterne, als handele es sich um eine Panoramaaufnahme aus *Star Trek*.

»Jetzt schwenken wir mal da rüber«, sagte ich, und im selben Augenblick löste sich das Teleskop vom Stativ, fiel zu Boden und rollte unter Grace' Schreibtisch.

»Hab ich's dir doch gesagt, Dad«, sagte sie. »Es taugt einfach nichts.«

Cynthia lag ebenfalls schon im Bett, als ich ins Schlafzimmer kam. Sie hatte sich in ihre Decke gewickelt wie in einen Kokon. Ihre Augen waren geschlossen, aber ich glaubte nicht, dass sie schlief. Anscheinend wollte sie nur nicht mit mir reden.

Ich zog mich aus, putzte mir die Zähne und schlüpfte dann neben sie. Dann griff ich zu der Zeitschrift, die auf dem Nachttisch lag, und blätterte kurz darin herum, konnte mich aber nicht konzentrieren.

Schließlich machte ich die Nachttischlampe aus und kehrte Cynthia den Rücken zu.

Da räusperte sie sich plötzlich.

»Ich lege mich noch ein paar Minuten zu Grace«, sagte sie.

»Okay«, murmelte ich in mein Kissen. Ohne mich zu ihr umzudrehen, sagte ich: »Ich liebe dich, Cynthia. Und du liebst mich auch. Aber an der momentanen Situation gehen wir über kurz oder lang kaputt. Wir müssen etwas unternehmen, sonst zerbrechen wir daran.«

Doch sie schlüpfte aus dem Bett, ohne etwas zu erwidern. Ein schmaler Streifen Licht zerschnitt das Dunkel wie eine Messerklinge, als sie die Tür öffnete, und verschwand wieder. Na schön, dachte ich. Ich war zu müde, um mich zu streiten. Ich war zu müde, um mich mit ihr zu versöhnen. Kurz darauf schlief ich ein.

Und als ich morgens aufstand, waren Cynthia und Grace spurlos verschwunden.

EINUNDDREISSIG

Merkwürdig fand ich es nicht, als ich am nächsten Morgen um 06:30 Uhr aufwachte und Cynthia nicht neben mir lag. Sie war schon öfter neben Grace eingeschlafen und hatte die ganze Nacht im Zimmer unserer Tochter verbracht. Deshalb sah ich auch nicht sofort nach ihnen.

Ich stand auf, zog meine Jeans an, trabte ins Bad und wusch mir das Gesicht. Ich hatte schon besser ausgesehen. Der Stress der letzten Wochen forderte seinen Tribut. Ich hatte dunkle Ringe unter den Augen und offensichtlich auch ein paar Pfund abgenommen. Eigentlich gar nicht so schlecht, auch wenn ich es bevorzugt hätte, auf etwas weniger zermürbende Weise abzuspecken. Meine Augen waren rot gerändert, und ein Termin beim Friseur wäre auch mal wieder nötig gewesen.

Der Handtuchhalter befindet sich direkt neben dem Fenster, von dem aus man unsere Einfahrt überblickt. Und irgendetwas sah anders aus als sonst, als ich nach meinem Handtuch griff. Durch die Jalousie blickte ich sonst auf unsere beiden Autos – Cynthias war weiß, meines silbermetallic lackiert. Doch außer Silber sah ich nur blanken Asphalt.

Ich bog die Lamellen auseinander und spähte hinaus. Cynthias Wagen stand nicht in der Einfahrt.

»Was ist denn jetzt los?«, entfuhr es mir.

Barfuß und ohne Hemd eilte ich über den Flur und öffnete die Tür zu Grace' Zimmer. Grace war nie so früh wach, lag also bestimmt noch in den Federn.

Die Decke war zurückgeschlagen, das Bett leer.

Ich warf einen Blick in unser Arbeitszimmer, fand dort ebenfalls niemanden vor und eilte nach unten in die Küche.

Die Küche sah genauso aus wie am Abend zuvor. Alles war sauber und aufgeräumt. Niemand hatte gefrühstückt.

Ich öffnete die Kellertür und rief: »Cyn?« Was völlig irrational war, da ihr Auto nicht in der Einfahrt stand, aber offenbar hoffte ich insgeheim, dass ihr Wagen gestohlen worden war. »Bist du da unten?« Ich wartete kurz ab und rief: »Grace?«

Als ich die Haustür öffnete, lag dort die Zeitung.

Einen Moment lang kam es mir fast so vor, als würde ich jenen fatalen Zwischenfall aus Cynthias Vergangenheit am eigenen Leibe erleben.

Mit einem Unterschied. Diesmal war eine Nachricht hinterlassen worden.

Das zusammengefaltete Blatt Papier steckte zwischen dem Salz- und dem Pfefferstreuer auf dem Küchentisch. Als ich es auseinanderfaltete, stach mir Cynthias unverkennbare Handschrift ins Auge:

Terry,
ich gehe.
Ich weiß nicht, wohin und für wie lange. Ich weiß nur, dass ich es hier keine Minute länger aushalte.
Ich hasse dich nicht, aber ich ertrage es einfach nicht

mehr, den Zweifel in deinen Augen zu sehen. Ich fühle mich, als würde ich allmählich den Verstand verlieren. Keiner glaubt mir. Und Detective Wedmore ist auch nicht auf meiner Seite.

Was soll noch alles geschehen? Wann kommt der nächste Einbruch? Wer als Nächster ums Leben?

Ich habe Angst um Grace. Deshalb nehme ich sie mit. Du kommst bestimmt allein klar. Vielleicht fühlst du dich ja sogar sicherer, wenn ich nicht mehr da bin.

Ich will meinen Vater finden, auch wenn ich nicht weiß, wo ich mit der Suche anfangen soll. Ich glaube, dass er noch lebt. Vielleicht hat Mr Abagnall ja genau das herausgefunden.

Ich brauche endlich wieder Raum zum Atmen. Ich will endlich wieder Mutter sein – eine Mutter mit einer Tochter, die einfach nur Kind sein darf, ohne sich über irgendetwas Sorgen machen zu müssen.

Ich werde mein Handy vorerst ausschalten. Ich habe gehört, dass man den Aufenthaltsort von Handybesitzern über Peilsender ermitteln kann. Trotzdem werde ich ab und zu meine Mobilbox abhören. Und vielleicht können wir irgendwann ja auch wieder miteinander reden. Aber im Moment fühle ich mich einfach nicht danach.

Sag doch bitte in der Schule Bescheid, dass Grace vorläufig nicht kommen kann. Im Laden werde ich mich nicht melden. Soll Pamela doch denken, was sie will. Bitte such nicht nach uns.

Ich liebe dich noch, aber ich will erst einmal allein sein.

Cyn

Ich las den Brief bestimmt drei-, viermal. Dann griff ich zum Telefon, ignorierte, was sie geschrieben hatte, und rief auf ihrem Handy an. Sofort schaltete sich die Mobilbox ein. Meine Nachricht war kurz: »Verdammt noch mal, Cyn. Ruf mich bitte sofort zurück.«

Dann knallte ich das Telefon auf die Station. »Scheiße!«, brüllte ich. »Verdammte Scheiße!«

Ich tigerte ein paarmal in der Küche auf und ab, unschlüssig, was ich unternehmen sollte. Nach wie vor hatte ich nichts außer meiner Jeans an, aber ich lief trotzdem die Einfahrt hinunter und spähte die Straße entlang, als könne mir eine plötzliche Eingebung verraten, wohin Cynthia und Grace geflüchtet waren. Dann ging ich wieder ins Haus, griff erneut zum Telefon und wählte automatisch die Nummer des einzigen Menschen, der Cynthia ebenso sehr liebte wie ich.

Tess.

Als es zum dritten Mal klingelte und niemand abhob, ging mir jäh auf, wessen Nummer ich gewählt hatte. Ich legte auf, setzte mich an den Küchentisch und begann zu weinen. Den Kopf in die Hände gestützt, ließ ich meinen Gefühlen freien Lauf.

Ich weiß nicht, wie lange ich dort am Küchentisch saß und mir die Tränen über die Wangen strömten. Jedenfalls lange genug, bis keine mehr kamen. Und nachdem ich meinen Vorrat an Tränen verbraucht hatte, blieb mir nichts anderes übrig, als mir etwas anderes auszudenken.

Ich ging wieder nach oben und zog mich an. Dabei führte ich mir einige Dinge vor Augen.

Erstens, dass Cynthia und Grace wohlauf waren. Schließlich waren sie ja nicht gekidnappt worden. Zweitens würde Cynthia nicht zulassen, dass Grace etwas geschah, egal wie durcheinander sie war.

Sie liebte Grace über alles.

Aber was mochte meine Tochter denken? Darüber, dass ihre Mutter sie mitten in der Nacht geweckt und sich mit ihr aus dem Haus geschlichen hatte – klammheimlich, damit Daddy nichts merkte.

Cynthia musste felsenfest davon überzeugt gewesen sein, dass sie das einzig Richtige tat. Trotzdem hätte sie Grace niemals in die Sache hineinziehen dürfen.

Und deshalb sah ich nicht den geringsten Grund, ihrer Bitte nachzukommen. Natürlich würde ich nach ihnen suchen.

Grace war meine Tochter. Ich wusste nicht, wo sie war. Nichts und niemand würde mich davon abhalten, sie zu finden. Und vielleicht würde es mir ja sogar gelingen, Cynthia wieder zur Vernunft zu bringen.

Ich ging ans Regal, nahm zwei Karten von Neuengland und dem Staat New York heraus und entfaltete sie auf dem Küchentisch. Manchmal nützen einem die Routenplaner im Internet eben nichts; ich benötigte größeren Überblick.

Ich ließ den Blick von Portland nach Providence und von Boston nach Buffalo schweifen und fragte mich, was wohl Cynthias Ziel war. Otis fiel mir ins Auge, der kleine Ort an der Grenze von Connecticut und Massachusetts, wo der See lag, in dem die Polizei die beiden

Leichen gefunden hatte. Aber ich konnte mir nicht vorstellen, dass sie dort hinfahren würde. Nicht mit Grace im Schlepptau. Und außerdem, was sollte sie dort an Neuem in Erfahrung bringen?

Dann war da noch das Örtchen Sharon, wo Connie Gormley gelebt hatte, die Frau, die bei dem ominösen Unfall mit Fahrerflucht getötet worden war. Das schied meiner Meinung nach ebenso aus. Cynthia hatte dem Zeitungsausschnitt ohnehin keine größere Bedeutung beigemessen.

Aber vielleicht brachte mich die Karte auch gar nicht weiter. Womöglich würde Cynthia versuchen, mit Menschen aus ihrer Vergangenheit in Kontakt zu treten – Menschen, von denen sie sich erhoffte, dass sie ihr weitere Antworten liefern konnten.

Ich ging ins Wohnzimmer. Die beiden Schuhkartons mit den Erinnerungsstücken aus Cynthias Kindheit befanden sich immer noch auf dem Couchtisch. Bis jetzt waren wir nicht dazu gekommen, sie wieder in dem Wandschrank zu deponieren, wo sie all die Jahre gestanden hatten.

Aufs Geratewohl kramte ich in den Kartons, beförderte alte Quittungen und Zeitungsausschnitte auf den Tisch, ohne dass mir irgendetwas auch nur den geringsten Anhaltspunkt geboten hätte. Es war, als hätte ich ein riesiges Puzzle vor mir, dessen Teile nicht zusammenpassen wollten.

Ich marschierte zurück in die Küche und rief Rolly auf seiner Privatnummer an; in der Schule war er so früh am Morgen sicher noch nicht. Millicent ging dran.

»Hi, Terry«, sagte sie. »Alles okay? Was gibt's denn?«

303

»Hallo, Millie«, sagte ich. »Hat sich Cynthia zufällig bei euch gemeldet?«

»Cynthia? Nein. Terry, was ist denn los? Ist sie nicht zu Hause?«

»Sie ist weg. Mit dem Auto. Und sie hat Grace mitgenommen.«

»Warte, ich hole Rolly.«

Ich hörte, wie sie das Telefon beiseitelegte. Ein paar Sekunden später war Rolly am Apparat. »Cynthia ist weg?«

»Ja. Und ich weiß einfach nicht, was ich tun soll.«

»Scheiße. Ich hatte mir vorgenommen, sie heute anzurufen, mal ein paar Takte mit ihr zu reden. Hat sie nicht gesagt, wo sie hinwill?«

»Rolly, wenn ich das wüsste, würde ich dich bestimmt nicht um diese Uhrzeit anrufen.«

»Ist ja schon gut. Mann, ich weiß nicht, was ich sagen soll. Warum macht sie so was? Habt ihr euch gestritten?«

»Ja, haben wir. Es war meine Schuld. Außerdem ist ihr der ganze Irrsinn anscheinend über den Kopf gewachsen. Sie hat furchtbare Angst um Grace. Gib mir Bescheid, wenn sie sich bei euch meldet, okay?«

»Auf jeden Fall«, sagte Rolly. »Und du melde dich ebenfalls, wenn du sie findest.«

Anschließend rief ich bei Dr. Kinzler an. Die Praxis hatte noch nicht geöffnet; der Anrufbeantworter schaltete sich an. Ich erklärte kurz, was passiert war, und hinterließ Telefon- und Handynummer.

Kurz überlegte ich, ob ich Detective Wedmore ebenfalls informieren sollte, entschied mich dann aber dagegen. Auch wenn ich nicht richtig fand, dass Cynthia Hals über Kopf die Flucht ergriffen hatte, konnte ich sie doch in gewisser Weise verstehen. Aber Detective Wedmore würde ihr womöglich ganz andere Motive unterstellen.

Und dann fiel mir urplötzlich ein Name ein. Der Name eines Menschen, den ich nicht kannte, eines Menschen, mit dem ich noch nie ein Wort gewechselt hatte. Und dieser Name ging mir nicht mehr aus dem Sinn.

Vielleicht war es an der Zeit, mal ein paar Takte mit Vince Fleming zu reden.

ZWEIUNDDREISSIG

Hätte ich es über mich gebracht, Detective Wedmore anzurufen, hätte ich sie geradeheraus gefragt, wo ich Vince Fleming finden konnte. Sie hatte ja bereits erwähnt, dass ihr der Name geläufig war. Von Abagnall wussten wir, dass Vince Fleming ein schlimmer Finger war, der Anfang der Neunziger nach der Ermordung seines Vaters offenbar auch Rache an den Tätern genommen hatte. Und als Polizeibeamtin wusste Detective Wedmore bestimmt, wo sich so jemand aufhielt.

Trotzdem schien es mir schlauer, Detective Wedmore außen vor zu lassen.

Ich ging an den Computer und versuchte mich über Vince Fleming schlauzumachen. Im Online-Archiv der Zeitung von New Haven fand ich ein paar Berichte über ihn, darunter einen Artikel, in dem es um eine Anklage wegen schwerer Körperverletzung ging. Er hatte einem anderen mit einer Bierflasche das Gesicht verschönert; allerdings war die Anklage fallen gelassen worden, nachdem das Opfer die Anzeige wieder zurückgezogen hatte. Ich hätte gern mehr über die Hintergründe erfahren, fand aber online nichts weiter über die Sache.

In einem anderen Artikel wurde Vince Fleming am Rande erwähnt; Gerüchten zufolge steckte er hinter einer Serie von Autodiebstählen im südlichen Connecticut. Ich fand heraus, dass er eine Kfz-Werkstatt in einem Industriegebiet am Stadtrand von Milford betrieb, und schließlich stieß ich sogar auf ein Foto von ihm, eine leicht grobkörnige Aufnahme, die offenbar ohne sein Wissen entstanden war und ihn dabei zeigte, wie er eine Bar namens »Mike's« betrat.

In dieser Bar war ich zwar noch nie gewesen, aber schon öfter daran vorbeigefahren.

Ich griff zu den Gelben Seiten. Die Autowerkstätten nahmen einige Seiten ein, aber Vince Flemings Name stach mir nirgends ins Auge – es gab weder »Vince' Werkstatt« noch »Flemings Kfz-Service«.

Mir blieben also zwei Möglichkeiten: entweder die Autowerkstätten in und um Milford abzutelefonieren oder mich im Mike's nach Vince Fleming zu erkundigen. Zumindest würde ich dort wohl in Erfahrung bringen können, wie seine Werkstatt hieß – respektive der Ort, an dem er, wenn man den Zeitungen Glauben schenken konnte, gestohlene Autos auszuschlachten pflegte.

Obwohl ich eigentlich keinen Hunger hatte, machte ich mir zwei Scheiben Toast mit Erdnussbutter. Ich zog mir eine Jacke über, griff nach meinem Handy und ging zur Haustür.

Als ich sie öffnete, stand Detective Wedmore vor mir.

»Oh.« Ihre zum Klopfen erhobene Faust erstarrte in der Luft.

Unwillkürlich trat ich einen Schritt zurück. »Du liebe Güte«, sagte ich. »Sie haben mich fast zu Tode erschreckt.«

»Mr Archer«, sagte sie, ohne eine Miene zu verziehen. Offenbar war sie nicht ganz so schreckhaft wie ich.

»Hallo«, sagte ich. »Ich wollte gerade das Haus verlassen.«

»Ist Ihre Frau nicht da? Wo ist denn ihr Wagen?«

»Sie ist unterwegs. Kann ich Ihnen weiterhelfen? Haben Sie Neuigkeiten?«

»Nein«, sagte sie. »Wann kommt Ihre Frau denn zurück?«

»Das kann ich Ihnen nicht genau sagen. Was wollen Sie denn von ihr?«

Detective Wedmore ging nicht auf meine Frage ein. »Ist sie zur Arbeit gefahren?«

»Kann schon sein.«

»Wissen Sie was? Ich rufe sie einfach an. Schließlich habe ich ja ...« – sie zückte ihr Notizbuch – »... ihre Handynummer.«

»Sie geht nicht dran«, platzte ich heraus und hätte mich dafür am liebsten links und rechts geohrfeigt. »Äh, sie hat ihr Handy ausgeschaltet.«

»Ach ja?«, sagte Detective Wedmore. »Das lässt sich ja überprüfen.« Sie nahm ihr Handy, wählte, hielt sich das Gerät ans Ohr und wartete. Dann klappte sie das Handy wieder zusammen. »Ja, Sie haben recht. Macht Sie das öfter?«

»Manchmal«, sagte ich.

»Wann hat Ihre Frau das Haus verlassen?«, fragte sie.

»Vorhin«, sagte ich.

»Tatsächlich? Ich bin nämlich heute Nacht um eins nach meinem Schichtende hier vorbeigefahren. Und da stand der Wagen Ihrer Frau ebenfalls nicht in der Einfahrt.«

Mist. Cynthia war also schon länger fort, als ich gedacht hatte.

»Tja«, sagte ich. »Da hätten Sie doch eigentlich kurz auf 'nen Drink reinschauen können.«

»Wo ist Ihre Frau, Mr Archer?«

»Keine Ahnung. Am besten, Sie schauen am Nachmittag noch mal vorbei. Vielleicht ist sie bis dahin ja wieder da.« Zwar hätte ich Detective Wedmore nur allzu gern um Hilfe gebeten, aber ich befürchtete, durch ihre Flucht würde Cynthia nur umso verdächtiger dastehen.

Detective Wedmore überlegte einen Moment. »Und Grace hat sie mitgenommen?«

Ich wusste nicht, was ich darauf antworten sollte. »Hören Sie«, sagte ich stattdessen, »ich hab's wirklich eilig.«

»Sie sehen beunruhigt aus, Mr Archer. Und wissen Sie was? Das sollten Sie auch sein. Ihre Frau ist mit den Nerven am Ende. Rufen Sie mich bitte umgehend an, sobald sie wieder auftaucht.«

»Was wollen Sie eigentlich?«, sagte ich. »Meine Frau ist hier das Opfer. Sie hat ihre Familie verloren. Erst ihre Eltern und ihren Bruder und jetzt auch noch ihre Tante.«

Die Wedmore tippte mir mit dem Zeigefinger auf die Brust. »Rufen Sie mich an.« Sie reichte mir eine weitere ihrer Visitenkarten, ehe sie zu ihrem Wagen zurückging.

Sekunden später saß ich hinter dem Steuer meines

eigenen Wagens und fuhr über die Bridgeport Avenue von Milford ins nahe gelegene Devon. Am Mike's war ich schon Hunderte von Malen vorbeigekommen. Es handelte sich um ein kleines Ziegelgebäude neben einem 7-Eleven. Über die Fassade im ersten Stock zogen sich fünf vertikal angebrachte Neonbuchstaben; in den Fenstern hing Reklame für Schlitz, Coors und Budweiser.

Ich parkte um die Ecke und ging zum Eingang. Erst war ich nicht sicher, ob die Bar morgens überhaupt geöffnet hatte, doch als ich sie betrat, stellte ich fest, dass es reichlich Leute gab, die mit dem Trinken gar nicht früh genug anfangen konnten.

Ein gutes Dutzend Gäste bevölkerte die schummrig beleuchtete Kneipe; zwei hockten an der Bar, die anderen an Tischen. Ich trat neben die beiden Typen auf den Barhockern an den Tresen und wartete, bis mir der stiernackige Barkeeper seine Aufmerksamkeit schenkte.

»Was kann ich für Sie tun?«, fragte er, ein feuchtes Bierglas in der einen, ein Geschirrtuch in der anderen Hand. Er fuhrwerkte das Geschirrtuch ins Glas und drehte es hin und her.

»Hallo«, sagte ich. »Ich bin auf der Suche nach jemandem. Ich glaube, der Mann ist hier Stammgast.«

»Wir haben 'ne Menge Gäste«, sagte er. »Wie heißt er denn?«

»Vince Fleming.«

Der Barkeeper hatte ein echtes Pokerface. Er ließ sich absolut nichts anmerken, hob nicht mal die Augenbrauen. Und mit einer Antwort hatte er es offenbar auch nicht besonders eilig.

»Fleming?«, sagte er kopfschüttelnd. »Nee, da läutet nichts bei mir.«

»Er hat eine Autowerkstatt«, sagte ich. »Wenn er bei Ihnen Kunde ist, kennen Sie ihn garantiert.«

Plötzlich fiel mir auf, dass die beiden Typen an der Bar nicht mehr miteinander redeten.

»Was wollen Sie denn von ihm?«, fragte der Barkeeper.

Ich lächelte entgegenkommend. »Es geht um eine persönliche Angelegenheit«, sagte ich. »Ich wäre Ihnen sehr dankbar, wenn Sie mir sagen könnten, wo ich ihn finde. Warten Sie.« Ich griff nach meinem Portemonnaie, bekam es aber nicht sofort aus der Hosentasche. Unbeholfener ging es kaum; gegen mich war Inspektor Columbo die Coolness in Person. Ich beförderte einen Zehner auf den Tresen. »Ich trinke zwar so früh noch kein Bier, aber Sie sollen nicht leer ausgehen.«

Einer der beiden Typen war plötzlich nicht mehr da. Vielleicht war er aufs Klo gegangen.

»Behalten Sie Ihr Geld«, sagte der Barkeeper. »Wenn Sie mir Ihren Namen hinterlassen, gebe ich ihm Bescheid, falls er hier vorbeisehen sollte.«

»Können Sie mir nicht einfach sagen, wo er arbeitet? Hören Sie, ich will keinen Ärger. Ich suche bloß nach jemandem, und Vince kann mir vielleicht weiterhelfen.«

Der Barkeeper überlegte und kam offensichtlich zu dem Schluss, dass es kein großes Geheimnis war, wo Vince Fleming arbeitete. »Dirksens Garage. Wissen Sie, wo das ist?«

Ich schüttelte den Kopf.

»Über die Brücke und ein Stück weit nach Stratford hinein«, erklärte er. Er skizzierte mir die Wegbeschreibung auf einer Serviette.

Draußen wartete ich einen Augenblick, bis sich meine Augen wieder ans Tageslicht gewöhnt hatten, und stieg dann in meinen Wagen. Dirksens Garage war nur zwei Meilen entfernt, und fünf Minuten später war ich bereits dort. Unterwegs sah ich ein ums andere Mal in den Rückspiegel, um zu checken, ob Rona Wedmore mich vielleicht beschattete, aber offenbar war mir niemand auf den Fersen. Dirksens Garage war ein grauer, einstöckiger Betonbau mit geteertem Hof; vor dem Gebäude stand ein schwarzer Abschleppwagen. Ich parkte und ging an einem Käfer mit Frontschaden und einem Ford Explorer mit eingebeulten Türen vorbei zum Eingang.

Ich betrat ein kleines Büro, durch dessen Fenster man in die Montagehalle sah, wo ein halbes Dutzend reparaturbedürftiger Autos stand. Einige waren zum Lackieren hergerichtet, bei zweien die Kotflügel abmontiert. Ein durchdringender Chemiegeruch stieg mir in die Nase.

Hinter einem Schreibtisch saß eine junge Frau, die aufsah und fragte, ob sie mir helfen könne.

»Ich würde gern mit Vince sprechen«, sagte ich.

»Der ist nicht da.«

»Es ist wichtig«, sagte ich. »Mein Name ist Terry Archer.«

»Worum geht's denn?«

Um meine Frau, hätte ich beinahe gesagt, aber damit hätte ich bloß erreicht, dass bei ihr die Alarmglocken schrillten. Wenn ein Mann einen anderen sprechen will und sagt, es ginge um seine Frau, hat das zuweilen nichts Gutes zu bedeuten.

Daher sagte ich nur: »Ich muss dringend mit ihm sprechen.«

Wobei sich die Frage stellte, worüber ich überhaupt mit ihm sprechen wollte. Was sollte ich sagen? »Haben Sie meine Frau gesehen? Erinnern Sie sich an sie? Damals hieß sie noch Cynthia Bigge. Sie waren mit ihr an dem Abend zusammen, als ihre Familie spurlos verschwunden ist.«

Und nachdem ich auf so überragende Weise das Eis gebrochen hätte, könnte ich es vielleicht so versuchen: »Übrigens, Sie hatten nicht zufällig etwas damit zu tun? Wäre es vielleicht möglich, dass Sie ihre Mutter und ihren Bruder in einem See versenkt haben?«

Ich hätte mir vorher einen Plan zurechtlegen sollen. Aber ich war über Cynthias Flucht schlicht so verzweifelt gewesen, dass ich nicht daran gedacht hatte.

»Wie schon gesagt, Mr Fleming ist nicht hier«, sagte die junge Frau. »Soll ich ihm etwas ausrichten?«

»Mein Name ist Terry Archer«, wiederholte ich. Ich gab ihr meine Telefon- und Handynummer. »Ich muss unbedingt mit ihm reden.«

»Das wollen viele«, sagte sie.

Und so stand ich ein paar Sekunden später wieder draußen in der Sonne und fragte mich: »Was nun, du Pfeife?«

Bislang hatte ich so gut wie nichts in Erfahrung gebracht. Vielleicht würde mir ja etwas halbwegs Intelligentes einfallen, wenn ich eine Kaffeepause einlegte.

Einen halben Block weiter erspähte ich einen Donut-Laden und ging hinüber. Ich bestellte einen Medium-Becher mit Zucker und Milch und setzte mich an einen Tisch, auf dem ein paar leere Donut-Verpackungen lagen. Ich schob sie beiseite und kramte mein Handy hervor.

Erneut versuchte ich, Cynthia zu erreichen, aber wieder schaltete sich sofort die Mobilbox ein. »Schatz, ruf mich zurück. Ich bitte dich.«

Ich war gerade dabei, das Handy in meine Jacke zurückzustecken, als es plötzlich klingelte.

»Hallo? Cyn?«

»Mr Archer?«

»Ja.«

»Hier spricht Dr. Kinzler.«

»Oh, Sie sind's. Danke für Ihren Rückruf.«

»Ihre Frau ist verschwunden?«

»Sie hat sich mitten in der Nacht aus dem Haus gestohlen«, sagte ich. »Und sie hat Grace mitgenommen.« Dr. Kinzler schwieg. »Hallo?«

»Ich bin noch dran. Aber Ihre Frau hat mich nicht kontaktiert. Sie sollten schleunigst etwas unternehmen, Mr Archer.«

»Danke für den Ratschlag. Was glauben Sie eigentlich, was ich gerade tue?«

»Ihre Frau steht unter extremer nervlicher Anspannung. Ihr Zustand ist alles andere als stabil. Und das könnte auch Folgen für Ihre Tochter haben.«

»Was wollen Sie damit sagen?«

»Gar nichts. Ich empfehle Ihnen lediglich, alle Hebel in Bewegung zu setzen, um Ihre Frau zu finden. Und wenn sie sich bei mir melden sollte, werde ich ihr raten, umgehend nach Hause zurückzukehren.«

»Aber sie fühlt sich dort nicht mehr sicher.«

»Dann sollten Sie dafür sorgen, dass sie sich sicher fühlt«, sagte Dr. Kinzler. »Pardon, aber ich habe einen Anrufer auf der anderen Leitung.«

Und damit legte sie auf. Na toll, dachte ich.

Ich trank meinen Kaffee halb aus, ehe ich merkte, dass er widerlich bitter schmeckte; dann stand ich auf und verließ den Laden.

Ich war noch keine drei Schritte weit gegangen, als ein roter Geländewagen über die Bordsteinkante fuhr und abrupt vor mir hielt. Die Türen öffneten sich und zwei feiste, aber kräftig gebaute Typen in Jeans, Jeansjacken und schmutzigen T-Shirts – der eine kahl, der andere blond – stiegen aus.

»Steig ein«, sagte der Kahlkopf.

»Wie bitte?«, fragte ich.

»Du hast doch gehört«, sagte der Blonde. »Steig in den verdammten Wagen.«

»Von wegen«, sagte ich und trat einen Schritt zurück.

Im selben Moment packten sie mich auch schon von beiden Seiten an den Armen. »He, was soll das?«, entfuhr es mir, während sie mich zur offenen Hintertür des Geländewagens zerrten. »Das können Sie nicht machen. Lassen Sie mich los!«

Sie stießen mich in den Wagen und ich landete auf dem Boden vor den Rücksitzen; im Fallen bekam ich mit, dass hinter dem Steuer noch ein dritter Mann saß. Der Kahle stieg zu mir und drückte mir seinen schwe-

315

ren Arbeitsschuh in den Rücken, während der Blonde auf dem Beifahrersitz Platz nahm.

»Weißt du, was ich dachte, was er gleich sagt?«, fragte der Kahlkopf den Blonden.

»Was denn?«

»›Fassen Sie mich nicht an.‹« Die beiden grölten los, als wollten sie sich schier scheckig lachen.

Und das Schlimmste war, dass ich genau das hatte sagen wollen, bevor ich auf dem Boden des Wagens gelandet war.

DREIUNDDREISSIG

Als Lehrer hatte ich nicht allzu viel Erfahrung im Umgang mit Schlägern, die einen vor einem Donut-Laden überfallen und in einen Geländewagen zerren.

Eine Sache lernte ich allerdings schnell – dass hier absolut niemanden interessierte, was ich zu vermelden hatte.

»Hören Sie«, sagte ich vom Boden des Geländewagens aus. »Das muss ein Irrtum sein.« Ich versuchte mich ansatzweise auf die Seite zu drehen, um einen Blick auf den Kerl zu erhaschen, dessen Fuß auf meinem Oberschenkel ruhte.

Er glotzte mich an. »Halt's Maul.«

»He«, sagte ich. »Sie müssen mich mit jemandem verwechseln. Für wen halten Sie mich? Für irgendeinen Gangster? Einen Cop? Verdammt noch mal, ich bin *Lehrer*!«

Der Blonde wandte sich um. »Ich habe meine Lehrer gehasst. Allein das reicht schon, um dir mal eben die Beine zu brechen.«

»Ich weiß, es gibt eine Menge beschissene Lehrer. Aber ich wollte damit lediglich sagen, dass ich …«

Der Kahlkopf seufzte, griff in seine Jacke und förderte eine Pistole zutage, die sicher alles andere als die größte Handfeuerwaffe der Welt war, aus meiner Perspektive aber wie eine Gefechtskanone aussah. Er richtete die Knarre auf meinen Kopf.

»Der Boss wird bestimmt sauer sein, wenn ich dir die Rübe runterschieße und hier die Polster versaue … aber wenn ich ihm erkläre, dass du nicht die Schnauze halten wolltest, hat er bestimmt Verständnis dafür.«

Und so hielt ich lieber die Schnauze.

Man brauchte wahrhaftig kein Sherlock Holmes zu sein, um dahinterzukommen, dass die kleine Entführung mit meinen Fragen nach Vince Fleming zusammenhing. Möglich, dass einer der beiden Typen an der Bar im Mike's kurz zum Handy gegriffen oder der Barkeeper in Dirksens Garage angerufen hatte, bevor ich dort eingetroffen war. Dann wiederum hatte jemand die beiden Schlägertypen auf den Plan gerufen, um herauszufinden, was ich von Vince Fleming wollte.

Nur dass mir hier niemand Fragen stellte.

Vielleicht war es ihnen egal. Vielleicht reichte es schon, dass ich mich nach Vince Fleming umgehört hatte. Eine Frage zu viel, und schon waren ein paar Typen zur Stelle, um neugierige Kantonisten auf Nimmerwiedersehen verschwinden zu lassen.

Ich zerbrach mir den Kopf, wie ich aus dem Schlamassel wieder herauskommen sollte. Allein gegen drei. Ihren Bäuchen nach zu urteilen, waren es bestimmt nicht die durchtrainiertesten Galgenvögel von Milford, aber mit einer Waffe in der Jacke musste man schließlich auch nicht besonders gut in Form sein. Ich ging davon aus, dass die beiden anderen ebenfalls bewaffnet waren. Konnte es mir irgendwie gelingen, dem Kahlkopf seine

Knarre abzunehmen, ihn niederzustrecken und aus dem fahrenden Wagen zu springen?

Im Leben nicht.

Der Kahle hielt die Waffe immer noch in der Hand; sie ruhte auf seinem Knie, während er mich mit dem Fuß weiterhin am Boden hielt. Der Blonde und der Fahrer unterhielten sich über ein Footballspiel vom Abend zuvor.

Plötzlich sagte der Blonde: »He, was ist denn das?«

Der Fahrer sagte: »'ne CD, was sonst?«

»Das sehe ich. Aber die steckst du nicht in den Player.«

»Und ob.«

Ich hörte, wie eine CD in den Player geschoben wurde.

»Das meinst du ja wohl nicht ernst«, sagte der Blonde.

»Was'n los?«, fragte der Kahlkopf.

Ehe jemand antworten konnte, drang plötzlich Musik aus den Lautsprechern. Ein kurzes instrumentales Intro, und dann sang eine Stimme: »*Why do birds suddenly appear ... every time ... you are near?*«

»Leck mich am Arsch«, sagte der Kahlkopf. »Du hörst die Carpenters?«

»He«, sagte der Fahrer. »Mach halblang. Mit dem Sound bin ich aufgewachsen.«

»Du meine Güte«, sagte der Blonde. »Die Kleine, die da singt ... hatte die nicht irgendein Essproblem?«

»Ja«, sagte der Fahrer. »Die hatte Magersucht.«

»Solche Leute«, sagte der Kahle, »sollten lieber mal 'nen ordentlichen Hamburger verdrücken.«

Dass drei Typen, die locker über eine Band der Siebziger plauderten, mich an einem verschwiegenen Ort abmurksen wollten, war wohl kaum anzunehmen, oder? Einen Augenblick lang fühlte ich mich erleichtert. Dann aber kam mir die Szene aus *Pulp Fiction* in den Sinn, in der sich Samuel L. Jackson und John Travolta darüber in die Haare kriegen, wie ein Hamburger in Paris heißt, ehe sie kaltblütig ein paar Typen in einem Apartment hinrichten. Wahrscheinlich bestand der einzige Unterschied darin, dass meine Entführer nicht ganz so viel Stil besaßen wie Jackson und Travolta. Tatsächlich stank es im Wagen durchdringend nach Körperausdünstungen.

Sollte es so mit mir zu Ende gehen? Auf dem Rücksitz eines Geländewagens? Eben hatte ich noch Kaffee in einem Donut-Laden getrunken, und nun fragte ich mich, ob das Letzte, was ich in meinem Leben hören würde, eine Schnulze von den Carpenters war.

Der Fahrer bog um ein paar Ecken, dann holperten wir über einen Bahnübergang, und wenn mich mein Gefühl nicht ganz trog, ging es anschließend leicht abwärts, als würden wir zur Küste hinunterfahren.

Schließlich ging der Fahrer vom Gas; der Wagen bog nach rechts ab, fuhr über eine Bordsteinkante und kam abrupt zum Stehen. Durch das Seitenfenster sah ich blauen Himmel und einen Teil einer Hausfassade. Als der Fahrer den Motor abstellte, drang Möwengeschrei an meine Ohren.

»Okay.« Der Kahle blickte zu mir herunter. »Keine Zicken. Wir steigen jetzt aus und gehen da drüben rein. Sobald du abzuhauen versuchst oder um Hilfe rufst, werde ich dir wehtun. Verstanden?«

»Ja«, sagte ich.

Der Blonde und der Fahrer waren bereits ausgestiegen. Der Kahle öffnete seine Tür und trat ebenfalls auf den Asphalt, während ich mich aufrappelte und aus dem Wagen kroch.

Wir befanden uns in einer Einfahrt zwischen zwei Strandhäusern, offenbar am East Broadway. Zwischen den dicht zusammenstehenden Häusern konnte ich den Strand und dahinter die Bucht von Long Island aufblitzen sehen.

Der Kahle wies auf eine Außentreppe, die an der Seite des verwitterten gelben Hauses hinauf in den ersten Stock führte. Das Erdgeschoß schien mehr oder minder aus Garagen zu bestehen. Der Blonde und der Fahrer gingen voran; der Kahle folgte mir. Die Stufen waren sandig; es knirschte leise unter unseren Schuhen.

Am oberen Treppenabsatz öffnete der Fahrer eine Fliegentür und hielt sie uns auf, bis wir allesamt einen großen Raum mit Glasschiebetüren betreten hatten, die auf eine Veranda mit Meeresblick hinausführten. Ich erblickte eine Couch, ein paar Sessel und ein Regal mit Taschenbüchern; weiter hinten befanden sich ein Esstisch und eine Küchenzeile.

Ein bulliger Typ stand mit dem Rücken zu mir am Herd und hantierte mit einer Pfanne und einem Pfannenheber.

»Hier ist er«, sagte der Blonde.

Der Mann nickte wortlos.

»Wir warten unten«, sagte der Kahlkopf. Der Blonde und der Fahrer folgten ihm nach draußen; ich hörte, wie sie die Treppe hinuntertrabten.

Ich stand da wie bestellt und nicht abgeholt. Unter anderen Umständen hätte ich die Aussicht bewundert; vielleicht wäre ich sogar auf die Veranda hinausgegangen, um die frische Seeluft tief in meine Lungen zu saugen. Stattdessen richtete ich den Blick auf den breiten Rücken des Mannes, der anscheinend schon auf mich gewartet hatte.

»Wollen Sie ein paar Eier?«, fragte er.

»Nein, danke«, sagte ich.

»Wäre überhaupt kein Problem«, sagte er. »Spiegelei, Rührei, was Sie wollen.«

»Noch mal danke«, sagte ich.

»So läuft das, wenn man später aufsteht«, sagte er. »Ist meist schon Mittag, wenn ich Frühstück mache.«

Er öffnete einen Schrank, nahm einen Teller heraus, belud ihn mit Rührei und packte ein paar Würstchen dazu, die er zuvor gebraten haben musste. Dann nahm er sich eine Gabel und ein Steakmesser aus einer Besteckschublade.

Er wandte sich um, ging zum Tisch und setzte sich.

Er war etwa so alt wie ich, obwohl er sich, rein objektiv gesehen, nicht ganz so gut gehalten hatte. Sein Gesicht war voller Aknenarben; über seinem rechten Auge befand sich eine deutlich sichtbare, etwa zwei Zentimeter lange Narbe, und sein ehemals schwarzes Haar war von jeder Menge Grau durchsetzt. Er trug schwarze Jeans und ein schwarzes T-Shirt, unter dessen rechtem Ärmel der Ansatz einer Tätowierung zu sehen war. Das T-Shirt spannte sich über seinem Bauch, und er gab einen angestrengten Seufzer von sich, als er sich setzte.

Er wies auf den ihm gegenüberstehenden Stuhl. Ich trat vorsichtig näher und nahm Platz. Er griff nach einer Ketchupflasche, drehte sie um und ließ eine satte Portion auf sein Rührei mit Würstchen tropfen. Vor ihm stand ein Kaffeebecher, und als er danach griff, sagte er: »Auch einen?«

»Nein, danke«, sagte ich. »Ich habe gerade erst Kaffee getrunken. In der Donut-Bude schräg gegenüber von Ihrer Werkstatt.«

»Der Laden gehört mir«, sagte er.

»Tatsächlich?«

»Der Kaffee da schmeckt doch fürchterlich«, sagte er.

»Wohl wahr«, sagte ich.

»Kenne ich Sie irgendwoher?«, fragte er und schob sich eine Gabel Rührei in den Mund.

»Nein«, sagte ich.

»Wieso haben Sie sich dann nach mir erkundigt?«

»Sorry«, sagte ich. »Ich wollte Sie nicht beunruhigen.«

»Beunruhigen?« Vince Fleming stach mit der Gabel in eines der Würstchen und schnitt sich ein Stück mit dem Steakmesser ab. »Na ja, ich werde jedenfalls ziemlich hellhörig, wenn jemand andere nach mir ausfragt.«

»Das konnte ich ja nicht wissen.«

»Konkurrenten mit unorthodoxen Geschäftspraktiken sind in meinem Business keine Seltenheit.«

»Das glaube ich gern«, sagte ich.

»Tja, und deshalb arrangiere ich bisweilen ein Treffen, bei dem ich den Arm am längeren Hebel habe.«

»Verstehe«, sagte ich.

»Also, wer zum Teufel sind Sie?«

»Mein Name ist Terry Archer. Sie hatten mal was mit meiner Frau.«

»Ach ja?«, sagte er.

»Ist schon eine Weile her, aber …«

Vince Fleming sah mich finster an, während er ein weiteres Stück Würstchen vertilgte. »Was soll der Scheiß? Selbst wenn ich mit Ihrer Lady rumgemacht haben sollte … Ist doch nicht mein Problem, wenn Sie es ihr nicht ordentlich besorgen können.«

»Darum geht's gar nicht«, sagte ich. »Meine Frau heißt Cynthia. Cynthia Bigge, das war ihr Mädchenname.«

Er kaute nicht weiter. »Oh. Verdammt, das ist echt lange her.«

»Fünfundzwanzig Jahre«, sagte ich.

»Nett, dass Sie sich endlich mal vorstellen«, sagte Vince Fleming.

»Ich weiß nicht, wie ich anfangen soll«, sagte ich. »Sie erinnern sich doch bestimmt, was damals passiert ist.«

»Klar. Ihre Familie ist spurlos verschwunden.«

»Genau. Und jetzt hat man die Leichen von Cynthias Mutter und ihrem Bruder gefunden.«

»Todd?«

»Ja.«

»Ich kannte Todd.«

»Gut?«

»Ein bisschen«, sagte Vince Fleming schulterzuckend. »Na ja, wir gingen auf dieselbe Schule. Er war ganz in Ordnung.«

»Sind Sie überhaupt nicht neugierig, wo sie gefunden wurden?«

»Das werden Sie mir wohl sowieso auf die Nase binden.« Er schaufelte sich eine weitere Gabel Rührei mit Ketchup in den Mund.

»Auf dem Grund eines Sees in Massachusetts. In einem gelben Ford Escort. Dem Wagen von Cynthias Mutter.«

»Meinen Sie das ernst?«

»Todernst.«

»Da haben sie dann bestimmt schon eine ganze Weile gelegen«, sagte Vince Fleming. »Wie hat die Polizei die Leichen identifiziert?«

»Durch einen DNA-Test«, sagte ich.

Staunend schüttelte er den Kopf. »Unglaublich, was die heute alles so draufhaben.«

»Außerdem ist Cynthias Tante vor kurzem ermordet worden«, sagte ich.

Vince Flemings Augen verengten sich. »Cynthia hat mir mal von ihr erzählt, glaube ich. Hieß sie nicht Bess?«

»Tess.«

»Ja, genau. Und die hat's erwischt?«

»Sie ist erstochen worden. In ihrer Küche.«

»Hmm«, sagte Vince Fleming. »Gibt's einen bestimmten Grund, warum Sie mir das erzählen?«

»Cynthia ist verschwunden«, sagte ich. »Sie ist auf und davon. Mit unserer Tochter. Sie ist acht und heißt Grace.«

»Schöne Scheiße«, sagte er.

»Erst habe ich gedacht, Cynthia würde vielleicht Sie

aufsuchen. Sie will in Erfahrung bringen, was in jener Nacht geschehen ist, und Sie könnten ihr möglicherweise helfen, die eine oder andere Antwort zu finden.«

»Wie kommen Sie denn darauf?«

»Nun ja, abgesehen von ihrer Familie waren Sie wahrscheinlich der Letzte, der Cynthia an jenem Abend gesehen hat. Außerdem sind Sie mit ihrem Vater aneinandergeraten, als er Cynthia nach Hause bringen wollte.«

Im selben Augenblick griff er blitzschnell über den Tisch, packte mit der Rechten mein linkes Handgelenk und zog es zu sich herüber, während er mit der Linken nach dem Steakmesser langte, mit dem er eben noch seine Würstchen zerteilt hatte. Er schwang das Messer in hohem Bogen und rammte es zwischen meinem Mittel- und Ringfinger in die Tischplatte.

Unwillkürlich stieß ich einen Schrei aus.

Vince Flemings Faust schloss sich wie ein Schraubstock um mein Handgelenk. »Was wollen Sie damit sagen?«, knurrte er.

Mein Puls schlug so rasend schnell, dass ich kein Wort herausbrachte. Entsetzt starrte ich auf das Messer; ich konnte es kaum fassen, dass er nicht doch meine Hand aufgespießt hatte.

»Jetzt stelle ich Ihnen mal 'ne Frage«, sagte Vince Fleming mit gefährlich leiser Stimme. »Kürzlich hat hier noch ein anderer Typ nach mir rumgefragt. Wissen Sie etwas davon?«

»Was für ein anderer Typ?«, fragte ich.

»Um die fünfzig, gedrungene Statur, wahrscheinlich ein Privater. So auffällig wie Sie hat er sich jedenfalls nicht verhalten.«

»Das war Denton Abagnall«, sagte ich. »Die Beschreibung passt genau.«

»Ach ja? Und woher kennen Sie ihn?«

»Cynthia und ich haben ihn beauftragt, Nachforschungen anzustellen.«

»Über mich?«

»Nein. Nicht direkt jedenfalls. Er sollte herausfinden, was mit Cynthias Familie passiert ist.«

»Und deshalb hat er ausgerechnet hinter mir hergeschnüffelt?«

Ich schluckte. »Zumindest wollte er Sie unter die Lupe nehmen.«

»Ach ja? Und was hat er herausbekommen?«

»Nichts«, sagte ich. »Na ja, wir wissen es nicht. Und wir werden es wohl auch nie erfahren.«

»Wieso?«

Entweder wusste er es wirklich nicht oder er hatte ein verdammt gutes Pokerface.

»Er ist tot«, sagte ich. »Er wurde ebenfalls ermordet. In einer Parkgarage in Stamford. Vermutlich steht sein Tod in Zusammenhang mit dem Mord an Tess.«

»Außerdem war da noch eine von der Bullerei, die nach mir rumgefragt hat. Eine Schwarze, klein und fett, wie ich gehört habe.«

»Detective Wedmore«, sagte ich. »Sie leitet die polizeilichen Ermittlungen.«

»Na schön«, sagte Vince Fleming, ließ mein Handgelenk los und zog das Messer aus der Tischplatte. »Und was geht mich der ganze Scheiß an?«

»Meine Frau hat Sie also nicht kontaktiert«, sagte ich. »Oder etwa doch?«

327

»Nein.« Dabei sah er mir herausfordernd in die Augen, als warte er nur auf Widerspruch.

Ich hielt seinem Blick stand. »Ich hoffe, Sie sagen die Wahrheit, Mr Fleming. Weil ich nämlich nicht zulassen werde, dass meiner Frau und meiner Tochter etwas zustößt.«

Er erhob sich und kam um den Tisch herum. »Soll das 'ne Drohung sein?«

»Ich habe vielleicht nicht so viel Einfluss wie Sie, aber wenn es um meine Familie geht, werde ich mich von nichts und niemandem einschüchtern lassen.«

Er packte mich an den Haaren, riss meinen Kopf zurück und beugte sich zu mir. Sein Atem roch nach Würstchen und Ketchup.

»Hör mir gut zu, Arschloch. Ist dir eigentlich klar, mit wem du hier redest? Meine Jungs da draußen – hast du 'ne Ahnung, wozu die fähig sind? Die verfüttern dich in der Bucht an die Fische, wenn ich nur mit dem Finger ...«

Draußen rief einer seiner Schläger: »He, da kannst du nicht rein.«

Dann ertönte eine Frauenstimme: »Fick dich ins Knie.« Ich hörte, wie jemand die Treppe heraufkam.

Da Vince Flemings Kopf mir die Sicht versperrte, hörte ich nur, wie die Tür geöffnet wurde und eine mir vage bekannte Stimme sagte: »He, Vince, hast du Mom gesehen? Ich muss nämlich noch ...«

Sie verstummte, da sie offensichtlich nicht damit gerechnet hatte, dass Vince gerade jemanden in der Mangel hatte.

»Du siehst doch, ich hab zu tun«, erwiderte er. »Woher soll ich wissen, wo deine Mom ist? Wahrscheinlich ist sie zum Einkaufen gefahren.«

»Oh, Scheiße«, sagte die Frauenstimme. »Vince, was machst du denn da mit meinem Lehrer?«

Und als ich, Vince Flemings feiste Finger im Haar, den Kopf ein, zwei Zentimeter drehte, starrte ich in das verblüffte Gesicht von Jane Scavullo.

VIERUNDDREISSIG

»Deinem Lehrer?«, sagte Vince, ohne meine Haare loszulassen. »Was für ein Lehrer soll das denn sein?«

»Mein Englischlehrer«, sagte Jane. »Der mit dem Schreibkurs. He, wenn du meine Lehrer verprügeln willst, kann ich dir ein paar nennen, die's eher verdient hätten. Mr Archer ist der netteste von allen.« Sie trat näher. »Hallo, Mr Archer.«

»Hallo, Jane«, sagte ich.

»Wann kommen Sie eigentlich wieder?«, fragte sie. »Ihre Vertretung ist eine totale Nullnummer. Noch schlimmer als die alte Stottertante. Die meisten machen einfach blau. Der Typ stochert dauernd in seinen Zähnen rum, so auf die klammheimliche Tour, aber wir kriegen es natürlich trotzdem mit.« Mir fiel auf, dass sie viel gesprächiger war als in der Schule.

Dann fragte sie Vince: »Was ist hier eigentlich los?«

»Wie wär's, wenn du einfach wieder die Biege machst?«, sagte Vince.

»Ich brauche Geld.«

»Wofür?«

»Alles Mögliche.«

»Ja, was?«

»Alles Mögliche eben.«

»Wie viel?«

Jane zuckte mit den Schultern. »Vierzig?«

Vince Fleming ließ mich los, zückte sein Portemonnaie und reichte Jane zwei Zwanziger.

»Ist das der Typ, von dem du letztens erzählt hast?«, fragte er. »Der, der auf deine Geschichten steht?«

Jane nickte. Sie wirkte so entspannt, als würde sie regelmäßig dabei zusehen, wie Vince unliebsame Besucher seiner Spezialbehandlung unterzog, nur dass es sich heute eben um einen ihrer Lehrer handelte. »Genau der. Was ziehst du da für 'ne Nummer mit ihm ab?«

»Das kann ich dir echt nicht erklären, Süße.«

»Ich bin auf der Suche nach meiner Frau und meiner Tochter«, sagte ich. »Ich weiß nicht, wo sie sind, und ich dachte, dein Va… nun ich, ich dachte, Vince könnte mir vielleicht helfen, sie zu finden.«

»Er ist nicht mein Vater«, sagte Jane. »Er ist der Lover meiner Mutter.« An Vince gerichtet, fuhr sie fort: »War nicht böse gemeint.« Sie sah mich an. »Erinnern Sie sich noch an meine Story über den Typ, der mir Eier zum Frühstück macht?«

»Ja klar«, sagte ich.

»Vince ist dafür sozusagen Modell gestanden. Er ist echt nett.« Sie grinste. »Zu mir jedenfalls. Wieso ist er denn so mies drauf, wenn Sie bloß nach Ihrer Frau suchen?«

»Jane …«, sagte Vince.

Sie trat direkt auf ihn zu. »Sei bloß nett zu ihm, sonst sehe ich echt alt aus. Er ist der Einzige, bei dem ich anständige Noten bekomme. Also hilf ihm gefälligst, seine Frau zu finden. Sonst müssen wir noch länger bei diesem Typen abhängen, der die ganze Zeit zwischen seinen Zähnen rumpult. Und da müsste ich echt kotzen.«

Vince legte ihr einen Arm um die Schultern und führte sie zur Tür. Ich konnte nicht hören, was er zu ihr sagte, aber dann drehte sie sich noch einmal um. »Bis dann, Mr Archer.«

»Wiedersehen, Jane.«

Vince kam wieder an den Tisch und setzte sich. Er wirkte nicht mehr so bedrohlich wie zuvor, sondern sah leicht verlegen drein.

»Jane ist ein kluges Kerlchen«, sagte ich.

Vince nickte. »Ja, sie ist schwer in Ordnung. Ich bin schon länger mit ihrer Mutter zusammen. Na ja, Jane brauchte ein bisschen Stabilität in ihrem Leben. Ich selbst habe keine Kinder, aber sie ist trotzdem so was wie meine Tochter.«

»Sie scheinen ziemlich gut mir ihr auszukommen«, sagte ich.

»Die wickelt mich um ihren kleinen Finger.« Er grinste. »Sie hat schon öfter von Ihnen erzählt. Ich wäre nie draufgekommen, dass Sie das sind. Obwohl ich Ihren Namen schon tausendmal gehört habe. Mr Archer hier, Mr Archer da.«

»Tatsächlich?«, sagte ich.

»Sie haben sie zum Schreiben ermutigt«, sagte Vince.

»Sie ist wirklich gut.«

Vince wies auf die Bücherregale. »Ich lese 'ne ganze Menge. Okay, ich bin nicht so wahnsinnig gebildet, aber ich stehe auf Bücher, vor allem auf historische Sachen und Biografien. Und Abenteuerromane. Ist doch faszinierend, dass es Menschen gibt, die sich hinsetzen und ganze Bücher schreiben. Und da habe ich schon ein bisschen aufgehorcht, als Jane meinte, Sie hätten gesagt, sie hätte das Zeug zur Schriftstellerin.«

»Sie hat eine eigene Stimme«, sagte ich.

»Hmm?«

»Na ja, bestimmte Autoren würden Sie doch sicher wiedererkennen, selbst wenn ihr Name nicht auf dem Buch stünde, oder?«

»Garantiert.«

»Das meinte ich mit eigener Stimme. Und Jane hat so eine.«

Vince nickte. »Hören Sie«, sagte er. »Ich wollte Ihnen nicht zu nahe treten …«

»Schwamm drüber«, sagte ich. Meine Kehle war so trocken, dass ich kaum schlucken konnte.

»Aber wenn alle möglichen Leute Fragen nach einem stellen, wird jemand wie ich schnell hellhörig.«

»Jemand wie Sie?« Ich fuhr mir durch die Haare, um meine Frisur wieder einigermaßen in Ordnung zu bringen. »Was meinen Sie damit?«

»Lassen Sie's mich mal so ausdrücken«, sagte Vince. »Ich bin kein Englischlehrer. Ich schätze, in Ihrem Job laufen die Dinge ein bisschen anders.«

»Sie meinen, ich habe es nicht nötig, harte Jungs auf unliebsame Schnüffler zu hetzen?«

»So in etwa«, sagte Vince. »Wollen Sie vielleicht doch einen Kaffee?«

»Danke«, sagte ich. »Warum eigentlich nicht?«

Er ging zur Anrichte, schenkte mir eine Tasse ein und kam wieder an den Tisch.

»Ein Privater, eine Tante von den Cops und dann

auch noch Sie«, sagte er. »Ist doch wohl logisch, dass ich da nervös geworden bin.«

»Kann ich offen zu Ihnen sein? Ohne Gefahr zu laufen, dass Sie mir die Haare ausreißen oder ein Messer zwischen die Finger rammen?«

Vince fixierte mich misstrauisch und nickte zögernd.

»Also, gehen wir noch mal fünfundzwanzig Jahre zurück. Sie waren an dem besagten Abend mit Cynthia zusammen. Ihr Vater hat Sie bei Ihrem Rendezvous gestört und Cynthia mit nach Hause genommen. Weniger als zwölf Stunden später wacht Cynthia auf und ihre gesamte Familie ist spurlos verschwunden. Was bedeutet, dass Sie einer der letzten Menschen waren, der eines ihrer Familienmitglieder lebend gesehen hat. Ich weiß nicht genau, was zwischen Ihnen und Cynthias Vater gelaufen ist, aber ich nehme an, es war keine besonders angenehme Situation.« Ich hielt inne. »Nun ja, das haben Sie bestimmt schon damals lang und breit mit der Polizei durchgekaut.«

»Stimmt.«

»Und was haben Sie ausgesagt?«

»Gar nichts.«

»Wie meinen Sie das?«

»Na, hab ich doch gesagt. Absolut gar nichts. Das hatte ich von meinem Alten Herrn gelernt, Gott sei seiner Seele gnädig. Bei den Bullen grundsätzlich überhaupt nichts rauszulassen. Selbst wenn man hundertprozentig unschuldig ist. Bei den Bullen auszupacken, hat noch keinem was genützt.«

»Aber Sie hätten doch bei der Aufklärung des Falls helfen können.«

»Ich wollte bloß, dass mich die Bullen in Ruhe lassen.«

»Aber haben Sie sich dadurch nicht selbst verdächtig gemacht?«

»Möglich. Aufgrund eines Verdachts kann man aber nicht eingebuchtet werden. Ohne Beweise geht gar nichts. Und sie hatten eben keine. Hätten sie welche gehabt, würden wir jetzt wahrscheinlich kein ungezwungenes Gespräch führen.«

Ich trank einen Schluck Kaffee. »Hmm«, sagte ich. »Schmeckt hervorragend.«

»Danke«, sagte Vince. »Kann ich offen mit Ihnen reden, ohne dass Sie sich an *meinen* Haaren vergreifen?«

»Keine Sorge«, sagte ich.

»Ich habe mich damals ziemlich mies gefühlt. Weil ich Cynthia nicht helfen konnte. Sie war nämlich … Hören Sie, ich will Ihnen wirklich nicht zu nahe treten. Sie sind schließlich ihr Mann.«

»Schon okay.«

»Sie war ein echt nettes Mädchen. Ein bisschen rebellisch, so wie alle Kids in dem Alter, aber komplett harmlos im Vergleich zu mir. Ich hatte schon richtig Ärger mit den Bullen gehabt. Tja, sie hatte wohl so 'ne Art Phase, in der es ihr gefiel, mit dem bösen Buben der Schule rumzuziehen. Bevor seriöse Typen wie Sie an die Reihe kamen.« Er hörte sich an, als hätte Cynthia sich verschlechtert. »War nicht unfreundlich gemeint.«

»So habe ich's auch nicht aufgefasst.«

»Ich mochte sie wirklich gern und sie tat mir furchtbar leid. Unfassbar – eines Morgens wacht man auf, und die Menschen, die einem am nächsten stehen, sind spurlos verschwunden! Ich wünschte, ich hätte ihr irgendwie helfen können. Aber mein Alter meinte, ich solle bloß die Finger von der Kleinen lassen. Er meinte, wir hätten schon genug Probleme mit den Cops, da würde es uns gerade noch fehlen, dass ich mich mit einem Mädel einlasse, dessen Familie höchstwahrscheinlich ermordet worden ist.«

»Das kann ich sogar verstehen.« Ich wählte meine Worte mit Bedacht. »Ihr Vater war finanziell ziemlich abgesichert, oder?«

»Es ging ihm bestens. Zumindest bis er umgelegt wurde.«

»Von der Sache habe ich gehört«, sagte ich.

»Ach ja?«, sagte er. »Was denn?«

»Dass die mutmaßlichen Täter bitter dafür bezahlt haben.«

Vince lächelte düster. »Das haben sie.« Er kehrte in die Gegenwart zurück. »Wieso die Frage nach dem Geld?«

»Könnte es sein, dass Ihr Vater Cynthia finanziell unterstützt hat – bis nach ihrem Studium?«

»Was?«

»Ich frage ja bloß. Wäre es möglich, dass er vielleicht glaubte, Sie hätten etwas mit dem Verschwinden von Cynthias Familie zu tun? Und deshalb Cynthias Tante Tess anonym mit Geld versorgt hat, um so für Cyns Ausbildung aufzukommen?«

Vince musterte mich, als hätte ich den Verstand verloren. »Haben Sie gesagt, Sie wären Lehrer? Lässt man inzwischen auch Verrückte an unseren Schule unterrichten?«

»Sie können auch einfach nein sagen.«

»Nie im Leben.«

»Tja.« Ich überlegte, ob ich mit der Geschichte herausrücken sollte, und folgte dann meinem Gefühl. »Aber genau das hat irgendjemand getan.«

»Im Ernst?«, sagte Vince. »Jemand hat Cynthias Tante Geld zukommen lassen? Für ihr Studium?«

»Genau.«

»Und niemand weiß, wer das war?«

Ich schüttelte den Kopf.

»Sehr merkwürdig«, sagte er. »Und Cynthias Tante wurde ermordet?«

»Ja.«

Vince Fleming lehnte sich zurück und starrte einen Moment lang an die Zimmerdecke, ehe er den Blick wieder auf mich richtete. Er stieß einen langen Seufzer aus.

»Ich verrate Ihnen etwas«, sagte er. »Falls Sie vorhaben sollten, es den Cops weiterzuerzählen, werde ich alles abstreiten. Am Ende verwenden die das noch gegen mich.«

»Okay.«

»Vielleicht hätte ich schon damals damit herausrücken sollen, aber ich wollte nicht das Risiko eingehen, dass sie mich doch irgendwie am Arsch kriegen. Na ja, jedenfalls konnte ich nicht preisgeben, wo ich gewesen war, selbst wenn ich Cynthia damit geholfen hätte. Mir war klar, dass die Cops sie irgendwann selbst verdächtigen würden, etwas mit dem Verschwinden ihrer Familie zu tun zu haben, auch wenn ich genau wusste, dass sie niemals zu so etwas fähig gewesen wäre. Wie auch immer, ich wollte um keinen Preis in die Sache hineingezogen werden.«

Ich hatte einen trockenen Mund. »Ich bin Ihnen für jede Information dankbar.«

»Nachdem ihr Alter Herr uns an jenem Abend aufgestöbert hatte« – er schloss die Augen, wie um sich alles bildlich in Erinnerung zu rufen –, »bin ich den beiden hinterhergefahren. Ich bin ihnen nicht direkt gefolgt – irgendwie wollte ich bloß wissen, wie tief sie in der Scheiße steckte, ob ihr Alter sie anbrüllen würde oder so. Aber da ich ihnen nicht direkt auf die Stoßstange rücken konnte, habe ich so gut wie nichts mitgekriegt.«

Ich wartete.

»Ich habe beobachtet, wie die beiden ins Haus gegangen sind. Cynthia war ziemlich wacklig auf den Beinen. Wir hatten beide ganz schön gebechert, aber ich konnte schon damals einiges vertragen.« Er grinste. »Früh übt sich, Sie wissen schon.«

Ich schwieg, da ich spürte, dass Vince auf etwas Wichtiges hinauswollte.

»Nun ja«, fuhr er fort, »ich parkte und wartete, weil ich dachte, sie würde vielleicht wieder rauskommen – ich wollte einfach zur Stelle sein, falls der Zoff zwischen ihr und ihren Eltern ausartete. Aber sie kam nicht wieder raus. Und nach einer Weile fuhr ein Wagen an mir vorbei, ziemlich langsam, so als würde jemand nach den Hausnummern Ausschau halten.«

Ich nickte.

»Ich achtete nicht weiter darauf, aber am Ende der Straße drehte der Wagen um und parkte schräg gegenüber von Cynthias Haus.«

»Konnten Sie erkennen, wer in dem Wagen saß? Oder was für ein Wagen es war?«

»Ein AMC Ambassador oder Rebel, eine von diesen Kutschen, die damals in Mode waren. Blau, wenn ich mich recht erinnere. Und es saß nur eine Person drin. Ich konnte nichts Genaues erkennen, aber es war eine Frau, wenn Sie mich fragen. Keine Ahnung, wieso ich das dachte. Es war einfach nur so ein Gefühl.«

»Eine Frau? Und die hat das Haus beobachtet?«

»Zumindest sah es so aus. Und der Wagen war nicht aus Connecticut. Er hatte orangefarbene Nummern- schilder, war also in New York State zugelassen. Ich habe aber nicht weiter drauf geachtet, Autos aus New York sind hier ja nun wirklich keine Seltenheit.«

»Und wie lange stand der Wagen dort?«

»Zuerst mal passierte etwas ganz anderes. Es kamen nämlich plötzlich Mrs Bigge und Todd aus dem Haus, stiegen in den gelben Ford von Mrs Bigge und fuhren weg.«

»Nur die beiden? Und Cynthias Vater?«

»Der war nicht dabei. Todd stieg auf der Beifahrer- seite ein, ich glaube, er hatte noch keinen Führerschein. Keine Ahnung, wo sie hinwollten. Und sobald sie um die Ecke gebogen waren, gingen bei dem anderen Wagen die Scheinwerfer an. Und dann ist er ihnen gefolgt.«

»Und was haben Sie gemacht?«

»Gar nichts. Was hätte ich denn tun sollen?«

»Dieser andere Wagen ist also Cynthias Mutter und ihrem Bruder gefolgt.«

Vince zog eine Augenbraue hoch. »Bin ich Ihnen zu schnell?«

»Nein. Aber wenn Ihre Geschichte stimmt, hat Cynthia von alldem nicht das Geringste mitbekommen. Sonst hätte sie mir davon erzählt.«

»Also, ich weiß definitiv, was ich gesehen habe.«

»Ist sonst noch etwas passiert?«

»Ich habe dann noch etwa eine Dreiviertelstunde gewartet. Ich wollte gerade abhauen, als plötzlich die Haustür aufgeht und Cynthias Vater rausschießt, als hätte er 'ne Rakete im Arsch. Springt in seinen Wagen, setzt im Affenzahn aus der Einfahrt, und weg ist er.«

Das musste ich erst mal verdauen.

»Jedenfalls kann ich zwei und eins zusammenrechnen. Alle außer Cynthia sind weg. Ich gehe also zur Haustür und klopfe. Ich habe bestimmt ein gutes Dutzend Mal an die Tür gedonnert, aber da niemand öffnete, bin ich davon ausgegangen, dass sie ihren Rausch ausschlief.« Er zuckte mit den Schultern. »Und dann bin ich eben nach Hause gefahren.«

»Jemand hat also das Haus beobachtet«, sagte ich.

»Ja. Da war ich nicht der Einzige.«

»Und das haben Sie niemandem erzählt? Auch Cynthia nicht?«

»Danach hatten wir keinen Kontakt mehr. Und die Cops habe ich lieber außen vor gelassen, wie schon gesagt. Hätte ich denen davon erzählt, hätten sie mir garantiert einen Strick daraus gedreht.«

Ich sah hinaus auf die Bucht und Charles Island, als stünden die Antworten auf meine und Cynthias Fragen irgendwo hinter dem Horizont, in unerreichbar weiter Ferne.

»Und wieso weihen Sie mich jetzt ein?«, fragte ich.

Vince fuhr sich mit der Hand übers Kinn. »Scheiße, ich weiß es nicht. Na ja, Cyn muss ziemlich viel durchgemacht haben, nicht wahr?«

Es traf mich wie ein Schlag ins Gesicht, dass er sie offenbar beim gleichen Kosenamen genannt hatte. »Ja«, sagte ich. »Vor allem in letzter Zeit.«

»Und warum ist sie jetzt plötzlich auf und davon, wie Sie sagten?«

»Wir haben uns gestritten. Außerdem hat sie Angst. Kein Wunder bei alldem, was in letzter Zeit passiert ist. Die Polizei scheint ihr auch nicht zu trauen. Cyn macht sich Sorgen um unsere Tochter. Ein Fremder hat nachts unser Haus beobachtet. Ihre Tante ist tot. Und der Detektiv, den wir beauftragt hatten, ist ebenfalls ermordet worden.«

»Hmm«, sagte Vince. »Das ist ja der pure Horror. Ich wünschte, ich könnte irgendwas für Sie tun.«

Überrascht wandten wir die Köpfe, als unvermittelt die Tür geöffnet wurde. Wir hatten niemanden die Treppe heraufkommen hören.

Es war Jane.

»Verdammt noch mal, Vince! Du siehst doch, dass er deine Hilfe braucht.«

»Wo zum Teufel hast du denn gesteckt?«, sagte er. »Hast du etwa die ganze Zeit gelauscht?«

»Was soll man denn machen bei dieser Fliegentür?«, sagte Jane. »Wenn du ungebetene Lauscher abhalten willst, dann lass hier 'ne doppelte Stahltür einbauen.«

»Oh, Mann«, sagte Vince.

»Also, hilfst du ihm jetzt oder nicht? Du hängst doch sowieso nur hier rum. Und wenn's hart auf hart kommt, können dir ja deine drei Komiker zur Hand gehen.«

Vince warf mir einen müden Blick zu. »Na gut«, sagte er. »Kann ich Ihnen irgendwie behilflich sein?«

Jane musterte uns mit vor der Brust verschränkten Armen.

Ich wusste nicht, was ich sagen sollte. Ich hatte keine Ahnung, ob ich die Dienste eines Vince Fleming benötigen würde. Und auch wenn er nicht mehr versuchte, mir die Haare an den Wurzeln auszureißen, schüchterte er mich nach wie vor ziemlich ein.

»Ich weiß nicht genau«, sagte ich.

»Wie wär's, wenn ich Ihnen ein Weilchen bei Ihrer Suche helfe?« Als ich nicht sofort auf sein Angebot einging, fuhr er fort: »Sie trauen mir nicht so recht über den Weg, stimmt's?«

Er würde es mir ansehen, wenn ich log. »Nein«, sagte ich.

»Schlau von Ihnen«, sagte er.

»Du hilfst ihm also?«, sagte Jane. Vince nickte.

Sie sah mich an. »Kommen Sie bloß bald wieder zum Unterricht.« Dann ging sie. Diesmal hörten wir ihre Schritte auf der Treppe.

»Die raubt mir noch den letzten Nerv«, sagte Vince.

FÜNFUNDDREISSIG

Für den Augenblick fiel mir nichts Schlaueres ein, als nach Hause zurückzufahren und nachzusehen, ob Cynthia oder sonst jemand angerufen hatte. Zwar war wahrscheinlicher, dass sie mich auf meinem Handy anrufen würde, aber allmählich klammerte ich mich an jeden Strohhalm.

Vince Fleming schickte seine drei Handlanger weg und bot mir an, mich höchstpersönlich zu meinem Auto zu kutschieren – in seinem Dodge Ram, einem aggressiv anmutenden Pick-up. Mein Auto stand vor der Werkstatt unweit des Donut-Ladens, vor dem man mich gekidnappt hatte. Ich fragte Vince, ob es ihm etwas ausmachen würde, einen kleinen Umweg zu fahren, damit ich kurz zu Hause überprüfen konnte, ob Cynthia mir eine Nachricht auf dem Anrufbeantworter hinterlassen hatte.

»Kein Problem«, sagte er, als wir in seinen Pick-up einstiegen, der am Straßenrand des East Broadway geparkt war.

»Hier würde ich auch gern wohnen«, sagte ich. »Seit ich in Milford lebe, habe ich immer davon geträumt, ein Haus am Strand zu besitzen.«

»Ich bin hier aufgewachsen«, sagte Vince. »Wenn Ebbe war, sind wir als Kids bis rüber nach Charles Island gelaufen. Man musste unbedingt dort sein, bevor die Flut wieder einsetzte. War 'ne coole Sache.«

Mein neuer Freund war mir immer noch nicht ganz geheuer. Vince Fleming war ein Krimineller, da biss die Maus keinen Faden ab. Ich hatte keine Ahnung, wie groß oder klein seine Organisation war, aber immerhin beschäftigte er drei Schlägertypen, die kurzerhand eingriffen, wenn ihn jemand nervös machte.

Was, wenn Jane Scavullo nicht plötzlich aufgetaucht wäre? Was, wenn sie Vince nicht davon überzeugt hätte, dass er von mir nichts zu befürchten hatte? Was, wenn Vince nicht davon abzubringen gewesen wäre, dass ich eine Bedrohung für ihn darstellte?

Als echter Vollidiot fragte ich ihn einfach.

»Mal angenommen, Jane wäre nicht zwischendurch hereingeplatzt«, sagte ich. »Was hätten Sie dann gemacht?«

Die rechte Hand am Steuer, den linken Arm am Fenster aufgestützt, sah Vince zu mir herüber. »Das wollen Sie nicht wirklich wissen.«

Also hörte ich auf zu bohren. Meine Gedanken schweiften bereits in eine andere Richtung, beschäftigten sich mit Vince Flemings Motiven. Half er mir, weil Jane es so wollte, oder weil er sich Sorgen um eine Frau machte, die einst seine Freundin gewesen war? Spielte womöglich beides eine Rolle? Oder wollte er einfach ein Auge auf mich haben?

Entsprach tatsächlich der Wahrheit, was er vor fünfundzwanzig Jahren vor Cynthias Elternhaus beobachtet haben wollte? Aber aus welchem Grund sollte er die Geschichte erfunden haben?

Ich war geneigt, ihm zu glauben.

Als wir in unsere Straße eingebogen waren, wies ich auf unser Haus, doch er fuhr einfach weiter, ging nicht einmal vom Gaspedal. Im selben Moment waren wir auch schon vorbei.

O nein. Ich war geliefert. Er würde mich alle machen.

»Was ist denn los?«, fragte ich. »Warum fahren Sie weiter?«

»Da sind Bullen vor Ihrem Haus«, sagte er. »Der unauffällige Wagen auf der anderen Straßenseite.« Ich blickte in den großen Rückspiegel auf seiner Seite und erspähte ein Auto, das mir irgendwie bekannt vorkam.

»Detective Wedmore«, sagte ich.

»Wir fahren um den Block und sehen zu, dass wir von der Rückseite an Ihr Haus herankommen«, sagte Vince, als sei das reine Routine.

Und genau das machten wir. Wir stellten den Pickup in der Parallelstraße ab, marschierten zwischen ein paar Häusern hindurch und schließlich durch unseren Garten zur Veranda.

Im Haus hielt ich zunächst nach einem Lebenszeichen von Cynthia Ausschau – einer Nachricht auf dem Anrufbeantworter, einem Zettel, irgendetwas.

Nichts.

Vince sah sich um, betrachtete die Bilder an den Wänden, ließ den Blick über die Bücherregale schweifen. Er checkte erst mal alles ab, dachte ich. Dann blieb sein Blick an den offenen Schuhkartons mit Cynthias Erinnerungsstücken hängen.

»Was ist denn das für Kram?«, fragte er.

»Sachen, die Cynthia aus ihrem Elternhaus gerettet hat«, sagte ich. »Fotos, alte Zeitungsausschnitte und so weiter. Sie geht die Sachen immer wieder durch in der Hoffnung, sie könnten irgendwann ein Geheimnis preisgeben. Tja, und heute Morgen habe ich selbst darin herumgewühlt, weil ich dachte, ich könnte vielleicht einen Anhaltspunkt finden, wohin sie gefahren ist.«

Vince setzte sich auf die Couch und kramte kurz in den Sachen. »Lauter unbrauchbares Zeug, wenn Sie mich fragen«, sagte er.

»Tja, das kann man wohl sagen«, gab ich zurück.

Abermals versuchte ich es auf Cynthias Handy. Nach dem vierten Klingeln wollte ich auflegen, als sie sich plötzlich meldete: »Hallo?«

»Cyn?«

»Oh, Terry.«

»Na endlich! Ist alles in Ordnung? Wo bist du?«

»Alles okay, Terry.«

»Komm wieder nach Hause, Schatz. Ich bitte dich.«

»Ich weiß nicht«, sagte sie. Im Hintergrund nahm ich eine Art Rauschen wahr.

»Wo bist du?«

»Wir sind im Auto unterwegs.«

»Hallo, Dad!«, drang Grace' Stimme an mein Ohr.

»Hallo, Grace«, sagte ich.

»Dad lässt dich grüßen«, sagte Cynthia.

»Wann kommst du zurück?«, fragte ich.

»Ich weiß es nicht«, sagte Cynthia. »Ich brauche einfach ein bisschen Zeit. Ich habe dir ja geschrieben, wie ich mich fühle.«

Ich spürte, dass sie jetzt nicht mit mir diskutieren wollte. Nicht vor Grace.

»Schöne Grüße von mir«, rief Vince aus dem Wohnzimmer.

»Wer ist das?«, fragte Cynthia.

»Vince Fleming«, sagte ich.

»Was?«

»Fahr bitte vorsichtig«, sagte ich.

»Wieso ist denn Vince bei dir?«

»Ich habe ihn aufgespürt. Ich weiß, es klingt hirnrissig, aber ich dachte, du wärst vielleicht bei ihm.«

»O Gott«, sagte Cynthia. »Und jetzt seid ihr bei uns?«

»Ja. Ist eine lange Geschichte. Ich erzähle dir alles, wenn du wieder da bist.« Ich zögerte. »Er hat mir ein paar Dinge erzählt, von denen du nichts weißt.«

»Was?«

»An dem Abend, als dein Vater euch beide aufgestöbert hat, ist Vince euch hinterhergefahren. Er hat vor eurem Haus gewartet, ob du vielleicht wieder herauskommst, und dabei beobachtet, wie deine Mutter und Todd weggefahren sind. Offenbar ist ihnen ein Wagen gefolgt. Und kurze Zeit später hat auch dein Vater das Haus verlassen.«

Einen Augenblick lang vernahm ich nichts als Verkehrsrauschen.

»Cynthia?«

»Ich bin noch dran. Ich verstehe das alles nicht.« Sie hielt kurz inne. »Terry, hier herrscht höllischer Verkehr. Ich schalte das Handy jetzt wieder aus. Der Akku ist fast leer und ich habe das Aufladegerät vergessen.«

»Bitte komm bald zurück, Cyn. Ich liebe dich.«

»Ciao«, sagte sie und schaltete das Handy ab. Ich steckte das Telefon zurück in die Station und ging ins Wohnzimmer.

Vince Fleming hielt mir einen Zeitungsausschnitt hin. Ich erkannte das Foto, das Todd mit seiner Basketballmannschaft zeigte.

»Das ist doch Todd«, sagte Vince. »Ich erinnere mich an ihn.«

Ich nickte, ohne den Zeitungsausschnitt entgegenzunehmen. Das Foto hatte ich ohnehin schon Hunderte von Malen betrachtet. »Ja. Waren Sie in derselben Klasse?«

»Nein, wir hatten höchstens ein, zwei Kurse zusammen. Aber eins kapiere ich nicht.«

»Was denn?«

»Von den anderen kenne ich absolut niemanden. Also, auf unserer Schule war keiner von denen.«

Ich griff nach dem Zeitungsausschnitt und betrachtete das Bild genauer, auch wenn das nicht viel brachte; schließlich war ich nicht mit Todd und Cynthia zur Schule gegangen. Soweit ich mich erinnerte, hatte Cynthia dem Foto nie viel Beachtung geschenkt.

»Außerdem stimmt der Name nicht«, sagte Vince und deutete auf die von links nach rechts aufgeführten Namen unter dem Bild.

Ich zuckte mit den Schultern. »Na ja, Verwechslungen kommen eben vor.« Ich fasste die Bildlegende ins Auge; von jedem Spieler waren die Initiale des Vornamens und der Nachname aufgeführt. Todd war der Zweite von links in der mittleren Reihe. Ich überflog

348

die Bildlegende, bis ich an der Stelle war, wo eigentlich Todds Name hätte stehen müssen.

Dort stand: J. Sloan.

Einen Moment lang starrte ich stirnrunzelnd auf die Initiale und den Namen.

»J. Sloan«, murmelte ich. »Sagt Ihnen der Name etwas?«

Vince schüttelte den Kopf. »Nie gehört.«

Ich sah noch einmal genau hin, nur um sicherzugehen, dass ich den Namen der richtigen Person zugeordnet hatte.

»Heiliger Strohsack«, sagte ich.

Vince warf mir einen fragenden Blick zu.

»Was ist denn los?«

»J. Sloan«, sagte ich. »Jeremy Sloan.«

Vince schüttelte den Kopf. »Ich verstehe kein Wort.«

»Der Mann im Einkaufszentrum«, sagte ich. »Der Mann, den Cynthia für ihren Bruder gehalten hat.«

SECHSUNDDREISSIG

»Wovon reden Sie?«, fragte Vince.

»Vor ein paar Wochen war ich mit Cynthia und Grace im Einkaufszentrum an der Post Road«, sagte ich. »Und plötzlich erblickt Cynthia einen wildfremden Mann und meint, es sei Todd. Sie war felsenfest davon überzeugt, er sei ihr Bruder, nur eben fünfundzwanzig Jahre älter.«

»Und woher wissen Sie seinen Namen?«

»Cynthia ist ihm auf den Parkplatz hinterhergelaufen und hat seinen Namen gerufen. Und als er nicht darauf reagierte, hat sie ihn festgehalten und behauptet, sie sei seine Schwester – und er ihr Bruder.«

»Du lieber Gott«, sagte Vince.

»Es war der pure Horror. Der Typ war offenbar völlig perplex, führte sich auf, als sei sie eine Verrückte, und ehrlich gesagt wirkte sie auch so. Ich habe ihn dann gebeten, ihr seinen Führerschein zu zeigen, um ihr klarzumachen, dass sie sich getäuscht hatte.«

»Und das hat er getan?«

»Ja. Es war ein Führerschein aus New York State. Zugelassen auf den Namen Jeremy Sloan.«

Vince nahm mir den Zeitungsausschnitt aus der Hand. »Merkwürdiger Zufall.«

»Ich kapiere das nicht«, sagte ich. »Wieso ist Todd auf dem Foto, aber mit einem anderen Namen?«

Vince schwieg einen Augenblick. »Dieser Typ im Einkaufszentrum«, sagte er dann. »Hat er sonst was gesagt?«

Ich überlegte. »Er meinte, Cynthia bräuchte professionelle Hilfe. Sonst eigentlich nichts.«

»Und der Führerschein?«, fragte Vince. »Erinnern Sie sich an irgendwelche Details?«

»Nur dass er in New York State ausgestellt worden war.«

»Der Staat New York ist verdammt groß«, sagte Vince. »Vielleicht kommt er aus Port Chester oder White Plains oder sogar aus Buffalo.«

»Es war irgendetwas mit *Young,* glaube ich.«

»Vielleicht Youngstown, Ohio?«, sagte Vince. »Sind Sie ganz sicher, dass es ein Führerschein aus New York State war?«

»Ja. Daran erinnere ich mich genau.«

Vince drehte den Zeitungsausschnitt um, aber der Artikel auf der Rückseite war unvollständig; die Überschrift und die rechte Seite des Berichts waren halb abgeschnitten.

»Damit kommen wir bestimmt nicht weiter«, sagte ich.

»Schnauze«, sagte Vince. Er überflog, was dort stand, und sah wieder auf. »Haben Sie einen Computer?«

Ich nickte.

»Dann man los«, sagte Vince. Er folgte mir nach oben und sah zu, wie ich mir einen Stuhl heranzog und den Computer anschaltete. »Hier steht was von einem gewissen Falkner Park, und Niagara County ist auch erwähnt. Geben Sie das mal bei Google ein.«

Ich gab die Worte ein und drückte die Return-Taste. Kurz darauf waren wir schlauer. »Es gibt einen Falkner Park in Youngstown, New York«, sagte ich. »Im Bezirk Niagara.«

»Bingo«, sagte Vince. »Also stammt der Ausschnitt aus irgendeiner Zeitung aus dieser Gegend – das ist nämlich bloß ein Pipi-Artikel über die Instandhaltung des Parks.«

Ich wandte mich zu ihm um. »Wieso ist Todd auf einem Foto aus einer Zeitung aus Youngstown, New York? Mit einer Basketballmannschaft von einer anderen Schule, und dann auch noch unter dem Namen Sloan?«

Vince lehnte sich an den Türrahmen. »Und wenn es sich gar nicht um einen Fehler handelt?«

»Was meinen Sie?«

»Vielleicht ist das ja kein Foto von Todd Bigge. Sondern eins von diesem Sloan.«

Das musste ich erst mal verdauen. »Was wollen Sie damit sagen? Dass wir es hier mit zwei verschiedenen Männern zu tun haben? Oder dass es sich bei Todd Bigge und Jeremy Sloan um ein und dieselbe Person handelt?«

»Hey«, sagte Vince. »Ich bin bloß hier, weil Jane mich darum gebeten hat.«

Ich wandte mich wieder zum Monitor, ging auf die Telefonbuch-Website und gab »Jeremy Sloan« und »Youngstown, New York« ein.

Die Suche ergab nichts, doch als ich lediglich den Nachnamen eingab, erhielt ich eine Handvoll Einträge für Youngstown und Umgebung.

»Verdammt«, sagte ich und wies auf den Bildschirm. »Hier gibt's einen Clayton Sloan. Niagara View Drive ist die Adresse.«

»Clayton?«

»Clayton.«

»Der Vorname von Cynthias Vater«, sagte Vince, wie um ganz sicherzugehen.

»Genau.« Ich griff nach einem Stift und notierte mir die Telefonnummer. »So, da werde ich jetzt erst mal anrufen.«

»Wie bitte?«, sagte Vince. »Sie sind ja wohl nicht ganz bei Trost.«

»Was ist denn jetzt schon wieder?«

»Bis jetzt wissen wir nicht mal, ob wir fündig geworden sind. Und Sie wollen doch wohl nicht ernstlich von Ihrem eigenen Anschluss aus anrufen. Wenn die Anruferkennung haben, wissen sie sofort, wer dran ist. Wollen Sie das wirklich riskieren?«

Ich fragte mich, ob er mir tatsächlich nur einen guten Rat geben wollte. Oder hatte er womöglich irgendeinen Grund, mich an dem Anruf hindern zu wollen? Versuchte er mich davon abzuhalten, weil er …

Er hielt mir sein Handy hin. »Nehmen Sie das«, sagte er. »So kriegt keiner mit, wer Sie sind und von wo aus Sie anrufen.«

Ich nahm das Handy, klappte es auf, holte tief Luft und tippte die Nummer ein.

Es läutete. Einmal. Zweimal. Dreimal. Viermal.

»Keiner da«, sagte ich.

»Lassen Sie's klingeln«, sagte er.

Als das Freizeichen zum achten Mal ertönte, wollte

ich wieder auflegen. Und im selben Moment meldete sich jemand.

»Hallo?« Eine weibliche Stimme. Eine Frau um die sechzig, wenn ich mich nicht verschätzte.

»Oh, hallo«, sagte ich. »Ich wollte gerade wieder auflegen.«

»Kann ich Ihnen helfen?«

»Ist Jeremy da?« Was, wenn er wirklich da ist?, durchfuhr es mich. Was dann? Was willst du ihn fragen? Oder sollte ich lieber gleich auflegen? Aber erst mal überprüfen, ob es tatsächlich einen Jeremy Sloan gab, dann konnte ich immer noch auflegen.

»Leider nein«, sagte die Frau. »Wer spricht denn da?«

»Oh, kein Problem«, sagte ich. »Ich versuche es dann später noch mal.«

»Er kommt heute überhaupt nicht mehr.«

»Wissen Sie vielleicht, wo ich ihn erreichen kann?«

»Er ist unterwegs«, sagte die Frau. »Ich weiß nicht genau, wann er zurückkommt.«

»Ach ja, klar«, sagte ich. »Er ist vorübergehend in Connecticut, nicht wahr?«

»Hat er das gesagt?«

»Ja.«

»Sind Sie da sicher?« Sie klang irgendwie alarmiert.

»Vielleicht habe ich mich auch verhört. Wissen Sie was, ich melde mich wieder. War nichts Wichtiges, wir hatten uns bloß zum Golfen verabredet.«

»Zum Golfen? Jeremy spielt kein Golf. Wer sind Sie? Sagen Sie mir sofort, wer Sie sind!«

Die Sache geriet zusehends außer Kontrolle. Vince, der direkt neben mir stand und mitgehört hatte, fuhr

354

sich mit dem Zeigefinger über die Kehle und flüsterte »Auflegen«. Ich beendete das Gespräch, ohne ein weiteres Wort zu sagen, und reichte Vince das Handy zurück.

»Sieht ganz so aus, als wär's die richtige Adresse«, sagte er. »Aber ein bisschen schlauer hätten Sie's schon anstellen können.«

Ich ignorierte seine Kritik. »Der Jeremy Sloan aus dem Einkaufszentrum kommt also höchstwahrscheinlich aus Youngstown, New York, und wohnt unter einer Adresse, deren Telefon auf einen gewissen Clayton Sloan angemeldet ist. Und Cynthias Vater hat ein Zeitungsfoto von diesem Jeremy Sloan aufbewahrt.«

Wir schwiegen, während wir versuchten, uns einen Reim darauf zu machen.

»Ich rufe Cynthia an«, sagte ich. »Das muss sie sofort erfahren.«

Ich lief nach unten in die Küche und wählte die Nummer von Cynthias Handy. Aber sie hatte es wie angekündigt ausgeschaltet. »Scheiße«, sagte ich, als Vince zu mir in die Küche trat. »Haben Sie eine Idee, was wir jetzt machen sollen?«

»Hmm. Diese Frau hat gesagt, er wäre unterwegs. Heißt, dass er sich vermutlich irgendwo hier in der Gegend aufhält. Und wenn er hier keine Freunde oder Verwandte hat, ist er wahrscheinlich in einem Motel oder einer Pension abgestiegen.« Er nahm sein Handy aus der Jacke und wählte eine gespeicherte Nummer. Nach einem Moment sagte er: »Ich bin's. Ja, der ist noch bei mir. Ich hab hier 'ne Sache auf der Pfanne, die dringend erledigt werden muss.«

Er erklärte dem Mann am anderen Ende, die Jungs – wahrscheinlich dieselben Typen, die mich vor dem Donut-Laden aufgegabelt hatten – sollten sich schleunigst in den Hotels und Pensionen im Ort umhören.

»Woher soll ich denn wissen, wie viele Hotels es gibt?«, sagte er. »Das Zählen kannst du übernehmen. Es geht um einen Burschen namens Jeremy Sloan. Kommt aus Youngstown, New York. Gib mir sofort Bescheid, wenn du weißt, wo der Kerl abgestiegen ist. Nehmt euch erst mal das Howard Johnson's, das Red Roof und das Super 8 vor. Okay. He, was habt ihr denn da im Hintergrund laufen? Wie? Die verdammten Carpenters?«

Als er alles hinreichend erläutert hatte, beendete er das Gespräch und steckte das Handy wieder ein. »Wenn sich dieser Sloan hier in der Gegend aufhält, werden sie ihn finden«, sagte er.

Ich öffnete den Kühlschrank und hielt ihm eine Flasche Bier hin. »Danke«, sagte er. Ich nahm mir selbst auch eine und setzte mich zu ihm an den Küchentisch.

»Haben Sie eine Ahnung, was hier vorgeht?«, fragte er.

Ich trank einen Schluck. »Ich überlege noch«, sagte ich. »Die Frau am Telefon. Das könnte doch die Mutter von diesem Sloan sein. Und was, wenn er tatsächlich der Bruder meiner Frau wäre?«

»Hmm.«

»Dann hätte ich gerade ein Gespräch mit Cynthias Mutter geführt.«

Aber wenn Cynthias Mutter und ihr Bruder noch lebten, wie erklärten sich dann die Ergebnisse der DNA-Tests, die an den beiden Leichen aus dem See vorgenommen worden waren? Tatsache war, dass wir bis jetzt lediglich wussten, dass die beiden Toten blutsverwandt gewesen waren – ob es sich wirklich um Todd und Patricia Bigge handelte, stand bislang nicht mit letzter Sicherheit fest. Und ob Cynthias DNA überhaupt eine Verbindung zu den beiden Verstorbenen aufwies, war noch völlig unklar.

Mir schwirrte der Kopf. Ich war derart in meine Gedanken versunken, dass ich beinahe zusammenschrak, als Vince plötzlich das Wort an mich richtete.

»Ich hoffe bloß, meine Jungs legen ihn nicht gleich um, wenn sie ihn finden«, sagte Vince und nahm noch einen Schluck Bier. »Zuzutrauen wär's ihnen.«

SIEBENUNDDREISSIG

»Jemand hat für dich angerufen«, sagte sie.

»Wer?«

»Seinen Namen hat er nicht genannt.«

»Wie klang er denn?«, fragte er. »War es einer meiner Freunde?«

»Keine Ahnung. Woher soll ich das wissen? Jedenfalls hat er nach dir gefragt. Und als ich meinte, du wärst nicht da, erinnerte er sich plötzlich, du wärst in Connecticut. Das hättest du ihm gesagt.«

»Was?«

»Wie konntest du das nur jemandem erzählen!«

»Hab ich doch gar nicht!«

»Und wieso wusste er dann Bescheid? Du musst es jemandem erzählt haben.« Sie klang stocksauer. »Wie konntest du nur so blöd sein?«

»Ich hab's niemandem gesagt, verdammt noch mal!« Er kam sich vor wie ein Kleinkind, wenn sie so mit ihm sprach.

»So? Und woher wusste er es dann?«

»Keine Ahnung. Hast du gesehen, woher der Anruf kam? Was hatte er für eine Nummer?«

»Da war keine zu sehen. Er behauptete, ihr wärt zum Golfen verabredet gewesen.«

»Wie bitte? Ich spiele doch gar kein Golf.«

»Das habe ich ihm auch gesagt.«

»Vergiss es, Mom. Wahrscheinlich hat er sich einfach verwählt.«

»Er wollte dich sprechen. Jeremy. Da gibt's nichts zu deuteln. Kann doch sein, dass dir irgendwo was rausgerutscht ist.«

»Mir ist nichts rausgerutscht, Mom. Und selbst wenn, wäre das kein Grund, derart auf mir herumzuhacken.«

»Ich bin bloß beunruhigt, das ist alles.«

»Mach dir keine Sorgen. Übrigens, ich komme nach Hause.«

»Ja?« Mit einem Mal klang sie völlig anders.

»Wahrscheinlich heute noch. Hier ist im Grunde alles erledigt, nun ja, bis auf …«

»Endlich. Du hast keine Ahnung, wie lange ich schon auf diesen Moment warte.«

»Wenn ich hier rechtzeitig wegkomme«, sagte er, »bin ich heute noch zurück. Obwohl es bestimmt ziemlich spät wird. Jetzt ist es schon nach Mittag, und im Auto werde ich immer so müde. Wahrscheinlich mache ich in Utica erst mal Pause, aber eigentlich müsste ich's bis heute Abend schaffen.«

»Das reicht ja noch für einen Karottenkuchen«, sagte sie. »Ich backe ihn dir heute Nachmittag.«

»Danke.«

»Fahr vorsichtig. Nicht dass du mir noch am Steuer einschläfst. Du bist kein geborener Autofahrer, so wie dein Vater.«

»Wie geht es ihm?«

»Auf jeden Fall sollten wir es diese Woche zu Ende bringen. Solange wird er es sicher noch schaffen. Ach, *wenn doch bloß endlich alles vorbei wäre. Hast du eine Ahnung, was das Taxi kostet, wenn ich zu ihm raus- fahre?«*

»Bald spielt das keine Rolle mehr, Mom.«

»Du weißt genau, dass es um mehr geht als das Geld«, sagte sie. »Ich habe drüber nachgedacht, wie wir es ma- chen. Wir brauchen ein Seil. Oder starkes Klebeband. Am besten, wir kümmern uns zuerst um die Mutter. Da- nach nehmen wir uns die Kleine vor. Ich kann dir dabei helfen. Ich bin vielleicht alt, aber nicht völlig nutzlos.«

ACHTUNDDREISSIG

Vince und ich tranken aus und gingen zurück zu seinem Pick-up, wobei wir wiederum den Weg durch den Garten nahmen. Als Nächstes wollten wir meinen Wagen holen, der immer noch vor Dirksens Garage stand.

»Sie wissen bestimmt, dass Jane ein bisschen Ärger in der Schule hat«, sagte er.

»Ja«, sagte ich.

»Na ja, eine Hand wäscht die andere. Wär's vielleicht möglich, dass Sie beim Direktor ein gutes Wort für sie einlegen?«

»Habe ich schon gemacht«, sagte ich. »Ich rede aber gern noch mal mit ihm.«

»Jane ist echt okay, aber manchmal rastet sie aus«, sagte Vince. »Sie lässt sich eben nichts gefallen. Von mir schon gar nicht. Aber im Grunde setzt sie sich ja bloß zur Wehr.«

»Sie muss sich ein bisschen mehr in den Griff bekommen«, sagte ich. »Man löst keine Probleme, indem man andere verprügelt.«

Er lachte leise.

»Soll Jane so enden wie Sie?«, fragte ich. »Nichts für ungut.«

Er hielt vor einer roten Ampel. »Nein«, sagte er. »Aber besonders gut stehen ihre Chancen nicht. Als

Vorbild tauge ich nicht besonders. Und ihre Mutter hat die Typen so oft gewechselt, dass Jane eigentlich nie ein echtes Zuhause hatte. Ich versuche ihr ein bisschen Halt zu geben, Stabilität, verstehen Sie? Kids brauchen das. Aber es ist nicht leicht, ihr Vertrauen zu gewinnen. Sie hat schon zu viele Enttäuschungen erlebt.«

»Das verstehe ich«, sagte ich. »Sie könnten Jane auf ein Internat schicken. Und wenn sie mit der Highschool fertig ist, könnte sie zum Beispiel auf eine Journalistenschule gehen. Jedenfalls sollte ihr Talent unbedingt weiter gefördert werden.«

»Ihr Notenschnitt ist nicht besonders«, sagte Vince. »Wer weiß, ob sie überhaupt einen Studienplatz kriegen würde.«

»Mit Geld lässt sich eine Menge regeln. Und ich nehme an, dass Sie es sich leisten könnten, sie auf eine Top-Uni zu schicken.«

Vince nickte.

»Vielleicht könnten Sie Jane dabei helfen, sich ein paar Ziele zu setzen. Sagen Sie ihr, dass Sie für ihr Studium aufkommen, wenn sie sich ein bisschen mehr in der Schule anstrengt. Machen Sie ihr klar, dass Sie ihr helfen wollen, ihr Potenzial zu verwirklichen.«

Er warf mir einen Seitenblick zu. »Helfen Sie mir dabei?«

»Ja«, sagte ich. »Aber wird Jane auf uns hören?«

Nachdenklich schüttelte Vince den Kopf. »Gute Frage.«

»Ich hätte noch 'ne andere«, sagte ich.

»Ich bin ganz Ohr.«

»Was kratzt Sie das?«

»Hmm?«

»Was kratzt Sie das? Sie ist schließlich nicht ihre leibliche Tochter. Andere Typen würden bestimmt keine Gedanken an sie verschwenden.«

»Wie? Sie halten mich für so 'ne Art Perversen, der ihr an die Wäsche will, stimmt's?«

»Das habe ich nicht gesagt.«

»Aber gemeint.«

»Überhaupt nicht«, gab ich zurück. »Wenn Sie etwas von ihr wollten, würde sich das auf die eine oder andere Weise in Janes Storys spiegeln. Ich glaube, Sie haben bereits ihr Vertrauen gewonnen. Aber die Frage ist immer noch dieselbe: Was kratzt es Sie, was aus Jane wird?«

Vince trat aufs Gas, als die Ampel wieder auf Grün umsprang. »Ich hatte selbst eine Tochter«, sagte er.

»Oh«, sagte ich.

»Ich war noch ziemlich jung damals. Zwanzig. Tja, ich hatte ein Mädchen aus Torrington geschwängert. Agnes hieß sie. Mein Alter drehte komplett durch, so nach dem Motto, ob ich noch nie von Kondomen gehört hätte. Na ja, aber so läuft es manchmal eben. Ich habe dann versucht, Agnes zu überreden, das Kind wegzumachen, aber sie wollte nicht. Es war ein Mädchen. Collette hat sie es genannt.«

»Schöner Name«, sagte ich.

»Tja, und als ich die Kleine dann gesehen habe, war ich hin und weg. Mein Alter wollte nicht, dass ich mich an ein Mädchen band, nur weil ich sie gebumst hatte. Aber ich hätte es schlechter treffen können als mit Agnes, und Collette war das schönste Baby, das ich je gesehen hatte. Okay, ich war erst zwanzig, und wahrscheinlich wäre es ganz normal gewesen, wenn ich mich aus dem Staub gemacht hätte, aber die Kleine weckte Gefühle in mir, die ich bis dahin nicht gekannt hatte.

Ich begann sogar zu überlegen, ob ich Agnes heiraten sollte. Um dem Kind ein richtiger Vater sein zu können. Und während ich noch nachdenke, wie ich das meinem Alten beibringen soll, ist Agnes mit unserer Kleinen unterwegs, und als sie mit dem Kinderwagen eine Kreuzung überquert, brettert dieses besoffene Schwein in vollem Tempo über die rote Ampel. Sie waren beide sofort tot.«

Vince' Finger krampften sich um das Steuer, als wolle er es erdrosseln.

»Das tut mir leid«, sagte ich.

»Ja, diesem Schwein tat es auch leid«, sagte Vince. »Erst mal zog sich die Sache sechs Monate lang hin. Und anschließend wurde die Anklage fallen gelassen, weil sein Anwalt die Geschworenen überzeugen konnte, Agnes sei bei Rot über die Straße gegangen. Tja, aber das Leben geht seltsame Wege. Ein paar Monate darauf kommt er eines Abends aus einer Kneipe in Bridgeport. Es ist schon spät, und der Dreckskerl hat nichts dazugelernt. Und als er zu seinem Wagen geht, schießt ihm jemand eine Kugel in seinen verdammten Kopf.«

»Wow«, sagte ich. »Dem haben Sie bestimmt keine Träne hinterhergeweint.«

Vince warf mir einen Seitenblick zu.

»Ich kann Ihnen sagen, was die letzten Worte waren, die er gehört hat. ›Das ist für Collette.‹ Und wissen Sie, was der Scheißkerl gesagt hat, bevor ihm die Kugel das Gehirn zerfetzt hat?«

Ich schluckte. »Nein.«

»Er sagte: ›Was für 'ne Collette?‹« Er hielt kurz inne. »Tja, da seine Brieftasche gestohlen worden war, gingen die Cops von einem Raubmord aus.« Er musterte mich von der Seite. »Lassen Sie den Mund nicht zu lange offen stehen, sonst kommen Fliegen rein.«

Ich machte den Mund wieder zu.

»So viel dazu«, sagte Vince. »Und genau deshalb interessiert mich, was aus Jane wird. Haben Sie sonst noch Fragen?«

Ich schüttelte den Kopf.

Er wies nach vorn. »Ist das Ihr Wagen?«

Ich nickte.

Als er anhielt, klingelte sein Handy. »Ja?«, sagte er. Er hörte kurz zu und sagte dann: »Wartet auf mich.«

Er steckte das Handy wieder ein. »Sie haben ihn gefunden. Er ist im Howard Johnson's abgestiegen.«

»Okay.« Ich langte nach dem Türgriff. »Ich fahre Ihnen hinterher. Danke.«

»Vergessen Sie's«, sagte Vince, wendete mit quietschenden Reifen und fuhr in Richtung der I-95. Es war nicht der direkte Weg, aber vermutlich der schnellste; das Motel befand sich am anderen Ende der Stadt unweit einer Auffahrt zur Interstate.

Kurz darauf waren wir auf der Schnellstraße. Es herrschte kaum Verkehr, und Vince drückte derart aufs Tempo, dass wir unser Ziel bereits ein paar Minuten später erreicht hatten.

Vince bog rechts auf den Parkplatz des Howard

365

Johnson's ein. Der Geländewagen seiner Handlanger stand nur ein paar Meter vom Eingang entfernt; der Blonde wartete bereits auf uns. Vince ließ das Fenster herunter.

Der Blonde nannte Vince eine Zimmernummer und erklärte, es handele sich um eines der Motelzimmer hinter dem Hügel; man könne direkt heranfahren. Vince setzte zurück. Über einen kurvigen Asphaltweg gelangten wir zur Rückseite des Gebäudes. Nach einer scharfen Linkskurve lagen die Zimmer vor uns, vor denen man direkt parken konnte.

»Die Nummer ist es«, sagte Vince, während er vor Sloans Zimmer hielt.

»Keine Gewalt, okay?«, sagte ich. »Ich will bloß mit ihm reden.«

Vince war bereits ausgestiegen und machte nur eine wegwerfende Handbewegung, ohne mich eines weiteren Blickes zu würdigen. Er ging zur Tür, die seltsamerweise einen Spalt offen stand, und klopfte an den Türrahmen.

»Mr Sloan?«, sagte er.

Ein paar Türen weiter stand ein Zimmermädchen und sah neugierig zu uns herüber.

»Mr Sloan?«, rief Vince und schob die Tür auf. »Ich bin von der Direktion. Ich würde gern kurz mit Ihnen reden.«

»Der ist weg«, rief das Zimmermädchen.

»Was?«, entfuhr es Vince.

»Er hat vor ein paar Minuten ausgecheckt«, sagte sie. »Ich mache das Zimmer gleich sauber.«

»Weg?«, sagte ich. »Er ist abgereist?«

Die Frau nickte.

Vince öffnete die Tür und betrat das Zimmer. »Sie können da nicht rein«, rief die Frau. Ich schenkte ihr ebenso wenig Beachtung wie Vince und folgte ihm.

Das Bett war ungemacht und im Bad lagen benutzte Handtücher herum, doch vom Bewohner des Zimmers war nirgendwo eine Spur. Keine Zahnbürste im Bad, und auch ein Koffer war nirgends zu sehen.

Der Kahlkopf tauchte in der Tür auf. »Wo ist er?«

Vince wirbelte herum und stieß den Kahlkopf gegen die Wand. »Wann habt ihr herausgefunden, dass er hier war?«

»Wir haben dich sofort angerufen.«

»Ach ja? Und dann habt ihr euch in eure Scheißkarre gehockt, statt die Augen offen zu halten? Der Kerl ist weg!«

»Wir wussten doch gar nicht, wie er aussieht! Was hätten wir denn machen sollen?«

Vince stieß den Kahlkopf beiseite. In der Tür prallte er um ein Haar mit dem Zimmermädchen zusammen.

»Sie können hier nicht einfach …«

Vince zückte einen Zwanziger und hielt ihn ihr hin. »Wann ist er aufgebrochen?«

Sie steckte den Schein ein. »Vor zehn Minuten.«

»Was für einen Wagen hat er?«, fragte ich.

Sie zuckte mit den Schultern. »Einen ganz normalen. Braun. Mit getönten Scheiben.«

»Hat er gesagt, wo er hinwill?«, fragte ich.

»Nein. Er hat überhaupt nicht mit mir geredet.«

»Danke«, sagte Vince. Er wies mit dem Kopf in Richtung seines Pick-ups und wir stiegen wieder ein.

»Scheiße«, sagte Vince. »Verdammte Scheiße.«

»Was nun?«, fragte ich. Ich hatte nicht die geringste Ahnung, was wir jetzt unternehmen sollten.

Vince zog nachdenklich die Stirn in Falten.

»Wollen Sie irgendwas mitnehmen?«, fragte er dann. »Klamotten, Zahnbürste oder so?«

»Wieso?«

»Sie sollten sich schleunigst nach Youngstown aufmachen. Und das ist 'ne ziemliche Ecke bis dorthin.«

Ich überlegte. »Ja«, sagte ich dann. »Wahrscheinlich ist er nach Hause gefahren.«

»Und selbst wenn nicht – es ist wahrscheinlich die einzige Möglichkeit, der Lösung des Rätsels einen Schritt näher zu kommen.«

Ich zuckte leicht zusammen, als er die Hand ausstreckte, aber er öffnete lediglich das Handschuhfach.

»He«, sagte er, »keine Panik.« Er nahm eine Straßenkarte heraus und entfaltete sie. »Okay, sehen wir uns das mal an.« Er überflog die Karte und richtete den Zeigefinger auf die obere linke Ecke. »Hier. Youngstown liegt nördlich von Buffalo, gleich hinter Lewiston. Winziger Ort. Wir brauchen ungefähr acht Stunden bis dorthin.«

»Wir?«

Vince versuchte, die Karte wieder zusammenzufalten, gab dann aber auf und drückte mir den Haufen Papier in die Hand. »Zeigen Sie mal, was Sie draufhaben. Vielleicht lasse ich Sie sogar zwischendurch fahren. Aber lassen Sie die Finger vom Radio. Das ist tabu, verstanden?«

NEUNUNDDREISSIG

Der Karte zufolge kamen wir am schnellsten nach Youngstown, wenn wir nach Massachusetts und von Lee aus westlich nach New York State fuhren. Dann würden wir Richtung Albany fahren und uns schließlich westlich nach Buffalo wenden.

Unsere Route führte an Otis vorbei. Was bedeutete, dass wir nur ein paar Meilen von dem See entfernt waren, in dem Patricia Bigges Wagen gefunden worden war.

»Wollen Sie die Stelle sehen?«, fragte ich Vince.

Wir waren mit durchschnittlich achtzig Meilen pro Stunde unterwegs. »Wir liegen gut in der Zeit«, sagte Vince. »Warum also nicht?«

Obwohl diesmal keine Streifenwagen an der Abzweigung standen, fand ich die schmale Straße auf Anhieb. Der Dodge Ram kam mit den Straßenverhältnissen deutlich besser klar als mein eigener Wagen. Als wir aus dem Wald schossen und die Anhöhe erreichten, von der es steil hinunter in den See ging, glaubte ich einen Moment, wir würden in die Tiefe stürzen.

Doch Vince trat sanft auf die Bremse, schaltete den Motor aus und zog die Handbremse. Er stieg aus, marschierte zum Rand des Abgrunds und sah hinunter.

Ich trat neben ihn und wies in die Tiefe. »Da unten haben sie das Auto gefunden.«

Vince nickte beeindruckt. »Keine schlechte Stelle, wenn man einen Wagen mit zwei Leuten verschwinden lassen will.«

Ich war mit einer Kobra unterwegs.

Nein, nicht mit einer Kobra. Sondern mit einem Skorpion. Unwillkürlich kam mir die alte Indianerfabel vom Frosch und dem Skorpion in den Sinn. Der Frosch erklärt sich bereit, den Skorpion über einen Fluss zu transportieren, wenn er ihm verspricht, ihn nicht mit seinem tödlichen Stachel zu stechen. Der Skorpion willigt ein, doch als sie in der Mitte des Flusses sind, sticht der Skorpion den Frosch, auch wenn er weiß, dass es ihn sein eigenes Leben kosten wird. Sterbend fragt der Frosch: »Warum hast du das getan?« Und der Skorpion antwortet: »Weil ich ein Skorpion bin. Das ist eben meine Natur.«

Ich fragte mich, wann Vince zustechen würde.

Obwohl ich nicht glaubte, dass es so laufen würde wie in der Fabel. Sein eigenes Leben würde Vince garantiert nicht aufs Spiel setzen.

Als wir uns dem Massachusetts Turnpike näherten, versuchte ich erneut, Cynthia zu erreichen. Weil sie nicht ans Handy ging, rief ich obendrein noch zu Hause an, auch wenn ich mir keine großen Hoffnungen machte, dass ich sie dort erreichen würde.

Ich behielt recht. Niemand ging ans Telefon.

Aber vielleicht war es gar nicht so schlecht, dass ich sie nicht erreichte. Vielleicht konnte ich sie ja mit Neuigkeiten überraschen, wenn wir erst einmal in Youngstown waren.

Ich wollte das Handy gerade wieder einstecken, als es klingelte.

»Hallo?«, sagte ich.

»Terry.« Es war Rolly.

»Hi«, sagte ich.

»Hast du schon was von Cynthia gehört?«

»Ich habe sie erreicht, bevor ich losgefahren bin, aber sie wollte mir nicht sagen, wo sie ist. Sonst scheint mit ihr und Grace aber alles okay zu sein.«

»Bevor du losgefahren bist? Wo steckst du?«

»In der Nähe des Massachusetts Turnpike. Wir sind unterwegs nach Buffalo.«

»Wir?«

»Das ist eine lange Geschichte, Rolly. Und sie scheint noch um einiges länger zu werden.«

»Was hast du vor?« Er klang äußerst besorgt.

»Möglich, dass ich mich täusche«, sagte ich. »Aber es könnte sein, dass ich Cynthias Familie aufgespürt habe.«

»Soll das ein Witz sein?«

»Absolut nicht.«

»Hör zu, Terry. Das Ganze ist fünfundzwanzig Jahre her. Wahrscheinlich sind sie alle tot.«

»Schon möglich. Aber vielleicht hat ja auch einer von ihnen überlebt. Clayton.«

»Wie kommst du denn darauf?«

»Wir wissen noch nichts Genaues. Jedenfalls sind wir gerade unterwegs zu einem gewissen Clayton Sloan. Alles Weitere wird sich zeigen.«

»Terry, lass das bleiben. Du bringst dich noch in Teufels Küche.«

»Kann schon sein.« Ich warf einen Seitenblick auf Vince. »Aber ich bin mit jemandem unterwegs, der mit heiklen Situationen umgehen kann.«

Es sei denn, ich hatte mich bereits mit Vince Fleming in eine heikle Situation gebracht.

Als wir New York State erreicht und unser Maut-Ticket gezogen hatten, war es nicht mehr weit nach Albany. Wir brauchten dringend eine Pause und etwas zu essen. An einer Interstate-Tankstelle sprang ich kurz aus dem Wagen und holte uns ein paar Burger und zwei Flaschen Coke.

»Passen Sie bloß auf, dass Sie nichts verschütten«, sagte Vince, als ich zurückkam. Sein Pick-up war picobello gepflegt. Es sah keineswegs so aus, als hätte er schon mal jemanden darin umgebracht – ein gutes Zeichen, wie ich fand.

Westlich von Albany führte uns der New York Thruway am südlichen Rand der Adirondacks entlang, und wären mir nicht tausend andere Dinge durch den Kopf gegangen, hätte ich der atemberaubenden Szenerie sicher mehr Beachtung geschenkt. Hinter Utica wurde es flacher und ländlicher. Vor ein paar Jahren war ich anlässlich eines Weiterbildungsseminars nach Toronto gefahren; auch damals hatte dieser Teil der Strecke schier nicht enden wollen.

In der Nähe von Syracuse machten wir noch einmal

Halt, aber nur für ein paar Minuten, da wir keine Zeit verlieren wollten.

Wir redeten nicht viel, sondern hörten die meiste Zeit Radio – wobei Vince allerdings den Daumen drauf hatte, was die Sender anging. Er stand auf Country. Zwischendurch besah ich mir die CDs in der Ablage zwischen den Vordersitzen. »Wie?«, sagte ich. »Sie haben nichts von den Carpenters?«

Vor Buffalo nahm der Verkehr rapide zu. Außerdem wurde es allmählich dunkel. Ich sah in die Karte und lotste Vince um die Stadt herum. Im Übrigen fuhr Vince die ganze Strecke allein. Er war ein erheblich aggressiverer Fahrer als ich, doch da wir mit seinem Fahrstil deutlich schneller ans Ziel gelangen würden, sah ich keinen Grund, mich darüber zu mokieren.

Wir ließen Buffalo hinter uns, fuhren in Richtung der Niagarafälle, blieben aber auf dem Highway, ohne uns die Zeit für eine Besichtigung zu nehmen; als wir an Lewiston vorbeikamen, stach mir ein nicht weit vom Highway entferntes Krankenhaus ins Auge, dessen großes blaues »H« – für »Hospital« – unter dem Nachthimmel leuchtete. Ein paar Meilen nördlich von Lewiston nahmen wir die Ausfahrt nach Youngstown.

Ich hatte vergessen, die genaue Adresse von Clayton Sloan mitzunehmen; schließlich war mir zu Hause vor dem Computer nicht bewusst gewesen, dass wir kurze Zeit später spontan nach Youngstown aufbrechen würden. Aber da es sich nur um eine kleine Gemeinde handelte, gingen wir davon aus, dass es uns nicht viel Zeit kosten würde, die Adresse ausfindig zu machen.

Vom Robert-Moses-Parkway gelangten wir auf die Lockwood Street und von dort auf die Hauptstraße.

Ich erspähte einen Schnellimbiss. »Die haben bestimmt ein Telefonbuch«, sagte ich.

»Ich könnte was zu essen vertragen«, sagte Vince.

Ich hatte ebenfalls Hunger, doch meine Nervosität überwog. »Aber nur einen schnellen Happen«, sagte ich. Nachdem Vince um die Ecke geparkt hatte, marschierten wir in den Laden.

Während er sich an den Tresen hockte und ein Bier und Chicken Wings bestellte, ging ich zum Telefon, bei dem allerdings kein Telefonbuch zu finden war. Als ich den Barkeeper fragte, griff er unter die Theke und beförderte das Telefonbuch auf den Tresen.

Clayton Sloan wohnte am Niagara View Drive 25. Jetzt erinnerte ich mich wieder. Ich fragte den Barkeeper nach dem Weg.

»Geht von der Hauptstraße ab. Etwa 'ne halbe Meile in südlicher Richtung.«

»Links oder rechts?«

»Links. Rechts fahren Sie nur, wenn Sie im Fluss landen wollen, Mister.«

Youngstown lag am Niagara, gegenüber dem kanadischen Ort Niagara-on-the-Lake, in dem jedes Jahr das berühmte Shaw-Festival stattfindet, benannt nach dem Dramatiker George Bernard Shaw.

Nun ja, für Kulturveranstaltungen war vielleicht ein andermal Zeit.

Ich verdrückte ein paar Chicken Wings und trank ein halbes Bier, aber irgendwie war mir flau im Magen. »Ich kann nicht länger hier herumsitzen«, sagte ich zu Vince.

»Los jetzt.« Er legte ein paar Scheine auf den Tresen, und schon waren wir wieder unterwegs.

Die Scheinwerfer des Pick-ups erfassten die Straßenschilder, und im Nu waren wir am Niagara View Drive.

Vince bog links ab und fuhr langsam durch die Straße, während ich Ausschau nach den Hausnummern hielt. »Einundzwanzig, dreiundzwanzig«, sagte ich. »Da ist es. Fünfundzwanzig.«

Statt direkt vorzufahren, fuhr Vince noch etwa hundert Meter weiter, ehe er parkte und die Scheinwerfer ausschaltete.

In der Einfahrt von Nummer 25 stand ein Auto. Ein silberner Honda Accord, etwa fünf Jahre alt. Ein brauner Wagen war nirgends zu sehen.

Offenbar waren wir vor Jeremy Sloan angekommen, immer vorausgesetzt, dass sein Wagen nicht in der geräumigen Doppelgarage stand.

Es handelte sich um ein großes, einstöckiges Haus mit weißer Fassade, das offenbar in den sechziger Jahren errichtet worden war. Sehr gepflegt. Eine Veranda mit zwei Holzstühlen. Es war kein Palast, doch fraglos wohnten hier Leute, die man wohlhabend nennen konnte.

Mein Blick fiel auf eine Rampe. Eine flach ansteigende Rollstuhlrampe, die von der Einfahrt auf die Veranda führte. Wir gingen zur Haustür und blieben dort stehen.

»Wie gehen wir jetzt vor?«, fragte Vince.

»Haben Sie eine Idee?«

»Bloß nicht mit der Tür ins Haus fallen«, sagte Vince.

375

Im Haus brannte Licht; außerdem lief drinnen ein Fernseher, wenn ich mich nicht ganz täuschte. Wir würden also niemanden wecken. Ich hob den Finger zur Klingel, zögerte aber noch einen Augenblick.

»Showtime«, sagte Vince.

Ich klingelte.

VIERZIG

Als nach einer halben Minute immer noch niemand an die Tür gekommen war, warf ich Vince einen fragenden Blick zu. »Versuchen Sie's noch mal«, sagte er. Er wies auf die Rollstuhlrampe. »Das kann dauern.«

Ich läutete noch einmal. Plötzlich hörten wir, wie sich im Haus etwas regte, und einen Augenblick später wurde die Tür geöffnet, wenn auch nur einen etwas größeren Spalt. Ich sah eine Frau in einem Rollstuhl, die sich ein Stück rückwärtsbewegte, um die Tür weiter zu öffnen, und dann abermals ein Stück zurückrollte.

»Ja?«, sagte sie.

»Mrs Sloan?«, fragte ich.

Ich schätzte sie auf Ende sechzig, Anfang siebzig. Sie war dünn, doch alles andere als gebrechlich, wie ihre Haltung bewies. Ihre Finger schlossen sich fest um die Räder des Rollstuhls, während sie den Türrahmen blockierte. Eine Wolldecke lag über ihrem Schoß; sie trug einen braunen Pullover über einer geblümten Bluse. Das silberfarbene Haar war zu einem straffen Dutt gezähmt; jede Strähne saß korrekt an ihrem Platz. Auf ihren markanten Wangenknochen glänzte eine Spur Rouge, und ihre wachsamen braunen Augen wanderten zwischen Vince und mir hin und her. Ihre Gesichtszüge ließen vermuten, dass sie einst eine sehr attraktive

Frau gewesen war, doch das energische Kinn und der verkniffene Mund verliehen ihr nun eine herrische, fast schon aggressive Aura.

Eine Ähnlichkeit mit Cynthia konnte ich nicht feststellen.

»Ja, das bin ich«, sagte sie.

»Entschuldigen Sie die späte Störung«, sagte ich. »Mrs Clayton Sloan?«

»Ja, ich bin Enid Sloan«, sagte sie. »Und Sie haben recht. Es ist sogar ziemlich spät. Was wollen Sie?« Ihr Tonfall ließ deutlich durchblicken, dass sie uns mit Sicherheit keine Gefälligkeiten erweisen würde.

Sie musterte uns mit erhobenem Kopf und gerecktem Kinn, und zwar keineswegs, weil sie zu uns aufsehen musste. Sie gab uns unmissverständlich zu verstehen, dass mit ihr nicht zu spaßen war. Es verblüffte mich, dass ihr zwei Männer, die spätabends vor ihrer Haustür standen, anscheinend nicht die geringste Angst einflößten. Schließlich saß sie im Rollstuhl und hatte es mit zwei Unbekannten zu tun, die ihr körperlich haushoch überlegen waren.

Ich warf einen Blick in den Raum hinter ihr. Kolonialmöbel von der Stange, dazu reichlich Platz für den Rollstuhl, verblichene Stores und ein paar Vasen mit künstlichen Blumen. Der dicke Teppichboden war einst sicher nicht ganz billig gewesen, mittlerweile aber verschlissen und fleckig. Tief zeichneten sich die Spuren des Rollstuhls ab.

Irgendwo lief ein Fernseher. Plötzlich stieg mir ein angenehmer Duft in die Nase. »Backen Sie gerade?«, fragte ich.

»Einen Karottenkuchen«, gab sie barsch zurück. »Für meinen Sohn. Heute kommt er endlich zurück.«

»Oh«, sagte ich. »Den würden wir gern sprechen. Er heißt doch Jeremy, oder?«

»Was wollen Sie von Jeremy?«

Tja, was wollten wir eigentlich von Jeremy? Was sollten wir ihr für eine Geschichte auftischen?

Während ich noch zögerte, übernahm Vince. »Wo ist Jeremy, Mrs Sloan?«

»Wer sind Sie?«

»Sorry, Ma'am, aber wir stellen hier die Fragen«, gab er zurück. Er schlug einen nachdrücklich autoritären Tonfall an, gab sich aber hörbar Mühe, nicht bedrohlich zu klingen. Ich fragte mich, ob er die alte Frau glauben machen wollte, er sei ein Cop.

»Ich habe Sie etwas gefragt. Wer sind Sie?«

»Könnten wir kurz mit Ihrem Mann sprechen?«, sagte ich.

»Clayton?«, sagte sie. »Er liegt im Krankenhaus.«

Überrascht sah ich sie an. »Oh«, sagte ich. »Das tut mir leid. In dem Krankenhaus, das wir von der Interstate aus gesehen haben?«

»Wenn Sie von Lewiston gekommen sind«, sagte sie. »Da liegt er jetzt schon seit Wochen. Jedes Mal muss ich extra ein Taxi nehmen. Jeden Tag, hin und zurück.« Offenbar wollte sie uns mitteilen, welch große Opfer sie für ihren Mann brachte.

»Warum fährt Sie Ihr Sohn denn nicht?«, fragte Vince. »Das ist aber nicht nett von ihm, Sie so allein zu lassen.«

»Er hatte zu tun.« Sie bewegte sich ein paar Zentimeter auf uns zu, als wollte sie uns von der Veranda schubsen.

»Hoffentlich ist es nichts Ernstes«, sagte ich. »Mit Ihrem Mann.«

»Er liegt im Sterben«, sagte sie. »Er hat Krebs. Es ist bloß noch eine Frage der Zeit.« Sie hielt einen Augenblick inne. »Haben Sie hier angerufen und nach Jeremy gefragt?«

»Äh, ja«, sagte ich. »Ich muss dringend mit ihm sprechen.«

Sie fixierte mich argwöhnisch. »Und er hat Ihnen erzählt, er sei nach Connecticut gefahren?«

»Soweit ich mich erinnere«, sagte ich.

»Nie im Leben. Ich habe ihn nämlich gefragt. Er hat niemandem erzählt, wo er hinfährt. Woher wollen Sie das also wissen?«

»Das können wir in Ruhe drinnen besprechen.« Vince trat einen Schritt auf sie zu.

Die alte Frau umklammerte die Räder ihres Rollstuhls. »Ganz bestimmt nicht.«

»Doch, doch«, sagte Vince, packte die Armlehnen des Rollstuhls und schob sie zurück. Seiner Kraft hatte sie nichts entgegenzusetzen.

»He.« Ich berührte ihn am Arm, da es mir nicht gefiel, wie er mit der alten Frau umsprang.

»Nur mit der Ruhe«, sagte Vince unbeeindruckt. »Ich mache mir nur Sorgen wegen der Kälte. Nicht dass sich Mrs Sloan hier draußen noch den Tod holt.«

Die alte Frau schlug nach seinen Armen. »Fassen Sie mich nicht an!«

Er schob sie ins Haus, und mir blieb nichts anderes

380

übrig, als ihm zu folgen. Ich schloss die Tür hinter mir.

»Reden wir nicht lange um den heißen Brei herum«, sagte Vince. »Also, was wollen Sie wissen?«

Sie spie die Worte regelrecht aus. »Wer, zum Teufel, sind Sie?«

»Machen wir's kurz«, sagte ich. »Mein Name ist Terry Archer. Meine Frau heißt Cynthia. Ihr Mädchenname war Cynthia Bigge.«

Mit halb offenem Mund starrte sie mich an.

»Anscheinend sagt Ihnen der Name etwas«, sagte ich. »Nicht wahr?«

Sie gab immer noch keinen Ton von sich.

»Ich würde Sie gern etwas fragen«, fuhr ich fort. »Auch wenn es sich vielleicht ein bisschen verrückt anhört.«

Schweigen.

»Nun ja«, sagte ich. »Sind Sie Cynthias Mutter? Sind Sie Patricia Bigge?«

Ein verächtliches Lachen drang aus ihrer Kehle. »Ich verstehe kein Wort«, sagte sie.

»Warum lachen Sie dann?«, sagte ich. »Offenbar wissen Sie doch genau, von wem ich spreche.«

»Verlassen Sie mein Haus. Ich habe keine Ahnung, wovon Sie reden.«

Ich sah Vince an, der uns mit ausdrucksloser Miene zuhörte. »Haben Sie Cyns Mutter je kennengelernt?«, fragte ich.

»Nein«, sagte er. »Ich habe sie nur einmal gesehen. Im Dunkeln, an jenem Abend vor fünfundzwanzig Jahren.«

»Wäre es möglich, dass sie es ist?«, fragte ich.

Er kniff die Augen leicht zusammen und musterte sie. »Keine Ahnung. Wohl eher nicht.«

»Ich rufe die Polizei«, sagte die alte Frau und wollte sich umwenden. Vince packte den Rollstuhl, um sie aufzuhalten, aber ich hob die Hand.

»Schon okay«, sagte ich. »Das ist gar keine so schlechte Idee. Dann können wir zusammen mit der Polizei warten, bis Jeremy eintrifft. Und ihm dann ein paar Fragen stellen.«

Abrupt wandte sie sich um. »Ach ja? Warum sollte ich Angst vor der Polizei haben?«

»Ja, warum eigentlich? Vielleicht wegen einer Sache, die vor fünfundzwanzig Jahren passiert ist? Oder wegen ein paar Dingen, die sich vor kurzem in Connecticut ereignet haben, während Jeremy unterwegs war? Vielleicht weil sie etwas mit dem Mord an der Tante meiner Frau zu tun haben? Und dem Mord an einem Privatermittler namens Denton Abagnall?«

»Raus!«, keifte sie. »Verlassen Sie mein Haus!«

»Jeremy«, sagte ich. »Er ist Cynthias Bruder, stimmt's?«

Mit hasserfülltem Blick sah sie mich an. »Sagen Sie das nie wieder!«, zischte sie.

»Warum?«, gab ich zurück. »Weil es die Wahrheit ist? Weil Jeremy in Wirklichkeit Todd ist?«

»Was?«, sagte sie. »Wer behauptet das? Das ist eine verdammte Lüge!«

Ich wechselte einen Blick mit Vince, der den Rollstuhl eisern an den Griffen festhielt.

»Lassen Sie mich ans Telefon«, zischte sie. »Ich will sofort telefonieren!«

»Wen wollen Sie denn anrufen?«, sagte Vince.

»Das geht Sie nichts an!«

Er sah mich an. »Sie will Jeremy warnen«, sagte er. »Das halte ich für keine so gute Idee.«

»Was ist mit Clayton?«, fragte ich sie. »Ist Clayton Sloan in Wirklichkeit Clayton Bigge? Handelt es sich um ein und dieselbe Person?«

»Lassen Sie mich sofort telefonieren«, fauchte sie beinahe wie eine Katze.

Vince hielt den Rollstuhl weiter fest. »Das können Sie nicht machen«, sagte ich. »Das ist Freiheitsberaubung oder so was.«

»Genau!«, zischte Enid Sloan. »Unterstehen Sie sich! Das ist Kidnapping!«

Vince ließ den Rollstuhl los. »Dann rufen Sie die Polizei an«, wiederholte er meinen Bluff. »Aber nicht Ihren Sohn. Also los, machen Sie schon.«

Der Rollstuhl bewegte sich nicht.

»Ich muss rüber ins Krankenhaus«, sagte ich zu Vince. »Ich will mit Clayton Sloan sprechen.«

»Er ist todkrank«, sagte die alte Frau. »Sie können ihn nicht stören.«

»Ich werde ihm bloß ein paar Fragen stellen.«

»Das können Sie nicht machen! Er liegt im Koma! Er würde nicht mal mitkriegen, dass Sie da sind!«

Wenn er wirklich im Koma liegen würde, könnte sie sich das ganze Theater sparen, dachte ich. »Los, fahren wir rüber«, sagte ich.

»Sobald wir das tun, warnt sie ihren Jeremy«, sagte Vince. »Aber wir könnten sie ja fesseln.«

»Jetzt aber mal halblang«, sagte ich. Der Gedanke,

383

eine behinderte alte Frau an ihren Rollstuhl zu fesseln, behagte mir überhaupt nicht, so unsympathisch ich sie auch fand. »Und wie wär's, wenn Sie solange bei ihr bleiben?«

Er nickte. »Einverstanden. Enid und ich können derweil ein wenig plaudern, vielleicht ein bisschen über die Nachbarn lästern.« Er beugte sich zu ihr. »Na, wie klingt das? Und zwischendurch probieren wir Ihren Karottenkuchen. Riecht wirklich lecker.« Er griff in seine Jacke und warf mir die Autoschlüssel zu.

Ich fing sie auf. »Welche Zimmernummer hat er?«, fragte ich sie.

Sie funkelte mich nur böse an.

»Wenn Sie es mir nicht sagen wollen, können Sie es auch den Cops erzählen.«

Sie überlegte einen Augenblick und kam wahrscheinlich zu dem Schluss, dass ich ohnehin schnell herausfinden würde, wo er lag, wenn ich erst einmal im Krankenhaus war. »Zimmer 309. Dritte Etage.«

Bevor ich das Haus verließ, tauschten Vince und ich unsere Handynummern aus. Ich stieg in den Pick-up und steckte den Schlüssel ins Zündschloss. Man braucht immer ein, zwei Minuten, um sich an ein anderes Fahrzeug zu gewöhnen. Ich startete den Motor, schaltete das Licht an, setzte in eine Einfahrt zurück und wendete. Ich versuchte mich zu orientieren. In dem Versuch, mich zu orientieren, fuhr ich erst einmal zur Hauptstraße zurück, und kurz darauf hatte ich die Auffahrt zum Highway gefunden.

Als das blaue »H« aus dem Dunkel auftauchte, nahm ich die erste Ausfahrt, fuhr auf den Krankenhausparkplatz und betrat die Klinik durch die Notaufnahme. Im Wartezimmer saß etwa ein halbes Dutzend Leute; Eltern mit einem weinenden Baby, ein Teenager mit blutigem Hosenbein, ein älteres Paar. Als ich an der Anmeldung vorbeimarschierte, sah ich, dass die Besuchszeit schon seit acht Uhr vorbei war. Dann hatte ich auch schon den Aufzug erspäht.

Mir war klar, dass ich Gefahr lief, angesprochen und aufgehalten zu werden. Ich musste so vorsichtig wie eben möglich sein.

Die Aufzugtüren öffneten sich. Vor mir lag der Anmeldungsbereich der Station, doch weit und breit war keine Schwester zu sehen. Ich trat aus dem Lift, wandte mich nach links und hielt Ausschau nach den Zimmernummern. Das erste Zimmer auf dem Gang hatte die Nummer 322, und ein paar Sekunden darauf sah ich, dass die Nummern anstiegen. Ich ging zurück, abermals am Anmeldungsbereich vorbei. Diesmal war dort eine Schwester, die aber eine Liste an der Wand studierte und glücklicherweise mit dem Rücken zu mir stand. So geräuschlos wie möglich schlich ich an ihr vorbei.

Diesmal war ich richtig. Gleich die erste Zimmertür trug die Nummer 309. Die Tür stand einen Spalt offen. Bis auf eine Neonlampe an der Wand lag das Zimmer im Dunkeln.

Es war ein Einzelzimmer. Ein Vorhang hing vor dem Bett, sodass ich nur das Fußende sehen konnte, an dem ein Klemmbrett mit einem Patientenblatt hing. Ich huschte hinein, schlüpfte hinter den Vorhang und warf einen Blick auf den Mann, der leicht aufgerichtet im Bett lag und schlief. Ich schätzte ihn auf Mitte siebzig.

Er wirkte sieh und ausgezehrt, was vielleicht auf eine Chemotherapie zurückzuführen war; das dünne Haar klebte an seinem Kopf. Rasselnd ging sein Atem. Seine Finger waren lang, weiß und knochig.

Ich begab mich ans Kopfende des Betts; der Vorhang verhinderte, dass mich vom Gang aus jemand sehen konnte. Ich setzte mich auf den Stuhl, der neben dem Bett stand.

Eingehend betrachtete ich Clayton Sloans Gesicht, suchte nach Ähnlichkeiten zu Cynthia, die ich in Enid Sloans Zügen nicht hatte finden können. Die Nase vielleicht und das kleine Grübchen an seinem Kinn. Schließlich streckte ich die Hand aus und berührte ihn am Arm.

Ein leises Röcheln drang aus seinem Mund.

»Clayton«, flüsterte ich.

Seine Nase zuckte.

»Clayton«, flüsterte ich nochmals und rieb seinen Arm. In seiner Ellenbeuge steckte eine Infusionsnadel. Er hing am Tropf.

Seine Lider flatterten nervös, als er die Augen öffnete. Aus den Augenwinkeln sah er zu mir herüber und blinzelte ein paarmal.

»Was …«

»Clayton Bigge?«, sagte ich.

Er wandte den Kopf und kniff die Augen zusammen. »Wer sind Sie?«, fragte er.

»Ihr Schwiegersohn«, sagte ich.

EINUNDVIERZIG

Sein Adamsapfel hüpfte auf und ab, als er schluckte. »Mein was?«, fragte er.

»Ihr Schwiegersohn«, sagte ich. »Ich bin Cynthias Ehemann.«

Er öffnete den Mund, aber das Sprechen schien ihm schwerzufallen. »Möchten Sie ein Glas Wasser?«, fragte ich leise. Er nickte. Neben dem Bett standen ein Glas mit Strohhalm und ein Krug Wasser. Ich schenkte Wasser ins Glas und hielt ihm den Strohhalm an die Lippen.

»Geht schon«, sagte er, griff nach dem Glas und trank aus dem Strohhalm. Offenbar besaß er doch mehr Kraft, als ich erwartet hatte. Er leckte sich die Lippen und reichte mir das Glas zurück.

»Wie spät ist es?«, fragte er.

»Nach zehn«, sagte ich. »Tut mir leid, dass ich Sie geweckt habe. Sie haben fest geschlafen.«

»Macht nichts«, sagte er. »Die wecken einen hier sowieso dauernd zu den unmöglichsten Zeiten.«

Er holte tief Luft und atmete langsam wieder aus. »Darf ich jetzt mal erfahren, wovon Sie überhaupt reden?«

»Ich denke, das wissen Sie«, sagte ich. »Sie sind Clayton Bigge.«

Er holte abermals tief Luft. »Mein Name ist Clayton Sloan.«

»Das mag schon sein«, sagte ich. »Aber ich glaube, dass sie auch Clayton Bigge sind. Sie waren verheiratet mit Patricia Bigge, hatten zwei Kinder namens Todd und Cynthia und lebten in Milford, Connecticut – bis zu einer Nacht im Jahr 1982, in der etwas Furchtbares geschah.«

Er wandte den Kopf ab. Die Hand an seiner Seite ballte sich zur Faust.

»Ich liege im Sterben«, sagte er.

»Dann sollten Sie sich vielleicht das eine oder andere von der Seele reden«, sagte ich.

Er drehte den Kopf wieder zu mir. »Sagen Sie mir Ihren Namen.«

»Terry. Terry Archer.« Ich zögerte. »Und wie heißen Sie?«

Er schluckte wieder. »Clayton«, sagte er. »Ich hieß immer Clayton.« Er senkte die Lider und starrte auf die Bettdecke. »Mal Clayton Sloan, mal Clayton Bigge.« Er hielt kurz inne. »Je nachdem.«

»Weil Sie zwei Familien hatten?«, fragte ich.

Ein schwaches Nicken. Ich erinnerte mich daran, was Cynthia über ihren Vater erzählt hatte. Dass er stets unterwegs gewesen war, heute hier und morgen dort, mal ein paar Tage zu Hause, dann wieder auf Achse …

Plötzlich hellte sich sein Gesicht auf. »Cynthia«, sagte er. »Ist sie hier? Ist sie bei Ihnen?«

»Nein«, sagte ich. »Ich weiß nicht genau, wo sie gerade ist. Hoffentlich wieder bei uns zu Hause in Milford. Zusammen mit unserer Tochter Grace.«

»Grace«, sagte er. »Meine Enkelin.«

388

»Ja.« Ich senkte die Stimme, als draußen auf dem Gang ein Schatten vorbeihuschte. »Ihre Enkelin.«

Einen Augenblick lang schloss er die Augen, als würde ihn etwas zutiefst schmerzen.

»Mein Sohn«, sagte er. »Wo ist mein Sohn?«

»Todd?«, sagte ich.

»Nein«, sagte er. »Nicht Todd. Ich meine Jeremy.«

»Er war in Milford. Aber soweit ich weiß, ist er mittlerweile auf dem Rückweg.«

»In Milford?« Clayton riss die Augen auf. »Wann ist er dort hingefahren? Ist er deshalb so lange nicht hier gewesen?« Erneut schloss er die Augen. »O nein.«

»Was ist denn los?«, fragte ich.

Abwehrend hob er eine Hand. »Lassen Sie mich allein«, sagte er.

»Ich verstehe das alles nicht«, sagte ich. »Sind Jeremy und Todd nicht dieselbe Person?«

Seine Augen öffneten sich wie ein Vorhang auf einer Bühne. »Das ist unmöglich ... Ich fühle mich so schwach.«

Ich beugte mich näher zu ihm. Mir war ganz und gar nicht wohl dabei, Druck auf einen sterbenskranken Greis auszuüben, aber ich musste endlich die Wahrheit in Erfahrung bringen.

»Ich muss es wissen«, sagte ich. »Sind Jeremy und Todd identisch?«

Er wandte den Kopf und richtete den Blick auf mich. »Nein.« Er zögerte. »Todd ist tot.«

»Wann ist er gestorben?«

»In jener Nacht«, sagte Clayton mit leiser Stimme. »Zusammen mit seiner Mutter.«

Bei den Leichen, die auf dem Grund des Sees gefunden worden waren, handelte es sich also tatsächlich um Cynthias Mutter und ihren Bruder. Der noch ausstehende Vergleich mit Cynthias DNA-Probe würde letzten Aufschluss darüber geben.

Clayton wies auf das Wasserglas. »Kann ich noch etwas zu trinken haben?«, fragte er.

Ich reichte ihm das Glas. Er nahm einen langen Schluck.

»Ich bin nicht so schwach, wie ich aussehe.« Er hielt das Glas in der Hand, als habe er damit eine olympiareife Leistung vollbracht. »Wenn Enid zu Besuch kommt, tue ich manchmal so, als sei ich bewusstlos, damit ich mir nicht ihr endloses Genörgel anhören muss. Ich kann immer noch gehen, wenn auch nicht mehr sehr weit. Aufs Klo schaffe ich's noch.« Er wies auf eine geschlossene Tür. »Manchmal sogar rechtzeitig.«

»Patricia und Todd sind also beide tot«, sagte ich.

Clayton schloss wieder die Augen. »Was hat Jeremy in Milford gemacht?«

»Ich weiß es nicht genau«, sagte ich. »Ich glaube, er hat uns beobachtet. Mich und meine Familie. Anscheinend ist er in unser Haus eingebrochen. Außerdem hat er vermutlich Cynthias Tante umgebracht. Tess Berman, vielleicht erinnern Sie sich noch an sie.«

»O Gott«, stieß Clayton hervor. »Patricias Schwester? Sie ist tot?«

»Sie wurde erstochen«, sagte ich. »Außerdem ist ein Privatdetektiv ermordet worden, der sich mit Cynthias Vergangenheit beschäftigt hat.«

»Das kann nicht sein. Enid sagte, er hätte einen neuen Job, drüben in … in Seattle oder irgendwo dort in der Gegend. Eine einmalige Gelegenheit, deswegen könne er mich nicht besuchen. Ich habe gedacht, er hätte einfach keine Lust dazu.« Seine Gedanken schweiften ab. »Jeremy, er … Er kann nichts dafür, dass er so ist. Sie hat ihn dazu gemacht. Er tut alles, was sie von ihm will. Vom Tag seiner Geburt an hat sie seine Seele vergiftet … Ich weiß nicht mal, warum sie mich überhaupt noch besucht. Jedes Mal sagt sie, ich soll nicht aufgeben, noch ein bisschen länger durchhalten. Obwohl ich genau weiß, dass ihr mein Tod völlig egal ist. Aus irgendeinem Grund will sie, dass ich noch nicht sterbe. Ich habe die ganze Zeit über gewusst, dass sie irgendetwas vorhat. Sie hat mich belogen, nach Strich und Faden belogen. Sie wollte nicht, dass ich erfahre, wo Jeremy in Wirklichkeit ist.«

»Aber warum? Und wieso ist Jeremy nach Milford gefahren?«

»Sie muss es spitzgekriegt haben«, flüsterte er. »Sie hat es herausbekommen. Es gibt keine andere Möglichkeit.« Er schüttelte den Kopf. »O Gott, nein. Wenn Enid davon erfahren hat, dann …«

»Wovon reden Sie?« Ich beugte mich zu ihm, sprach direkt in sein Ohr. »Was hat sie herausbekommen?«

»Sie muss mit meinem Anwalt gesprochen haben. Wegen meines Testaments. Dabei habe ich ihn ausdrücklich angewiesen, dass ihr davon nichts zu Ohren kommen darf.«

»Was ist mit Ihrem Testament?«

»Ich habe es geändert. Ich habe Cynthia alles vermacht, das Haus, meinen ganzen Besitz, alles. Enid und Jeremy erben nichts. Weil sie es nicht anders verdient haben.« Er sah mich an. »Sie wissen nicht, wozu sie fähig ist.«

»Ihre Frau ist hier. Hier in Youngstown. Ihr Sohn ist in Milford gewesen, nicht sie.«

»Er macht alles, was sie ihm aufträgt. Sie sitzt im Rollstuhl. Diesmal kann sie es nicht selbst erledigen …«

»Was erledigen?«

Er ignorierte meine Frage. Offenbar schwirrten ihm selbst tausend Fragen im Kopf herum. »Habe ich Sie richtig verstanden? Jeremy kommt zurück? Er ist hierher unterwegs?«

»Zumindest hat das Ihre Frau gesagt. Er ist heute Mittag aus Milford abgereist. Wir sind etwa um dieselbe Zeit losgefahren, waren aber anscheinend schneller als er.«

»Wir? Haben Sie nicht gesagt, Cynthia sei nicht bei Ihnen?«

»Ist sie auch nicht. Ich bin mit jemand anderem hier. Mit Vince Fleming, falls Ihnen das etwas sagen sollte.«

Clayton überlegte. »Vince Fleming«, sagte er dann leise. »Der Junge, mit dem ich Cynthia damals erwischt habe. Mit dem sie an jenem Abend unterwegs war.«

»Genau. Er passt gerade auf Ihre Frau auf. Sie wollte nämlich sofort Jeremy informieren, als wir aufgekreuzt sind.«

»Aber wenn Jeremy auf dem Rückweg ist, muss er doch bereits alles erledigt haben.«

»Was denn?«

»Was ist mit Cynthia?« Ein verzweifelter Ausdruck trat in seinen Blick. »Lebt sie noch?«

»Ja, natürlich.«

»Und Ihre Tochter? Grace?«

»Ich verstehe Sie nicht. Was soll mit Grace sein?«

»Wenn Cynthia etwas zustößt, geht mein gesamtes Erbe an ihre Nachkommen. Das ist alles genau verfügt.«

Ein eiskalter Schauder lief mir über den Rücken. Wie lange war es her, dass ich mit Cynthia telefoniert hatte? Obwohl wir erst am Morgen miteinander gesprochen hatten, kam es mir plötzlich wie eine Ewigkeit vor.

Konnte ich wirklich mit Sicherheit sagen, dass sie und Grace noch lebten?

Ich nahm mein Handy aus der Jacke. Eigentlich hätte ich das Handy im Krankenhaus ausschalten müssen, aber das spielte jetzt keine Rolle mehr.

Ich rief bei uns zu Hause an.

»Bitte, bitte, geh ans Telefon«, flüsterte ich. Es klingelte einmal, zweimal, dreimal. Beim vierten Mal schaltete sich der Anrufbeantworter ein.

»Cynthia«, sagte ich. »Wenn du nach Hause kommst und diese Nachricht abhörst, ruf mich bitte sofort an. Es ist dringend.«

Dann rief ich auf ihrem Handy an. Sofort wurde ich mit der Mobilbox verbunden. Ich hinterließ ihr die gleiche Nachricht und fügte hinzu: »Ruf mich sofort zurück. Unbedingt!«

»Wo ist sie?«, fragte Clayton.

»Ich weiß es nicht«, sagte ich nervös. Ich überlegte kurz, ob ich Detective Wedmore Bescheid geben sollte, entschied mich dann aber dagegen und wählte stattdessen eine andere Nummer. Es läutete fünfmal, bevor der Hörer am anderen Ende abgehoben wurde.

Ein Räuspern. »Hallo?« Die Stimme klang verschlafen.

»Rolly«, sagte ich. »Hier ist Terry.«

Clayton wandte den Kopf, als er den Namen »Rolly« hörte.

»Hallo«, sagte Rolly. »Sorry, dass ich nicht sofort drangegangen bin, aber ich hatte gerade das Licht ausgemacht. Hast du Cynthia gefunden?«

»Nein«, erwiderte ich. »Aber jemand anderen.«

»Ich verstehe kein Wort.«

»Ich habe jetzt keine Zeit, alles zu erklären. Du musst dich unbedingt auf die Suche nach Cynthia machen. Am besten, du fährst erst mal bei uns vorbei und siehst nach, ob ihr Wagen vor dem Haus steht. Wenn ja, hämmere an die Tür, brich notfalls ein, wenn es sein muss. Überzeuge dich auf jeden Fall, ob sie da sind. Und wenn nicht, frag in den Hotels in der Gegend nach. Wir müssen sie aufspüren.«

»Terry, was ist eigentlich los? Wen hast du gefunden?«

»Cynthias Vater. Ich habe Clayton gefunden.«

Am anderen Ende der Leitung herrschte Schweigen.

»Rolly?«

»Ich bin noch dran. Das ... das ist ja unglaublich.«

»Ja, Rolly. Das finde ich auch.«

»Und? Weißt du jetzt, was damals passiert ist?«

»So weit sind wir noch nicht. Ich bin in einer Klinik nördlich von Buffalo. Er ist ziemlich krank.«

»Kann er reden?«

»Ja. Ich erzähle dir alles, wenn ich wieder zurück bin. Aber du musst dich auf die Suche nach Cynthia machen. Wenn du sie findest, ruf mich sofort an.«

»Okay. Ich ziehe mich gleich an.«

»Noch etwas«, sagte ich. »Das mit ihrem Vater will ich ihr selbst erzählen. Sie wird tausend Fragen haben.«

»Klar. Ich rufe dich an, sobald ich etwas herausfinde.«

Dann fiel mir noch jemand ein. Möglich, dass Cynthia sich bei Pamela gemeldet hatte. Ich wählte ihre Nummer. Es dauerte eine kleine Ewigkeit, bis am anderen Ende abgehoben wurde.

»Hallo?« Offenbar hatte ich Pamela ebenfalls aus dem Bett geholt. Im Hintergrund hörte ich eine Männerstimme, die fragte, was los sei.

Ich entschuldigte mich für den späten Anruf. »Cynthia ist verschwunden«, sagte ich.

»Du lieber Himmel.« Von einer Sekunde auf die andere war Pamela hellwach. »Sie ist doch wohl nicht entführt worden!«

»Nein. Sie ist weggefahren, ohne mir zu sagen, wohin. Grace hat sie auch mitgenommen.«

»Oh. Vorgestern hat sie mir gesagt, sie würde sich ein paar Tage freinehmen. Deshalb habe ich mir keine Gedanken gemacht, als sie nicht zur Arbeit gekommen ist.«

»Pam, falls sie sich bei dir meldet, sag ihr bitte, dass sie mich unbedingt anrufen soll. Ich habe ihren Vater gefunden.«

Einen Moment lang war die Leitung wie tot. »Was?«, stieß sie dann hervor. »Das ist nicht wahr, oder?«

»Doch«, sagte ich.

»Er lebt?«

Ich warf einen Blick auf den Mann neben mir. »Ja.«

»Und Todd? Und ihre Mutter?«

»Ein andermal, Pam. Hör zu, ich hab's eilig. Falls du von Cyn hörst, sag ihr, dass sie mich anrufen soll. Aber behalt die Sache mit ihrem Vater für dich.«

»He«, sagte Pamela. »Da verlangst du aber ziemlich viel von einer alten Plaudertasche.«

Als ich das Gespräch beendet hatte, bemerkte ich, dass der Akku fast leer war. Zudem waren wir derart überstürzt aufgebrochen, dass ich nicht an das Ladegerät gedacht hatte.

Ich steckte das Handy ein und konzentrierte mich wieder auf Clayton. »Wieso glauben Sie, dass Cynthia und Grace in Gefahr sind? Wie kommen Sie darauf, dass ihnen etwas zugestoßen sein könnte?«

»Wegen des Testaments«, sagte er. »Ich habe Cynthia als Alleinerbin meines gesamten Vermögens eingesetzt. Ich weiß, dass ich dadurch nicht wiedergutmachen kann, was geschehen ist. Aber irgendetwas musste ich doch tun.«

»Aber was hat das damit zu tun, ob sie noch lebt?«, fragte ich, auch wenn mir im selben Augenblick zu dämmern begann, weshalb Cynthia in höchster Gefahr schwebte. Langsam begann sich das Puzzle zusammenzusetzen.

»Wenn Cynthia und Ihre Tochter sterben, geht das Geld automatisch an Enid. Dann ist sie die nächste Hin-

396

terbliebene und Erbin«, flüsterte er. »Und Enid wird niemals zulassen, dass Cynthia alles erbt. Sie wird beide töten, um an das Geld zu kommen.«

»Das wäre doch purer Irrsinn«, sagte ich. »Ein Doppelmord würde nur Aufmerksamkeit erregen. Die Polizei würde den Fall von damals wieder aufrollen und Enid vielleicht schneller auf die Spur kommen, als …«

Ich hielt inne.

Ja, ein Mord würde Aufmerksamkeit erregen. Daran bestand kein Zweifel.

Aber ein Selbstmord würde weit weniger Wellen schlagen. Insbesondere nicht der Selbstmord einer Frau, die seit Wochen unter extremer nervlicher Anspannung gestanden hatte, einer Frau, die in einer Fernsehshow von dem Grauen berichtet hatte, das vor fünfundzwanzig Jahren über ihr Leben hereingebrochen war, einer Frau, die wegen eines seltsamen Huts die Polizei eingeschaltet hatte. Und zu alldem kam der anonyme Brief, der auf die Spur ihrer vermissten Mutter und ihres vermissten Bruders geführt hatte – ein Brief, der nachweislich auf einer Schreibmaschine in unserem Haus geschrieben worden war.

Wenn eine solche Frau Selbstmord beging, musste man über das Motiv nicht lange grübeln. Es ging um Schuld. Eine Schuld, die sie zu lange mit sich herumgetragen hatte. Wie sonst ließ sich erklären, dass sie die Polizei mit der »anonymen« Nachricht zu dem See gelotst hatte? Wer außer ihr hätte einen Brief schreiben können, um das furchtbare Geheimnis zu lüften?

Wenn eine Frau, die so enorme Schuld auf sich geladen hatte, Selbstmord beging und dabei ihre Tochter mit in den Tod nahm – wen würde das schon großartig wundern?

War das Enids Plan?

»Was ist los?«, fragte Clayton. »Worüber denken Sie nach?«

Was, wenn Jeremy nach Milford gekommen war, um uns im Auge zu behalten? Was, wenn er uns wochenlang hinterherspioniert, uns Tag und Nacht beobachtet hatte? War er es gewesen, der in unser Haus eingedrungen war und den Ersatzschlüssel an sich genommen hatte? Und diesen – ich erinnerte mich, wie ich den Schlüssel während eines von Abagnalls Besuchen wiedergefunden hatte – irgendwann in der Besteckschublade platziert hatte, um uns glauben zu machen, wir hätten ihn nur verlegt? Gut möglich, dass er den Hut in unserer Küche deponiert, unsere E-Mail-Adresse erschnüffelt und den Brief geschrieben hatte, der zu den Leichen von Cynthias Mutter und ihrem Bruder geführt hatte …

All das hätte er problemlos erledigen können, bevor wir schließlich die Schlösser ausgewechselt hatten.

Ich schüttelte den Kopf. Alles passte zusammen, auch wenn es ebenso unglaublich wie teuflisch erscheinen mochte.

Hatte Jeremy alles vorbereitet? War er nun nach Youngstown zurückgekehrt, um mit seiner Mutter zusammen nach Milford zu fahren und alles zu Ende zu bringen?

»Sie müssen reinen Tisch machen«, sagte ich zu Clayton. »Was ist damals passiert? Was ist in jener Nacht geschehen?«

»Das konnte ich nicht ahnen«, sagte er, mehr zu

sich selbst als zu mir. »Ich … ich wollte Cynthia doch schützen. Deshalb habe ich auch nie Kontakt zu ihr aufgenommen. Um ihre Sicherheit zu gewährleisten. Ich habe sogar für den Fall vorgesorgt, dass Enid alles herausbekommt … Mit einem Brief in einem versiegelten Umschlag, der nach meinem Tod geöffnet werden sollte. In dem die Wahrheit steht. Ich wollte, dass Enid zur Rechenschaft gezogen wird …«

»Clayton, hören Sie mir zu. Wenn ich alles richtig verstanden habe, schweben Cynthia und Grace in höchster Gefahr. Sie müssen mir helfen, solange Sie dazu noch in der Lage sind.«

Er sah mich an. »Sie gefallen mir. Ich bin froh, dass Cynthia jemanden wie Sie gefunden hat.«

»Sie müssen mir sagen, was damals passiert ist.«

Er holte tief Luft, als müsse er alle Kraft zusammennehmen. »Es bringt nichts, mich noch länger von ihr fernzuhalten«, sagte er. »Dadurch ist sie jetzt auch nicht mehr sicher.« Er schluckte. »Bringen Sie mich zu ihr. Bringen Sie mich zu meiner Tochter. Damit ich mich von ihr verabschieden kann. Bringen Sie mich zu ihr, und ich erzähle Ihnen alles.«

»Ich kann Sie hier nicht rausbringen«, sagte ich. »Sie hängen am Tropf. Wenn ich Sie mitnehme, sterben Sie.«

»Ich sterbe so oder so«, sagte Clayton. »Holen Sie mir meine Sachen. Sie sind in dem Schrank da drüben.«

Ich erhob mich, hielt dann aber inne. »Die werden Sie hier sowieso niemals rauslassen.«

Clayton ergriff meinen Arm; fest schlossen sich seine Finger um mein Handgelenk. »Sie ist eine Bestie«, sagte er. »Sie wird bis zum Äußersten gehen, um ihr Ziel zu erreichen. Jahrelang habe ich in Angst vor ihr gelebt, vor ihrer Heimtücke und Unberechenbarkeit. Aber was habe ich jetzt noch zu fürchten? Meine Zeit ist sowieso abgelaufen. Und Enid ist alles zuzutrauen. Absolut alles.«

»Augenblicklich wohl kaum«, sagte ich. »Vince hat ein Auge auf sie.«

Clayton blinzelte. »Sie waren an der Tür? Und haben geklopft?«

Ich nickte.

»Und sie ist an die Tür gekommen?«

»Ja.«

»Wirkte sie irgendwie ängstlich?«

Ich zuckte mit den Schultern. »Eigentlich nicht.«

»Zwei erwachsene Männer, die nachts vor ihrer Haustür stehen, und sie hat kein bisschen Angst? Ist Ihnen das nicht komisch vorgekommen?«

»Na ja, jetzt, wo Sie's sagen.« Ich zuckte erneut mit den Schultern. »Ein bisschen vielleicht.«

»Unter die Wolldecke über ihren Knien haben Sie bestimmt nicht geschaut«, sagte er. »Oder?«

ZWEIUNDVIERZIG

Ich griff nach meinem Handy und wählte Vince' Nummer. »Los, geh schon dran«, zischte ich, während leise Panik in mir aufstieg. Cynthia war nach wie vor unauffindbar, und nun machte ich mir auch noch ernste Sorgen um Vince – einen Mann, den ich keine vierundzwanzig Stunden zuvor noch für einen üblen Kriminellen gehalten hatte.

»Und?« Clayton setzte sich auf.

»Ich erreiche ihn nicht«, sagte ich. Nach dem sechsten Klingeln schaltete sich die Mobilbox ein. Ich machte mir nicht die Mühe, eine Nachricht zu hinterlassen. »Ich muss sofort zurück.«

»Moment«, sagte er und schwang die Beine über die Bettkante.

Ich ging zum Schrank. Dort hingen eine Hose, ein Hemd und eine leichte Jacke. »Soll ich Ihnen helfen?«, fragte ich, während ich die Sachen aufs Bett legte.

»Alles okay«, sagte er. Er schien außer Atem und rang nach Luft. Dann deutete er auf den Schrank. »Sind da auch Socken und Unterwäsche?«

Als ich im Schrank nichts fand, sah ich im Nachttisch nach. »Hier«, sagte ich und reichte ihm die Sachen.

Er stand auf und zog sich die Kanüle aus dem Arm.

»Wollen Sie wirklich mitkommen?«, fragte ich.

Er lächelte schwach und nickte. »Ich will Cynthia sehen, und wenn es das Letzte ist, was ich tue.«

»Was ist denn hier los?«, unterbrach uns eine Stimme.

Wir wandten uns zur Tür. Dort stand eine Krankenschwester, eine schlanke Schwarze, Mitte vierzig, die uns verblüfft ansah.

»Was machen Sie denn da, Mr Sloan?«

Er hatte gerade seine Pyjamahose ausgezogen. Seine Beine waren weiß und spindeldürr, seine Genitalien völlig verschrumpelt.

»Ich ziehe mich an«, sagte er. »Oder was glauben Sie?«

Sie sah mich an. »Wer sind Sie?«

»Sein Schwiegersohn«, sagte ich.

»Ich habe Sie hier noch nie gesehen«, sagte sie. »Jetzt ist keine Besuchszeit, das ist Ihnen doch wohl hoffentlich klar.«

»Ich bin vorhin erst angekommen«, sagte ich. »Wir hatten etwas Dringendes zu besprechen.«

»Verlassen Sie bitte sofort das Zimmer«, sagte sie. »Und Sie gehen auf der Stelle wieder ins Bett, Mr Sloan.« Sie stand nun am Fußende des Betts und sah, dass er den Infusionsschlauch entfernt hatte. »Um Himmels willen«, rief sie. »Was haben Sie vor?«

»Ich fahre nach Hause.« Clayton hielt sich an mir fest, während er die weißen Boxershorts überzog, die ich ihm gegeben hatte.

»Das kommt überhaupt nicht in Frage«, sagte die Schwester. »Ob Sie nach Hause können oder nicht, muss Ihr Arzt entscheiden. Soll ich ihn etwa um diese Zeit anrufen?«

»Tun Sie, was Sie für richtig halten«, gab er zurück.

»Ich rufe den Wachdienst«, sagte sie, machte auf ihren Gummisohlen kehrt und eilte aus dem Zimmer.

»Ich will nichts Unmögliches von Ihnen verlangen«, sagte ich, »aber wir sollten uns wirklich beeilen. Ich sehe mal, ob ich einen Rollstuhl finden kann.«

Ich betrat den Korridor und erspähte einen Rollstuhl, der vor dem Schwesternzimmer stand. Die Schwester telefonierte gerade. Als sie sah, wie ich den Rollstuhl in Richtung von Claytons Zimmer schob, legte sie auf und lief hinter mir her.

Mit einer Hand hielt sie den Rollstuhl fest, mit der anderen ergriff sie mich am Arm. »Sir«, sagte sie nachdrücklich, wenn auch mit gedämpfter Stimme, um die anderen Patienten nicht zu wecken. »Sie können den Patienten nicht mitnehmen.«

»Er will aber gehen«, sagte ich.

»Dann ist er ganz offensichtlich verwirrt«, sagte sie. »Sie sollten ihm das schleunigst ausreden.«

Ich schüttelte ihre Hand ab. »Es ist wichtig.«

»Und das bestimmen Sie?«

»Es ist seine eigene Entscheidung.« Nun senkte ich die Stimme und sprach so eindringlich wie möglich weiter. »Es ist seine wahrscheinlich letzte Chance, seine Tochter zu sehen. Und seine Enkelin.«

»Warum kommen sie ihn dann nicht einfach besuchen?«, entgegnete sie. »Was die Besuchszeit angeht, können wir ja auch eine Ausnahme machen.«

»Leider ist das Ganze ein bisschen komplizierter.«

»Fertig«, vernahm ich Claytons Stimme. Er trug Schuhe ohne Socken; das Hemd hatte er noch nicht zugeknöpft, aber seine Jacke übergeworfen und sich die Haare mit der Hand zurückgestrichen. Er sah aus wie ein Obdachloser.

Die Schwester gab noch nicht auf. Sie ließ den Rollstuhl los und stemmte die Hände in die Hüften. »Sie können nicht einfach so gehen, Mr Sloan. Dr. Vestry muss das genehmigen, und das würde er sicher nicht tun. Ich werde ihn jetzt sofort verständigen.«

Ich drehte den Rollstuhl zu Clayton, sodass er sich hineinfallen lassen konnte. Dann drehte ich und schob ihn in Windeseile zum Fahrstuhl.

Die Schwester lief in das Schwesternzimmer und griff zum Telefon: »Ist das der Wachdienst? Wie lange soll ich noch auf euch warten?«

Die Aufzugtüren öffneten sich. Ich schob Clayton in den Lift und drückte auf den Knopf fürs Erdgeschoss. Bevor sich die Aufzugtüren schlossen, traf mich der wütende Blick der Schwester.

»Sobald sich die Tür öffnet«, sagte ich zu Clayton, »schiebe ich Sie im Affenzahn nach draußen.«

Er antwortete nicht, klammerte aber die Finger um die Armlehnen des Rollstuhls. Jetzt hätten wir einen Rollstuhl mit Sicherheitsgurt gebraucht.

Die Türen öffneten sich. Vor uns lagen gut zwanzig Meter, die uns vom Ausgang und dem direkt dahinterliegenden Parkplatz trennten. »Festhalten«, flüsterte ich und legte los.

Für Hochgeschwindigkeitsrennen war der Rollstuhl nicht gemacht. Ich lief so schnell, dass die Vorderräder sich zu verstellen begannen. Ich befürchtete, dass der Rollstuhl nach links oder rechts ausscheren und Clayton sich den Hals brechen würde, ehe wir bei Vince' Pick-up angekommen waren. Deswegen kippte ich den Rollstuhl leicht, sodass er nur noch auf den Hinterrädern fuhr, und lief weiter.

Clayton hielt sich mit aller Macht fest.

Ein paar Meter vor mir erblickte ich plötzlich das ältere Paar, das vor der Notaufnahme gewartet hatte. »Vorsicht!«, rief ich. Die Frau drehte sich hastig um und zog ihren Mann gerade noch rechtzeitig aus dem Weg.

Die Sensoren der Schiebetüren nach draußen würden sicher nicht schnell genug reagieren. Ich drosselte das Tempo, um nicht mit Clayton durch die Glasscheibe zu brechen, und im selben Moment hörte ich jemanden hinter mir rufen – der von der Schwester angeforderte Wachmann, wenn mich nicht alles täuschte.

»He, Sie da! Stehen bleiben!«

Er war direkt hinter mir. Ich war bis oben hin vollgepumpt mit Adrenalin und überlegte auch nicht den Bruchteil einer Sekunde, reagierte nur noch rein instinktiv. Ich ballte die Faust, wirbelte herum und traf meinen Verfolger mit voller Wucht seitlich am Kopf.

Anscheinend hatte der Wachmann – vielleicht 1,75 Meter groß und etwa hundertfünfzig Pfund schwer – gedacht, seine graue Uniform und der schwarze Gürtel mit der Pistole würden mich auch so einschüchtern. Gott sei Dank hatte er die Waffe nicht gezogen, da er offenbar davon ausging, dass ein Mann, der einen Todkranken im Rollstuhl schob, keine große Bedrohung darstellte.

Womit er gehörig falschgelegen hatte.

Er sackte auf den Boden wie eine Marionette, deren

Fäden durchgeschnitten worden waren. Von irgendwoher hörte ich den Schrei einer Frau, doch ich drehte
mich nicht um. Ich schob Clayton durch die Tür, und
dann waren wir auch schon auf dem Parkplatz und bei
Vince' Pick-up.

Ich kramte die Autoschlüssel hervor, öffnete die
Türen mit der Fernbedienung und hievte Clayton auf
den Beifahrersitz – was mich einige Kraft kostete, da
die Sitze höher lagen als bei einem normalen Fahrzeug.
Ich warf die Tür zu, setzte mich hinters Steuer und
erwischte den Rollstuhl mit der Stoßstange, als ich zu-
rücksetzte.

»Mist«, stieß ich hervor. Vince würde über die Krat-
zer garantiert nicht begeistert sein.

Mit quietschenden Reifen verließ ich den Parkplatz
und fuhr Richtung Highway. Im Rückspiegel erspähte
ich ein paar Leute, die in der Tür der Notaufnahme
standen und uns hinterhersahen.

»Wir müssen uns beeilen«, sagte Clayton. Er sah
ziemlich mitgenommen aus.

»Ich weiß«, sagte ich. »Wieso geht Vince nicht ans
Handy? Hoffentlich ist nichts passiert.«

»Außerdem muss ich noch etwas holen«, sagte Clayton. »Bevor wir zu Cynthia fahren.«

»Was?«

Müde hob er die Hand. »Später.«

»Die werden die Polizei rufen.« Ich wies hinter mich
Richtung Krankenhaus. »Ich habe Sie gekidnappt und
einen Wachmann niedergeschlagen. Die Cops werden
nach uns suchen.«

Clayton schwieg.

Mit über neunzig Meilen fuhr ich zurück nach Youngstown, hielt im Rückspiegel immer wieder Ausschau, ob irgendwo Blaulicht auftauchte. Ich versuchte nochmals, Vince zu erreichen, doch auch diesmal ging er nicht ans Handy.

Als wir die Ausfahrt nach Youngstown erreichten, fiel mir ein kleiner Stein vom Herzen. Auf dem Highway liefen wir entschieden größere Gefahr, von der Polizei aufgespürt zu werden. Was aber, wenn die Cops vor dem Haus der Sloans auf uns warteten? Wahrscheinlich hatten sie inzwischen die Adresse des entflohenen Patienten. Und welcher Todkranke wünschte sich nicht, zu Hause im eigenen Bett zu sterben?

Ich fuhr die Hauptstraße in südlicher Richtung hinunter, bis wir die Straße der Sloans erreicht hatten. Das Haus wirkte beschaulich; drinnen brannte Licht, und der Honda Accord stand nach wie vor in der Einfahrt.

Weit und breit war kein Streifenwagen zu sehen.

Was nichts heißen wollte. Die Polizei konnte immer noch jede Sekunde aufkreuzen.

»Ich fahre hinters Haus, damit die Cops den Wagen nicht sofort bemerken«, sagte ich.

Clayton nickte. Als ich den Motor abgestellt hatte, warf er mir einen Blick zu. »Gehen Sie hinein«, sagte er. »Sehen Sie nach Ihrem Freund. Ich komme so schnell wie möglich nach.«

Ich sprang aus dem Wagen und lief zur Hintertür. Sie war verschlossen. »Vince!«, rief ich. Ich warf einen Blick durchs Fenster, sah aber niemanden. Dann lief ich ums Haus herum nach vorn und versuchte es an der Haustür.

Sie war offen.

»Vince!« Ich betrat den Flur. Niemand antwortete.

Das ganze Haus war wie ausgestorben.

Ich betrat die Küche.

Von Enid war nichts zu sehen. Und dann blieb ich wie angewurzelt stehen.

Auf dem Boden lag ein Mann. Vince. Der Rücken seines Hemds war rot verfärbt.

»Vince.« Ich kniete mich nieder. »O Gott, Vince.« Im ersten Augenblick dachte ich, er sei tot, doch dann gab er ein unterdrücktes Stöhnen von sich. »O Mann, du lebst!«

»Terry«, brachte er hervor. »Sie … sie hatte einen Revolver unter ihrer Wolldecke.« Aus seinem Mund rann Blut, und seine Pupillen rutschten hinter die Lider. »Ich hab's vergeigt.«

»Nicht reden«, sagte ich. »Ich rufe Hilfe.«

Ich sah mich um, griff zum Telefon und wählte 911.

»Ich habe hier einen Schwerverletzten«, sagte ich. »Eine Schussverletzung.« Ich gab die Adresse durch und fügte hinzu, dass sie sich beeilen sollten. Weitere Fragen der Frau am anderen Ende ignorierte ich und legte auf.

»Plötzlich war er an der Tür«, flüsterte Vince, als ich mich wieder neben ihn kniete. »Jeremy … Aber sie hat ihn nicht mal reingelassen … hat gesagt, sie müssten sofort los.«

»Jeremy war hier?«

»Ich habe sie miteinander reden gehört.« Wieder lief Blut aus seinem Mund. »Sie sind zurück nach Milford gefahren. Sie hat ihn nicht mal aufs Klo gehen lassen. Anscheinend wollte sie verhindern, dass er mich sieht …«

Was hatte Enid vor? Was ging ihr durch den Kopf?

Ich hörte, wie Clayton zur Haustür hereinschlurfte.

»Scheiße«, presste Vince hervor. »Blöde alte Kuh.«

»Das wird schon wieder«, sagte ich.

»Terry.« Er sprach so leise, dass ich ihn kaum verstehen konnte. »Kümmere dich … um Jane …«

»Durchhalten, Mann«, sagte ich. »Durchhalten.«

DREIUNDVIERZIG

»Enid geht nie ohne Waffe an die Tür«, sagte Clayton. »Erst recht nicht, wenn sie allein ist.«

Er stützte sich gegen die Anrichte, den Blick auf Vince gerichtet, ehe er sich auf den nächsten Stuhl sacken ließ. Er war außer Atem. Der Weg vom Pick-up ins Haus hatte ihn völlig geschafft.

Nachdem er sich wieder einigermaßen erholt hatte, fuhr er fort: »Man unterschätzt sie leicht. Eine alte Frau im Rollstuhl. Sie hat einfach abgewartet, bis er ihr den Rücken zugekehrt hat, und dann eiskalt abgedrückt.« Er schüttelte den Kopf. »Niemand ist Enid gewachsen.«

Ich kniete immer noch neben Vince. »Der Notarzt ist unterwegs«, sagte ich. »Er ist sicher bald da.«

»Ja«, murmelte er. Seine Lider zuckten.

»Aber wir müssen jetzt los. Wir dürfen keine Zeit verlieren.«

»Los, geht schon«, flüsterte Vince.

Zu Clayton sagte ich: »Enid hat Jeremy anscheinend gar nicht ins Haus gelassen. Sie sind sofort aufgebrochen.«

Clayton nickte bedächtig. »Sie wollte nicht, dass Jeremy Ihren Freund sieht. Das ganze Blut. Sie wollte nicht, dass er davon etwas mitbekommt.«

»Warum?«

»Weil Jeremy sonst vielleicht dafür gewesen wäre, die ganze Sache abzublasen. Weil ihm vielleicht aufgegangen wäre, dass ihr ganzer Plan ins Wanken geraten ist – nachdem Enid Ihren Freund hier angeschossen hat und Sie wissen, wer er wirklich ist. Wenn die beiden wirklich vorhaben, was ich glaube, wäre es ein Wunder, wenn sie damit durchkommen.«

»Aber das muss Enid doch auch klar sein«, sagte ich.

Ein müdes Lächeln trat auf Claytons Lippen. »Sie verstehen nicht, wie Enid funktioniert. Sie hat nur die Erbschaft im Kopf. Alles andere existiert für sie nicht. Ihre Gedanken kreisen ausschließlich um das Erbe.«

Ich warf einen Blick auf die Küchenuhr, die die Form eines in der Mitte durchgeschnittenen Apfels hatte. Es war 01:06 Uhr.

»Wie viel Vorsprung haben sie?«, fragte Clayton.

»Auf jeden Fall zu viel«, gab ich zurück. Auf der Anrichte lagen eine Rolle Alufolie und ein paar braune Krümel. »Sie hat den Karottenkuchen eingepackt«, sagte ich. »Als Proviant für unterwegs.«

»Okay.« Es bereitete Clayton sichtlich Mühe, sich zu erheben. »Der verdammte Krebs«, sagte er. »Er hat sich überall in mir ausgebreitet. Das ganze Leben nichts als Qual und Schmerz, und dann auch noch ein solches Ende.«

Als er aufgestanden war, sagte er: »Eine Sache muss ich noch mitnehmen.«

»Brauchen Sie Schmerztabletten? Oder irgendeine andere Medizin?«

»In dem Schrank da ist Tylenol. Aber ich meinte etwas anderes. Ich fürchte nur, ich habe nicht die Kraft, in den Keller zu gehen.«

»Was brauchen Sie denn?«

»Unten ist eine Werkbank, auf der ein roter Werkzeugkasten steht.«

»Okay.«

»Öffnen Sie den Werkzeugkasten. Das, was ich mitnehmen will, habe ich am Boden festgeklebt.«

Die Kellertür befand sich gleich neben der Küche. Ich knipste das Licht an. »Geht es noch?«, rief ich Vince zu.

»Verdammte Scheiße«, presste er zwischen den Zähnen hervor.

Ich stieg die Holztreppe hinunter. Es roch muffig; ich erblickte Kisten und offene Kartons mit Weihnachtsdekoration, ausrangiertes Mobiliar, ein paar Mausefallen in den Ecken. Am anderen Ende des Kellers befand sich eine Werkbank, auf der diverse Tuben, Schmirgelpapier und Werkzeuge lagen. Dort stand auch der verbeulte rote Werkzeugkasten, von dem Clayton gesprochen hatte.

Eine nackte Glühbirne hing über der Werkbank. Ich machte Licht, um besser sehen zu können, und ließ die beiden Metallverschlüsse des Werkzeugkastens aufspringen. Rostige Schrauben, Schraubenzieher, ein paar alte Laubsägeblätter. Am liebsten hätte ich den Kasten umgedreht und alles ausgekippt, aber ich wollte keinen Lärm machen. Stattdessen hob ich ihn an und kippte ihn, sodass der Inhalt auf eine Seite rutschte.

Und da war er. Ein ganz normaler, leicht fleckiger und mit Klebeband am Boden befestigter Briefumschlag. Ich machte ihn los. Keine große Sache.

»Haben Sie ihn?«, rief Clayton von oben.

»Ja«, rief ich zurück, während ich den Umschlag in Augenschein nahm. Es war nichts weiter darauf vermerkt, und offensichtlich befand sich nur ein einzelnes Blatt Papier darin.

»Wenn Sie wollen, können Sie reinschauen«, hörte ich Claytons Stimme.

Ich riss den Umschlag am einen Ende auf, zog das Blatt Papier mit Daumen und Zeigefinger heraus und entfaltete es.

»Vorsicht«, hörte ich Clayton. »Das Papier ist bestimmt schon brüchig.«

Ich hielt den Atem an, während ich die Zeilen überflog.

Als ich die Treppe wieder nach oben gestiegen war, erklärte mir Clayton, was ich mit dem Umschlag machen sollte.

»Versprechen Sie's?«, fragte er.

»Versprochen«, sagte ich und steckte den Umschlag ein.

Dann kümmerte ich mich noch einmal um Vince.

»Es kann nicht mehr lange dauern, bis die Ambulanz da ist«, sagte ich. »Schaffst du's solange?«

Vince war ein harter Knochen; wenn es einer schaffen würde, dann er, da war ich mir sicher. »Kümmere dich um deine Frau und deine Kleine«, sagte er. »Und schubs die Alte vor den nächsten Laster, wenn du sie in die Finger kriegst.« Er hielt inne. »Im Wagen ist eine Knarre. Ich hätte sie gleich mitnehmen sollen.«

Ich fühlte seine Stirn. »Du packst es.«

»Hau schon ab«, flüsterte er.

»Der Honda in der Einfahrt«, fragte ich Clayton. »Ist er fahrtüchtig?«

»Klar«, erwiderte Clayton. »Das ist meiner. Aber ich habe ihn schon seit Ewigkeiten nicht mehr gefahren.«

»Vince' Pick-up sollten wir besser nicht nehmen«, sagte ich. »Die Cops haben inzwischen garantiert eine Beschreibung, und das Nummernschild hat sich bestimmt auch jemand gemerkt.«

Er nickte und wies auf eine dekorative Schale auf einem Tischchen neben der Haustür. »Da sind die Schlüssel«, sagte er.

»Einen Moment noch«, sagte ich.

Ich lief ums Haus zu Vince' Pick-up, kramte im Handschuhfach, in den Ablagen an den Türen. In der Konsole zwischen den Sitzen wurde ich fündig. Unter einem Stapel Landkarten lag seine Pistole.

Ich hatte nicht viel Ahnung von Waffen und fühlte mich alles andere als wohl, als ich die Knarre in meinen Gürtel steckte. Ich hatte schon genug Probleme; eine selbst zugefügte Schussverletzung fehlte mir gerade noch. Ich lief zu Claytons Honda, setzte mich hinters Steuer und verstaute die Waffe im Handschuhfach. Dann startete ich den Motor und fuhr über den Rasen so nah wie möglich an die Haustür.

Clayton trat aus dem Haus, sehr wacklig auf den Beinen. Ich stieg aus dem Wagen, öffnete die Beifahrertür, half ihm hinein und schnallte ihn an.

»Okay«, sagte ich. »Los geht's.«

Wir fuhren los und bogen auf der Hauptstraße rechts

in nördlicher Richtung ab. »Das war aber allerhöchste Eisenbahn«, bemerkte Clayton, als uns ein Krankenwagen entgegenkam, gefolgt von zwei Streifenwagen mit blinkendem Blaulicht.

Als wir auf dem Highway waren, hätte ich das Gaspedal am liebsten voll durchgetreten, wollte aber nicht das Risiko eingehen, angehalten zu werden. Daher fuhr ich nur leicht über dem Limit, um keine Aufmerksamkeit zu erregen.

Hinter Buffalo legte sich meine Nervosität ein wenig. Nachdem wir uns ein gutes Stück von Youngstown entfernt hatten, liefen wir kaum noch Gefahr, von einer Streife angehalten zu werden.

Ich wandte mich zu Clayton, der, den Kopf an die Kopfstütze gelehnt, still neben mir saß, und sagte: »Na, dann lassen Sie mal hören. Die ganze Geschichte.«

»Okay«, sagte er und räusperte sich.

VIERUNDVIERZIG

Seine Ehe beruhte auf einer Lüge.

Seine erste Ehe, erläuterte Clayton. Nun ja, die zweite auch. Er würde später darauf zurückkommen. Es war eine lange Fahrt nach Connecticut. Jede Menge Zeit, über alles zu sprechen.

Zunächst aber erzählte er von seiner Ehe mit Enid. Er kannte sie aus der Highschool; sie waren beide in Tonawanda, einem Vorort von Buffalo, zur Schule gegangen. Danach hatte er auf dem von Jesuiten geführten Canisius College Betriebswirtschaft studiert und nebenbei Seminare in Philosophie und Theologie belegt. Da die Uni nicht weit entfernt lag, hätte er zu Hause wohnen und pendeln können, doch er mietete sich trotzdem ein kleines Zimmer in der Nähe des Campus.

Nach seinem Abschluss lief ihm zufällig Enid über den Weg. Sie begannen sich regelmäßig zu treffen. Enid war ein willensstarkes Mädchen, gewohnt, das zu bekommen, was sie wollte. Und dafür setzte sie ihre Vorzüge rücksichtslos ein. Sie war ausgesprochen attraktiv und hatte einen ausgeprägten sexuellen Appetit, zumindest anfangs.

Eines Nachts erzählt sie ihm unter Tränen, dass ihre Periode überfällig ist. »O nein«, sagt Clayton Sloan. Zuallererst kommt ihm in den Sinn, was seine Eltern

416

denken werden, denen seit jeher nichts über Sitte und Anstand geht – und nun hat ihr Junge ein Mädchen geschwängert. Was nur die Nachbarn sagen werden!

Und so bleibt ihm nichts anderes übrig, als sie zu heiraten. Sofort.

Zwei Monate später klagt sie über Unwohlsein, sagt, sie wolle ihren Hausarzt aufsuchen, Dr. Gibbs. Als sie wieder nach Hause kommt, erfährt Clayton, dass sie das Baby verloren hat. Sie weint, kann sich kaum wieder beruhigen. Einige Zeit später erblickt Clayton den Arzt an einem Tisch in einem Restaurant, geht zu ihm und sagt: »Entschuldigung, dass ich Sie störe. Ich weiß, ich sollte eigentlich einen Termin in Ihrer Praxis vereinbaren, aber ich wollte Sie nur fragen, ob Enid nach der Sache mit dem Baby auch weiterhin Kinder bekommen kann.«

Der Arzt sieht ihn nur verwirrt an. »Was?«

Langsam beginnt Clayton zu dämmern, mit wem er sich da eingelassen hat. Mit einer Frau, die alles tun wird, um ihre Ziele zu erreichen.

Er spielt mit dem Gedanken, sie zu verlassen. Doch Enid sagt, es tue ihr unendlich leid, sie habe gedacht, sie sei schwanger, aber Angst davor gehabt, sich von einem Arzt untersuchen zu lassen … nun ja, und am Ende sei es eben ein Fehlalarm gewesen. Clayton weiß nicht, ob er ihr glauben soll, doch dann kommt ihm einmal mehr in den Sinn, welche Schande er über seine Familie bringen wird, wenn er sich von Enid scheiden lässt. Abgesehen davon, dass Enid wirklich zerknirscht wirkt, auch wenn er nicht weiß, ob ihre Reue nur gespielt ist. Es scheint ihr sehr schlecht zu gehen, und er bringt es nicht über sich, sie sitzenzulassen.

Je länger er bei ihr bleibt, desto schwieriger wird es für ihn, sie zu verlassen. Und bald begreift er, dass Enid immer bekommt, was sie will. Falls nicht, dreht sie durch, macht ihm die Hölle heiß. Schreit wie eine Furie, schmeißt das halbe Geschirr an die Küchenwand. Eines Abends, er badet gerade, während Enid sich die Haare trocknet, hält sie den Föhn über die Wanne und scherzt darüber, ihn ins Wasser werfen zu wollen. Klar, nur ein Spaß, aber da ist etwas in ihren Augen, was keinen Zweifel daran lässt, dass sie es tun könnte – einfach so, ohne mit der Wimper zu zucken.

Er findet einen Job als Vertreter für Maschinenöl und Schmierstoffe. Sein zukünftiges Reisegebiet umfasst einen breiten Korridor zwischen Chicago und New York, reicht bis hinauf nach Buffalo. Sein Arbeitgeber warnt ihn, dass er sehr viel unterwegs sein wird. Doch genau das ist für Clayton der springende Punkt. Das ist seine Chance, dem pausenlosen Geschrei zu entkommen, dem Wahnsinn, der sich zuweilen in Enids Augen zeigt. Jedes Mal graut ihm vor der Fahrt nach Hause, jedes Mal fragt er sich, womit ihm Enid diesmal in den Ohren liegen wird – dass sie in den letzten Lumpen herumlaufen muss, dass er nicht genug Geld verdient, warum er sich nicht längst um die knarrende Verandatür gekümmert hat. Im Grunde kommt er nur noch wegen Flynn nach Hause, seinem Irish Setter. Der Hund freut sich wenigstens auf ihn, läuft jedes Mal auf den Wagen zu, als hätte er die ganze Zeit vor der Haustür auf ihn gewartet.

Dann ist sie wirklich schwanger. Es wird ein Junge. Jeremy. Sie liebt ihn über alles. Clayton liebt ihn natürlich auch, aber bald stellt er fest, dass Enid einen gnadenlosen Konkurrenzkampf gegen ihn führt. Sie will die Liebe des Jungen ganz für sich allein, und sie beginnt, das Verhältnis zu seinem Vater zu vergiften, kaum dass er laufen kann. Von Anfang an redet sie ihm ein, dass sein Vater ein Schwächling ist, der sie fortwährend vernachlässigt – und wie überaus schade es ist, dass Jeremy ihm ähnlich sieht, aber mit den Jahren kann er ja lernen, mit dieser Behinderung umzugehen.

Clayton will nur noch weg.

Trotzdem nimmt er das Wörtchen »Scheidung« nicht in den Mund. Enid ist so unberechenbar, dass er das Thema lieber nicht anschneidet. Selbst eine vorübergehende Trennung scheint ausgeschlossen.

Einmal aber versucht er es ihr doch mehr oder weniger durch die Blume zu sagen. Er muss mit ihr reden, verkündet er vor einer seiner langen Vertreterreisen. Über etwas Ernstes.

»Ich bin nicht glücklich in unserer Beziehung«, sagt er. »Ich habe das Gefühl, es funktioniert einfach nicht mit uns.«

Sie bricht nicht in Tränen aus. Sie fragt nicht einmal, was seiner Meinung nach nicht stimmt oder wie sie ihre Ehe vielleicht doch noch retten könnten.

Sie baut sich lediglich vor ihm auf und sieht ihm tief in die Augen. Er will ihrem Blick ausweichen, aber es gelingt ihm nicht; es ist, als würde ihn das Böse selbst hypnotisieren, als starre er in die Seele Satans.

»Du wirst mich nie verlassen«, sagt sie nur. Und lässt ihn einfach stehen.

Während der nächsten Reise denkt er wieder und

wieder über ihre Worte nach. Das werden wir noch sehen, denkt er. Das werden wir noch sehen.

Diesmal wird er bei seiner Rückkehr nicht von Flynn begrüßt. Als er das Garagentor öffnet, um den Plymouth unterzustellen, baumelt der Hund tot an einem Strick von der Decke.

»Sei froh, dass es nur der Hund war«, lautet Enids einziger Kommentar.

Sosehr sie Jeremy auch lieben mag, sie lässt nur allzu gern durchblicken, dass sein Leben auf dem Spiel steht, sollte Clayton jemals Anstalten machen, sie zu verlassen.

Clayton Sloan ergibt sich in sein Schicksal, nimmt endlose Demütigungen und Erniedrigungen hin. Er hat sich mit ihr eingelassen, und jetzt bleibt ihm nur noch, das Beste daraus zu machen. Zuweilen kommt es ihm vor, als würde er durch sein eigenes Leben schlafwandeln.

Er gibt sich alle Mühe, seinen Hass nicht auf den Jungen zu übertragen. Dem hat Enid eingeimpft, dass sein Vater eine minderwertige Existenz ist, ein Versager, zu nichts nütze, der nur zufällig mit ihnen unter einem Dach wohnt. Clayton aber ist klar, dass Jeremy nichts dafür kann. Er ist Enids Opfer. Genau wie er selbst.

Oft fragt er sich, wie all das nur passieren konnte.

Und mehr als einmal denkt Clayton daran, sich das Leben zu nehmen.

Wieder einmal ist er spätabends unterwegs. Er kommt gerade aus Chicago, umrundet den unteren Teil des Michigansees und fährt wie üblich das kurze Stück durch Indiana. Vor sich sieht er die Pfeiler einer Brücke, und plötzlich tritt er aufs Gaspedal. Siebzig Meilen die Stunde, achtzig, neunzig. Der Plymouth beginnt zu schwimmen. Den Sicherheitsgurt hat er abgeschnallt, um ganz sicherzugehen. Kies und Staub wirbeln hinter ihm auf, als er mit hundert Sachen über den Seitenstreifen fegt, doch dann verlässt ihn der Mut. In letzter Sekunde reißt er das Steuer herum und lenkt den Wagen auf die Straße zurück.

Ein andermal, ein paar Meilen westlich von Battle Creek, ist er ebenfalls drauf und dran, seinem Leben ein Ende zu setzen, aber erneut lassen ihn in letzter Sekunde seine Nerven im Stich. Diesmal verliert er jedoch die Kontrolle über den Wagen, der über beide Highwayspuren schleudert; er entgeht knapp dem Zusammenstoß mit einem Sattelschlepper, bevor er im hohen Gras des Mittelstreifens zum Stehen kommt.

Jeremy ist der Grund, warum er jedes Mal in letzter Sekunde davor zurückscheut, ein für alle Mal Schluss zu machen. Der Gedanke, ihn allein zurückzulassen, ist ihm ein Gräuel. Allein mit Enid. Das kann er seinem Sohn nicht antun.

Eines Tages kommt er durch Milford, auf der Suche nach neuen Kunden.

Er geht in den nächsten Drogeriemarkt, um sich einen Schokoriegel zu kaufen. An der Kasse steht eine junge Frau. Auf dem Namensschildchen an ihrem Kittel steht »Patricia«.

Sie hat rötliches Haar. Sie ist wunderschön.

Und wirkt überaus anziehend.

Es muss an ihren Augen liegen. Dem warmen, freundlichen Blick. Seit Jahren verfolgen ihn nun Enids

421

dunkle Augen, und ihm wird geradezu schwindlig von der Sanftmut, die Patricias Blick ausstrahlt.

So lange hat er noch nie gebraucht, um einen Schokoriegel zu kaufen. Er macht Smalltalk über das Wetter, spricht davon, dass er erst vor ein paar Tagen in Chicago war und die meiste Zeit unterwegs ist. Und dann sagt er noch etwas, es rutscht ihm einfach so heraus: »Hätten Sie Lust, mit mir zu Mittag zu essen?«

Patricia lächelt und erwidert, dass er sie in einer halben Stunde abholen kann. Dann hat sie Mittagspause.

Während dieser halben Stunde läuft er durch Milford, fragt sich immer wieder, ob er noch ganz bei Trost ist. Er ist schließlich verheiratet. Er hat eine Frau, einen Sohn, ein Haus, einen Job.

Aber all das macht ihn nicht glücklich. So hat er sich sein Leben nicht vorgestellt.

Bei einem Thunfischsandwich im Coffeeshop um die Ecke erzählt Patricia, dass sie normalerweise nicht mit Männern essen geht, die sie gerade erst kennengelernt hat. Aber er habe etwas an sich, was sie neugierig macht.

»Und das wäre?«, fragt er.

»Irgendwie ist es, als könnte ich in Sie hineinsehen«, erwidert sie. »Ich hatte gleich so ein Gefühl, was Sie angeht.«

Du lieber Gott. Ist es so offensichtlich? Hat ihr eine innere Stimme gesagt, dass er verheiratet ist? Kann sie Gedanken lesen? Obwohl er doch vorhin Handschuhe getragen und seinen Ehering inzwischen abgenommen und in die Tasche gesteckt hat?

»Was für ein Gefühl?«, fragt er.

»Dass Sie auf der Suche nach etwas sind. Fahren Sie deshalb durchs halbe Land?«

»Das ist bloß mein Beruf«, sagt er.

Patricia lächelt. »Hmm, vielleicht gibt es ja doch einen Grund, warum Sie ausgerechnet hier in Milford gelandet sind. Vielleicht hat Sie das Schicksal hierhergeführt, damit Sie etwas Bestimmtes finden. Na ja, nicht unbedingt mich. Es könnte auch etwas ganz anderes sein.«

Aber sie ist es. Da ist er sich ganz sicher.

Er sagt, er hieße Clayton Bigge. Ganz spontan, noch ehe er sich richtig bewusst ist, was er da überhaupt tut. Vielleicht schwebt ihm zu diesem Zeitpunkt nur eine Affäre vor, und mit einem falschen Namen kann man sich gegebenenfalls eine Menge Ärger ersparen.

Während der nächsten Monate macht er jedes Mal einen Abstecher nach Milford, wenn seine Reisen ihn in die Nähe führen.

Patricia betet ihn an. Sie gibt ihm das Gefühl, etwas wert zu sein.

Auf dem Rückweg überlegt er, was er nur tun soll.

Und er hat Glück. Seine Firma strukturiert die Reisegebiete neu. Wenn er will, kann er das Gebiet zwischen Hartford und Buffalo haben, muss nicht mehr nach Chicago. Und mit einem Mal liegt Youngstown am einen, Milford am anderen Ende seiner Route.

Dann ist da natürlich noch die Geldfrage.

Aber Clayton verdient gut. Und er verschweigt Enid bereits seit längerem, wie es mit seinen Einkünften aussieht und wie viel Geld er mittlerweile gespart hat. Ihr ist es sowieso nie genug. Immer setzt sie ihn herab, und davon abgesehen wirft sie sein Geld mit beiden Händen zum Fenster hinaus. Insofern ist es nur legitim, den einen oder anderen Dollar auf die Seite zu schaffen.

Es könnte reichen, denkt er. Es ist gerade genug für einen zweiten Haushalt.

Eine wunderbare Vorstellung, wenigstens das halbe Leben in Glück und Harmonie verbringen zu können.

Patricia willigt ein, als er um ihre Hand anhält. Mit ihren Eltern kommt er bestens aus, nur mit ihrer Schwester Tess wird er nicht warm. Es ist, als würde sie ahnen, dass mit ihm etwas nicht stimmt, ohne den Finger in die Wunde legen zu können. Er spürt, dass sie ihm nicht über den Weg traut, und lässt in ihrer Gegenwart doppelte Vorsicht walten. Außerdem weiß er, dass Tess ihre Schwester mehr als nur einmal vor ihm gewarnt hat, doch Patricia liebt ihn, liebt ihn von ganzem Herzen, und nimmt ihn jedes Mal in Schutz.

Als sie sich Eheringe kaufen, sucht er mit Patricia einen Ring aus, der genauso aussieht wie sein bisheriger. Hinterher tauscht er den Ring um und erhält sein Geld zurück. Damals ist alles viel einfacher als vor dem Anschlag auf das World Trade Center: Unter falschem Namen beantragt er eine Reihe von Papieren – vom Ersatzführerschein bis zum Bibliotheksausweis –, mit denen er schließlich das Standesamt hereinlegt.

Er fühlt sich nicht wohl dabei, Patricia derart zu täuschen, doch dafür ist er ihr ein guter Ehemann – zumindest wenn er zu Hause ist.

Sie schenkt ihm zwei Kinder. Zuerst einen Jungen, den sie Todd nennen, und zwei Jahre später ein Mädchen namens Cynthia.

Er bringt ein wahrhaft erstaunliches Jonglierkunst-stück zustande.

Eine Familie in Connecticut. Eine Familie oben in New York State. Zwischen denen Clayton hin und her pendelt.

Ist er Clayton Bigge, kreisen seine Gedanken um die nächste Rückkehr nach Youngstown. Ist er Clayton Sloan, geht ihm seine Familie in Milford nicht aus dem Kopf.

Das entschieden einfachere Leben führt er als Clay-ton Sloan – kein Wunder, schließlich ist es ja auch sein richtiger Name. Falls er sich irgendwo ausweisen muss, kein Problem; er besitzt einen gültigen Ausweis und Führerschein.

In Milford jedoch, als Clayton Bigge, ist er gezwun-gen, stets auf der Hut zu sein. Sklavisch achtet er da-rauf, keine Geschwindigkeitsbegrenzung zu übertreten, immer Münzen für Parkuhren dabeizuhaben; penibel vermeidet er alles, was der Polizei einen Grund liefern könnte, sein Kennzeichen zu überprüfen. Fährt er nach Connecticut, hält er stets an einem unbeobachteten Ort und wechselt die orangegelben New-York-State-Nummernschilder gegen die blauen für Connecticut aus, die er von einem anderen Wagen abgeschraubt hat. Stets muss er darauf achten, von wo er Ferngespräche führt, stets aufpassen, nicht versehentlich seine Adresse in Milford anzugeben, wenn er sein Leben als Clayton Sloan führt.

Immer bezahlt er in bar, nie mit Schecks oder Kredit-karte. Bloß keine schriftlichen Spuren hinterlassen.

Sein ganzes Leben ist ein Trugbild. Seine erste Ehe

beruht auf einer Lüge, die Enid ihm aufgetischt hat. Seine zweite Ehe basiert auf Lügen, die er Patricia erzählt hat. Aber gibt es in diesem Doppelspiel tatsächlich Momente des Glücks, Augenblicke, in denen er …

»Ich muss pinkeln«, unterbrach Clayton seine Geschichte.

»Was?« Ich hatte ihm so gebannt gelauscht, dass ich im ersten Moment nicht mitbekam, was er wollte.

»Ich muss aufs Klo. Und ich kann nicht mehr lange warten.«

»Da vorn kommt eine Raststätte«, sagte ich. »Wie geht es Ihnen?«

»Nicht besonders«, sagte er. Er hustete. »Ich brauche Wasser. Und noch ein paar Schmerztabletten.«

An Wasser hatte ich nicht gedacht, bevor wir losgefahren waren. Aber wir lagen ziemlich gut in der Zeit. Es war vier Uhr morgens und wir näherten uns bereits Albany. Außerdem musste ich tanken, weswegen sich ohnehin ein Stopp anbot.

Ich stützte Clayton auf dem Weg zur Herrentoilette und führte ihn anschließend zurück zum Wagen.

Die wenigen Meter hatten ihn völlig geschafft. Ich kaufte ein Sechserpack Wasser, lief zurück zum Auto und öffnete eine der Plastikflaschen für ihn. Er nahm einen langen Schluck; ich drückte ihm vier Tylenol in die Hand, die er nacheinander hinunterspülte. Dann fuhr ich an die Zapfsäulen und tankte. Damit war ich den Rest meines Bargelds los; ich wollte meine Kredit-karte nicht benutzen, da ich fürchtete, dass die Polizei inzwischen wusste, wer Clayton aus der Klinik geholt hatte, und bereits prüfte, ob irgendwo mit meiner Karte bezahlt worden war.

Ich überlegte, ob ich Detective Wedmore informieren sollte. Ich war der Wahrheit näher als je zuvor und wollte den Verdacht gegen Cynthia ein für alle Mal ausräumen. Mit einem Griff in meine Hosentasche förderte ich die Visitenkarte zutage, die sie mir bei ihrem gestrigen Überraschungsbesuch in die Hand gedrückt hatte.

Auf der Karte standen ihre Büro- und ihre Handynummer. Wahrscheinlich schlief sie mit dem Handy neben dem Bett – immer im Dienst.

Ich startete den Motor, hielt aber gleich hinter der Tankstelle wieder an.

»Was gibt's denn?«, fragte Clayton.

»Ich will nur kurz telefonieren«, sagte ich.

Zunächst versuchte ich noch einmal, Cynthia zu erreichen. Erst rief ich auf ihrem Handy, dann bei uns zu Hause an. Ohne Erfolg.

Was mich in gewisser Weise sogar tröstete. Wenn ich nicht wusste, wo sie war, wussten es Jeremy Sloan und seine Mutter garantiert auch nicht. Und so gesehen war es verdammt schlau von ihr gewesen, Grace mitzunehmen und spurlos zu verschwinden.

Trotzdem – ich musste unbedingt herauskriegen, wo sie waren. Und ob mit ihnen alles in Ordnung war.

Ich überlegte, ob ich Rolly anrufen sollte, kam aber zu dem Schluss, dass er sich längst selbst gemeldet hätte. Außerdem hatte das Handy so gut wie keinen Saft mehr. Der Akku hielt ziemlich lange, wenn das Gerät auf Bereitschaft geschaltet war, aber sobald man telefonierte, war er im Nu leer.

Ich tippte Detective Wedmores Handynummer ein. Beim vierten Klingeln ging sie dran.

»Wedmore«, sagte sie. Sie gab ihr Bestes, so hellwach wie möglich zu klingen, aber es war trotzdem ein ziemlich lahmer Versuch.

»Hier spricht Terry Archer«, sagte ich.

»Mr Archer«, sagte sie, nun schon deutlich konzentrierter. »Was kann ich für Sie tun?«

»Ich erzähle Ihnen jetzt ein paar Dinge im Schnelldurchlauf, mein Handy gibt nämlich gerade den Geist auf. Sie müssen dringend nach meiner Frau fahnden. Ein Mann namens Jeremy Sloan ist zusammen mit seiner Mutter, einer gewissen Enid Sloan, von Buffalo unterwegs nach Connecticut. Offenbar haben sie vor, Cynthia zu töten. Cynthias Vater lebt. Er sitzt neben mir im Auto. Wenn Sie Cynthia und Grace finden, lassen Sie die beiden unter keinen Umständen aus den Augen, bevor ich zurück bin.«

Ich hätte zumindest ein verblüfftes »Was?« erwartet. Stattdessen erwiderte sie nur: »Wo sind Sie?«

»Auf dem New York Thruway. Ich komme gerade aus einem Ort namens Youngstown in der Nähe von Buffalo. Vince Fleming hat mich dorthin begleitet. Sie wissen doch, wer das ist, oder?«

»Ja.«

»Er wollte mir helfen. Die Frau, von der ich eben gesprochen habe, hat ihn niedergeschossen. Enid Sloan.«

»Ich verstehe kein Wort«, sagte Detective Wedmore.

428

»Ich meine es ernst. Sie müssen sie unbedingt aufhalten.«

»Was für einen Wagen fahren dieser Jeremy Sloan und seine Mutter?«

»Einen braunen ...«

»Impala«, brachte Clayton hervor. »Einen Chevy Impala.«

»Einen braunen Chevrolet Impala«, gab ich durch. Ich warf Clayton einen Blick zu. »Wie ist das Kennzeichen?«

Er schüttelte den Kopf. »Ich weiß es nicht.«

»Sind Sie auf dem Weg hierher?«, fragte Detective Wedmore.

»Ja. Aber wir brauchen noch ein paar Stunden. Sie müssen Cynthia finden. Rolly Carruthers ist bereits auf der Suche nach ihr ... der Direktor der Schule, an der ich unterrichte.«

»Mr Archer ...«

»Wir müssen los«, sagte ich, steckte das Handy ein und fuhr wieder auf den Thruway.

»Also«, nahm ich den Faden seiner Lebensgeschichte wieder auf. »Gab es solche Momente? Augenblicke, in denen Sie glücklich waren?«

Momente des Glücks erlebt er nur als Clayton Bigge. Er liebt Todd und Cynthia, und soweit er es beurteilen kann, lieben sie ihn auch; manchmal hat er sogar das Gefühl, dass sie zu ihm aufsehen. Ihnen wird nicht jeden Tag aufs Neue eingeimpft, dass ihr Vater eine Null ist. Was noch lange nicht heißt, dass sie ihm immer aufs Wort folgen würden – tja, aber so sind Kids eben nicht, oder?

Manchmal, wenn sie spätabends im Bett liegen, sagt Patricia zu ihm: »Du wirkst so geistesabwesend. Als wärst du gar nicht richtig hier.«

Dann nimmt er sie in die Arme und erwidert: »Ich will nirgendwo anders als bei dir sein.« Das ist keine Lüge. Er hat noch nie etwas so Wahres gesagt. Diverse Male hat er mit dem Gedanken gespielt, ihr alles zu erzählen, weil er das Lügen satthat. Er hasst sein anderes Leben.

Denn genau dazu ist sein Leben mit Enid und Jeremy geworden. Zu seinem *anderen* Leben. Auch wenn es sein eigentliches Leben ist, jenes Leben, in dem er seinen wirklichen Namen benutzen, jederzeit seinen Ausweis vorzeigen kann, quält es ihn mehr und mehr, Woche für Woche, Monat für Monat, Jahr für Jahr nach Youngstown zurückkehren zu müssen.

Und doch gewöhnt er sich in gewisser Weise an die komplizierten Umstände seines Doppellebens. An die Ausflüchte, an die Geschichten, die er sich ausdenken muss – etwa, warum er zu Weihnachten nicht zu Hause sein kann. Am 25. Dezember ruft er dann, die Taschen voller Kleingeld, von einem Münztelefon in Youngstown bei seinen Lieben in Milford an, um Patricia und den Kindern frohe Weihnachten zu wünschen.

Einmal überkommt ihn in seinem Haus in Youngstown der Katzenjammer. Er schließt die Schlafzimmertür und beginnt zu weinen. Nur ganz kurz, um sich zu erleichtern, seiner Traurigkeit freien Lauf zu lassen.

Doch Enid hat ihn gehört. Sie kommt herein, setzt sich zu ihm aufs Bett.

Er wischt sich die Tränen von den Wangen, reißt sich zusammen, so gut es eben geht.

Enid legt ihm eine Hand auf die Schulter. »Mach hier nicht einen auf Heulsuse«, sagt sie.

Natürlich herrscht auch in Milford nicht immer nur die reine Idylle. Mit zehn erkrankt Todd an einer schweren Lungenentzündung, die Patricia und Clayton vorübergehend um sein Leben fürchten lässt. Aus Cynthia wird ein ausgesprochen schwieriger Teenager. Sie rebelliert gegen ihre Eltern, hat schlechten Umgang, probiert Sachen aus, für die sie viel zu jung ist, trinkt Alkohol, nimmt vielleicht sogar Drogen.

Ihm fällt es zu, ihr die Grenzen aufzuzeigen. Patricia ist geduldiger, zeigt mehr Verständnis für ihre Tochter. »Ach, das ist nur eine Phase«, pflegt sie zu sagen. »Das legt sich schon wieder. Lass uns einfach für sie da sein.«

Ist Clayton in Milford, wünscht er sich nichts weiter als eine heile Welt. Und oft ist diese Welt zum Greifen nah.

Doch dann muss er wieder so tun, als ginge es auf die nächste Geschäftsreise. Und schon ist er wieder nach Youngstown unterwegs.

Von Anfang an hat er sich gefragt, wie lange er sein Doppelleben wohl würde aufrechterhalten können.

Und manchmal kommt ihm der nächste Brückenpfeiler erneut wie die Lösung all seiner Probleme vor.

Zuweilen wacht er morgens auf und fragt sich, wo er ist. Wer ist er heute?

Und von Zeit zu Zeit unterlaufen ihm kleine Fehler.

Einmal fährt er mit einem Einkaufszettel von Enid nach Lewiston in den Supermarkt, um ein paar Besorgungen zu machen. Eine Woche später kommt Patricia, die gerade seine Sachen in die Waschmaschine gesteckt hat, in die Küche. In der Hand hält sie den Einkaufszettel. »Was ist denn da in deine Hosentasche geraten?«, fragt sie. »Also, meine Handschrift ist das jedenfalls nicht.«

Clayton sackt das Herz in die Hose. Seine Gedanken überschlagen sich. »Ach, der Zettel lag gestern in einem Einkaufswagen, als ich im Supermarkt war. Ich habe ihn eingesteckt, weil ich mal schauen wollte, was andere Leute so einkaufen.«

Patricia wirft einen Blick auf den Zettel. »Offenbar essen die genauso gern Weetabix wie du.«

Er lächelt. »Tja, irgendwie habe ich schon immer gewusst, dass die Millionen Packungen nicht für mich allein hergestellt werden.«

Und so passiert es auch, dass Clayton eines Tages einen Zeitungsausschnitt in die falsche Schublade legt – ein Bild, auf dem Jeremy mit seiner Basketballmannschaft zu sehen ist. Er hat es ausgeschnitten, weil er seinen Sohn immer noch liebt, egal wie sehr Enid ihn vor Jeremy herabsetzt. Er sieht sein Ebenbild in ihm; der Junge ist ihm wie aus dem Gesicht geschnitten, so wie Todd auch. Unglaublich, die Ähnlichkeit der beiden Jungen. Jeremy zu hassen hieße Todd zu hassen, und das würde er niemals fertigbringen.

Als Clayton Bigge am Ende eines langen Tages nach einer strapaziösen Autofahrt in Milford ankommt, räumt er den Inhalt seiner Jackentaschen in seine Nachttischschublade, darunter auch den Zeitungsausschnitt mit dem Foto von Jeremy und seinem Team. Er hat ihn aufbewahrt, weil er stolz auf seinen Jungen ist, egal wie sehr Jeremy ihn verachtet.

Er merkt nicht, dass er das Foto in die falsche Schublade geräumt hat. Im falschen Haus, im falschen Ort, im falschen Staat.

Ein ähnlicher Fehler unterläuft ihm schließlich auch in Youngstown. Versehentlich hat er eine Telefonrechnung aus Milford mitgenommen. Die an Patricia adressiert ist. Er erfährt erst später, dass Enid sie gefunden hat.

Und sofort Verdacht schöpft.

Doch Enid stellt ihn nicht unmittelbar zur Rede. Sie wartet in Ruhe ab, ob sich weitere Anzeichen dafür finden, dass ihr Mann sie betrügt. Sie sammelt Beweise, um ihn lückenlos zu überführen.

Als sie genug zusammengetragen hat, beschließt sie, selbst einen kleinen Trip zu unternehmen, sobald ihr Mann Youngstown wieder verlässt. Und dann fährt sie eines Tages ebenfalls nach Milford; eine Nachbarin kümmert sich solange um Jeremy.

»Damals saß Enid natürlich noch nicht im Rollstuhl«, sagte Clayton, während er einen weiteren Schluck aus der Wasserflasche nahm. »Und damit wären wir bei dem Abend angelangt, an dem es geschah.«

FÜNFUNDVIERZIG

Den ersten Teil der Geschichte kannte ich von Cynthia. Wie sie einfach ignoriert hatte, wann sie zu Hause sein sollte. Dass sie ihren Eltern erzählt hatte, sie sei bei ihrer Freundin Pam. Wie Clayton losgezogen war, um sie zu suchen, und sie schließlich aus Vince Flemings Wagen gezerrt hatte.

»Cynthia war stinkwütend«, sagte Clayton. »Sie hat uns angeschrien, sie wünschte, wir wären tot. Dann ist sie auf ihr Zimmer gestürmt, und danach haben wir keinen Piep mehr von ihr gehört. Sie war betrunken, keine Ahnung, was sie alles in sich hineingekippt hatte. Wahrscheinlich ist sie sofort eingeschlafen. Sie hätte sich nie mit einem Burschen wie Vince einlassen dürfen. Sein Vater war ein stadtbekannter Krimineller.«

»Ich weiß«, sagte ich, den Blick auf die nächtliche Straße gerichtet.

»Nun ja, der Haussegen hing jedenfalls ziemlich schief. Manchmal war Todd schadenfroh, wenn seine Schwester Ärger bekam, aber nicht an jenem Abend. Er hatte irgendeine Hausaufgabe mal wieder auf die letzte Minute verschoben und brauchte dazu unbedingt ein bestimmtes Zeichenpapier. Es war bereits ziemlich spät, und wir wussten nicht, wo wir um diese Uhrzeit noch Zeichenpapier herkriegen sollten, aber dann fiel Patricia ein, dass der 24-Stunden-Drogeriemarkt im Ort genau dieses Papier verkaufte.«

Er hustete und trank noch einen Schluck. Allmählich wurde er heiser.

»Bevor sie losgefahren sind, hat Patricia sich noch kurz an den Küchentisch gesetzt.« Er warf mir einen Seitenblick zu. Ich klopfte gegen meine Jacke, spürte den Umschlag unter meiner Handfläche. »Nachdem sie weg waren, musste ich mich erst mal setzen. Ich war komplett mit den Nerven runter. Mir graute schon vor der nächsten Fahrt nach Youngstown. Ich wurde jedes Mal regelrecht depressiv, wenn ich nur an Enid dachte.«

Er blickte aus dem Fenster, während wir einen Truck überholten.

»Schließlich begann ich auf die Uhr zu sehen. Inzwischen war es bereits eine gute Stunde her, seit Patricia und Todd losgefahren waren, und so weit entfernt war der Drogeriemarkt nun auch wieder nicht. Und plötzlich klingelte das Telefon.«

Clayton holte tief Luft.

»Enid war dran. Sie rief von einer Telefonzelle aus an. Sie sagte bloß: ›Dreimal darfst du raten, wer hier spricht.‹«

»O Gott«, sagte ich.

»In gewisser Weise hatte ich diesen Anruf ja schon seit Ewigkeiten erwartet. Aber was sie getan hatte, wäre mir in meinen schlimmsten Albträumen nicht eingefallen. Sie gab mir nur kurz durch, sie sei auf dem Parkplatz hinter dem Denny's – die Steakhouse-Kette kennen Sie ja bestimmt. Ich solle mich verdammt noch mal beeilen und eine Rolle Papiertücher mitbringen. Ich hetzte aus dem Haus und fuhr rüber zu Denny's. Erst dachte ich, sie sei im Restaurant, aber sie saß in ihrem Auto. Nach dem, was sie getan hatte, konnte sie nämlich nicht aussteigen.«

»Warum?«, fragte ich.

»Weil sie von oben bis unten voller Blut war.«

Ein eiskalter Schauder lief mir über den Rücken.

»Mir wurde schlecht, als ich an das Autofenster trat. Ihre Hände sahen aus, als hätte sie in ein Ölfass gegriffen. Erst habe ich überhaupt nichts kapiert, weil sie die Ruhe selbst war. Sie sagte nur, ich solle einsteigen, und dann sah ich das ganze Blut. Ihr Mantel, ihr Kleid, alles voller Blut. Ich habe sie angeschrien: ›Um Gottes willen, was hast du getan? Was hast du nur getan?‹ Obwohl ich bereits ahnte, was geschehen war.

Enid hatte vor unserem Haus geparkt. Offenbar war sie erst eingetroffen, nachdem ich Cynthia nach Hause gebracht hatte. Die Adresse hatte sie von der Telefonrechnung. Und nun sah sie auch noch meinen Wagen mit einem Kennzeichen aus Connecticut in der Einfahrt. Sie brauchte nicht lange, um zwei und zwei zusammenzuzählen. Als Patricia und Todd aus dem Haus kamen und in die Stadt fuhren, folgte sie ihnen. Sie muss außer sich vor Wut gewesen sein. Darüber, dass ich mir ein anderes Leben mit einer anderen Familie aufgebaut hatte.

Sie fuhr ihnen zum Drogeriemarkt hinterher und folgte ihnen hinein. Vermutlich war sie wie vor den Kopf geschlagen, als sie Todd im hellen Licht des Ladens erblickte – wie gesagt, er sah Jeremy unglaublich ähnlich. Der Moment muss der Auslöser gewesen sein.

Enid verließ den Laden vor Patricia und Todd und ging zurück zu ihrem Wagen. Um diese Uhrzeit war der Parkplatz fast komplett verlassen. Damals besaß Enid keinen Revolver, aber im Handschuhfach bewahrte sie ein Messer auf, um sich notfalls zur Wehr setzen zu können. Sie holte das Messer, lief zurück und versteckte sich hinter der Ecke des Drogeriemarkts in einer dunklen Gasse, in der sonst Waren entladen wurden.

Todd und Patricia kamen aus dem Laden. Todds Zeichenpapier befand sich in einer großen Papprolle, die er wie ein Gewehr schulterte.

Plötzlich tauchte Enid aus dem Dunkel auf. ›Hilfe!‹, rief sie.

Todd und Patricia blieben stehen und starrten die fremde Frau an.

›Meine Tochter!‹, rief Enid. ›Sie ist verletzt!‹

Patricia lief ihr hinterher. Todd folgte.

Sobald sie in der dunklen Gasse waren, wandte Enid sich um. ›Sie sind doch Claytons Frau, stimmt's?‹«

Clayton hielt inne und sah mich an.

»Patricia war wahrscheinlich völlig perplex«, sagte er dann. »Zuerst bittet die fremde Frau sie um Hilfe und dann stellt sie ihr aus heiterem Himmel so eine Frage.«

»Was hat sie erwidert?«

»Ja. Und im selben Moment hat Enid ihr die Kehle aufgeschlitzt. Ohne auch nur eine Sekunde zu zögern. Alles ging so schnell, dass Todd im Dunkeln vermutlich gar nicht richtig mitbekommen hat, was passierte. Und einen Augenblick später hat sie ihm ebenfalls die Kehle durchgeschnitten, genauso blitzschnell wie seiner Mutter.«

»Und all das wissen Sie von Enid, nicht wahr?«, sagte ich.

»Unzählige Male hat sie es mir erzählt«, sagte Clayton leise. »Sie liebt es, davon zu reden. Sie sagt immer, es seien ihre schönsten Erinnerungen.«

»Und dann?«

»Dann hat sie mich von der nächsten Telefonzelle aus angerufen. Und als ich auf den Parkplatz kam, hat sie mir alles erzählt. ›Ich habe sie umgebracht‹, hat sie gesagt. ›Deine Frau und deinen Sohn. Sie sind beide tot.‹«

»Jetzt wird mir einiges klar«, sagte ich.

Clayton nickte schweigend.

»Enid war nicht klar, dass Sie noch eine Tochter hatten.«

»Darauf ist sie nicht gekommen«, sagte Clayton. »Wahrscheinlich wegen der Symmetrie des Ganzen. Ich hatte eine Frau und einen Sohn in Youngstown, eine Frau und einen Sohn in Milford. Mein zweiter Sohn sah fast genauso aus wie der erste. Es muss auf sie gewirkt haben, als hätte ich mir ein spiegelbildliches Leben aufgebaut. Jedenfalls merkte ich genau, dass sie keine Ahnung von Cynthia hatte.«

»Und Sie haben ihr auch nichts davon erzählt.«

»So viel Geistesgegenwart besaß ich noch, auch wenn ich unter Schock stand. Dann ist sie in die Gasse gefahren und hat mir die Leichen gezeigt. ›Wir müssen sie wegschaffen‹, sagte sie. ›Und du wirst mir dabei helfen.‹«

Clayton schwieg. Die nächste halbe Meile sprach er kein Wort.

Schließlich sagte ich: »Alles okay mit Ihnen, Clayton?«

»Ja«, sagte er.

»Warum erzählen Sie nicht weiter?«

»Ich hätte mich weigern können«, sagte er. »Ich hatte die Wahl, aber vielleicht stand ich zu sehr unter Schock, um das Richtige zu tun. Ich hätte mich ihr widersetzen, die Polizei rufen und den Wahnsinn ein für alle Mal beenden können.«

»Aber das haben Sie nicht getan.«

»Ich hatte mir selbst so viel zuschulden kommen lassen. Ich führte ein Doppelleben. Wäre ich aufgeflogen, hätte mich das ruiniert. Man hätte mich belangt. Vielleicht nicht wegen des Doppelmords an Patricia und Todd. Aber Bigamie ist strafbar, es sei denn, man ist Mormone oder so was. Außerdem hatte ich offizielle Dokumente gefälscht, mich wahrscheinlich des Betrugs und sonstiger Vergehen schuldig gemacht.«

Ich warf ihm einen Seitenblick zu.

»Und dazu kam, dass sie mich genau durchschaute. Sie drohte, den Cops zu erzählen, ich hätte sie angestiftet. Dass es mein Plan gewesen sei, Patricia und Todd zu töten. Und so habe ich mich Enids Willen gebeugt und ihr geholfen. Wir haben die Leichen zu Patricias Wagen geschleift. Die Idee, den Wagen in dem Baggersee bei Otis zu versenken, stammte von mir. Ich hatte den See irgendwann während meiner Geschäftsreisen entdeckt, als ich ziellos durch die Gegend gefahren war – an einem jener Tage, als ich ums Verrecken nicht nach Youngstown zurückwollte. Ich erinnere mich noch genau, wie ich eine kleine Ewigkeit dort oben stand, in den Abgrund starrte und überlegte, ob ich mich hinunterstürzen sollte, aber schließlich bin ich doch weitergefahren. Ich hatte Angst, dass ich den Sturz überlebe.«

Er hustete und trank einen Schluck Wasser.

»Meinen Wagen ließen wir auf dem Parkplatz stehen. Ich fuhr Patricias Escort. Zweieinhalb Stunden Fahrt durch die Nacht, mit Enid direkt hinter mir in ihrem Auto. Und als wir schließlich dort waren, habe ich einen Felsbrocken aufs Gaspedal gepackt und bin in letzter Sekunde zurückgesprungen. Ich habe noch gehört, wie der Wagen ins Wasser klatschte. Sehen konnte ich nichts. Es war stockfinster.«

Er war völlig erschöpft, rang ein paar Augenblicke nach Luft.

»Anschließend sind wir zurückgefahren, um meinen Wagen zu holen. Und dann ging es zurück nach Youngstown. Ich konnte mich nicht von Cynthia verabschieden, ihr nicht mal eine Nachricht hinterlassen. Es gab keine andere Möglichkeit. Ich musste ein für alle Mal verschwinden, um sie zu retten.«

»Wann hat sie es herausgefunden?«, fragte ich.

»Was meinen Sie?«

»Wann hat Enid spitzgekriegt, dass Sie noch eine Tochter haben? Dass sie Ihre andere Familie doch nicht komplett ausgelöscht hatte?«

»Ein paar Tage später. Sie hat immer wieder die Nachrichten verfolgt, aber bei uns in der Gegend von Buffalo war der Fall kein Thema für die Zeitungen, und das Fernsehen brachte auch so gut wie nichts darüber. Schließlich wusste niemand, dass es sich um Mord handelte. Es gab keine Leichen, und das Blut in der Gasse neben dem Drogeriemarkt war von einem morgendlichen Platzregen weggespült worden. Schließlich hat sie in der Stadtbibliothek in den überregionalen Zeitungen nachgesehen und dort einen Artikel mit der Schlagzeile ›Familie von 14-jährigem Mädchen spurlos verschwunden‹ entdeckt. Als sie zurückkam, ist sie komplett durchgedreht. Es war absolut beängstigend. Es dauerte mehrere Stunden, bis sie sich auch nur einigermaßen beruhigt hatte.«

»Aber dann hat sie sich damit abgefunden?«, fragte ich.

»Im ersten Moment wollte sie sofort nach Connecticut fahren, um Cynthia ebenfalls zu töten. Aber ich konnte sie gerade noch aufhalten.«

»Wie haben Sie das gemacht?«

»Ich habe einen Pakt mit ihr geschlossen. Ich habe geschworen, sie niemals zu verlassen und niemals Kontakt zu Cynthia aufzunehmen. Lass sie leben, habe ich gesagt, und ich werde den Rest des Lebens hier verbringen und wiedergutmachen, dass ich dich hintergangen habe.«

»Und darauf ist sie eingegangen?«

»Widerwillig. Es muss all die Jahre an ihr genagt haben, dass sie es nicht zu Ende gebracht hat. Aber jetzt wird sie handeln, schnell und eiskalt. Wegen meines Testaments. Weil sie weiß, dass sie alles verlieren wird, wenn sie Cynthia am Leben lässt.«

»Und nachdem Sie den Pakt mit ihr geschlossen hatten, haben Sie einfach so weitergelebt wie zuvor?«

»Enid bestand darauf, dass ich den Vertreterjob an den Nagel hänge. Ich habe meine eigene Firma gegründet und von zu Hause aus gearbeitet. Enid hatte ein genaues Auge auf mich. Weiter als bis nach Lewiston bin ich kaum mehr gekommen. Manchmal habe ich mit dem Gedanken gespielt, nach Milford zu fahren, Cynthia alles zu erklären und mit ihr nach Europa zu fliehen. Aber ich hatte Angst, dass ich es vermasseln, irgendwo eine Spur hinterlassen und so schließlich auch noch Cynthias Tod verschulden würde. Daher blieb ich bei Enid. Was uns verband, war stärker als die beste Ehe der Welt. Wir waren Komplizen bei einem furchtbaren Verbrechen gewesen.« Er schwieg einen Moment. »Bis dass der Tod euch scheidet.«

»Und die Polizei? Sind Sie nie in Verdacht geraten?«

»Nein. Obwohl ich damit gerechnet habe, dass sie eines Tages auftauchen würden. Das erste Jahr war das schlimmste. Jedes Mal dachte ich, es seien die Cops, wenn draußen ein Auto vorfuhr. Aber dann waren plötzlich zwei Jahre vergangen, dann drei – und ehe man sichs versieht, sind zehn Jahre ins Land gezogen. Seltsam, wie lang sich ein Leben hinziehen kann, auch wenn man jeden Tag ein kleines bisschen stirbt.«

»Aber irgendwann sind Sie dann doch wieder nach Connecticut gefahren«, sagte ich.

»Nein. Seit jener Nacht bin ich nie mehr dort gewesen.«

»Wie haben Sie Tess dann das Geld für Cynthias Ausbildung übermittelt?«

Clayton musterte mich wortlos. Oft genug hatte mich schlicht fassungslos gemacht, was er mir während unserer Fahrt erzählt hatte, doch nun schien es ihm die Sprache verschlagen zu haben.

»Woher wissen Sie das?«, fragte er.

»Tess hat es mir erzählt«, sagte ich.

»Unmöglich. Woher hätte sie wissen sollen, dass das Geld von mir war?«

»So hat sie es auch nicht gesagt. Sie hat mir erzählt, dass ihr anonym Umschläge voller Geld zugesteckt wurden. Sie hatte zwar einen Verdacht, aber natürlich wusste sie nichts Konkretes.«

Clayton schwieg.

»Aber es war doch von Ihnen«, sagte ich. »Sie haben für Cynthia Geld auf die Seite geschafft, so wie damals für Ihren zweiten Haushalt, oder?«

»Enid hat den Braten gerochen. Jahre später war das. Es sah aus, als stünde uns eine Steuerprüfung ins Haus, und als sie unsere Bilanzen mit dem Steuerberater durchgegangen ist, kamen ein paar kleine Unregelmäßigkeiten ans Tageslicht. Ich versuchte ihr weiszumachen, ich hätte Spielschulden gehabt, aber sie glaubte mir kein Wort. Sie drohte, nach Connecticut zu fahren und Cynthia ebenfalls zu töten, wenn ich nicht mit der Wahrheit herausrücken würde. Und so habe ich ihr erzählt, dass ich Tess zwar mit Geld für Cynthias Ausbildung unterstützt, aber dennoch Wort gehalten hatte. Ich hatte nie Kontakt zu Cynthia aufgenommen. Und Cynthia musste wohl oder übel davon ausgehen, dass ich tot war.«

»Dann muss Enid wohl eine Stinkwut auf Tess gehabt haben.«

»Ja. Enid war der Meinung, dass das Geld ihr gehörte. Sie empfand unbändigen Hass auf Cynthia und Tess – zwei Frauen, die sie nie kennengelernt hatte.«

»Okay, die Geschichte kaufe ich Ihnen ab«, sagte ich.

»Aber dass Sie nie wieder in Connecticut waren, ist ja wohl erstunken und erlogen.«

»Nein«, sagte er. »Das ist die reine Wahrheit.«

Darüber dachte ich eine Weile nach, während wir unseren Weg durch die Nacht fortsetzten.

SECHSUNDVIERZIG

»Fest steht jedenfalls«, sagte ich schließlich, »dass Sie das Geld nicht per Post oder FedEx zugestellt haben. Mal fand Tess das Geld in einem Umschlag in ihrem Auto, ein andermal war es in eine Zeitung eingerollt.«

Clayton tat so, als würde er mich nicht hören.

»Wenn Sie das Geld also nicht persönlich übermittelt haben«, fuhr ich fort, »muss es jemand für Sie getan haben.«

Clayton zeigte immer noch keine Regung. Er hatte die Augen geschlossen und den Kopf zurückgelehnt, als würde er schlafen.

»Ich weiß genau, dass Sie mir zuhören«, sagte ich.

»Ich bin todmüde«, sagte er. »Normalerweise schlafe ich um diese Uhrzeit. Ich brauche einfach etwas Ruhe.«

»Eine letzte Frage«, sagte ich. Er hielt die Augen weiter geschlossen, aber seine Mundwinkel zuckten nervös. »Was war mit Connie Gormley?«

Seine Augen öffneten sich so abrupt, als hätte ich ihm einen Elektroschock versetzt.

»Den Namen habe ich noch nie gehört«, sagte er dann.

»Ich helfe Ihnen gern auf die Sprünge«, sagte ich. »Sie kam aus Sharon, war siebenundzwanzig Jahre alt und arbeitete in einem Dunkin' Donuts. In einer Freitagnacht vor sechsundzwanzig Jahren wurde sie am Highway 7 nahe der Cornwall Bridge von einem Wagen erfasst. Aber es war gar kein Unfall mit Fahrerflucht. Aller Wahrscheinlichkeit nach war sie bereits tot, als der sogenannte Unfall geschah. Die Sache war getürkt. Inszeniert.«

Clayton wandte den Kopf ab und sah aus dem Fenster.

»Noch so ein Fehler von Ihnen«, sagte ich. »Wie mit dem Einkaufszettel und der Telefonrechnung. Sie haben einen Artikel über Fliegenfischen aufbewahrt, aber eine Kurznachricht über den Unfall mit ausgeschnitten. Warum?«

Wir näherten uns der Grenze nach Massachusetts; bald würde die Sonne aufgehen.

»Kannten Sie die Dame?«, fragte ich. »Haben Sie Connie Gormley auf einer Ihrer Geschäftsreisen kennengelernt?«

»Machen Sie sich nicht lächerlich«, sagte Clayton.

»Cynthia hatte den Namen noch nie gehört«, sagte ich. »War es eine Verwandte von Enid?«

»Das ist doch absurd«, sagte Clayton leise.

»Haben Sie Connie Gormley getötet?«, fragte ich. »Und Sie anschließend überfahren und in den Straßengraben geschleift?«

»Nein.«

»Machen Sie doch endlich komplett reinen Tisch. Sie haben ein Doppelleben geführt, den Doppelmord an Ihrer Frau und Ihrem Sohn gedeckt, gemeinsame Sache mit einer offenbar verrückten Mörderin gemacht. All das haben Sie bereits eingeräumt – warum also halten Sie jetzt mit Connie Gormley hinter dem Berg? Und warum machen Sie so ein Geheimnis daraus, wie das Geld zu Tess gelangt ist?«

Clayton schwieg.

»Hängen diese Dinge irgendwie zusammen?«, fragte ich. »Aber wie? Connie Gormley kann jedenfalls nicht Ihr Kurier gewesen sein. Sie war bereits lange tot, als Sie begannen, Cynthia finanziell zu unterstützen.«

Clayton trank einen Schluck Wasser, stellte die Flasche zurück in den Halter zwischen den Sitzen und fuhr sich nervös mit den Händen über die Oberschenkel.

»Und wenn ich Ihnen nun sagen würde, dass es keine Rolle spielt?«, gab er zurück. »Ja, möglicherweise wissen Sie nicht alles, aber nehmen wir nur mal an, diese Dinge wären letztlich bedeutungslos – rein theoretisch gesehen.«

»Eine unschuldige Frau wird getötet, ihre Leiche überfahren und in einen Straßengraben geworfen – und für Sie spielt das keine Rolle? Glauben Sie, Connie Gormley hatte keine Menschen, die ihr nahestanden? Ich habe erst kürzlich mit ihrem Bruder gesprochen.«

Claytons Augen weiteten sich.

»Ihre Eltern sind kurz nach ihr gestorben. Das Leben hatte für sie keinen Sinn mehr. Die Trauer hat sie umgebracht.«

Er schüttelte den Kopf.

»Und Sie wollen mir erzählen, ihr Tod sei bedeutungslos? Haben Sie Connie Gormley umgebracht?«

»Nein«, sagte er.

»Wissen Sie, wer es war?«

Er schüttelte nur weiter den Kopf.

»Enid?«, sagte ich. »Hat sie auch Connie Gormley getötet?«

Clayton schüttelte beharrlich den Kopf, ehe er schließlich antwortete. »Es sind schon genug Leben zerstört worden«, sagte er. »Und damit ist das Thema für mich erledigt.« Er verschränkte die Arme und wartete auf den Sonnenaufgang.

Ich wollte keine Zeit auf eine Frühstückspause verschwenden, aber ich sorgte mich um Clayton. Als das Morgenlicht durch die Fensterscheiben drang, sah ich, dass er sich in einem bemitleidenswerten Zustand befand.

»Ich glaube, Sie könnten etwas zu essen vertragen«, sagte ich. Wir hatten Winsted erreicht, wo sich die zwei Highwayspuren zu vier erweiterten; nun würden wir noch schneller vorankommen. Ich schlug vor, beim nächsten McDonald's-Drive-in zwei McMuffins und etwas zu trinken zu besorgen.

Clayton nickte müde. »Das Spiegelei kann ich essen. Aber das Sandwich werde ich nicht kauen können.«

Als wir hinter den anderen Wagen vor dem Drive-in-Schalter warteten, sagte Clayton: »Erzählen Sie mir von ihr.«

»Was?«

»Erzählen Sie mir von Cynthia. Ich habe sie seit damals nicht mehr gesehen. Seit fünfundzwanzig Jahren.«

Ich wusste nicht recht, wie ich darauf reagieren sollte. Sicher, einerseits tat er mir leid. Sein Leben mit Enid war die Hölle gewesen, und er hatte Frau und Sohn verloren.

Aber musste er sich nicht auch an die eigene Nase fassen? Er hätte sich weigern können, das hatte er selbst gesagt. Stattdessen hatte er sich entschieden, Enid beim Vertuschen eines grauenhaften Verbrechens zu helfen und seine halbwüchsige Tochter allein zurückzulassen. Ganz abgesehen davon, dass er schon Jahre vorher die Möglichkeit gehabt hätte, gegen seine tyrannische Frau aufzubegehren und die Scheidung einzureichen.

Oder schlicht und einfach zu gehen und ihr einen Zettel zu hinterlassen: »Liebe Enid, das war's. Goodbye. Clayton.«

Zumindest hätte er damit sein Gesicht gewahrt.

Nein, er wollte kein Mitleid heischen, indem er mich bat, ihm von seiner Tochter zu erzählen. Aber trotzdem konnte ich einen wehleidigen Unterton aus seiner Stimme heraushören. Ich habe meine Tochter seit einem Vierteljahrhundert nicht mehr gesehen. Wie sehr ich darunter leide.

Wirf mal einen Blick in den Spiegel, Bursche, hätte ich ihm am liebsten entgegengehalten. Dort wirst du ihn sehen: den Kerl, der eine ordentliche Portion Mitschuld trägt an all dem Wahnsinn, der passiert ist.

Doch ich sagte nur: »Sie ist wunderbar.«

Clayton wartete.

»Cyn ist der wunderbarste Mensch, den ich je getroffen habe«, sagte ich. »Ich liebe sie mehr, als ich es je in Worte fassen könnte. Und über all die Jahre, die ich sie nun kenne, verfolgt das Geschehen von damals sie wie ein nicht enden wollender Albtraum. Darüber sollten Sie mal nachdenken. Wie es ist, eines Morgens aufzuwachen und niemand ist mehr da. Kein Vater, keine Mutter, kein Bruder. Niemand. Keine verdammte Menschenseele.« Ich kochte allmählich vor Wut, und meine Finger krampften sich um das Steuer. »Können Sie sich das auch nur ansatzweise vorstellen? Was sollte Cynthia denn denken? Dass ein Serienmörder ihre Eltern und ihren Bruder umgebracht hatte? Oder dass ihre Familie urplötzlich beschlossen hatte, sie zurückzulassen und woanders ein neues Leben zu beginnen?«

Clayton sah mich erschrocken an. »Das hat sie geglaubt?«

»Ja, verdammt noch mal. Tausendmal hat sie es sich zu erklären versucht! Sie haben Ihre Tochter im Stich gelassen! Geht das nicht in Ihren Kopf? Glauben Sie nicht, dass Sie ihr eine Erklärung schuldig gewesen wären? War es so unmöglich, ihr wenigstens ein paar Zeilen zukommen zu lassen, ein paar liebevolle Worte? Um ihr zumindest die Angst zu nehmen, ihre Familie hätte sie von einem Tag auf den anderen verlassen – einfach so!«

Clayton hatte den Blick gesenkt. Seine Hände zitterten.

»Mag ja sein, dass Cynthia nur deshalb noch lebt, weil Sie sich entschlossen haben, diesen Pakt mit Enid einzugehen und den Rest Ihres Lebens mit einer Bestie zu verbringen. Aber macht Sie das in irgendeiner Weise zum Helden, verdammt noch mal? Lassen Sie sich das gesagt sein: Ein Held hätte völlig anders gehandelt!

Hätten Sie sich von Anfang an wie ein Mann verhalten, wäre nichts von alldem passiert!«

Clayton vergrub das Gesicht in den Händen.

»Eins wüsste ich gern noch von Ihnen.« Eine kalte Ruhe ergriff Besitz von mir. »Was für ein Mann bleibt bei einer Frau, die seinen Sohn ermordet hat? Ist so jemand überhaupt ein Mann? Wäre ich an Ihrer Stelle gewesen, hätte ich sie wahrscheinlich mit meinen eigenen Händen erwürgt.«

Dann waren wir am Fenster des Drive-in. Ich bezahlte, nahm die Papiertüte mit den McMuffins und zwei Becher Kaffee entgegen. Anschließend fuhr ich auf den Parkplatz, griff in die Tüte und warf ihm einen McMuffin in seinen Schoß.

»Viel Spaß beim Kauen«, sagte ich.

Es würde bestimmt nicht schaden, wenn ich mir kurz die Beine vertrat, und außerdem brauchte ich ein bisschen frische Luft. Ich wollte auch noch einmal zu Hause anrufen, nur für den Fall. Und so förderte ich mein Handy zutage, klappte es auf und warf einen Blick auf das Display.

»Verdammt«, stieß ich hervor.

Ich hatte eine Nachricht auf meiner Voicemail. Jetzt verstand ich gar nichts mehr. Wieso hatte das Scheißhandy nicht geklingelt?

Wahrscheinlich hatte jemand angerufen, als wir hinter dem Massachusetts Turnpike auf der schier endlosen Strecke südlich von Lee unterwegs gewesen waren – da draußen war es seit jeher schwierig mit dem Handy-empfang.

Und dann hörte ich Cynthias Stimme:

»Terry, ich bin's. Warum gehst du weder ans Telefon noch ans Handy? Eigentlich wollte ich nach Hause zu-rückfahren, um mit dir zu reden, aber dann ist etwas wirklich Unglaubliches passiert. Ich war mit Grace in einem Motel und habe am Computer an der Rezeption meine Mails gecheckt – und da war eine E-Mail von die-ser seltsamen Adresse mit dem Datum. Diesmal stand da nur eine Telefonnummer, und ... Terry, ich habe dort angerufen, und weißt du, wer am anderen Ende war? Mein Bruder. Mein Bruder Todd. Ich kann es immer noch nicht fassen. Ich habe mit ihm gesprochen! Ich weiß, du glaubst jetzt bestimmt, es war nur irgendein Verrückter. Aber er hat mir gesagt, wer er ist. Der Mann aus dem Einkaufszentrum, der Mann, den ich schon dort für meinen Bruder gehalten habe. Es war Todd! Ich hatte recht!«

Mir war, als würde sich ein Abgrund unter mir auf-tun.

»Auch seine Stimme kam mir gleich so bekannt vor. Es war, als würde ich meinen Vater hören. Die Polizei hat sich geirrt. Bei den Leichen aus dem See muss es sich um eine Verwechslung handeln. Todd hat gesagt, dass es ihm unendlich leidtut wegen der Sache im Einkaufszen-trum. Er konnte seine wahre Identität nicht preisgeben, und er will mir jetzt alles erklären. Endlich werde ich erfahren, wo er all die Jahre gesteckt hat. Terry, ich füh-le mich wie in einem Traum. Endlich habe ich meinen Bruder wiedergefunden! Ich habe ihn nach Mom und

Dad gefragt, und er hat gesagt, dass ich alles erfahren werde, wenn wir uns treffen. Ich wünschte, du könntest mit mir kommen, aber ich habe jetzt keine Zeit, auf dich zu warten. Melde dich, wenn du meine Nachricht abgehört hast. Grace und ich fahren jetzt nach Winsted – Todd wartet schon auf uns. O Gott, Terry, es ist, als wäre ein Wunder geschehen!«

SIEBENUNDVIERZIG

Winsted?

Clayton und ich befanden uns in Winsted. Und Cynthia und Grace waren auf dem Weg hierher? Ich sah nach, wann sie die Nachricht hinterlassen hatte. Vor fast drei Stunden. Als sie angerufen hatte, waren wir also wahrscheinlich gerade durch eines der Täler zwischen Albany und der Grenze zu Massachusetts gefahren.

Ich rechnete zwei und zwei zusammen. Die Chancen standen gut, dass Cynthia und Grace längst in Winsted waren. Auf dem Weg hierher hatte Cynthia wahrscheinlich alle Geschwindigkeitsrekorde gebrochen – und wer hätte das in der Aussicht auf ein solches Wiedersehen nicht getan?

Alles passte zusammen. Jeremy schickt eine E-Mail mit seiner Handynummer und wartet darauf, dass Cynthia ihn anruft. Sie erreicht ihn unterwegs, und er schlägt ihr vor, ihm entgegenzufahren. Womit er sich praktischerweise den Rückweg nach Milford schenken kann.

Aber warum hatte er sie ausgerechnet hierhergelockt? Nur um sich ein paar Meilen zu sparen?

Ich wählte Cynthias Handynummer. Ich musste sie aufhalten. Ja, sie war unterwegs zu ihrem Bruder, aber eben nicht zu Todd. Sondern zu ihrem Halbbruder, von dessen Existenz sie nichts wusste. Jeremy. Sie war nicht

454

auf dem Weg zu einem freudigen Wiedersehen. Sie lief geradewegs in eine Falle.

Noch dazu mit Grace.

Ich hielt das Handy ans Ohr und wartete. Nichts. Gerade als ich Cynthias Nummer noch einmal wählen wollte, ging mir auf, wo das Problem lag.

Mein Handy war tot.

»Scheiße!« Ich sah mich nach einem Münztelefon um, erspähte eins auf der gegenüberliegenden Straßenseite und rannte los. »Was ist denn los?«, rief Clayton mir mit schwacher Stimme hinterher.

Ich schenkte ihm keine Beachtung, zog im Laufen mein Portemonnaie aus der Hosentasche und kramte die Telefonkarte heraus, die ich so gut wie nie benutzte. Ich steckte sie in den Schlitz und wählte abermals Cynthias Handynummer. Sofort schaltete sich ihre Mobilbox ein. »Cynthia«, sagte ich. »Triff dich auf keinen Fall mit deinem Bruder. Das ist nicht Todd. Du läufst in eine Falle. Hör zu, mein Handy hat keinen Saft mehr. Ruf Detective Wedmore an.« Ich kramte die Visitenkarte der Polizistin hervor und gab ihre Nummer durch. »Ich melde mich sobald wie möglich bei ihr. Und nochmals: Triff dich auf keinen Fall mit diesem Typen! Vertrau mir bitte. Du darfst ihn nicht treffen!«

Ich hängte ein und ließ den Kopf erschöpft gegen den Apparat sinken.

Wenn sie nach Winsted gekommen war, bestand die Möglichkeit, dass sie immer noch hier war.

Wo trifft man sich am besten, wenn man sich nicht auskennt? Bei McDonald's, klar. Also genau dort, wo wir uns gerade befanden. Außerdem gab es noch ein paar andere Fast-Food-Restaurants, die ebenso schwer zu verfehlen waren.

Ich lief zum Wagen und stieg ein. Clayton hatte seinen McMuffin nicht angerührt. »Was ist passiert?«, fragte er.

Ich fuhr über den McDonald's-Parkplatz und erklärte Clayton, was passiert war, während ich Ausschau nach Cynthias Auto hielt. Aber ich konnte es nirgends entdecken.

»Sie muss hier gewesen sein«, sagte ich. »Wenn man von Norden kommt, sticht einem als Erstes das McDonald's-Schild ins Auge. Jede Wette, dass Jeremy ihr diesen Treffpunkt vorgeschlagen hat.«

Ich wendete, fuhr so nahe wie möglich an den Drive-in-Schalter, sprang aus dem Wagen und lief hinüber. Ein Kunde wollte gerade das Geld aus dem Autofenster herüberreichen, aber ich drängelte mich einfach vor.

»He, Mister, so geht das aber nicht!«, sagte der Mann hinter dem Schalter.

»Ist hier während der letzten Stunde eine Frau in einem Toyota durchgekommen?«, fiel ich ihm ins Wort. »Sie hat ein kleines Mädchen bei sich.«

»Wollen Sie mich verarschen?« Er versuchte, eine Tüte an mir vorbeizureichen. »Haben Sie 'ne Ahnung, wie viele Leute hier durchkommen?«

»Darf ich?«, sagte der Autofahrer hinter mir und griff sich die Tüte. Als er losfuhr, streifte der Außenspiegel meinen Rücken.

»Ich suche noch zwei andere Leute«, sagte ich. »Einen Mann um die vierzig und eine ältere Frau. Sie fahren einen braunen Impala.«

»Sehen Sie nicht, dass Sie hier den ganzen Betrieb aufhalten?«

»Die Frau ist behindert. Ist Ihnen vielleicht ein zusammengeklappter Rollstuhl aufgefallen?«

Er kniff die Augen zusammen. »Jetzt, wo Sie's sagen«, gab er zurück. »Ja, aber das ist schon 'ne gute Stunde her. An den Rollstuhl kann ich mich erinnern. Ein Wagen mit leicht getönten Scheiben. Ich glaube, die beiden haben Kaffee bestellt. Die haben dort drüben geparkt.« Er wies zum Parkplatz hinüber.

»War es ein Chevrolet Impala?«

»Keine Ahnung. Mann, Sie stehen im Weg.«

Ich lief zum Wagen und stieg wieder ein. »Sieht so aus, als wären Jeremy und Enid hier gewesen«, sagte ich. »Offenbar haben sie gewartet.«

»Und jetzt sind sie wieder weg«, sagte Clayton.

Ich packte das Steuer mit beiden Händen, ließ es wieder los und schlug mit der Faust dagegen. Plötzlich hatte ich bohrende Kopfschmerzen.

Clayton sah mich an. »Sie wissen, wo wir sind, oder?«

»Was?«

»Haben Sie die Abzweigung nicht bemerkt?«, fragte er. »Nur ein paar Meilen von hier. Ich habe die Straße sofort wiedererkannt.«

Im selben Moment fiel es mir wie Schuppen von den Augen. Ja, natürlich. Die Straße, die zu dem See führte, in dem die Leichen von Patricia und Todd gefunden worden waren.

»Das ist typisch Enid«, sagte Clayton. »Sie will, dass Cynthia dort landet, wo sie ihrer Meinung nach sowieso all die Jahre hingehörte. Und diesmal ist es ihr womöglich völlig egal, ob der Wagen und die Ermordeten sofort gefunden werden. Viele Leute werden schlicht davon ausgehen, dass Cynthia depressiv war, sich irgendwie für den Tod ihrer Mutter und ihres Bruders verantwortlich fühlte. Und deshalb keinen Ausweg mehr sah.«

»Aber das ist doch krank«, sagte ich. »Jetzt funktioniert dieser Plan doch nicht mehr. Dafür wissen inzwischen zu viele davon. Wir. Vince. Das ist nackter Irrsinn.«

»Tja«, sagte Clayton. »So ist Enid eben.«

Um ein Haar hätte ich einen VW Käfer gerammt, als ich mit quietschenden Reifen vom Parkplatz des McDonald's setzte und mit Vollgas in die Richtung fuhr, aus der wir gekommen waren.

Ich raste mit neunzig Sachen über die Landstraße, und als wir die Serpentinenstrecke nördlich von Otis erreichten, musste ich mehrmals hart auf die Bremse steigen, um nicht die Kontrolle über den Wagen zu verlieren. Beinahe hätte ich einen Hirsch auf die Motorhaube genommen, der vor uns die Straße überquerte, und in letzter Sekunde konnten wir einem Traktor ausweichen, der aus einem Feldweg kam.

Clayton zuckte nicht mal mit der Wimper.

Fest umklammerte er den Türgriff, bat mich aber nicht ein einziges Mal, langsamer zu fahren. Ihm war ebenso klar wie mir, dass wir womöglich zu spät kommen würden.

Ich weiß nicht mehr genau, wie lange es dauerte, bis wir endlich die Straße erreicht hatten, die hinter Otis ostwärts führte. Vielleicht eine halbe Stunde, aber es kam mir wie eine Ewigkeit vor. Meine Gedanken kreisten nur noch um Cynthia und Grace, und vor meinem inneren Auge sah ich wieder und wieder Cynthias Toyota, der von der felsigen Anhöhe in den Abgrund stürzte.

»Das Handschuhfach«, sagte ich.

Clayton beugte sich vor, öffnete es und förderte die Pistole zutage, die ich aus Vince' Auto mitgenommen hatte. Nachdenklich betrachtete er die Waffe.

»Nur für den Notfall«, sagte ich. Clayton nickte, bekam aber plötzlich einen Hustenanfall; es war ein tiefes, heiseres Bellen, das direkt aus seinen Lungen zu kommen schien.

»Ich hoffe, ich halte durch«, sagte er. Erneut schüttelte ihn ein Hustenanfall. »Wenn wir es noch rechtzeitig schaffen ... Was glauben Sie, was Cynthia sagen wird?« Er hielt inne. »Wird sie mir vergeben?«

Ich warf ihm einen Seitenblick zu; als er mich ansah, schien sein Blick mir sagen zu wollen, wie unendlich leid es ihm tat, sie lediglich um Vergebung bitten zu können. Aber ich spürte, dass seine Bitte, wenn auch vielleicht zu spät, aus tiefstem Herzen kommen würde.

»Tja«, sagte ich. »Vielleicht haben Sie eine winzige Chance.«

Trotz seines Zustands sah Clayton die Abzweigung zum See als Erster von uns beiden. Um ein Haar wäre ich daran vorbeigefahren. Wir wurden nach vorn in die Gurte gerissen, als ich abrupt auf die Bremse trat.

»Geben Sie mir die Waffe«, sagte ich und streckte die rechte Hand aus.

Dann erreichten wir den schmalen, steil bergauf führenden und von Bäumen gesäumten Weg, den ich schon einmal gefahren war – und schließlich gelangten wir auf das kleine Plateau, an dessen anderem Ende es senkrecht in die Tiefe ging. Rechts von uns befand sich der braune Impala, links Cynthias silberfarbener Toyota Corolla.

Und zwischen den beiden Wagen stand Jeremy Sloan, als hätte er uns bereits erwartet. Er hielt irgendetwas in der rechten Hand.

Als er die Hand hob, sah ich, dass es ein Revolver war. Ein geladener Revolver, wie sich zeigte, als im selben Moment unsere Windschutzscheibe zersplitterte.

ACHTUNDVIERZIG

Ich ging in die Eisen, zog die Handbremse, löste den Sicherheitsgurt und sprang aus dem Wagen. Um Clayton kümmerte ich mich nicht weiter, dachte nur an Cynthia und Grace. Ich sah sie nirgends, doch schien es mir ein gutes Zeichen zu sein, dass Cyns Wagen noch nicht im Wasser gelandet war.

Ich warf mich ins hohe Gras und feuerte blindlings in die Luft; Jeremy sollte wenigstens wissen, dass ich ebenfalls bewaffnet war. Ich blickte dorthin, wo Jeremy eben noch gestanden hatte, doch war er nicht mehr zu sehen. Panik stieg in mir auf, aber dann entdeckte ich ihn doch. Ängstlich duckte er sich hinter den einen Kotflügel des Impala.

»Jeremy!«, rief ich.

»Terry!«, drang im selben Augenblick Cynthias Stimme aus dem Toyota an meine Ohren.

»Daddy!« Das war Grace.

»Ich bin hier!«, rief ich.

Dann hörte ich Enids schneidend scharfe Stimme aus dem Impala. »Töte ihn, Jeremy! Knall ihn ab!«

»Hör mir zu, Jeremy«, rief ich. »Hat deine Mutter dir erzählt, was bei euch zu Hause in Youngstown passiert ist? Warum ihr so überstürzt aufbrechen musstet?«

»Hör nicht auf ihn«, rief Enid. »Leg ihn um.«

»Wovon reden Sie?«, gab er zurück.

»Sie hat auf einen Mann namens Vince Fleming geschossen. In eurem Haus. Inzwischen ist er im Krankenhaus. Die Polizei weiß ebenfalls Bescheid. Ich nehme an, ihr wolltet die Sache so hindrehen, als hätte Cynthia Selbstmord begangen – stimmt's?«

Ich wartete auf eine Antwort. Als keine kam, fuhr ich fort: »Vergiss es, Jeremy. Euer toller Plan wird nicht funktionieren. Die Sache ist gelaufen!«

»Was für ein Schwachsinn!«, ertönte Enids Stimme. »Erschieß ihn endlich. Tu, was deine Mutter sagt!«

»Mom«, sagte Jeremy. »Ich … Ich habe noch nie jemand umgebracht.«

»Schluss jetzt! Mit den beiden anderen hast du doch auch kein Problem!«

»Aber da geht's nur darum, den Wagen über die Klippe zu stoßen. Das ist was anderes.«

Inzwischen hatte Clayton die Beifahrertür des Honda geöffnet. Als ich unter dem Wagen hindurchspähte, sah ich seine Schuhe, seine nackten Knöchel. Glassplitter fielen zu Boden, als er sich mühsam zu erheben versuchte.

»Nein, Dad!«, rief Jeremy. »Steig wieder in den Wagen!«

»Was?«, hörte ich Enids Stimme. »Er ist hier? O Gott!«, entfuhr es ihr. »Du verdammter alter Narr! Wer hat dich denn aus der Klinik entlassen?«

Langsam schlurfte Clayton auf den Impala zu. Als er das Heck des Wagens erreicht hatte, stützte er sich erschöpft auf den Kofferraum. »Nein, Enid!«, stieß er mit letzter Kraft hervor. »Das kannst du nicht tun!«

Plötzlich ertönte Cynthias Stimme. »Dad?«

»Hallo, Liebes«, sagte er. Er versuchte zu lächeln. »Ich kann dir gar nicht sagen, wie leid mir das alles tut.«

»Dad?«, wiederholte sie ungläubig. Ich konnte sie nicht sehen, mir aber lebhaft ihren Gesichtsausdruck vorstellen.

Irgendwie war es Jeremy und Enid gelungen, Cynthia und Grace zu überwältigen und hierherzubringen, aber anscheinend hatten sie keine besondere Eile gehabt.

»Hör zu, mein Junge«, sagte Clayton zu Jeremy. »Sei vernünftig. Deine Mutter hätte dich niemals dazu anstiften dürfen. Sieh dir die beiden doch nur an.« Er deutete auf das Auto, in dem Cynthia saß. »Das ist deine Schwester. Deine *Schwester*. Und die Kleine neben ihr, das ist deine Nichte. Wenn du dich jetzt zum Komplizen deiner Mutter machst, bist du keinen Deut besser als ich.«

»Dad«, gab Jeremy zurück, immer noch hinter den Kotflügel des Impala geduckt. »Warum hast du ihr alles vererbt? Du kennst sie doch gar nicht! Wie konntest du nur so grausam zu mir und Mom sein?«

Clayton gab einen Seufzer von sich. »Werde erwachsen«, sagte er. »Hör endlich auf, dich an ihren verdammten Rockzipfel zu klammern.«

»Halt deinen dreckigen Mund«, schnauzte Enid.

»Jeremy«, rief ich. »Weg mit der Waffe! Das Spiel ist aus!« Ich lag im Gras, hielt Vince' Pistole fest in beiden Händen. Es sah richtig professionell aus, auch wenn ich nicht die geringste Ahnung von Feuerwaffen hatte.

Mit einem Mal kam er aus seiner Deckung und schoss. Zu meiner Rechten wirbelte Staub auf, und ich warf mich instinktiv in die andere Richtung.

Cynthia stieß abermals einen Schrei aus.

Dann hörte ich, wie sich schnelle Schritte näherten. Ich schnellte hoch und brachte die Pistole in Anschlag, aber im selben Moment trat Jeremy mir die Waffe aus der Hand. In hohem Bogen flog die Pistole ins Gras.

Mit dem nächsten Tritt traf er mich in die Rippen. Der Schmerz durchzuckte mich wie ein Blitzschlag, aber ich registrierte ihn gar nicht richtig, da er mir einen Sekundenbruchteil später bereits den nächsten Tritt versetzte, so heftig, dass ich mich überschlug. Dreck und Gras blieben an meiner Wange kleben.

Ich rang nach Luft. Jeremy stand über mir, einen verächtlichen Ausdruck im Gesicht, während ich versuchte, wieder zu Atem zu kommen.

»Knall ihn ab!«, rief Enid. »Wenn du es nicht kannst, mache ich es selbst!«

Seine Waffe war auf mich gerichtet, aber es geschah nichts. Er hätte mir so problemlos eine Kugel in den Kopf jagen wie eine Münze in eine Parkuhr werfen können, aber er brachte es einfach nicht über sich.

Endlich gelangte wieder Luft in meine Lungen, aber ich konnte mich kaum rühren vor Schmerzen. Ich war mir sicher, dass er mir mehrere Rippen gebrochen hatte.

Clayton musterte mich mit traurigem Blick. Es war, als könnte ich seine Gedanken lesen. Wir haben alles versucht, schien er sagen zu wollen. Mehr war einfach nicht drin. Wir haben unser Bestes gegeben.

Die Straße zur Hölle war schon immer mit guten Vorsätzen gepflastert.

Ich rollte mich auf den Bauch und erhob mich ächzend auf die Knie. Jeremy erspähte meine Waffe im

Gras, hob sie auf und steckte sie in seinen Gürtel. »Los, hoch mit dir«, sagte er.

»Hast du mich nicht gehört?«, keifte Enid. »Leg ihn endlich um!«

»Mom«, sagte er. »Vielleicht ist es besser, wir verfrachten ihn in den Wagen. Zu den anderen.«

Sie überlegte kurz. »Nein«, sagte sie dann. »Die beiden anderen ertränken wir. Ihn erledigen wir woanders.«

Clayton tastete sich Schritt für Schritt den Wagen entlang. Er sah aus, als würde er jeden Moment zusammenklappen.

»Ich … Ich glaube, ich werde ohnmächtig«, sagte er.

»Du verdammter alter Narr!«, schrie Enid. »Wärst du doch im Krankenhaus verreckt!« Durch das Seitenfenster konnte ich die Griffe ihres Rollstuhls erkennen.

Jeremys Blick irrte zwischen mir und seinem Vater hin und her. Er war sichtlich unschlüssig, was er unternehmen sollte.

»Rühren Sie sich nicht vom Fleck«, sagte er dann und zielte mit der Waffe auf mich, während er zu dem Impala hinüberging. Da der hintere Sitz durch den Rollstuhl blockiert war, öffnete er die Fahrertür für seinen Vater.

»Setz dich hier rein«, sagte Jeremy, ohne mich auch nur eine Sekunde aus den Augen zu lassen. Clayton schlurfte zu ihm und ließ sich schwerfällig auf den Fahrersitz fallen.

»Ich brauche Wasser«, sagte er.

»Hör auf zu jammern!«, fuhr Enid ihn an. »Verdammt noch mal, ich kann's nicht mehr hören!«

Ich rappelte mich mühsam auf. Drei, vier Schritte, und ich war bei Cynthias Auto. Sie saß hinter dem

Steuer, Grace auf dem Beifahrersitz. Aus meiner Position konnte ich es nicht richtig erkennen, aber offenbar waren sie gefesselt.

»Schatz«, sagte ich.

Cynthias Augen waren blutunterlaufen, ihre Wangen tränenverschmiert. Grace schluchzte leise.

»Er hat gesagt, er wäre Todd«, stieß Cynthia hervor. »Aber er ist es gar nicht.«

»Ich weiß«, sagte ich. »Aber das da ist dein Vater.«

Cynthia sah kurz zu Clayton hinüber und wandte sich wieder zu mir.

»Nein«, sagte sie. »Er sieht vielleicht so aus, aber dieser Mann ist nicht mein Vater. Nicht mehr.«

Clayton, der sie gehört hatte, ließ den Kopf sinken. Den Blick auf seinen Schoß gerichtet, sagte er: »Du hast alles Recht der Welt, mich zu verurteilen. Ich kann dir nur sagen, wie unendlich leid mir tut, was ich dir angetan habe, auch wenn ich nicht glaube, dass du mir vergeben wirst. Und ehrlich gesagt weiß ich nicht mal, ob du mir überhaupt vergeben solltest.«

»Los, weg da!« Jeremy kam um den Toyota herum, die Waffe auf mich gerichtet. »Gehen Sie da rüber.«

»Wie konntest du nur?«, fuhr Enid Clayton an. »Wie konntest du dein ganzes Geld nur diesem Miststück vererben?«

»Mein Anwalt war ausdrücklich angewiesen, dir gegenüber nichts über den Inhalt meines Testaments verlauten zu lassen.« Clayton lächelte beinahe. »Tja, sieht so aus, als müsste ich mir einen neuen Anwalt suchen.«

»Seine Sekretärin hat es mir gezeigt«, sagte Enid. »Er

war in Urlaub, und ich habe ihr gesagt, du hättest mich beauftragt, dir das Testament wegen einer Änderung ins Krankenhaus zu bringen. Du Dreckskerl. Mein ganzes Leben habe ich mich für dich aufgeopfert, und das ist der Dank!«

»Erledigen wir es jetzt endlich, Mom?«, erklang Jeremys Stimme. Er stand neben der Fahrertür des Toyota, offensichtlich bereit, durch das Fenster zu greifen, den Zündschlüssel umzudrehen und den Ganghebel der Automatikschaltung umzulegen. Und dann brauchte er nur noch zuzusehen, wie der Wagen über den Felsvorsprung rollte.

»He, Mom«, fuhr Jeremy fort. »Wär's nicht besser, wenn wir sie losbinden? Sieht doch komisch aus mit den Fesseln. Ich dachte, es sollte wie ein Selbstmord aussehen.«

»Was plapperst du da?«, keifte Enid.

»Soll ich sie erst bewusstlos schlagen?«, fragte Jeremy.

Ich überlegte, was ich unternehmen sollte, doch fiel mir nichts Besseres ein, als auf ihn loszustürmen und zu versuchen, seine Waffe gegen ihn zu richten. Zwar ging ich dabei das Risiko ein, selbst erschossen zu werden, aber wenn ich damit das Leben meiner Frau und meiner Tochter retten konnte, nahm ich das gern in Kauf. Hatte ich Jeremy erst ausgeschaltet, würde Enid nichts mehr unternehmen können. Ohne Hilfe kam sie nicht mal allein aus dem Auto.

»Weißt du, was ich dir schon immer sagen wollte?«, richtete Enid das Wort an Clayton, ohne weiter auf Jeremy einzugehen. »Nie hast du zu würdigen gewusst, was ich alles für dich getan habe. Von Anfang an warst du ein Schmarotzer, ein elender Nichtsnutz und Versager! Und betrogen hast du mich auch noch!« Missbilligend schüttelte sie den Kopf. »Ehebruch! Die schlimmste Sünde von allen!«

»Mom!«, unterbrach Jeremy sie erneut, die linke Hand an der Autotür, die rechte mit dem Revolver auf mich gerichtet.

Sobald er sich in den Wagen lehnte, würde ich losstürmen. Was aber, wenn es ihm gelang, den Ganghebel umzulegen, bevor ich bei ihm war? Dann konnte ich ihn zwar vielleicht außer Gefecht setzen, aber der Wagen würde trotzdem in die Tiefe stürzen.

Ich durfte nicht länger zögern. Jetzt oder nie.

Im selben Moment hörte ich, wie ein Motor ansprang.

Der Motor des Impala.

»Zum Teufel, was machst du da?«, kreischte Enid.

Doch Clayton schenkte ihr keine Beachtung. Ein leises Lächeln umspielte seine Lippen, als er sich nach links wandte und zu Cynthia in den Toyota sah. Er nickte ihr zu. »Ich habe nie aufgehört, dich zu lieben. Mein Lebtag habe ich an dich gedacht – und auch an deine Mom und Todd.«

»Clayton!«, schrie Enid.

Dann richtete er den Blick auf Grace. »Ich wünschte, ich hätte dich kennenlernen dürfen, Grace. Aber ich weiß auch so, dass du etwas Besonderes bist. Kein Wunder bei so einer Mutter.«

Er wandte sich zu Enid. »Das war's, du Miststück«, sagte er, legte den Ganghebel um und trat aufs Gas.

468

Der Motor heulte auf und der Impala fuhr geradewegs auf den Abgrund zu.

»Mom!«, schrie Jeremy. Er lief um Cynthias Wagen herum, direkt vor den Impala, als könne er ihn mit bloßen Händen stoppen. Vielleicht dachte er im ersten Moment, Clayton hätte versehentlich auf Leerlauf geschaltet.

Was ganz und gar nicht der Fall war. Es waren vielleicht zehn Meter bis zum Abgrund, und Clayton trat mit aller Macht auf das Gaspedal, als wolle er den Wagen noch auf hundert Sachen bringen.

Alles ging unglaublich schnell. Jeremy wurde auf die Motorhaube geschleudert, und dort befand er sich noch, als der Impala über den Felsvorsprung raste.

Keine zwei Sekunden später hörten wir, wie er ins Wasser stürzte.

NEUNUNDVIERZIG

Ich fuhr Claytons Auto zur Seite, damit wir das Plateau in Cynthias Wagen verlassen konnten. Sie stieg auf den Rücksitz und schlang von hinten die Arme um Grace, während wir nach Milford zurückfuhren.

Wahrscheinlich wäre es besser gewesen, wir hätten die Polizei gerufen und auf ihr Eintreffen gewartet, aber zunächst schien es uns am wichtigsten, Grace so schnell wie möglich nach Hause zu bringen. Clayton, Enid und Jeremy würden schließlich nicht davonlaufen. Sie würden immer noch auf dem Grund des Sees liegen, wenn wir Detective Wedmore informierten.

Cynthia wollte, dass ich mich im Krankenhaus untersuchen ließ. Zu Recht. Meine Rippen brannten wie Feuer, aber ich war so erleichtert, dass ich den Schmerz kaum spürte. Ich nahm mir vor, ins Krankenhaus zu fahren, sobald ich Cynthia und Grace sicher zu Hause abgeliefert hatte.

Wir sprachen nicht viel auf der Rückfahrt. Zwischen uns herrschte stummes Einverständnis darüber, vor Grace nicht über die Ereignisse der letzten Zeit zu reden. Sie hatte genug Schreckliches erlebt.

Dennoch gelang es mir, zumindest in groben Zügen zu erfahren, was passiert war. Cynthia und Grace waren nach Winsted gefahren und hatten sich mit Jeremy auf dem Parkplatz des McDonald's getroffen. Er behauptete, er habe eine Überraschung für sie. Seine Mutter würde im Auto warten. Worauf Cynthia natürlich sofort gedacht hatte, er würde von ihrer Mutter sprechen.

Er hatte sie zu dem Impala geführt, und sobald sie und Grace eingestiegen waren, hatte Enid eine Waffe gezückt und keinen Zweifel daran gelassen, dass sie Grace sofort töten würde, wenn Cynthia nicht alles tat, was sie wollte. Cynthia hatte den Impala fahren müssen. Jeremy war ihnen in Cynthias Toyota gefolgt.

Als sie auf dem Felsplateau über dem See angekommen waren, hatte er Cynthia und Grace an die Vordersitze gefesselt.

Clayton und ich waren in letzter Sekunde eingetroffen.

Ich berichtete Cynthia ebenfalls so knapp wie möglich, was ich auf meinem Trip nach Youngstown in Erfahrung gebracht hatte. Was wirklich in jener Nacht vor fünfundzwanzig Jahren geschehen war.

Ich erzählte ihr kurz von Vince. Und davon, wie Enid ihn eiskalt in den Rücken geschossen hatte.

Ich nahm mir vor, mich sofort nach ihm zu erkundigen, sobald wir zu Hause waren. Mir graute vor dem Gedanken, Jane Scavullo möglicherweise ins Gesicht sagen zu müssen, dass Vince ums Leben gekommen war.

Ich hoffte nur, dass Detective Wedmore mir die ganze Geschichte abkaufen würde. Ich fand sie selbst ziemlich unglaublich.

Trotzdem war da noch eine Sache, die mir nicht aus

dem Kopf ging. Wie Jeremy mit der Waffe in der Hand über mir gestanden hatte – er hätte nur noch abdrücken müssen. Aber er hatte es schlicht nicht fertiggebracht.

Tess Berman und Denton Abagnall hingegen waren kaltblütig ermordet worden. Von jemandem, der keine Sekunde gezögert hatte.

Und plötzlich erinnerte ich mich auch, was Jeremy zu Enid gesagt hatte: *Mom, ich hab noch nie jemanden umgebracht.*

Ja. Langsam ging mir ein Licht auf.

Als wir wieder durch Winsted kamen, fragten wir Grace, ob sie Hunger habe, aber sie schüttelte den Kopf. Sie wollte nur noch nach Hause. Cynthia und ich sahen uns besorgt an. Vielleicht war es besser, sobald wie möglich einen Arzt zu Rate zu ziehen. Grace hatte ein traumatisches Erlebnis hinter sich. Gut möglich, dass sie einen Schock erlitten hatte. Doch kurz darauf schlief sie ein, und nichts wies darauf hin, dass sie Albträume hatte.

Zwei Stunden später waren wir endlich zu Hause. Als ich in unsere Straße einbog, erspähte ich Rona Wedmores Wagen vor unserem Haus. Als sie uns sah, stieg sie aus und erwartete uns mit grimmigem Blick und verschränkten Armen.

Ich fuhr in unsere Einfahrt, und als ich aussteigen wollte, stand sie auch schon neben der Fahrertür, bereit, mir die Leviten zu lesen.

Dann aber trat ein besorgter Ausdruck in ihre Züge, als sie sah, wie ich mich mit zusammengebissenen Zähnen aus dem Auto quälte. Ich hatte höllische Schmerzen.

»Was ist denn mit Ihnen passiert?«, fragte sie. »Sie sehen ja furchtbar aus.«

»So fühle ich mich auch«, sagte ich, während ich vorsichtig meine Rippen abtastete. »Jeremy Sloan hat mich in die Mangel genommen.«

»Wo steckt der Kerl?«, fragte Detective Wedmore.

Ich grinste still in mich hinein, während ich meine schlafende Grace auf die Arme nahm, um sie ins Haus zu tragen.

»Lass mich das machen«, sagte Cynthia.

»Schon okay«, sagte ich und trug Grace zur Haustür. Cynthia schloss auf. Detective Wedmore folgte uns ins Haus.

»Ich kann sie nicht länger halten«, stöhnte ich.

»Leg sie aufs Sofa«, sagte Cynthia.

Sanft bettete ich Grace auf die Couch, während Cynthia ihr ein Kissen unter den Kopf schob und eine Decke über sie breitete.

Detective Wedmore schwieg höflich, während wir uns um Grace kümmerten. Dann folgte sie uns in die Küche.

»Sie sollten schleunigst einen Arzt aufsuchen«, sagte Detective Wedmore.

Ich nickte.

»Wo steckt dieser Sloan?«, fragte sie abermals. »Den kriegen wir wegen Körperverletzung dran.«

Ich lehnte mich gegen die Anrichte. »Besser, Sie fordern ein paar Taucher an.«

Und dann erzählte ich ihr alles. Von dem alten Zeitungsausschnitt, der Vince und mich nach Youngstown geführt hatte. Davon, wie wir Clayton Sloan aufgespürt hatten, und von Cynthias und Grace' Entführung.

Zuletzt berichtete ich, wie Clayton, Enid und Jeremy zusammen in den See gestürzt waren.

Ich ließ nur eine winzige Kleinigkeit aus, da ich mir immer noch keinen hundertprozentigen Reim darauf machen konnte. Obwohl ich so etwas wie eine Vorahnung hatte.

»Hmm«, sagte Detective Wedmore. »Das ist ja eine ungeheuerliche Geschichte.«

»Das stimmt«, sagte ich. »Aber wäre sie erfunden, hätte ich mir garantiert etwas Glaubhafteres ausgedacht.«

»Ich würde gern auch Grace dazu hören«, sagte sie.

»Aber nicht jetzt«, sagte Cynthia. »Sie hat genug durchgemacht. Sie ist völlig erschöpft.«

Detective Wedmore nickte. »Ich fordere jetzt erst mal ein paar Taucher an. Ich sehe dann heute Nachmittag wieder bei Ihnen vorbei.« Sie sah mich an. »Soll ich Sie ins Krankenhaus fahren?«

»Schon okay«, sagte ich. »Ich nehme mir später ein Taxi.«

Nachdem Detective Wedmore sich verabschiedet hatte, ging Cynthia ins Bad, um sich wieder in einen halbwegs ansehnlichen Zustand zu bringen. Detective Wedmore war gerade mal eine halbe Minute fort, als ich hörte, wie ein anderer Wagen vorfuhr. Als ich die Haustür öffnete, stand Rolly vor mir. Er trug einen Mantel, ein blaues Hemd und blaue Segelschuhe.

»Terry!«, platzte er heraus.

Ich legte einen Finger an die Lippen. »Grace schläft«, sagte ich und winkte ihn herein.

»Du hast sie also gefunden«, sagte er. »Cynthia auch?«

Ich nickte, durchforstete den Küchenschrank nach Schmerztabletten und hielt ein Glas unter den Wasserhahn.

»Dich hat's ja schwer erwischt«, sagte Rolly. »Tja, manche Lehrer tun wirklich alles, um den Mühlen des Schuldiensts zu entgehen.«

Beinahe hätte ich gelacht, aber ich hatte wirklich teuflische Schmerzen. Ich nahm drei Tabletten und spülte sie mit einem großen Schluck Wasser hinunter.

»Du hast also tatsächlich Cynthias Vater gefunden«, sagte Rolly. »Clayton.«

Ich nickte.

»Unglaublich«, sagte er. »Dass er nach all den Jahren noch am Leben ist.«

»Das kann man wohl sagen«, gab ich zurück, ohne ihm auf die Nase zu binden, dass Clayton vor wenigen Stunden gestorben war.

»Sachen gibt's«, sagte er.

»Wieso fragst du nicht auch nach Patricia und Todd?«, sagte ich. »Oder interessiert dich nicht, was mit ihnen passiert ist?«

Rolly blinzelte unruhig. »Natürlich. Aber man hat doch ihre Leichen gefunden.«

»Ja, stimmt. Und anscheinend weißt du ja bereits, wer sie umgebracht hat.« Ich hielt kurz inne. »Sonst hättest du ja wohl danach gefragt.«

Rollys Miene verdüsterte sich. »He, ich wollte dich

bloß nicht sofort mit tausend Fragen bombardieren, das ist alles.«

»Willst du wissen, wie sie umgekommen sind? Was wirklich mit ihnen passiert ist?«

»Natürlich«, sagte er.

»Gib mir 'ne Sekunde.« Ich trank noch einen Schluck Wasser und hoffte, dass die Schmerztabletten bald wirken würden. »Rolly«, sagte ich. »Hast du Tess das Geld gebracht?«

»Was?«

»Das Geld für Cynthias Ausbildung. Du hast den Boten für Clayton gespielt, richtig?«

Er leckte sich nervös über die Lippen. »Was hat Clayton dir erzählt?«

»Was glaubst du denn?«

Rolly fuhr sich mit der Hand über den Kopf und wandte sich ab. »Er hat ausgepackt, stimmt's?«

Ich antwortete nicht. Sollte er ruhig glauben, dass ich bereits alles wusste.

»Verdammt noch mal«, sagte er kopfschüttelnd. »Der Mistkerl. Er hat mir geschworen, für immer dichtzuhalten. Er glaubt, dass ich dich auf seine Spur gebracht habe, oder? Deshalb meint er, sich nicht mehr an unsere Abmachung halten zu müssen.«

»Eine Abmachung? So nennst du das also?«

»Wir hatten ein Abkommen!« Wütend schüttelte er den Kopf. »Ich stehe kurz vor der Pensionierung. Die verdammte Schule steht mir bis hier! Ich will einfach nur noch weg, Terry, endlich meine Ruhe haben. Sonst nichts.«

»Ich würde die Geschichte einfach gern mal aus deinem Mund hören, Rolly«, sagte ich. »Nur um zu sehen, ob sie mit Claytons Version übereinstimmt.«

»Er hat dir von Connie Gormley erzählt, stimmt's? Von dem Unfall.«

Ich schwieg.

»Wir hatten eine Angeltour unternommen«, sagte Rolly. »Und Clayton wollte hinterher noch irgendwo ein Bierchen tanken. Ich wäre durchgefahren, aber natürlich konnte ich nicht nein sagen. Na ja, wir sind dann in dieser Bar gelandet. Eigentlich wollten wir nur ein Gläschen trinken und wieder abzischen, aber auf einmal wirft sich mir dieses Mädel an den Hals.«

»Connie Gormley.«

»Ja. Sie war schon leicht angeschickert, und ich habe dann auch noch das eine oder andere Bier getrunken. Clayton war locker drauf, ein Gläschen in Ehren und so, du weißt schon. Und während er dann für kleine Königstiger war, haben wir uns draußen die Füße vertreten. Und sind auf dem Rücksitz von ihrem Wagen gelandet.«

»Aber du warst doch schon damals mit Millicent zusammen«, sagte ich. Es war gar nicht wertend gemeint, mehr eine Frage, da ich mir nicht sicher war, wie lange er überhaupt schon verheiratet war. Rollys finsterer Blick ließ jedoch keinen Zweifel daran, wie er meine Bemerkung auffasste.

»Ein Ausrutscher«, sagte er. »So was kann eben mal passieren.«

»Na schön«, sagte ich. »Und wie ging es dann vom Rücksitz in den Straßengraben?«

»Als wir … nun ja, als wir fertig waren, wollte sie

plötzlich fünfzig Dollar von mir. Ich habe ihr gesagt, so läuft das nicht, ich hätte nicht gewusst, dass sie eine Nutte ist – aber vielleicht war sie auch gar keine, vielleicht brauchte sie einfach bloß Geld. Egal, jedenfalls wollte ich nichts herausrücken, worauf sie sagte, dann würde sie vielleicht mal gelegentlich bei mir zu Hause vorbeischauen und ein paar Takte mit meiner Frau reden.«

»Oh.«

»Na ja, und dann kam es irgendwie zum Gerangel zwischen uns, und als ich sie wegschubste, stolperte sie und schlug mit dem Kopf gegen die Stoßstange. Und das war's.«

»Sie war tot.«

Rolly schluckte. »Das Problem war, dass uns jede Menge Leute in der Bar zusammen gesehen hatten. Und so kam ich auf die Idee, es wie einen Unfall hinzudrehen. Eine betrunkene Frau, die am Highway entlang nach Hause torkelt und überfahren wird – da würden die Cops doch nie nach einem Typen suchen, den sie in irgendeiner Kneipe angebaggert hat.«

Ich schüttelte nur den Kopf.

»Terry«, sagte er, »an meiner Stelle hättest du genauso die Nerven verloren. Jedenfalls bin ich wieder in die Bar und habe Clayton die Sache erklärt. Und aus irgendeinem Grund war ihm anscheinend ebenfalls nicht wohl bei dem Gedanken, von der Polizei vernommen zu werden. Damals hatte ich keine Ahnung, dass er nicht der Mann war, für den er sich ausgab, dass er ein Doppelleben führte. Jedenfalls verfrachteten wir sie in den Kofferraum, fuhren auf den Highway, und dann stieß

Clayton ihre Leiche vor den Wagen. Danach haben wir sie dann in den Graben geworfen.«

»O Gott«, sagte ich.

»Ich muss immer wieder daran denken, Terry. Es war schauderhaft. Aber manchmal hat man eben keine Wahl.« Wieder schüttelte er den Kopf. »Clayton hat mir geschworen, niemandem etwas davon zu erzählen. In tausend Jahren nicht. Der Dreckskerl.«

»Hat er auch nicht«, sagte ich. »Ich habe alles versucht, um ihm sein Geheimnis zu entlocken, und trotzdem hat er dich nicht verraten. Aber lass mich einfach mal raten, wie die Geschichte weitergeht. Eines Nachts verschwinden Clayton, Patricia und Todd. Spurlos. Niemand hat auch nur die geringste Ahnung, was geschehen ist, du genauso wenig wie jeder andere. Und dann erhältst du eines Nachts einen Anruf, vielleicht ein Jahr, vielleicht mehrere Jahre später. Clayton ist dran. Quidproquo. Er hat dich damals gedeckt, und jetzt bist du an der Reihe, ihm einen Gefallen zu tun. Du sollst einen kleinen Kurierdienst für ihn erledigen. Er schickt dir das Geld, und du leitest die Kohle weiter an Tess, deponierst sie in einem unbeobachteten Moment in ihrem Auto, wickelst sie in eine Zeitung vor ihrer Haustür ein.«

Rolly starrte mich an.

»Ja«, sagte er. »Das trifft es ziemlich genau.«

»Und dann«, sagte ich, »erzähle ich dir plötzlich beim Mittagessen, was Tess mir anvertraut hat. Dass sie jahrelang anonym Geld erhalten hat. Und dass sie die Umschläge und den Brief aufbewahrt hat, in dem sie der anonyme Spender aufgefordert hat, keine Nachfor-

schungen anzustellen und niemals auch nur ein Wörtchen über die finanziellen Zuwendungen zu verlieren.
Kurz: dass sich sowohl die Umschläge als auch der Brief
nach all den Jahren noch in ihrem Besitz befinden.«

Rolly schien es die Sprache verschlagen zu haben.

Ich beschloss, die Sache von einer anderen Seite an-
zugehen. »Nehmen wir mal an, ein Mann ist bereit, für
seine Mutter zwei Menschen zu töten. Und während er
drauf und dran ist, genau das zu tun, sagt er ihr plötzlich, dass er nie zuvor jemanden umgebracht hat. Würdest du ihm glauben?«

»Was? Ich verstehe kein Wort.«

»Ich denke nur laut nach. Ich glaube nämlich, dass
es die Wahrheit ist. Ein Mann, der schon einmal getötet
hat, hätte nicht den geringsten Grund, in einer derartigen Situation damit hinter dem Berg zu halten.«
Ich hielt kurz inne. »Tja, jedenfalls hat mir das stark zu
denken gegeben. Bis dahin war ich nämlich felsenfest
davon überzeugt gewesen, er hätte bereits zwei Menschen ermordet.«

»Ich habe keine Ahnung, worauf du hinauswillst«,
sagte Rolly.

»Ich rede von Jeremy Sloan. Von Claytons Sohn aus
seiner anderen Ehe. Ich nehme an, dass du Bescheid
weißt. Mit ziemlicher Sicherheit hat Clayton dich eingeweiht, bevor du die Kurierdienste für ihn übernommen
hast. Erst habe ich geglaubt, Jeremy hätte Tess umgebracht. Ebenso wie Denton Abagnall. Aber inzwischen
bin ich mir da alles andere als sicher.«

Rolly schluckte.

»Bist du nach unserem Mittagessen zu Tess rausgefahren?«, fragte ich. »Weil du Angst hattest, sie könnte sich mittlerweile das eine oder andere zusammengereimt haben? Oder weil du dir nicht sicher warst, ob vielleicht doch Fingerabdrücke auf den Umschlägen waren? Weil du befürchten musstest, dass man dich irgendwie mit Clayton in Verbindung bringen und er euer Geheimnis vielleicht doch ausposaunen würde?«

»Ich wollte sie nicht töten«, sagte Rolly.

»Dafür hast du aber ganze Arbeit geleistet«, sagte ich.

»Ich wollte es nicht, aber ... Du hattest mir ja erzählt, dass sie an irgendeiner tödlichen Krankheit litt, und so dachte ich, dass ich sie sowieso nur erlösen würde. O Mist, und kurz darauf habe ich dann von dir erfahren, dass alles nur ein Irrtum war.«

»Rolly ...«

»Tja«, sagte er. »Und den Brief und die Umschläge hatte sie diesem Detektiv gegeben.«

»Die Visitenkarte an der Pinnwand«, sagte ich. »Du hast sie mitgenommen.«

»Ich habe ihn angerufen«, sagte er. »Und mich mit ihm in dem Parkhaus getroffen.«

»Und dort hast du ihn umgebracht«, sagte ich. »Und seine Aktentasche entwendet. In der sich die Umschläge befanden.«

Rolly legte den Kopf zur Seite. »Mal ernstlich, glaubst du, sie hätten nach all den Jahren noch Fingerabdrücke von mir auf den Umschlägen gefunden?«

»Keine Ahnung«, sagte ich. »Ich bin bloß Englischlehrer.«

»Ich habe sie trotzdem vernichtet«, sagte Rolly.

Ich sah zu Boden. Nicht nur wegen der Schmerzen in meinen Rippen, sondern wegen der überwältigenden Traurigkeit, die mich zu übermannen drohte. »Rolly«, sagte ich. »Du warst immer ein guter Freund, jemand, auf den ich wirklich zählen konnte. Okay, du hast vor fünfundzwanzig Jahren einen Fehler gemacht, einen großen Fehler, aber ich gehe davon aus, dass du Connie Gormley tatsächlich nichts antun wolltest, und wahrscheinlich würde ich darüber Stillschweigen bewahren. Es würde mir einiges abverlangen, aber für einen echten Freund würde ich unter Umständen über meinen Schatten springen.«

Er musterte mich aufmerksam.

»Aber dass du Tess umgebracht hast, ist etwas völlig anderes. Tess, die immer für uns alle da war. Und dann hast du ebenso kaltblütig weitergemordet. Nein, Rolly, damit werde ich dich nicht davonkommen lassen.«

Er griff in seine Manteltasche und zog eine Pistole. Ich fragte mich, ob es die Waffe war, die er vor ein paar Wochen auf dem Schulgelände gefunden hatte.

»Verdammt noch mal.«

»Los, Terry«, sagte er. »Geh nach oben.«

»Das meinst du nicht ernst«, sagte ich.

»Das Wohnmobil steht bereits vor meiner Haustür«, sagte er. »Ein Boot habe ich auch schon ausgesucht. Nur noch ein paar Wochen und ich kann endlich in Rente gehen. Und das habe ich mir auch verdient.«

Er wies zur Treppe und folgte mir nach oben. Kurz bevor wir den oberen Treppenabsatz erreicht hatten, wandte ich mich abrupt um und trat nach ihm, aber ich war zu langsam. Er wich meinem Tritt aus, hielt die Waffe weiter auf mich gerichtet.

»Was ist denn los?«, rief Cynthia aus Grace' Zimmer.

Ich trat durch den Türrahmen. Cynthia stand an Grace' Schreibtisch. Erschrocken öffnete sie den Mund, als sie die Pistole in Rollys Hand sah.

»Es war Rolly«, sagte ich. »Er hat Tess getötet.«

»Was?«

»Und Abagnall auch.«

»Das glaube ich nicht.«

»Frag ihn doch selbst.«

»Halt die Klappe«, sagte Rolly.

»Was hast du vor?« An Grace' Bett blieb ich stehen und wandte mich zu ihm um. »Willst du uns beide umbringen und dann vielleicht auch noch Grace? Glaubst du allen Ernstes, du kannst so viele Menschen töten, ohne dass dir die Polizei auf die Schliche kommt?«

»Was bleibt mir anderes übrig?«

»Weiß Millicent davon? Ist ihr klar, dass sie mit einer Bestie zusammenlebt?«

»Ich bin keine Bestie. Ich habe einen Fehler gemacht. Ich hatte zu viel intus, und Connie Gormley hat mich provoziert, als sie plötzlich Geld sehen wollte. Es ist eben passiert. Einfach so.«

Cynthias Gesicht war gerötet; mit weit aufgerissenen Augen starrte sie Rolly an. Wahrscheinlich war das, was sie gerade gehört hatte, schlicht zu viel für sie. Im selben Moment drehte sie durch, so ähnlich wie an dem Tag, als sie die betrügerische Hellseherin hochkant aus unserem Haus geworfen hatte. Sie stieß einen Schrei aus und ging auf Rolly los, doch er reagierte sofort und schlug ihr mit der Waffe ins Gesicht. Sie ging neben Grace' Schreibtisch zu Boden.

»Es tut mir leid, Cynthia«, sagte er. »Es tut mir wirklich leid.«

Ich war drauf und dran, mich selbst auf ihn zu stürzen, doch im selben Augenblick richtete er die Waffe bereits wieder auf mich. »Mein Gott, Terry«, sagte er. »Es tut mir in der Seele weh, dass es keine andere Lösung gibt. Los, setz dich. Auf das Bett.«

Er trat einen Schritt vor und ich setzte mich auf die Bettkante. Cynthia lag immer noch auf dem Boden. Blut lief über ihre Wange; mit seinem Schlag hatte er ihr eine böse Schramme zugefügt.

»Wirf mir ein Kissen rüber«, sagte er.

Das also hatte er vor. Er wollte durch das Kissen schießen, um den Knall zu dämpfen.

Ich sah zu Cynthia. Ihre Rechte lag halb unter Grace' Schreibtisch. Sie erwiderte meinen Blick und nickte fast unmerklich, als wollte sie sagen: »Vertrau mir.«

Ich griff nach dem Kissen am Kopfende des Betts. Es war ein besonderes Kissen, auf dessen Bezug Mond und Sterne abgebildet waren.

Ich warf es Rolly zu, aber mit so wenig Schwung, dass er einen halben Schritt vortreten musste, um es auffangen zu können.

Und im selben Moment sprang Cynthia auf. Sie hielt etwas in der Hand. Etwas Langes, Schwarzes.

Grace' unbrauchbares Teleskop.

Sie holte weit über die Schulter aus und zog dann

ihre begnadete Rückhand voll durch, legte alles in den Schlag, was sie an Kraft aufzubieten hatte.

Er wandte sich um, sah noch das Teleskop heransausen, hatte aber nicht die geringste Chance. Als ihn das Teleskop mit Urgewalt an der Schläfe traf, hörte es sich allerdings ganz und gar nicht nach einem Tennismatch an. Das Geräusch erinnerte eher an einen Baseball, der mit voller Wucht auf einen Schläger trifft.

Es war ein echter Homerun.

Rolly Carruthers fiel wie ein Stein zu Boden. Es war ein Wunder, dass Cynthia ihn nicht erschlagen hatte.

FÜNFZIG

»Okay«, sagte Cynthia. »Dann weißt du ja, was du zu tun hast.«

Grace nickte. Ihr Schulranzen war gepackt. Darin befanden sich ihre Lunchbox, ihre Hefte und ein Handy. Ein brandneues, pinkfarbenes Handy. Cynthia hatte darauf bestanden. Grace hatte sich mit unserem Plan einverstanden erklärt, aber gleich Sonderwünsche geltend gemacht: »Aber ich will auch SMS. Es muss SMS haben!« Und glauben Sie bloß nicht, Grace wäre die Einzige in ihrer Klasse, die ein eigenes Handy besitzt. Tja, die Welt von heute.

»Also, was machst du mit dem Handy?«

»Wenn ich in der Schule bin, rufe ich an.«

»Genau«, sagte Cynthia. »Und was noch?«

»Ich sage der Lehrerin, dass sie hallo sagen soll.«

»Richtig. Sie weiß Bescheid. Und sie macht es nicht vor der Klasse, damit du dich nicht genierst.«

»Muss das denn wirklich jeden Tag sein?«

»Das können wir ja jede Woche neu entscheiden«, sagte ich.

Grace lächelte. Da sie nun endlich allein zur Schule gehen durfte, war es letztlich halb so wild, kurz zu Hause anrufen zu müssen. Ich weiß nicht, wer von uns am nervösesten war. Zwei Tage zuvor hatten wir ein langes Gespräch zu dritt geführt. Wir stimmten überein, dass wir nach vorne blicken, unser Leben neu in die Hand nehmen mussten.

Grace' wichtigstes Anliegen war, endlich allein zur Schule gehen zu dürfen. Was uns, ehrlich gesagt, ziemlich überraschte. Nach allem, was sie durchgemacht hatte, hätte man eigentlich vermuten müssen, dass sie sich geradezu darum reißen würde, zur Schule gebracht zu werden. Dass sie von uns unabhängig sein wollte, betrachteten Cynthia und ich als gutes Zeichen.

Wir umarmten sie und sahen ihr aus dem Fenster hinterher, bis sie um die Straßenecke verschwunden war.

Es war, als würden wir beide den Atem anhalten, als wir uns wie gebannt vor das Telefon in die Küche setzten.

Rolly lag mit einer schweren Gehirnerschütterung im Krankenhaus, wo ihn bereits Rona Wedmore mit einem Haftbefehl besucht hatte; er war dringend tatverdächtig, Tess Berman und Denton Abagnall ermordet zu haben. Der Fall Connie Gormley wurde ebenfalls neu aufgerollt, doch hier lag die Sache komplizierter. Der einzige Zeuge, Clayton Sloan, war tot, und es gab keine konkreten Beweise; der Wagen, mit dem Rolly und Clayton den »Unfall« getürkt hatten, rostete wahrscheinlich auf irgendeinem Autofriedhof vor sich hin.

Rollys Frau Millicent schrie uns am Telefon an, wir seien dreckige Lügner – ihr Mann habe niemandem etwas getan, sie seien quasi schon auf dem Sprung nach Florida gewesen, und dass sie sich einen Anwalt nehmen und uns mit Klagen überhäufen würde.

Es war an der Zeit, dass wir uns eine neue Telefonnummer zulegten; eine, die nicht im Telefonbuch stand.

Bevor wir sie beantragten, sprach uns Paula Malloy von *Deadline* mehrmals auf den Anrufbeantworter; sie wollte unbedingt eine Folgesendung mit uns machen. Wir riefen nie zurück, und als sie bald darauf persönlich vor unserer Haustür stand, machten wir nicht auf.

Im Krankenhaus wurde mein Brustkorb bandagiert, und Cynthia muss sich wahrscheinlich einer kosmetischen Operation unterziehen; Rolly hat ihr einen bösen Riss in der Wange zugefügt.

Clayton Sloans Nachlass wird noch geordnet. Cynthia ist unschlüssig, ob sie das Erbe überhaupt antreten will, aber darüber werde ich noch mal ein Wort mit ihr reden.

Vince Fleming wurde vom Krankenhaus in Lewiston in die Klinik von Milford verlegt. Er erholt sich langsam. Bei meinem gestrigen Besuch meinte er, Jane müsse jetzt endlich mal was für ihren Notenschnitt tun. Ich sagte, ich arbeite dran.

Ich habe ihm versprochen, Jane nach ihrem Abschluss bei der Wahl einer Uni oder einer Journalistenschule zu helfen. Obwohl ich dann wahrscheinlich an einer anderen Schule unterrichten werde, denn ich werde mich versetzen lassen. Kaum denkbar, dass mir die Kollegen weiterhin unbefangen begegnen, nachdem ich unseren Direktor des zweifachen Mordes bezichtigt habe.

Das Telefon klingelte. Cynthia hielt den Hörer schon in der Hand, ehe das erste Klingeln verhallt war.

»Oh«, sagte sie. »Ist alles okay? Keine Probleme?

Gut … Dann gib mir mal deine Lehrerin … Hallo, Mrs Enders. Ja, wunderbar, dann scheint ja alles in bester Ordnung zu sein … Danke … Vielen, vielen Dank … Ja, das war alles ein bisschen viel in letzter Zeit. Ich denke, ich hole sie dann doch lieber persönlich ab. Zumindest heute noch. Okay … danke. Ja, Ihnen auch. Auf Wiederhören.«

Sie legte auf. »Alles okay«, sagte sie.

»Das habe ich mir gedacht«, sagte ich, und dann traten uns beiden Tränen in die Augen.

»Alles in Ordnung mit dir?«, fragte ich.

Cynthia griff nach einem Papiertaschentuch und tupfte sich die Augen. »Ja. Magst du einen Kaffee?«

»Gern«, sagte ich. »Warte kurz auf mich. Ich muss nur eben etwas holen.«

Ich ging zur Garderobe, griff in die Innentasche der Jacke, die ich in jener schicksalhaften Nacht getragen hatte, und zog den Umschlag heraus. Dann begab ich mich wieder in die Küche, wo Cynthia vor ihrem Kaffee saß; an meinem Platz stand ebenfalls ein dampfender Becher.

»Zucker ist schon drin«, sagte sie, und im selben Moment erblickte sie den Umschlag in meiner Hand. »Was ist denn das?«

Ich setzte mich.

»Ich habe auf den richtigen Moment gewartet«, sagte ich. »Darf ich dir kurz erklären, was sich in diesem Umschlag befindet?«

Cynthia sah mich an wie eine Patientin, die eine besonders schlimme Diagnose erwartet.

»An jenem Abend vor fünfundzwanzig Jahren, als du

so sauer auf deine Eltern warst und auf dein Zimmer gestürmt bist … Na ja, deiner Mutter ging euer Streit offenbar sehr zu Herzen. Du hast mir ja selbst einmal erzählt, dass sie es nicht ertragen konnte, in Streit und Hader auseinanderzugehen.«

»Das stimmt«, flüsterte Cynthia. »Sie hat immer versucht, alles so schnell wie möglich zu bereinigen.«

»Ja. Und deshalb hat sie dir diesen Brief geschrieben. Sie hat ihn vor deine Zimmertür gelegt, bevor sie mit Todd losgefahren ist, um ihm sein Zeichenpapier zu besorgen.«

Wie gebannt starrte Cynthia auf den Umschlag in meiner Hand.

»Aber dein Vater war damit nicht einverstanden. Er war immer noch aufgebracht über dein Verhalten und die Sache mit Vince. Er fand es zu früh, um schon wieder gut Wetter zu machen. Und als deine Mom das Haus verlassen hatte, ging er nach oben und steckte den Brief ein.«

Cynthia starrte mich regungslos an.

»Aber innerhalb der nächsten Stunden bekam dieser Brief eine ganz andere Bedeutung. Es waren ihre letzten Worte an dich.« Ich hielt kurz inne. »Deshalb hat er ihn aufbewahrt, in einen Umschlag gesteckt und in seinem Werkzeugkasten versteckt – für den Fall, dass er ihn dir vielleicht doch eines Tages geben könnte. Natürlich ist es kein Abschiedsbrief. Aber wenn du ihn heute liest, vielleicht doch etwas so Ähnliches.«

Ich reichte ihr den bereits aufgerissenen Umschlag über den Tisch.

Sie nahm den Brief heraus und zögerte einen Moment,

wie um sich innerlich zu wappnen. Dann entfaltete sie das Blatt Papier.

Ich hatte den Brief bereits vor einigen Tagen gelesen. Im Keller der Sloans in Youngstown. Deshalb wusste ich genau, was Cynthia nun las:

Mein liebes Mäuschen,
wahrscheinlich schlafe ich noch, wenn Du aufstehst und diese Zeilen liest. Ich hoffe, es geht dir nicht so schlecht. Du hast heute Abend eine große Dummheit begangen. Aber das macht man eben manchmal, wenn man jung ist.
Ich wünschte, ich könnte Dir jetzt sagen, dass es Deine letzte Dummheit war oder der letzte Streit zwischen Dir und Deinen Eltern, aber das wäre einfach nicht wahr. Du wirst noch mehr Dummheiten begehen und wir werden uns noch öfter streiten. Manchmal wirst Du Fehler machen und manchmal vielleicht sogar wir.
Aber da gibt es eine Sache, die Du wissen solltest. Ich werde Dich immer lieben, was auch geschehen mag. Und es gibt nichts, absolut nichts, was meine Liebe zu Dir erschüttern könnte. Weil wir untrennbar miteinander verbunden sind. Nichts kann das jemals ändern.
Selbst wenn Du irgendwann einmal ein eigenes Leben führst, eine eigene Familie hast (Stell dir das mal vor!) oder ich vielleicht nicht mehr sein sollte, werde ich immer über Dich wachen. Vielleicht kommt es Dir eines Tages so vor, als würde Dir jemand über die Schulter sehen, und wenn Du Dich umdrehst, ist

niemand da. Aber in Wirklichkeit ist da doch jemand. Ich. Weil es mich so stolz macht, Dich aufwachsen zu sehen. Ich werde immer bei Dir sein. Ein Leben lang.

Alles Liebe
Mom

Ich sah ihr zu, wie sie den Brief zu Ende las, und dann hielt ich sie fest in meinen Armen, während ihr die Tränen über die Wangen liefen.